José Carlos Somoza

La caverna de las ideas

CÍRCULO de LECTORES

«Hay, en efecto, una razón seria que se opone a que uno intente escribir cualquier cosa en materias como éstas, una razón que ya he aducido yo a menudo, pero que creo que he de repetir aún.

»En todos los seres hay que distinguir tres elementos, que son los que permiten adquirir la ciencia de estos mismos seres: ella misma, la ciencia, es el cuarto elemento; en quinto lugar hay que poner el objeto, verdaderamente conocible y real. El primer elemento es el nombre; el segundo es la definición; el tercero es la imagen...»

Platón, *Carta VII*

I*

El cadáver se hallaba tendido sobre la fragilidad de unas parihuelas de abedul. El torso y el vientre eran un amasijo de reventones y desgarros florecidos de sangre cuajada y tierra reseca, aunque la cabeza y los brazos presentaban mejor aspecto. Un soldado había apartado los mantos que lo cubrían para que Aschilos pudiera examinarlo, y los curiosos se habían acercado, al principio con timidez, después en gran número, formando un círculo alrededor del macabro despojo. El frío erizaba la piel azul de la Noche, y el Bóreas hacía ondular la cabellera dorada de las antorchas, los oscuros bordes de las clámides y la espesa crin del casco de los soldados. El Silencio tenía los ojos abiertos: las miradas estaban pendientes de la terrible exploración de Aschilos, que, con gestos de comadrona, separaba los labios de las heridas o hundía los dedos en las espantosas cavidades con la pulcra atención con que un lector desliza su índice por los grafitos de un papiro, todo bajo la luz de una lámpara que su esclavo le acercaba protegiéndola con la mano de los zarpazos del viento. Cándalo el Viejo era el único que hablaba:

* Faltan las cinco primeras líneas. Montalo, en su edición del texto original, afirma que el papiro había sido desgarrado en este punto. Comienzo mi traducción de *La caverna de las ideas* en la primera frase del texto de Montalo, que es el único del que disponemos. *(N. del T.)*

había gritado en medio de las calles, cuando los soldados aparecieron con el cadáver, despertando a todos los vecinos, y aún quedaba en él como un eco de su algarabía; el frío no parecía afectarlo, pese a que estaba casi desnudo; cojeaba alrededor del círculo de hombres arrastrando el marchito pie izquierdo, formado por una sola y renegrida uña de sátiro y tendía los juncos de sus brazos delgadísimos para apoyarse en los demás mientras exclamaba:

—Es un dios... ¡Miradlo!... Los dioses bajan así del Olimpo... ¡No lo toquéis!... ¿No os lo dije?... Es un dios... ¡Júralo, Calímaco!... ¡Júralo, Euforbo!...

Su gran cabellera blanca, que emergía desordenada de la angulosa cabeza como una prolongación de su locura, se agitaba con el viento cubriéndole a medias el rostro. Pero nadie le prestaba mucha atención: la gente prefería observar al muerto antes que al loco.

El capitán de la guardia fronteriza había salido de la casa más próxima acompañado de dos soldados, y ahora se ajustaba de nuevo el casco de larga melena: le parecía correcto mostrar sus signos militares frente al público. A través de la oscura visera contempló a todos los presentes, y, reparando en Cándalo, lo señaló con la misma indiferencia con que hubiera podido espantar la molestia de una mosca.

—Hacedle callar, por Zeus —dijo, sin dirigirse a ninguno de los soldados en especial.

Uno de ellos se acercó al viejo, levantó la lanza por su base y golpeó con un solo movimiento horizontal el arrugado papiro de su vientre inferior. Cándalo tomó aire en medio de una palabra y se dobló sobre sí mismo sin ruido, como el cabello cuando el viento lo inclina. Quedó retorciéndose y gimiendo en el suelo. La gente agradeció el repentino silencio.

—¿Tu dictamen, físico?

Aschilos el médico no se apresuró a responder; ni siquiera alzó la mirada hacia el capitán. No le gustaba que lo llamaran así, «físico», y menos en aquel tono que parecía proclamar a todos los individuos despreciables salvo a su poseedor. Aschilos no era militar, pero procedía de un antiguo linaje de aristócratas y su educación había sido exquisita: conocía bien los Aforismos, practicaba en todos sus puntos el Juramento y había dedicado largas temporadas de estudio en la isla de Cos, aprendiendo el sagrado arte de los Asclepíadas, discípulos y herederos de Hipócrates. No era, pues, alguien a quien un capitán de la guardia fronteriza podía humillar fácilmente. Además, se sentía ultrajado: los soldados lo habían despertado a una hora incierta de la tenebrosa madrugada para que examinara en plena calle el cadáver de aquel joven que habían traído en parihuelas desde el monte Licabeto, con el fin, sin duda, de elaborar alguna clase de informe; pero él, Aschilos, bien lo sabían todos, no era médico de muertos sino de vivos, y consideraba que aquella tarea indigna desacreditaba su oficio. Alzó las manos del cuerpo destrozado arrastrando consigo una cabellera de humores sanguinolentos; su esclavo se apresuró a purgarlas con un paño humedecido en agua lustral. Se aclaró dos veces la garganta antes de hablar. Dijo:

—Los lobos. Probablemente fue atacado por una manada hambrienta. Mordiscos, zarpazos... No tiene corazón. Se lo arrancaron. La cavidad de los fluidos cálidos está vacía parcialmente...

El Rumor, de luengos cabellos, recorrió los labios del público.

—Ya lo has oído, Hemodoro —susurró un hombre a otro—. Los lobos.

—Se debería hacer algo al respecto —repuso su interlocutor—. Hablaremos del asunto en la Asamblea...

—La madre ya ha sido informada —anunció el capitán, extinguiendo los comentarios con la firmeza de su voz—. No he querido darle detalles; sólo sabe que su hijo ha muerto. Y no verá el cuerpo hasta que llegue Daminos de Clazobion: ahora es el único hombre de la familia, y será él quien determine lo que se ha de hacer —hablaba con voz potente, acostumbrada a los usos de la obediencia, las piernas separadas, los puños apoyados en el faldellín de la túnica. Parecía dirigirse a los soldados, aunque era evidente que disfrutaba con la atención del público vulgar—. ¡En lo que a nosotros atañe, ya hemos terminado!

Y se volvió hacia el grupo de civiles para añadir:

—¡Vamos, ciudadanos, a vuestras casas! ¡Ya no hay nada más que ver aquí! Conciliad el sueño si podéis... ¡Aún queda un resto de noche!

Como una espesa melena alborotada por un viento caprichoso en la que cada cabello escoge una dirección para agitarse, así se fue dispersando la modesta muchedumbre, marchándose unos en compañía, otros por separado, comentando el espantoso suceso, o bien en silencio:

—Es cierto, Hemodoro, los lobos abundan en el Licabeto. He oído decir que varios campesinos han sufrido sus ataques...

—Y ahora... ¡este pobre efebo! Debemos hablar del tema en la Asamblea...

Un hombre de baja estatura, muy obeso, no se movió cuando los demás lo hicieron. Se encontraba a los pies del cadáver, contemplándolo con ojos entrecerrados y pacíficos, sin mostrar ninguna expresión en su grueso aunque pulcro rostro. Aparentaba haberse dormido de pie: los hombres que se marchaban lo esquivaban, pasando junto a él sin mirarlo, como si se tratase de una columna o una piedra. Uno de los soldados se le acercó y tiró de su manto.

—Vete a tu casa, ciudadano. Ya has oído a nuestro capitán.

El hombre apenas se sintió aludido: continuó mirando en la misma dirección al tiempo que sus gruesos dedos acariciaban los bordes de su bien cortada barba plateada. El soldado, pensando que era sordo, le dio un débil empujón y alzó la voz:

—¡Eh, contigo hablo! ¿No has oído a nuestro capitán? ¡Vete a tu casa!

—Discúlpame —dijo el hombre en un tono que en modo alguno evidenciaba que la intromisión del soldado le preocupara lo más mínimo—. Ya me voy.

—¿Qué miras?

El hombre parpadeó dos veces y desvió la vista del cuerpo, que ahora otro soldado cubría con un manto. Dijo:

—Nada. Pensaba.

—Pues piensa acostado en tu lecho.

—Tienes razón —asintió el hombre. Parecía haber despertado de un brevísimo sueño. Miró a su alrededor y se alejó con lentitud.

Todos los curiosos se habían marchado ya, y Aschilos, que comentaba algo con el capitán de la guardia, parecía más que dispuesto a desaparecer velozmente en cuanto se lo permitiera su interlocutor. Incluso el viejo Cándalo, aún retorcido de dolor y gemebundo, alejábase a gatas, azuzado por las patadas de los soldados, en busca de algún oscuro rincón en el que pasar la noche soñando con su locura; su larga melena blanca cobraba vida con el viento, se encrespaba a lo largo de la espalda, alzándose al instante siguiente en un cúmulo irregular de cabellos de nieve, un albo penacho inquietado por el aire. En el cielo, sobre las líneas exactas del Partenón, la nubla cabellera de la Noche, orlada de plata, se desflecaba perezosa como el lento peinado de una doncella.*

Pero el hombre obeso a quien el soldado parecía haber despertado de un sueño no penetró, como los demás, en la cabellera de calles que formaban el complejo barrio interior sino que, titubeando, como si se lo hubiese pensado dos veces, dio un rodeo por la pequeña plaza a paso tranquilo y dirigiose a la casa de la que había salido, momentos antes, el capitán de la guardia, y por la que ahora emergían —eran claramente audibles— funestos lamentos. La vivienda, aun en la agotada penumbra de la noche, denunciaba la presencia de una familia de cierta posición económica: era grande, de dos plantas, y estaba precedida por un extenso jardín y un muro de baja altura. El portón de entrada, al que se accedía mediante breves escalinatas, era de doble hoja y se hallaba flanqueado por colum-

* Llama la atención el abuso de metáforas relacionadas con «melenas» o «cabelleras», dispersas aquí y allá desde el comienzo del texto: es posible que señalen la presencia de eidesis, pero aún no es seguro. Montalo no parece haber reparado en ello, pues nada menciona en sus notas. *(N. del T.)*

nas dóricas. Las puertas estaban abiertas. Sentado en las escalinatas, bajo la luz de una antorcha colgada de la pared, había un niño.

Cuando el hombre se acercó, un anciano apareció por las puertas dando tumbos: vestía la túnica gris de los esclavos, y al principio, por su manera de moverse, el hombre creyó que estaba borracho o tullido, pero después percibió que lloraba amargamente. El anciano ni siquiera lo miró al pasar: aferrando su rostro entre las sucias manos, avanzó a ciegas por el camino del jardín hasta la pequeña estatua del Hermes tutelar mientras balbucía frases sueltas, ininteligibles, entre las que a veces podía escucharse: «¡Mi ama...!», o bien: «¡Oh, infortunio...!». El hombre dejó de prestarle atención y se dirigió al niño, que lo observaba sin dar muestras de timidez, sentado aún en la escalinata, con los pequeños brazos cruzados sobre las piernas.

—¿Sirves en esta casa? —preguntó, mostrándole el herrumbroso disco de un óbolo.

—Sí, pero igual podría servir en la tuya.

Al hombre le sorprendió la rapidez de su respuesta y la claridad desafiante de su voz. Le calculó una edad no mayor de los diez años. Llevaba atada en la frente una cinta de trapo que encerraba a duras penas el desorden de sus mechones rubios, o no exactamente rubios sino del color de la miel, aunque era difícil apreciar la tonalidad justa de aquella melena bajo los resplandores de la antorcha. Su rostro, pequeño y pálido, negaba cualquier origen lidio o fenicio y hacía pensar en una procedencia norteña, quizá tracia; en su expresión, con el breve ceño fruncido y la asimétrica sonrisa, se acumulaba la inteligencia. Vestía tan sólo la túnica gris de los esclavos, pero, aunque sus brazos y piernas estaban desnudos, no parecía tener frío. Atrapó el óbolo con destreza y lo ocultó entre los pliegues de la túnica. Continuó sentado, balanceando los pies descalzos.

—Ahora sólo necesito este servicio —dijo el hombre—: Que me anuncies a tu ama.

—Mi ama no recibe a nadie. Un soldado grande, que es el capitán de la guardia, la ha visitado antes y le ha dicho que su hijo ha muerto. Ahora grita y se arranca los cabellos, y clama a los dioses para maldecirlos.

Y como si sus palabras hubiesen necesitado de alguna prueba, se dejó oír de repente, desde la profundidad de la casa, un prolongado alarido coral.

—Ésas son sus esclavas —indicó el niño sin inmutarse.

El hombre dijo:

—Escucha. Yo conocía al marido de tu ama...

—Era un traidor —lo interrumpió el niño—. Murió hace mucho tiempo, condenado a muerte.

—Sí, por eso murió: porque fue condenado a muerte. Pero tu ama me conoce bien, y ya que estoy aquí, me gustaría darle el pésame —extrajo un nuevo óbolo de su túnica, que cambió de manos con la misma rapidez que el anterior—. Ve y dile que ha venido a verla Heracles Póntor. Si no desea verme, me marcharé. Pero ve y díselo.

—Lo haré. Pero, si no te recibe, ¿tengo que devolverte los óbolos?

—No. Son para ti. Pero te daré otro más si me recibe.

El niño se puso en pie de un salto.

—¡Sabes hacer negocios, por Apolo! —y desapareció en la oscuridad del umbral.

En el cielo nocturno, la alborotada cabellera de nubes apenas cambió de forma durante el intervalo en que Heracles aguardó una respuesta. Por fin, los melosos cabellos del niño retornaron de la oscuridad:

—Dame el tercer óbolo —sonrió.

En el interior de la casa, los corredores se comunicaban entre sí por arcos de piedra que parecían grandes fauces abiertas, formando un dédalo de tinieblas. El niño se detuvo en mitad de uno de los penumbrosos pasillos para colocar en la boca de un gancho la antorcha con la que había venido señalando el camino: el gancho se hallaba a demasiada altura, y, aunque el pequeño esclavo no había solicitado ayuda —se alzaba de puntillas haciendo esfuerzos por alcanzarlo—, Heracles cogió la antorcha y la deslizó suavemente a través del aro de hierro.

—Te lo agradezco —dijo el niño—. No soy demasiado mayor aún.

—Pronto lo serás.

Por las paredes se filtraban los clamores, los rugidos, los ecos del dolor, provenientes de bocas invisibles. Era como si todos los habitantes de la casa estuvieran lamentándose al mismo tiempo. El niño —a quien Heracles no podía ver el rostro, pues caminaba delante de él, diminuto, desprotegido, como una oveja avanzando hacia las mandíbulas abiertas de alguna inmensa bestia negra— pareció, de improviso, igualmente afectado:

—Todos queríamos al joven amo —dijo sin volverse y sin dejar de caminar—. Era muy bueno —y emitió un breve jadeo, o un suspiro, o sorbió por la nariz, y Heracles se preguntó por un momento si estaría llorando—. Sólo nos mandaba azotar cuando habíamos hecho algo malo de verdad, y ni al viejo Ifímaco ni a mí nos castigó nunca... ¿Te fijaste en el esclavo que salió de casa cuando llegaste?

—No mucho.

—Ése era Ifímaco. Fue el pedagogo de nuestro joven amo, y la noticia le ha sentado muy mal —y añadió, bajando la voz—: Ifímaco es buena persona, aunque un poco necio. Yo me llevo bien con él, pero es que yo me llevo bien con casi todos.

—No me sorprende.

Habían llegado a una habitación.

—Debes esperar aquí. El ama vendrá enseguida.

El cuarto era un cenáculo sin ventanas, no muy grande, desvelado por el irregular resplandor de modestas lámparas colocadas sobre pequeñas repisas de piedra. Se adornaba con ánforas de boca ancha. Había también dos viejos divanes que no invitaban precisamente a reposar el cuerpo. Cuando Heracles se quedó solo, la oscuridad de aquel antro, los incesantes sollozos, aun el aire clausurado que flotaba como el aliento de una boca enferma, comenzaron a agobiarlo. Pensó que toda la casa parecía armonizada con la muerte, como si no hubieran dejado de celebrarse en su interior prolongados funerales diarios. ¿A qué olía?, se preguntó. Al llanto de una mujer. La habitación estaba repleta del olor húmedo de las mujeres tristes.

—Heracles Póntor, ¿eres tú?...

Una sombra se recortaba en el umbral de acceso a los aposentos interiores. La débil luz de las lámparas no descubría su rostro, salvo —por un raro azar— la región de los labios. De modo que lo primero que Heracles vio de Etis fue su boca, que, al abrirse para que las palabras nacieran, dejó entrever un huso negro como un ojo vacío que pareció contemplarlo desde la distancia como los ojos de las figuras pintadas.

—Hace mucho tiempo que no cruzabas el umbral de mi modesto hogar —dijo la boca sin aguardar una respuesta—. Eres bienvenido.

—Te lo agradezco.

—Tu voz... Aún la recuerdo. Y tu rostro. Pero el olvido llega pronto, aunque nos veamos con frecuencia...

—No nos vemos con frecuencia —repuso Heracles.

—Es cierto: tu vivienda está muy cerca de la mía, pero tú eres un hombre y yo una mujer. Yo ocupo mi puesto de *déspoina,* de ama de casa solitaria, y tú de hombre que conversa en el ágora y opina en la Asamblea... Yo sólo soy una mujer viuda. Tú eres un hombre viudo. Ambos cumplimos con nuestro deber de atenienses.

La boca se cerró, y los pálidos labios se fruncieron formando una línea curva muy fina, casi invisible. ¿Una sonrisa? A Heracles le resultaba difícil saberlo. Detrás de la sombra de Etis, escoltándola, aparecieron dos esclavas; ambas lloraban, o sollozaban, o simplemente entonaban un único sonido, entrecortado, como tañedoras de oboe. «Debo soportar su crueldad», pensó él, «porque acaba de perder a su único hijo varón.»

—Te ofrezco mis condolencias —dijo.

—Son aceptadas.

—Y mi ayuda. Para todo lo que necesites.

Inmediatamente supo que no había debido añadir aquello: era excederse en los límites de su visita, querer acortar la interminable distancia, resumir todos los años de silencio en dos palabras. La boca se abrió como un pequeño pero peligroso animal agazapado, o dormido, que de repente percibiera una presa.

—Tu amistad con Meragro queda pagada de esta forma —repuso ella, secamente—. No es preciso que digas nada más.

—No se trata de mi amistad con Meragro... Lo considero un deber.

—Oh, un deber —la boca dibujó (ahora sí) una vaga sonrisa—. Un sagrado deber, claro. ¡Sigues hablando como siempre, Heracles Póntor!

Ella avanzó un paso: la luz descubrió la pirámide de su nariz, los pómulos —surcados por arañazos recientes— y las ascuas negras de sus ojos. No se hallaba tan envejecida como Heracles esperaba: seguía conservando —así lo creyó él— la marca del artista que la había creado. Los *colpos* del oscuro peplo se derramaban en lentas ondas sobre su pecho; una mano, la izquierda, desaparecía bajo el chal; la derecha se aferraba a la prenda para cerrarla. Fue en esta mano donde Heracles advirtió su vejez, como si los años hubieran descendido por sus brazos hasta ennegrecer los extremos. Allí, sólo allí, en aquellos ostensibles nudillos y en la deforme posición de los dedos, Etis era vieja.

—Te agradezco ese deber —murmuró ella, y en su voz había, por primera vez, cierta profunda sinceridad que lo estremeció—. ¿Cómo te has enterado tan pronto?

—Hubo un alboroto en la calle cuando trajeron el cuerpo. Todos los vecinos se despertaron.

Se escuchó un grito. Después otro. Durante un absurdo momento, Heracles pensó que procedían de la boca de Etis, que se hallaba cerrada: como si ella hubiera rugido hacia dentro y todo su delgado cuerpo se estremeciera, resonante, con el producto de su garganta.

Pero entonces el grito penetró en la habitación vestido de negro, empujó a las esclavas, y, en cuclillas, corrió de una pared a otra y se dejó caer en una esquina, ensordecedor, retorciéndose como si fuera presa de la enfermedad sagrada. Por último se deshizo en un llanto inagotable.

—Para Elea ha sido mucho peor —dijo Etis en tono de disculpa, como si quisiera pedirle perdón a Heracles por la conducta de su hija—: Trámaco no sólo era su hermano; también era su *kyrios*, su protector legal, el único hombre que Elea ha conocido y amado...

Etis se volvió hacia la muchacha que, recostada en el oscuro rincón, las piernas encogidas como si quisiera ocupar el mínimo espacio o deseara ser absorbida por las sombras como una negra telaraña, elevaba ambas manos frente al rostro, con ojos y boca desmesuradamente abiertos (sus facciones eran sólo tres círculos que abarcaban todo el semblante), estremecida por violentos sollozos. Etis dijo:

—Basta, Elea. No debes salir del gineceo, ya lo sabes, y menos en este estado. Manifestar así el dolor frente a un invitado... ¡qué! ¡No es propio de una mujer digna! ¡Regresa a tu habitación! —pero la muchacha acreció el llanto. Etis exclamó, alzando la mano—: ¡No te lo ordenaré otra vez!

—Permitidme, ama —rogó una de las esclavas y, apresuradamente, se arrodilló junto a Elea y le dirigió tenues palabras que Heracles no acertó a escuchar. Pronto, los sollozos se convirtieron en incomprensibles balbuceos.

Cuando Heracles volvió a mirar a Etis, advirtió que ella lo miraba a él.

—¿Qué ocurrió? —dijo Etis—. El capitán de la guardia me contó, tan sólo, que un cabrero lo había encontrado muerto no muy lejos del Licabeto...

—Aschilos el médico afirma que fueron los lobos.

—¡Muchos lobos harían falta para acabar con mi hijo!

«Y no pocos para acabar contigo, oh noble mujer», pensó él.

—Fueron muchos, sin duda —asintió.

Etis empezó a hablar con extraña suavidad, sin dirigirse a Heracles, como si rezara una plegaria a solas. En la palidez de su rostro anguloso, las bocas de sus rojizos arañazos sangraban de nuevo.

—Se marchó hace dos días. Me despedí de él como tantas otras veces, sin preocuparme, pues ya era un hombre y sabía cuidarse... «Voy a pasarme todo el día cazando, madre», me dijo. «Llenaré mi alforja para ti de codornices y tordos. Tenderé trampas con mis redes para las liebres»... Pensaba regresar esa misma noche. No lo hizo. Yo quería reprochárselo cuando llegara, pero...

Su boca se abrió de repente, como preparada para pronunciar una enorme palabra. Permaneció así un instante, la mandíbula tensa, la oscura elipse de las fauces inmovilizada en el silencio.* Entonces volvió a cerrarla con suavidad y murmuró:

* Las metáforas e imágenes relacionadas con «bocas» o «fauces», así como con «gritos» o «rugidos», ocupan (como el

—Pero ahora no puedo enfrentarme a la Muerte y regañarla... porque no regresaría con el semblante de mi hijo para pedirme perdón... ¡Mi hijito querido!...

«En ella, una leve ternura es más terrible que el rugido del héroe Esténtor», pensó Heracles, admirado.

—Los dioses, a veces, son injustos —dijo, a modo de mero comentario, pero también porque, en el fondo, lo creía así.

—No los menciones, Heracles... ¡Oh, no menciones a los dioses! —la boca de Etis temblaba de cólera—. ¡Fueron los *dioses* quienes clavaron sus colmillos en el cuerpo de mi hijo y sonrieron cuando arrancaron y devoraron su corazón, aspirando con deleite el tibio aroma de su sangre! ¡Oh, no menciones a los dioses en mi presencia!...

A Heracles le pareció que Etis intentaba, en vano, apaciguar su propia voz, que ahora resonaba con fuertes rugidos por entre sus fauces, provocando el silencio a su alrededor. Las esclavas habían vuelto la cabeza para contemplarla; aun la misma Elea había enmudecido y escuchaba a su madre con mortal reverencia.

—¡Zeus Cronida ha derribado el último roble de esta casa, aún verde!... ¡Maldigo a los dioses y a su casta inmortal!...

Sus manos se habían alzado, abiertas, en un gesto temible, directo, casi exacto. Después, bajando lentamente los brazos al tiempo que el tono de sus gritos, añadió, con súbito desprecio:

---

lector atento puede haber notado ya) toda la segunda parte de este capítulo. Me parece obvio que nos encontramos ante un texto eidético. *(N. del T.)*

—¡La mejor alabanza que pueden esperar los dioses es nuestro silencio!...

Y aquella palabra —«silencio»— fue rota por un triple clamor. El sonido se hundió en los oídos de Heracles y lo acompañó mientras salía de la funesta casa: un grito ritual, tripartito, de las esclavas y de Elea, las bocas abiertas, desencajadas, formando una sola garganta rota en tres notas distintas, agudas y ensordecedoras, que arrojaron fuera de sí, en tres direcciones, el fúnebre rugido de las fauces.*

* Sorprende que Montalo, en su erudita edición del original, ni siquiera haga referencia a la fuerte eidesis que revela el texto, al menos a lo largo de todo este primer capítulo. Sin embargo, también es posible que desconozca tan curioso recurso literario. A modo de ejemplo para el lector curioso, y también por relatar con sinceridad cómo he venido a descubrir la imagen oculta en este capítulo (pues un traductor debe ser sincero en sus notas; la mentira es privilegio del escritor), referiré la breve charla que mantuve ayer con mi amiga Helena, a la que considero una colega docta y llena de experiencia. Salió a colación el tema, y le comenté, entusiasmado, que *La caverna de las ideas,* la obra que he empezado a traducir, es un texto eidético. Se quedó inmóvil observándome, la mano izquierda sosteniendo por el rabillo una de las cerezas del plato cercano.

—¿Un texto qué? —dijo.

—La eidesis —expliqué— es una técnica literaria inventada por los escritores griegos antiguos para transmitir claves o mensajes secretos en sus obras. Consiste en repetir metáforas o palabras que, aisladas por un lector perspicaz, formen una idea o una imagen independiente del texto original. Arginuso de Corinto, por ejemplo, ocultó mediante eidesis una completísima descripción de una joven a la que amaba en un largo poema aparentemente dedicado a las flores del campo. Y Epafo de Macedonia...

—Qué interesante —sonrió, aburrida—. ¿Y se puede saber qué oculta tu anónimo texto de *La caverna de las ideas*?

—Lo sabré cuando lo traduzca por completo. En el primer capítulo, las palabras más repetidas son «cabelleras», «melenas» y «bocas» o «fauces» que «gritan» o «rugen», pero...

—¿«Melenas» y «fauces que rugen»?... —me interrumpió ella con sencillez—. Puede estar hablando de un león, ¿no?

Y se comió la cereza.

Siempre he odiado esa capacidad de las mujeres para llegar a la verdad sin agotarse tomando el atajo más corto. Fui yo, entonces, quien me quedé inmóvil, observándola con los ojos muy abiertos.

—Un león, pues claro... —musité.

—Lo que no entiendo —prosiguió Helena sin darle importancia al asunto— es por qué el autor consideraba tan secreta la idea de un león como para ocultarla mediante... ¿cómo has dicho?

—Eidesis. Lo sabremos cuando termine de traducirlo: un texto eidético sólo se comprende cuando se lee de cabo a rabo —mientras decía eso pensaba: «Un *león,* claro... ¿Cómo es que no se me había ocurrido antes?».

—Bien —Helena dio por terminada la conversación, flexionó las largas piernas, que había mantenido estiradas sobre una silla, depositó el plato de cerezas en la mesa y se levantó—. Pues sigue traduciendo, y ya me contarás.

—Lo sorprendente es que Montalo no haya notado nada en el manuscrito original... —dije.

—Pues escríbele una carta —sugirió—. Quedarás bien y ganarás méritos.

Y, aunque al pronto fingí no estar de acuerdo (para que no notara que me había resuelto todos los problemas de un plumazo), eso es lo que he hecho. *(N. del T.)*

La sabré cuando la analice por completo. En el primer [illegible], [illegible] palabras [illegible] «cabellos», «mele- [illegible]» [illegible] o «arrugas» [illegible].

—[illegible] —interrumpió [illegible] —[illegible] estar hablando de [illegible]?

Y [illegible].

[illegible] capacidad de [illegible] para llegar a la [illegible] regla de oro [illegible]. Fui yo, en [illegible], quien [illegible] con los [illegible] muy abiertos.

—[illegible] muy [illegible] —insistió.

—[illegible] —preguntó [illegible] sin darle im- portancia al asunto [illegible] consideraba tan se- [illegible] ¿cómo [illegible]?

—[illegible] cuando tenga [illegible] texto [illegible] cuando se lee de [illegible] a rabo [illegible] eso pensaba. Un [illegible] claro... ¿Cómo es que no se me había ocurrido antes?

[illegible] por [illegible] ante un [illegible] de las [illegible] que había [illegible] esparcidas sobre [illegible] tanto [illegible] y [illegible].

—Me sorprende que [illegible] no haya anotado nada [illegible].

—[illegible] —Quedarás bien y [illegible].

[illegible] para que me [illegible] los problemas de un pla- [illegible] lo que he hecho [illegible].

II*

Las esclavas prepararon el cuerpo de Trámaco, hijo de la viuda Etis, según el método: se lustró el horror de las dilaceraciones con ungüentos procedentes del *lequito;* manos de ágiles dedos se deslizaron sobre la piel socavada para extender esencias y perfumes; fue envuelto en la fragilidad del sudario y vestido con ropa limpia; se dejó el rostro al descubierto y se ató la mandíbula con fuertes vendajes para impedir el escalofriante bostezo de la muerte; bajo la untuosidad de la lengua se depositó el óbolo que pagaría los servicios de Caronte. Después aderezaron un lecho con mirto y jazmines, y sobre él colocaron el cadáver, los pies hacia la puerta, para ser velado durante todo el día; la presencia gris de un pequeño Hermes tutelar lo custodiaba. En la entrada del jardín, el *ardanion,* el ánfora con agua lustral, serviría para hacer pública la tragedia y purificar a las visitas del contacto con lo desconocido. Las plañideras contratadas entonaron sus sinuosos cánticos a partir del mediodía, cuando arreciaron las muestras de condolencia. Por la tarde, una serpen-

* «La textura es untuosa; los dedos se deslizan por la superficie como impregnados en aceite; cierta fragilidad de escamas se percibe en el área central», afirma Montalo respecto de los trozos de papiro del manuscrito al comienzo del capítulo segundo. ¿Acaso se emplearon hojas procedentes de distintas plantas en su elaboración? *(N. del T.)*

teante hilera de hombres se extendía a lo largo de la vereda del jardín: cada uno aguardaba en silencio, bajo la húmeda frialdad de los árboles, su turno para entrar en la casa, desfilar ante el cuerpo y dar el pésame a los familiares. Daminos, del *demo* de Clazobion, el tío de Trámaco, ofició de anfitrión: poseía cierta fortuna en barcos y en minas de plata de Laurion, y su presencia atrajo a numerosa gente. Fueron escasos, sin embargo, los que acudieron en recuerdo de Meragro, el padre de Trámaco (que había sido condenado y ejecutado por traidor a la democracia muchos años antes), o por respeto a la viuda Etis, que había heredado el deshonor de su esposo.

Heracles Póntor llegó a la caída del sol, pues había decidido participar también en la *ecforá*, la comitiva fúnebre, que se celebraba siempre de noche. Penetró con ceremoniosa lentitud en el oscuro vestíbulo —húmedo y frío, de aire aceitoso por el olor de los ungüentos—, dio una vuelta completa alrededor del cadáver siguiendo los pasos de la flexuosa fila de visitantes, y abrazó en silencio a Daminos y a Etis, que lo recibió velada por un negro peplo y un chal de gran capucha. Nada hablaron. Su abrazo fue uno de tantos. Durante su recorrido pudo distinguir a algunos hombres que conocía y a otros que no: allí estaban el noble Praxínoe y su hijo, el bellísimo Antiso, de quien se afirmaba que había sido uno de los mejores amigos de Trámaco; allí también Isífenes y Efialtes, dos reputados mercaderes que, sin duda, habían acudido por Daminos; y —una presencia que no dejó de sorprenderle— Menecmo, el escultor poeta, vestido con el descuido que lo caracterizaba, que se entretuvo en quebrantar el protocolo dedicándole a Etis algunas palabras en voz baja. Por fin, a la salida, en la húmeda frialdad del jardín, creyó advertir la robusta figura del filósofo Platón aguardando entre los hombres que aún no habían entrado, y dedujo que había venido en recuerdo de su antigua amistad con Meragro.

Una inmensa y sinuosa criatura parecía la comitiva que emprendió el camino del cementerio por la Vía de las Panateneas: la cabeza la formaban, en primer lugar, los vaivenes del cadáver transportado por cuatro esclavos; detrás, los familiares directos —Daminos, Etis y Elea—, sumidos en el silencio del dolor; y los tañedores de oboe, jóvenes con túnicas negras que aguardaban el inicio del rito para empezar a tocar; por último, los peplos blancos de las cuatro plañideras. El cuerpo lo constituían los amigos y conocidos de la familia, que avanzaban en dos hileras.

El cortejo salió de la Ciudad por la Puerta del Dipilon y se internó en el Camino Sagrado, lejos de las luces de las viviendas, entre la húmeda y fría neblina de la noche. Las piedras del Cerámico retemblaron undosas bajo el resplandor de las antorchas: por doquier aparecían figuras de dioses y héroes cubiertas por el suave aceite del rocío nocturno, inscripciones en altas estelas adornadas con siluetas ondulantes y urnas de graves contornos sobre las que reptaba la hiedra. Los esclavos depositaron cuidadosamente el cadáver en la pira funeraria. Los tañedores de oboe hicieron deslizar por el aire las sinuosas notas de sus instrumentos; las plañideras, coreográficas, rasgaron sus vestiduras al tiempo que entonaban la oscilante frialdad de su canto. Se iniciaron las libaciones en honor a los dioses de los muertos. El público se dispersó para contemplar el rito: Heracles eligió la proximidad de una enorme estatua del héroe Perseo; la cabeza decapitada de Medusa, que el héroe asía de las víboras del pelo, quedaba a la altura de su rostro, y parecía contemplarlo con ojos deshabitados. Finalizaron los cánticos, se pronunciaron las últimas palabras, y las doradas cabezas de cuatro antorchas se inclinaron ante los bordes de la pira: el Fuego multicefálico se alzó, retorciéndose, y sus múltiples lenguas ondearon en el aire frío y húmedo de la Noche.*

El hombre golpeó la puerta varias veces. Como nadie respondió, volvió a golpear. En el oscuro cielo ateniense, las nubes de varias cabezas comenzaron a agitarse.

Por fin, la puerta se abrió, y un rostro blanco, sin rasgos, envuelto en un largo sudario negro, apareció tras ella. El hombre, confuso, casi atemorizado, titubeó antes de hablar:

—Deseo ver a Heracles Póntor, a quien llaman el Descifrador de Enigmas.

La figura se deslizó hacia las sombras en silencio y el hombre, aún indeciso, penetró en la casa. Afuera proseguía el irregular estrépito de los truenos.

* «Frío» y «humedad», así como cierto movimiento «ondulante» o «sinuoso» en todas sus variantes, parecen presidir la eidesis en este capítulo. Podría tratarse perfectamente de una imagen del mar (sería muy propio de los griegos). Pero ¿y la cualidad, tan repetida, de «untuoso»? Sigamos avanzando. *(N. del T.)*

Heracles Póntor, sentado a la mesa de su pequeña habitación, había dejado de leer y se concentraba, distraído, en el sinuoso trayecto de una grieta grande que descendía desde el techo hasta la mitad de la pared frontera, cuando de repente la puerta se abrió con suavidad y apareció Pónsica en el umbral.

—Una visita —dijo Heracles descifrando los armónicos, ondulantes gestos de las delgadas manos de su esclava enmascarada, de ágiles dedos—. Un hombre. Quiere verme —las manos se agitaban juntas; las diez cabezas de los dedos conversaban en el aire—. Sí, hazlo pasar.

El hombre era alto y delgado. Se envolvía en un humilde manto de lana impregnado de las untuosas escamas del relente nocturno. Su cabeza, bien formada, ostentaba una lustrosa calva, y una barba blanca recortada con esmero le adornaba el mentón. En sus ojos había claridad, pero las arrugas que los rodeaban revelaban edad y cansancio. Cuando Pónsica se hubo marchado, siempre en silencio, el recién llegado, que no había dejado de observarla con expresión de asombro, se dirigió a Heracles.

—¿Acaso es cierta tu fama?

—¿Qué dice mi fama?

—Que los Descifradores de Enigmas pueden leer en el rostro de los hombres y en el aspecto de las cosas como si fueran papiros escritos. Que conocen el lenguaje de las apariencias y saben traducirlo. ¿Es por ello que tu esclava oculta el rostro tras una máscara sin rasgos?

Heracles, que se había levantado para coger una fuente de frutas y una crátera de vino, sonrió ligeramente y dijo:

—Por Zeus, que no seré yo quien desmienta tal fama, pero mi esclava se cubre la cara más por mi tranquilidad que por la suya: fue secuestrada por unos bandidos lidios cuando no era más que un bebé, los cuales, durante una noche de borrachera múltiple, se divirtieron quemando su rostro y arrancándole la pequeña lengua... Puedes coger fruta si quieres... Según parece, uno de los bandidos se apiadó de ella, o atisbó la posibilidad de negocio, y la adoptó. Después la vendió como esclava para trabajos domésticos. Yo la compré en el mercado hace dos años. Me gusta, porque es silenciosa como un gato y eficiente como un perro, pero sus facciones destruidas no me agradan...

—Comprendo —dijo el hombre—. Te compadeces de ella...

—Oh no, no es eso —repuso Heracles—. Es que me distraen. Sucede que mis ojos se dejan tentar con demasiada frecuencia por la complejidad de todo lo que ven: antes de que tú llegaras, por ejemplo, contemplaba abstraído el discurrir de esa interesante grieta en la pared, su cauce y afluentes, su origen... Pues bien: el rostro de mi esclava es un nudo espiral e infinito de grietas, un enigma constante para mi insaciable mirada, de modo que decidí ocultarlo obligándola a llevar esa máscara sin rasgos. Me gusta que me rodeen cosas simples: el rectángulo de una mesa, los círculos de las copas..., geometrías sencillas. Mi trabajo consiste, precisamente, en lo opuesto: descifrar lo complicado. Pero acomódate en el diván, por favor... En esta fuente hay fruta fresca, higos dulces sobre todo. A mí me apasionan los higos, ¿a ti no? También puedo ofrecerte una copa de vino no mezclado...

El hombre, que había estado escuchando las tranquilas palabras de Heracles con creciente sorpresa, se recostó lentamente en el diván. La sombra de su calva cabeza, proyectada por la luz de la pequeña lámpara de aceite que había sobre la mesa, se irguió como una esfera perfecta. La sombra de la cabeza de Heracles —un grueso tronco de cono con un breve musgo de pelo plateado en la cúspide— llegaba hasta el techo.

—Gracias. Por ahora, aceptaré el diván —dijo el hombre.

Heracles se encogió de hombros, apartó algunos papiros de la mesa, acercó la fuente de frutas, se sentó y cogió un higo.

—¿En qué puedo ayudarte? —preguntó amablemente.

Un áspero trueno clamó en la distancia. Tras una pausa, el hombre dijo:

—Realmente, no lo sé. He oído decir que resuelves misterios. Vengo a ofrecerte uno.

—Enséñamelo —repuso Heracles.

—¿Qué?

—Enséñame el misterio. Yo sólo resuelvo los enigmas que puedo contemplar. ¿Es un texto? ¿Un objeto?...

El hombre adoptó de nuevo su expresión de asombro —ceño fruncido, labios entreabiertos— mientras Heracles arrancaba de un pulcro mordisco la cabeza del higo.*

* Traduzco literalmente «la cabeza del higo», aunque no sé muy bien a qué se refiere el anónimo autor: es posible que se trate de la parte más gruesa y carnosa, pero, por lo mismo, también puede ser la zona más próxima al tallo. Ahora bien, quizá la frase sea tan sólo un recurso literario para acentuar un vocablo —«cabeza»— que parece ganar cada vez más terreno como nueva palabra eidética. *(N. del T.)*

—No, no es nada de eso —dijo con lentitud—. El misterio que vengo a ofrecerte es algo que fue, pero que ya no es. Un recuerdo. O la *idea* de un recuerdo.

—¿Cómo quieres que resuelva tal cosa? —sonrió Heracles—. Yo sólo traduzco lo que mis ojos pueden leer. No voy más allá de las palabras...

El hombre lo miró fijamente, como desafiándolo.

—Siempre hay *ideas* más allá de las palabras, aunque sean invisibles —dijo—. Y ellas son lo único importante* —la sombra de la esfera descendió cuando el hombre inclinó su cabeza—. Nosotros, al menos, creemos en la existencia independiente de las Ideas. Pero me presentaré: me llamo Diágoras, soy del *demo* de Medonte, y enseño filosofía y geometría en la escuela de los jardines de Academo. Ya sabes... la que llaman la «Academia». La escuela que dirige Platón.

Heracles movió la cabeza, asintiendo.

—He oído hablar de la Academia y conozco un poco a Platón —dijo—. Aunque he de admitir que últimamente no lo veo con frecuencia...

—No me extraña —repuso Diágoras—: Se encuentra muy ocupado en la composición de un nuevo libro para su Diálogo sobre el gobierno ideal. Pero no es de él de quien vengo a hablarte, sino de... uno de mis discípulos: Trámaco, el hijo de la viuda Etis; el adolescente al que mataron los lobos hace unos días... ¿Sabes a quién me refiero?

* Con independencia de su finalidad dentro de la ficción del diálogo, estas últimas frases —«Hay *ideas* más allá de las palabras»... «Y ellas son lo único importante»— se me antojan al mismo tiempo un mensaje del autor para subrayar la presencia de eidesis. Montalo, como siempre, no parece haber advertido nada. *(N. del T.)*

El carnoso rostro de Heracles, iluminado a medias por la luz de la lámpara, no reflejó ninguna expresión. «Ah, Trámaco era alumno de la Academia», pensó. «Por eso Platón fue a darle el pésame a Etis.» Volvió a mover la cabeza y asintió. Dijo:

—Conozco a su familia, pero no sabía que Trámaco era alumno de la Academia...

—Lo era —replicó Diágoras—. Y un buen alumno, además.

Entrelazando las cabezas de sus gruesos dedos, Heracles dijo:

—Y el misterio que vienes a ofrecerme se relaciona con Trámaco...

—Directamente —asintió el filósofo.

Heracles permaneció pensativo durante un instante. Entonces hizo un gesto vago con la mano.

—Bien. Cuéntamelo lo mejor que puedas, y ya veremos.

La mirada de Diágoras de Medonte se perdió en el afilado contorno de la cabeza de la llama, que se alzaba, piramidal, sobre la mecha de la lámpara, mientras su voz desgranaba las palabras:

—Yo era su mentor principal y me sentía orgulloso de él. Trámaco poseía todas las nobles cualidades que Platón exige en aquellos que pretendan convertirse en sabios guardianes de la ciudad: era hermoso como sólo puede serlo alguien que ha sido bendecido por los dioses; sabía discutir con inteligencia; sus preguntas siempre eran atinadas; su conducta, ejemplar; su espíritu vibraba en armonía con la música y su esbelto cuerpo se había moldeado en el ejercicio de la gimnasia... Estaba a punto de cumplir la mayoría de edad, y ardía de impaciencia por servir a Atenas en el ejército. Aunque me entristecía pensar que pronto abandonaría la Academia, ya que le profesaba cierto aprecio, mi corazón se regocijaba sabiendo que su alma ya había aprendido todo lo que yo podía enseñarle y se hallaba de sobra preparada para conocer la vida...

Diágoras hizo una pausa. Su mirada no se desviaba de la quieta ondulación de la llama. Prosiguió, con fatigada voz:

—Y entonces, hace aproximadamente un mes, empecé a percibir que algo extraño le ocurría... Parecía preocupado. No se concentraba en las lecciones: antes bien, permanecía alejado del resto de sus compañeros, apoyado en la pared más lejana a la pizarra, indiferente al bosque de brazos que se alzaban como cabezas de largos cuellos cuando yo hacía una de mis preguntas, como si la sabiduría hubiese dejado de interesarle... Al principio no quise darle demasiada importancia a tal conducta: ya sabes que los problemas, a esa edad, son múltiples, y brotan y desaparecen con suave rapidez. Pero su desinterés continuó. Incluso se agravó. Se ausentaba con frecuencia de las clases, no aparecía por el gimnasio... Algunos de sus compañeros habían notado también el cambio, pero no sabían a qué atribuirlo. ¿Estaría enfermo? Decidí hablarle a solas... si bien aún seguía creyendo que su problema sería intrascendente... quizás amoroso... ya me entiendes... es frecuente, a esa edad... —Heracles se sorprendió al observar que el rostro de Diágoras enrojecía como el de un adolescente. Lo vio tragar saliva antes de continuar—: Una tarde, en un intervalo entre las clases, lo hallé a solas en el jardín, junto a la estatua de la Esfinge...

El muchacho se hallaba extrañamente quieto entre los árboles. Parecía contemplar la cabeza de piedra de la mujer con cuerpo de león y alas de águila, pero su prolongada inmovilidad —tan semejante a la de la estatua— hacía pensar que su mente se hallaba muy lejos de allí. El hombre lo sorprendió en aquella postura: de pie, los brazos junto al cuerpo, la cabeza un poco inclinada, los tobillos unidos. El crepúsculo era frío, pero el muchacho sólo vestía una ligera túnica, corta como los *jitones* espartanos, que se agitaba con el viento y dejaba desnudos sus brazos y sus muslos blancos. Los bucles castaños estaban atados con una cinta. Calzaba hermosas sandalias de piel. El hombre, intrigado, se acercó: al hacerlo, el muchacho percibió su presencia y se volvió hacia él.

—Ah, maestro Diágoras. Estabais aquí...

Y comenzó a alejarse. Pero el hombre dijo:

—Aguarda, Trámaco. Precisamente quería hablarte a solas.

El muchacho se detuvo dándole la espalda (los blancos omoplatos desnudos) y giró con lentitud. El hombre, que intentaba mostrarse afectuoso, percibió la rigidez de sus suaves miembros y sonrió para tranquilizarle. Dijo:

—¿No estás desabrigado? Hace un poco de frío para tu escaso vestido...

—No siento frío, maestro Diágoras.

El hombre acarició con cariño el ondulado contorno de los músculos del brazo izquierdo de su pupilo.

—¿Seguro? Tu piel está helada, pobre hijo mío... y pareces temblar.

Se acercó aún más, provisto de la confianza que le otorgaba el afecto que sentía por él, y, con un suave gesto, un movimiento casi maternal de sus dedos, le apartó los rizos castaños arrollados en la frente. Una vez más se maravilló de la hermosura de aquel rostro intachable, de la belleza de aquellos ojos color miel que lo contemplaban parpadeando. Dijo:

—Escucha, hijo: tus compañeros y yo hemos notado que te ocurre algo. Últimamente no eres el mismo de siempre...

—No, maestro, yo...

—Escucha —insistió el hombre con suavidad, y acarició el terso óvalo del rostro del muchacho tomándolo con delicadeza del mentón, como se coge una copa de oro puro—. Eres mi mejor alumno, y un maestro conoce muy bien a su mejor alumno. Desde hace casi un mes parece que nada te interesa, no intervienes en los diálogos pedagógicos... Espera, no me interrumpas... Te has alejado de tus compañeros, Trámaco... Claro que te ocurre algo, hijo. Dime tan sólo qué es, y juro ante los dioses que procuraré ayudarte, ya que mis fuerzas no son escasas. No se lo diré a nadie si no quieres. Tienes mi palabra. Pero confía en mí...

Los ojos castaños del muchacho se hallaban fijos en los del hombre, muy abiertos. Quizá demasiado abiertos. Durante un instante hubo silencio y quietud. Entonces el muchacho movió lentamente sus rosados labios, húmedos y fríos, como si fuera a hablar, pero no dijo nada. Sus ojos continuaban dilatados, saltones, como pequeñas cabezas de marfil con inmensas pupilas negras. El hombre advirtió algo extraño en aquellos ojos, y se quedó tan absorto contemplándolos que apenas percibió que el muchacho retrocedía unos pasos sin interrumpir su mirada, el blanco cuerpo aún rígido, los labios apretados...

El hombre continuó inmóvil mucho tiempo después de que el muchacho huyera.

—Estaba muerto de terror —dijo Diágoras tras un hondo silencio.

Heracles cogió otro higo de la fuente. Un trueno se agitó en la distancia como la sinuosa vibración de un crótalo.

—¿Cómo lo sabes? ¿Te lo dijo él?

—No. Ya te he contado que huyó antes de que yo pudiese pronunciar una palabra más, tan confuso me encontraba... Pero, aunque carezco de tu poder para leer el rostro de los hombres, he visto demasiadas veces el miedo y creo que sé reconocerlo. El de Trámaco era el horror más espantoso que he contemplado jamás. Toda su mirada estaba llena de eso. Al descubrirlo, no supe reaccionar. Fue como... como si sus ojos me hubieran petrificado con su propio espanto. Cuando miré a mi alrededor, ya se había marchado. No volví a verle. Al día siguiente, uno de sus amigos me dijo que se había ido a cazar. Me extrañó un poco, ya que el estado de ánimo en que yo lo había encontrado la víspera no me parecía el más indicado para disfrutar de aquel ejercicio, pero...

—¿Quién te dijo que se había ido a cazar? —lo interrumpió Heracles atrapando la cabeza de otro higo de entre los múltiples que asomaban por el borde de la fuente.

—Eunío, uno de sus mejores amigos. El otro era Antiso, el hijo de Praxínoe...

—¿También alumnos de la Academia?

—Sí.

—Bien. Prosigue, por favor.

Diágoras se pasó una mano por la cabeza (en la sombra de la pared, un animal reptante deslizose por la untuosa superficie de la esfera) y dijo:

—Precisamente aquel día quise hablar con Antiso y Eunío. Los encontré en el gimnasio...

Manos que se alzan, culebreantes, jugando con la lluvia de diminutas escamas; brazos esbeltos, húmedos; la risa múltiple, los comentarios jocosos fragmentados por el ruido del agua, los párpados apretados, las cabezas alzadas; un empujón, y nuevo eco de carcajadas derramándose. La visión, desde arriba, podría evocar una flor formada por cuerpos de adolescentes, o un solo cuerpo con varias cabezas; brazos como pétalos ondulantes; el vapor acariciando la desnudez untuosa y múltiple; una húmeda lengua de agua deslizándose por la boca de una gárgola; movimientos... gestos sinuosos de la flor de carne... De repente, el vapor, con su denso aliento, nubla nuestra visión.*

Las neblinas se despejan otra vez: distinguimos una pequeña habitación —un vestuario, a juzgar por la colección de túnicas y mantos colgados de las paredes enjalbegadas— y varios cuerpos adolescentes en

* Este curioso párrafo, que parece describir de forma poética la ducha de los adolescentes en el gimnasio, contiene, en apretada síntesis pero bien remachados, casi todos los elementos eidéticos del segundo capítulo: entre ellos, «humedad», «cabeza» y «ondulación». Se hace notar también la repetición de «múltiple» y la palabra «escamas», que ha aparecido anteriormente. La imagen de la «flor de carne» me parece una simple metáfora no eidética. *(N. del T.)*

diversos grados de desnudez, uno de ellos tendido bocabajo sobre un diván, sin vestigios de ropa, recorrido por la avidez de unas manos morenas que, deslizándose, proporcionan un lento masaje a sus músculos. Se escuchan risas: los adolescentes bromean después de la ducha. El siseo del vapor de las marmitas con agua hirviendo decrece hasta desaparecer. La cortina de la entrada se aparta, y las múltiples risas cesan. Un hombre alto y enjuto, de lustrosa calva y barba bien recortada, saluda a los adolescentes, que se apresuran a responderle. El hombre habla; los adolescentes permanecen atentos a sus palabras aunque intentan no interrumpir sus actividades: continúan vistiéndose o desvistiéndose, frotando con largos paños sus bien formados cuerpos o untando con aceitosos ungüentos los ondulados músculos.

El hombre se dirige sobre todo a dos de los jóvenes: uno de espeso pelo negro y mejillas con perenne rubor que, inclinado hacia el suelo, se ata las sandalias; y el otro, el efebo desnudo que recibe el masaje y cuyo rostro —ahora lo vemos— es hermosísimo.

La habitación exuda calor, como los cuerpos. Entonces un remolino de niebla serpentea ante nuestros ojos, y la visión desaparece.

—Les pregunté sobre Trámaco —explicó Diágoras—. Al principio no comprendían muy bien lo que quería de ellos, pero ambos admitieron que su amigo había cambiado, aunque no se explicaban la causa. Entonces Lisilo, otro alumno que por casualidad se hallaba allí, me hizo una increíble revelación: que Trámaco frecuentaba, en secreto, desde hacía unos meses, a una hetaira del Pireo llamada Yasintra. «Quizás ella sea quien le ha hecho cambiar, maestro», añadió socarronamente. Antiso y Eunío, muy tímidos, confirmaron la existencia de aquella relación. Quedé asombrado, y en cierto modo dolido, pero al mismo tiempo experimenté un considerable alivio: que mi pupilo me ocultara sus infamantes visitas a una prostituta del puerto era preocupante, desde luego, teniendo en cuenta la noble educación que había recibido, pero si el problema se reducía a eso pensé que no había nada que temer. Me propuse abordarle de nuevo, en ocasión más propicia, y discutir con él razonablemente aquella desviación de su espíritu...

Diágoras hizo una pausa. Heracles Póntor había encendido otra lámpara adosada a la pared, y las sombras de las cabezas se multiplicaron: troncos de cono de Heracles que se movían, gemelos, en el muro de adobe, y esferas de Diágoras, pensativas, quietas, perturbadas por la asimetría del pelo blanco derramado sobre su nuca y la bien recortada barba. Cuando reanudó su narración, la voz de Diágoras parecía afectada por una repentina afonía:

—Pero entonces... aquella misma noche, de madrugada, los soldados de frontera llamaron a mi puerta... Un cabrero había hallado su cuerpo en el bosque, cerca del Licabeto, y había avisado a la guardia... Cuando lo identificaron, sabiendo que en su casa no había hombres para recibir la noticia y que su tío Daminos no se hallaba en la Ciudad, me llamaron a mí...

Hizo otra pausa. Se escuchó la tormenta lejana y la suave decapitación de un nuevo higo. El semblante de Diágoras se hallaba contraído, como si cada palabra le costara ahora un gran esfuerzo. Dijo:

—Por extraño que pueda parecerte, me sentí culpable... Si me hubiese ganado su confianza aquella tarde, si hubiera logrado que me dijese lo que le ocurría... quizá no se habría marchado a cazar... y aún estaría vivo —elevó los ojos hacia su obeso interlocutor, que lo escuchaba retrepado en la silla con pacífico semblante, como si estuviera a punto de dormirse—. Puedo confesarte que he pasado dos días espantosos pensando que Trámaco improvisó su fatídica jornada de caza para huir de mí y de mi torpeza... Así que tomé una decisión esta tarde: quiero saber lo que le ocurría, qué le aterrorizaba tanto y hasta qué punto mi intervención hubiera podido ayudarle... Por eso acudo a ti. En Atenas se dice que para conocer el futuro es necesario el oráculo de Delfos, pero para saber el pasado basta con contratar al Descifrador de Enigmas...

—¡Eso es absurdo! —exclamó Heracles de repente.

Su imprevista reacción casi asustó a Diágoras: se incorporó con rapidez, arrastrando consigo todas las sombras de su cabeza, y empezó a dar breves paseos por la húmeda y fría habitación mientras sus gruesos dedos acariciaban uno de los untuosos higos que acababa de coger. Prosiguió, en el mismo tono exaltado:

—¡Yo no descifro el pasado si no puedo verlo: un texto, un objeto o un rostro son cosas que puedo *ver*, pero tú me hablas de recuerdos, de impresiones, de... opiniones! ¿Cómo dejarme guiar por ellas?... Dices que, desde hace un mes, tu discípulo parecía «preocupado», pero ¿qué significa «preocupado»?... —alzó el brazo con brusquedad—. ¡Un momento antes de que entraras en esta habitación, hubieras podido decir que yo también estaba «preocupado» contemplando la grieta!... Después afirmas que viste el terror en sus ojos... ¡El terror!... Te pregunto: ¿acaso el terror estaba escrito en su pupila en caracteres jónicos? ¿El miedo es una palabra grabada en las líneas de nuestra frente? ¿O es un dibujo, como esa grieta en la pared? ¡Mil emociones distintas podrían producir la misma mirada que tú atribuiste sólo al terror!...

Diágoras replicó, un poco incómodo:

—Yo sé lo que vi. Trámaco estaba aterrorizado.

—Sabes lo que *creíste* ver —puntualizó Heracles—. Saber la verdad equivale a saber cuánta verdad podemos saber.

—Sócrates, el maestro de Platón, opinaba algo parecido —admitió Diágoras—. Decía que sólo sabía que no sabía nada, y, de hecho, todos estamos de acuerdo con este punto de vista. Pero nuestro pensamiento también tiene ojos, y con él podemos ver cosas que nuestros ojos carnales no ven...

—¿Ah, sí? —Heracles se detuvo bruscamente—. Pues bien: dime qué ves aquí.

Alzó la mano con rapidez, acercándola al rostro de Diágoras: de sus gruesos dedos sobresalía una especie de cabeza verde y untuosa.

—Un higo —dijo Diágoras tras un instante de sorpresa.

—¿Un higo como los demás?

—Sí. Parece intacto. Tiene buen color. Es un higo normal y corriente.

—¡Ah, ésta es la diferencia entre tú y yo! —exclamó Heracles, triunfal—. Yo observo el mismo higo y opino que *parece* un higo normal y corriente. Puedo, incluso, llegar a opinar que es *muy probable* que se trate de un higo normal y corriente, pero ahí me detengo. Si quiero saber más, debo abrirlo... como ya había hecho con éste mientras tú hablabas...

Separó con suavidad las dos mitades del higo que mantenía unidas: con un único movimiento sinuoso, múltiples cabezas diminutas se alzaron airadas del oscuro interior, retorciéndose y emitiendo un debilísimo siseo. Diágoras hizo una mueca de repugnancia. Heracles añadió:

—Y cuando lo abro... ¡no me sorprendo tanto como tú si la verdad no es la que yo esperaba!

Volvió a cerrar el higo y lo colocó sobre la mesa. De repente, en un tono mucho más tranquilo, similar al que había empleado al comienzo de la entrevista, el Descifrador prosiguió:

—Los elijo personalmente en el comercio de un meteco del ágora: es un buen hombre y casi nunca me engaña, te lo aseguro, pues sabe de sobra que soy experto en materia de higos. Pero a veces la naturaleza juega malas pasadas...

La cabeza de Diágoras había vuelto a enrojecer. Exclamó:

—¿Vas a aceptar el trabajo que te propongo, o prefieres seguir hablando del higo?

—Compréndeme, no puedo aceptar algo así... —el Descifrador cogió la crátera y sirvió espeso vino no mezclado en una de las copas—. Sería como traicionarme a mí mismo. ¿Qué me has contado? Sólo suposiciones... y ni siquiera suposiciones mías sino tuyas... —meneó la cabeza—. Imposible. ¿Quieres un poco de vino?

Pero Diágoras ya se había levantado, recto como un junco. Sus mejillas ardían de rubor.

—No, no quiero vino. Ni tampoco quiero quitarte más tiempo. Ya sé que me he equivocado al elegirte.

Discúlpame. Tú has cumplido con tu deber rechazando mi petición, y yo con el mío exponiéndotela. Que pases buena noche...

—Aguarda —dijo Heracles con aparente indiferencia, como si Diágoras hubiera olvidado algo mientras se marchaba—. He dicho que no puedo ocuparme de *tu* trabajo, pero si quisieras pagarme por un trabajo *propio*, aceptaría tu dinero...

—¿Qué clase de broma es ésta?

Las cabezas de los ojos de Heracles emitían múltiples destellos de burla como si, en efecto, todo lo que hubiera dicho hasta ese instante no hubiera sido sino una inmensa broma. Explicó:

—La noche en que los soldados trajeron el cuerpo de Trámaco, un viejo loco llamado Cándalo alertó a todo el vecindario de mi barrio. Salí a ver lo que ocurría, como los demás, y pude contemplar su cadáver. Un médico, Aschilos, lo estaba examinando, pero ese inepto es incapaz de ver nada más allá de su propia barba... Sin embargo, yo sí *vi algo* que me pareció curioso. No había vuelto a pensar en ello, pero tu petición me ha hecho recordarlo... —se atusó la barba mientras reflexionaba. Entonces, como si hubiera tomado una decisión repentina, exclamó—: ¡Sí, aceptaré resolver el misterio de tu discípulo, Diágoras, pero no por lo que tú *creíste* ver cuando hablaste con él sino por lo que yo *vi* al observar su cadáver!

Ni una sola de las múltiples preguntas que surgieron en la cabeza de Diágoras obtuvo la mínima respuesta por parte del Descifrador, que se limitó a agregar:

—No hablemos del higo antes de abrirlo. Prefiero no decirte nada más por ahora, ya que puedo estar equivocado. Pero confía en mí, Diágoras: si resuelvo *mi* enigma, es probable que el tuyo quede resuelto también. Si quieres, pasaré a comentarte mis honorarios...

Enfrentaron las múltiples cabezas del aspecto económico y llegaron a un acuerdo. Entonces Heracles indicó que comenzaría su investigación al día siguiente: iría al Pireo e intentaría encontrar a la hetaira con la que Trámaco se relacionaba.

—¿Puedo ir contigo? — lo interrumpió Diágoras.

Y, mientras el Descifrador lo observaba con expresión de asombro, Diágoras añadió:

—Ya sé que no es necesario, pero *me gustaría.* Quiero colaborar. Será una forma de saber que aún puedo ayudar a Trámaco. Prometo hacer lo que me ordenes.

Heracles Póntor se encogió de hombros y dijo, sonriente:

—Bien, considerando que el dinero es tuyo, Diágoras, supongo que tienes todo el derecho del mundo a ser contratado...

Y, en aquel instante, las múltiples serpientes enroscadas bajo sus pies levantaron sus escamosas cabezas y escupieron la untuosa lengua, llenas de rabia.*

* ¡Seguro que estas líneas finales han sorprendido al lector tanto como a mí! Debemos excluir, por supuesto, la posibilidad de una complicada metáfora, pero tampoco podemos caer en un exacerbado realismo: pensar que «múltiples serpientes enroscadas» anidaban en el suelo de la habitación de Heracles, y que, por tanto, todo el diálogo previo entre Diágoras y el Descifrador de Enigmas se ha desarrollado en «un lugar repleto de ofidios que se deslizan con fría lentitud por los brazos o las piernas de los protagonistas mientras éstos, inadvertidamente, siguen hablando», como opina Montalo, es llevar las

cosas demasiado lejos (la explicación que aduce este ilustre experto en literatura griega es absurda: «¿Por qué no van a existir serpientes en la habitación si el autor *así lo quiere*?», afirma. «Es el autor quien tiene la última palabra sobre lo que sucede en el mundo de su obra, no nosotros.»). Pero el lector no tiene por qué preocuparse: esta última frase sobre las serpientes es pura fantasía. Claro está que todas las anteriores también lo son, ya que se trata de una obra de ficción, pero, entiéndaseme bien, esta frase es una fantasía que el lector *no debe creerse*, ya que las demás, con ser igualmente ficticias, han de ser *creídas*, al menos durante el tiempo que dure la lectura, para que el relato adopte cierto sentido. En realidad, el único objetivo de este absurdo evento final, a mi modo de ver, es reforzar la eidesis: el autor pretende que sepamos cuál es la imagen oculta en este capítulo. Aun así, el recurso es traicionero: ¡no caiga el lector en el error de pensar en lo *más fácil*! Esta misma mañana, cuando todavía mi traducción no había llegado a este punto, Helena y yo descubrimos, de repente, no sólo la imagen eidética correcta sino —así lo creo— la clave de todo el libro. Nos faltó tiempo para comentárselo a Elio, nuestro jefe.

—«Humedad fría», «untuosidad», movimientos «sinuosos» y «reptantes»... Puede estar hablando de una serpiente, ¿no? —sugirió Elio—. Primer capítulo, león. Segundo capítulo, serpiente.

—Pero ¿y «cabeza»? —objeté—. ¿Por qué tantas «cabezas múltiples»? —Elio se encogió de hombros, devolviéndome la pregunta. Le mostré, entonces, la estatuilla que me había traído de casa—. Helena y yo creemos haberlo descubierto. ¿Ves? Ésta es la figura de la Hidra, el legendario monstruo de múltiples cabezas de serpiente que, al ser cortadas, se reproducían... De ahí también la insistencia en describir la «decapitación» de los higos...

—Pero hay más —intervino Helena—: Derrotar a la Hidra de Lerna fue el segundo de los Trabajos que realizó Hércules, el héroe de gran parte de las leyendas griegas...

—¿Y qué? —dijo Elio.

Tomé la palabra, entusiasmado.

—*La caverna de las ideas* tiene doce capítulos, y, según la tradición, doce fueron en total los Trabajos de Hércules, cuyo nombre griego es Heracles. Además, el personaje principal de la obra se llama así, Heracles. Y el primer Trabajo de Hércules, o Heracles, consistió en matar al León de Nemea... y la idea oculta del primer capítulo es un león.

—Y la del segundo, la Hidra —concluyó Elio con rapidez—. Todo concuerda, en efecto... Al menos, por ahora.

—¿Por ahora? —me irritó un poco aquella coletilla—. ¿A qué te refieres?

Elio sonrió con calma.

—Estoy de acuerdo con vuestras conclusiones —explicó—, pero los libros eidéticos son traicioneros: tened en cuenta que se trata de trabajar con objetos completamente imaginarios, ni siquiera con palabras sino con... ideas. Con imágenes destiladas. ¿Cómo podemos estar seguros de la clave final que tenía en mente el autor?

—Muy sencillo —repuse—: Todo consiste en probar nuestra teoría. El tercer Trabajo, según la mayoría de las tradiciones, fue capturar al Jabalí de Erimanto: si la imagen oculta del tercer capítulo se parece a un jabalí, nuestra teoría recibirá una prueba más...

—Y así hasta el final —dijo Helena, muy tranquila.

—Tengo otra objeción —Elio se rascó la calva—: En la época en la que fue escrita esta obra, los Trabajos de Hércules no eran ningún secreto. ¿Por qué usar la eidesis para ocultarlos?

Se hizo el silencio.

—Una buena objeción —admitió Helena—. Pero supongamos que el autor ha elaborado una eidesis de la eidesis, y que los Trabajos de Hércules ocultan, a su vez, otra imagen...

—¿Y así hasta el infinito? —la interrumpió Elio—. No podríamos conocer entonces la idea original. Debemos detenernos en algún sitio. Según ese punto de vista, Helena, cualquier cosa escrita puede remitir al lector a una imagen que, a su vez, puede remitir a otra, y a otra... ¡Sería imposible leer!

Ambos me miraron aguardando mi opinión. Reconocí que yo tampoco lo comprendía.

—La edición del texto original es de Montalo —dije—, pero, inconcebiblemente, no parece haber notado nada. Le he escrito una carta. Quizá su opinión nos resulte útil...

—¿Montalo, has dicho? —Elio enarcó las cejas—. Vaya, me temo que has perdido el tiempo... ¿Acaso no lo sabías? Fue noticia en todas partes... Montalo murió el año pasado... ¿Tú tampoco lo sabías, Helena?

—No —reconoció Helena, y me dedicó una mirada compasiva—. Vaya casualidad.

—Desde luego —asintió Elio, y se volvió hacia mí—: Y como la única edición del original era la suya y la única traducción hasta el momento es la tuya, parece que el descubrimiento de la clave final de *La caverna de las ideas* depende exclusivamente de ti...

—Vaya responsabilidad —bromeó Helena.

Me quedé sin saber qué decir. Y aún le sigo dando vueltas al tema. *(N. del T.)*

III*

Parece adecuado que detengamos un instante el veloz curso de esta historia para decir algunas rápidas palabras acerca de sus principales protagonistas: Heracles, hijo de Frínico, del *demo* de Póntor, y Diágoras, hijo de Jámpsaco, del *demo* de Medonte. ¿Quiénes eran? ¿Quiénes creían ser ellos? ¿Quiénes creían los demás que eran?

Acerca de Heracles, diremos que**

Acerca de Diágoras***

Y, una vez bien enterado el lector de estos porme-

* «Rapidez, descuido. Las palabras fluyen aquí sobre el cauce de una caligrafía irregular, a veces incomprensible, como si al copista le hubiese faltado tiempo para acabar el capítulo», comenta Montalo acerca del texto original. Por mi parte, permanezco ojo avizor para «capturar» a mi Jabalí entre las frases. Inicio la traducción del tercer capítulo. *(N. del T.)*

** «Siguen cinco líneas indescifrables», asegura Montalo. Al parecer, la caligrafía en este punto es desastrosa. Se adivinan, a duras penas (siempre según Montalo), cuatro palabras en todo el párrafo: «enigmas», «vivió», «esposa» y «gordo». El editor del texto original añade, no sin cierta ironía: «El lector deberá intentar reconstruir los datos biográficos de Heracles a partir de estas cuatro palabras, lo cual parece, al mismo tiempo, enormemente fácil y muy difícil». *(N. del T.)*

*** Igualmente ilegibles son las tres líneas que el anónimo autor dedica al personaje de Diágoras. Montalo sólo es capaz de entresacar, con dificultad, estas tres palabras: «vivió?» (con partícula interrogativa incluida), «espíritu» y «pasión». *(N. del T.)*

nores concernientes a la vida de nuestros protagonistas, reanudamos el relato sin pérdida de tiempo con la narración de lo sucedido en la ciudad portuaria del Pireo, donde Heracles y Diágoras acudieron en busca de la hetaira llamada Yasintra.

La buscaron por las angostas callejuelas por las que viajaba, veloz, el olor del mar; en los oscuros vanos de las puertas abiertas; aquí y allá, entre los pequeños cúmulos de mujeres silenciosas que sonreían cuando ellos se acercaban y, sin transición, se enseriaban al ser interrogadas; arriba y abajo, por las pendientes y las cuestas que se hundían al borde del océano; en las esquinas donde una sombra —mujer u hombre— aguardaba silenciosa. Preguntaron por ella a las ancianas que aún se pintaban, cuyos rostros de bronce, inexpresivos, cubiertos de albayalde, parecían tan antiguos como las casas; depositaron óbolos en manos temblorosas y agrietadas como papiros; escucharon el tintineo de las ajorcas doradas cuando los brazos se alzaban para señalar una dirección o un nombre: pregunta a Kopsias, Melita lo sabe, quizás en casa de Talia, Anfítrite la busca también, Eo ha vivido más en este barrio, Clito las conoce mejor, yo no soy Talia sino Meropis. Y mientras tanto, los ojos, bajo párpados sobrecargados de tinturas, siempre entrecerrados, siempre veloces, móviles en sus tronos de pestañas negras y dibujos de azafrán o marfil o rojizo oro, los ojos de las mujeres, siempre rápidos, como si sólo en las miradas las mujeres fueran libres, como si sólo reinaran tras el negror de las pupilas, que destellaban de... ¿burla?, ¿pasión?, ¿odio?, mientras sus labios quietos, las facciones endurecidas y la brevedad de las respuestas ocultaban sus pensamientos; sólo los ojos fugaces, penetrantes, terribles.

La tarde se agotaba sin pausas sobre los dos hombres. Por fin, Diágoras, frotándose los brazos bajo el manto con gestos veloces, decidió hablar:

—Pronto llegará la noche. El día ha transcurrido muy rápido. Y aún no la hemos encontrado... Hemos preguntado, por lo menos, a veinte de ellas, y sólo hemos recibido indicaciones confusas. Creo que intentan ocultarla, o engañarnos.

Siguieron avanzando por la estrecha calle en pendiente. Más allá de los tejados, el ocaso púrpura revelaba el final del mar. La multitud y el frenético ritmo del puerto del Pireo quedaban atrás, también los lugares más frecuentados por aquellos que buscaban placer o diversión: ahora se hallaban en el barrio donde *ellas* vivían, un bosque de veredas de piedra y árboles de adobe donde la oscuridad llegaba antes y la Noche se alzaba prematura; una soledad habitada, oculta, repleta de ojos invisibles.

—Al menos, tu conversación resulta distraída —dijo Diágoras sin molestarse en disimular su irritación. Le parecía que llevaba horas hablando solo; su compañero se limitaba a caminar, gruñir y, de vez en cuando, dar buena cuenta de uno de los higos de su alforja—. Me encanta tu facilidad para el diálogo, por Zeus... —se detuvo y volvió la cabeza, pero sólo el eco de sus pasos les seguía—. Estas callejuelas repugnantes, atiborradas de basura y mal olor... ¿Dónde está la ciudad «bien construida», como define todo el mundo al Pireo? ¿Es éste el famoso trazado «geométrico» de las calles que, según dicen, elaboró Hipódamo de Mileto? ¡Por Hera, que ni siquiera veo inspectores de los barrios, *astínomos,* esclavos o soldados, como en Atenas! No me parece estar entre griegos sino en un mundo bárbaro... Además, no es sólo mi impresión: este sitio es peligroso, puedo olfatear el peligro igual que el olor del mar. Claro que, gracias a tu animada charla, me siento más tranquilo. Tu conversación me consuela, me hace olvidar por dónde voy...

—No me pagas para que hable, Diágoras —dijo Heracles con suprema indiferencia.

—¡Gracias a Apolo, oigo tu voz! —ironizó el filósofo—. ¡Pigmalión no se asombró tanto cuando Galatea le habló! Mañana sacrificaré una cabritilla en honor de...

—Calla —lo interrumpió el Descifrador con rapidez—. Ésa es la casa que nos han dicho...

Un agrietado muro gris se alzaba con dificultad a un lado de la calle; frente al hueco de la puerta reuníase un cónclave de sombras.

—Querrás decir la séptima —protestó Diágoras—: Ya he preguntado en vano en otras seis casas anteriores.

—Pues, teniendo en cuenta tu creciente experiencia, no creo que te resulte difícil interrogar ahora a estas mujeres...

Los oscuros chales que ocultaban los rostros se transformaron velozmente en miradas y sonrisas cuando Diágoras se acercó.

—Perdonadnos. Mi amigo y yo buscamos a la bailarina llamada Yasintra. Nos han dicho...

Igual que la rama tronchada que el cazador pisa por descuido alarma a la presa que, fugacísima, huye del calvero para buscar la seguridad de la espesura, así las palabras de Diágoras provocaron una inesperada reacción en el grupo: una de las muchachas se alejó corriendo calle abajo con celeridad mientras las demás, apresuradas, se introducían en la casa.

—¡Espera! —gritó Diágoras a la sombra que huía—. ¿Ésa es Yasintra? —preguntó a las otras mujeres—. ¡Esperad, por Zeus, sólo queremos...!

La puerta se cerró con precipitación. La calle ya estaba vacía. Heracles continuó su camino sin apresurarse y Diágoras, muy a pesar suyo, lo siguió. Un instante después, dijo:

—¿Y ahora? ¿Qué se supone que vamos a hacer? ¿Por qué seguimos caminando? Se ha marchado. Ha huido. ¿Es que piensas alcanzarla a este paso? —Heracles gruñó y extrajo con calma otro higo de la alforja. En el colmo de la exasperación, el filósofo se detuvo y le dirigió vivaces palabras—: ¡Escucha de una vez! Hemos buscado a esa hetaira durante todo el día por las calles del puerto y del interior, en las casas de peor fama, en el barrio alto y en el bajo, aquí y allá, apresuradamente, confiando en la palabra mendaz de las almas mediocres, los espíritus incultos, las soeces alcahuetas, las mujeres malvadas... Y ahora que, al parecer, Zeus nos había permitido encontrarla ¡vuelve a perderse! ¡Y tú sigues caminando sin prisas, como un perro satisfecho, mientras...!

—Cálmate, Diágoras. ¿Quieres un higo? Te dará fuerzas para...

—¡Déjame en paz con tus higos! ¡Quiero saber por qué continuamos caminando! Creo que deberíamos intentar hablar con las mujeres que entraron en la casa y...

—No: la mujer que buscamos es la que ha huido —dijo tranquilamente el Descifrador.

—¿Y por qué no corremos tras ella?

—Porque estamos muy cansados. Al menos, yo lo estoy. ¿Tú no?

—Si es así —Diágoras se irritaba cada vez más—, ¿por qué continuamos caminando?

Heracles, sin detenerse, se permitió un breve silencio mientras masticaba.

—En ocasiones, el cansancio se quita con cansancio —dijo—. De esta forma, tras muchos cansancios seguidos nos volvemos incansables.

Diágoras lo vio alejarse al mismo ritmo, calle abajo, y, a regañadientes, se unió a él.

—¡Y todavía te atreves a decir que no te gusta la filosofía! —resopló.

Caminaron durante un trecho en el silencio de la Noche cercana. La calle por la que había huido la mujer proseguía sin interrupciones entre dos filas de casas ruinosas. Muy pronto la oscuridad sería absoluta y ni siquiera las casas podrían vislumbrarse.

—Estas callejuelas viejas y tenebrosas... —se quejó Diágoras—. ¡Sólo Atenea sabe adónde puede haber ido esa mujer! Era joven y ágil... Creo que sería capaz de correr sin detenerse hasta salir del Ática...

Y la imaginó huyendo, en efecto, hacia los bosques colindantes, dejando huellas en el barro con sus pies descalzos, bajo el brillo de una luna tan blanca como un lirio en las manos de una muchacha, sin importarle la oscuridad (pues, sin duda, conocería el camino), saltando sobre los lirios, la respiración agitando su pecho, el sonido de sus pasos atenuado por la distancia, los ojos de cervatilla muy abiertos. Quizá se despojaría de la ropa para correr con más presteza, y la blancura de lirio de su cuerpo desnudo cruzaría la espesura como un relámpago sin que los árboles lo estorbaran, el pelo suelto enredándose apenas en la cornamenta de las ramas, finas como tallos de plantas o dedos de muchacha, veloz, desnuda y pálida como una flor de marfil que una adolescente sostuviera entre sus manos mientras huye.*

Habían llegado a una encrucijada. Más allá, la calle se prolongaba con un pasaje estrecho, sembrado de piedras; otra callejuela arrancaba a la izquierda; a la derecha, un pequeño puente entre dos casas altas cobijaba un angosto túnel cuyo extremo final se perdía entre las sombras.

—¿Y ahora? —se irritó Diágoras—. ¿Debemos echar a suertes nuestro camino?

Sintió la presión en el brazo y se dejó conducir en silencio, dócilmente pero con rapidez, hacia la esquina más cercana al túnel.

* Algunas lagunas textuales (debido a palabras escritas «apresuradamente» que resultan «ininteligibles», según Montalo) dificultan la comprensión de este misterioso párrafo. La eidesis implícita parece ser la «rapidez», como viene ocurriendo desde el principio del capítulo, pero a ella se suman imágenes de ciervos, no de jabalíes: «ojos de cervatilla», «cornamenta de las ramas»... lo que sugiere no el tercero sino el *cuarto* de los Trabajos de Hércules: la persecución de la rapidísima Cierva de Cerinia. Esta peculiar alteración del orden de los Trabajos no me sorprende, ya que era frecuente entre los escritores de la Antigüedad. Lo que llama la atención es la nueva eidesis que resalta en el texto: una muchacha que sostiene un lirio. ¿Qué tiene que ver con la persecución de la cierva? ¿Se trata de una representación de la pureza de la diosa Ártemis, a quien estaba consagrado el legendario animal? En cualquier caso, no creo que pueda considerársela, como Montalo afirma, «una licencia poética sin ningún significado real». *(N. del T.)*

—Esperaremos aquí —susurró Heracles.

—Pero ¿y la mujer?

—A veces esperar es una forma de perseguir.

—¿Acaso supones que va a regresar sobre sus pasos?

—Por supuesto —Heracles capturó otro higo—. Siempre se regresa. Y habla más bajo: la presa puede asustarse.

Esperaron. La luna descubrió su cuerna blanca. Un golpe de viento fugacísimo animó la quietud de la noche. Ambos hombres se arrebujaron aún más en sus mantos; Diágoras reprimió un escalofrío, pese a que la temperatura era menos desagradable que en la Ciudad debido a la presencia moderadora del mar.

—Viene alguien —susurró Diágoras.

Era como el lento ritmo de los pies descalzos de una muchacha. Pero lo que llegó hasta ellos procedente de las estrechas calles más allá de la encrucijada no fue una persona sino una flor: un lirio estropeado por las manos fuertes de la brisa; sus pétalos golpearon las piedras cercanas al escondite de Heracles y Diágoras, y, desparramada, siguió su apresurado camino entre un aire con olor a espuma y sal, perdiéndose calle arriba, sostenida por el viento como por una muchacha deslumbrante —ojos de mar, cabellos de luna— que la llevara entre los dedos mientras corriera.

—No era nada. Sólo el viento —dijo Heracles.*

El tiempo murió durante un breve instante. Diágoras, que empezaba a estar aterido de frío, se descu-

* ¡Claro que es algo! Los protagonistas no pueden verla, por supuesto, pero aquí está de nuevo la «muchacha del lirio». ¿Qué significa? Reconozco que esta abrupta aparición me ha

brió hablando en voz baja con la robusta sombra del Descifrador, a quien ya no podía ver el rostro:

—Nunca imaginé que Trámaco... Quiero decir, ya me entiendes... Nunca creí que... La pureza era una de sus principales virtudes, o al menos así me lo parecía. Lo último que hubiese llegado a creer de él era esto... ¡Relacionarse con una vulgar...! ¡Pero si todavía no era un hombre!... Ni siquiera se me ocurrió pensar que sintiera los deseos de un efebo... Cuando Lisilo me lo dijo...

—Calla —dijo de repente la sombra de Heracles—. Escucha.

Eran como rápidos arañazos entre las piedras. Diágoras recibió en su oído el tibio aliento del Descifrador un momento antes de oír su voz.

—Échate sobre ella con rapidez. Protege tu entrepierna con una mano y no pierdas de vista sus rodillas... Y procura tranquilizarla.

—Pero...

—Haz lo que te digo o se escapará de nuevo. Yo te secundaré.

«¿Qué quiere decir con *yo te secundaré*?», pensó Diágoras, indeciso. Pero no tuvo tiempo de hacerse más preguntas.

Ágil, rápida, silenciosa, una silueta se extendió como una alfombra por el suelo de la encrucijada, pro-

---

puesto un poco nervioso: he llegado a golpear el texto con las manos, como dicen que Pericles hizo con la estatua de la Atenea crisoelefantina de Fidias para exigirle que hablara: «¿Qué significa? ¿Qué quieres decir?». El papel, por supuesto, ha continuado inaccesible. Ahora me encuentro más tranquilo. *(N. del T.)*

yectada por un rastro de luna. Diágoras se abalanzó sobre ella cuando, inadvertida, se encarnó en un cuerpo junto a él. Una mata de pelo perfumado se revolvió con violencia frente a su rostro y unas formas musculares se agitaron entre sus brazos. Diágoras empujó aquella cosa hacia la pared opuesta.

—¡Por Apolo, basta! —exclamó, y se echó sobre ella—. ¡No vamos a hacerte nada! Sólo queremos hablar... Calma.... —la cosa cesó de moverse y Diágoras se apartó un poco. No pudo verle el rostro: se enmascaraba con las manos; por entre los dedos, largos y delgados como tallos de lirio, brillaba una mirada—. Sólo vamos a hacerte unas preguntas... Sobre un efebo llamado Trámaco. Lo conocías, ¿no? —pensó que ella terminaría por abrirle la puerta de sus manos, apartar aquellas frondas tenues y mostrar su rostro, más tranquila. Fue entonces cuando sintió el relámpago en el vientre inferior. Vio la luz antes de percibir el dolor: era cegadora, perfecta, y anegó sus ojos como un líquido rellena rápidamente una vasija. El dolor aguardó un poco más, agazapado entre sus piernas; entonces se desperezó con rabia y ascendió súbito hasta su conciencia como un vómito de cristales. Cayó al suelo tosiendo, y ni siquiera percibió el golpe de sus rodillas contra la piedra.

Hubo un forcejeo. Heracles Póntor se abalanzó sobre la cosa. No la trató con miramientos, como había hecho Diágoras: la cogió de los delgados brazos y la hizo retroceder con rapidez hasta la pared; la oyó gemir —un jadeo de hombre— y volvió a usar la pared como arma. La cosa respondió, pero él apoyó su obeso cuerpo contra ella para impedirle usar las rodillas. Vio que Diágoras se incorporaba con dificultad. Entonces le dirigió a su presa rápidas palabras:

—No te haremos daño a menos que no nos dejes otra elección. Y si vuelves a golpear a mi compañero, no me dejarás otra elección —Diágoras se apresuró a ayudarle. Heracles dijo—: Sujétala bien esta vez. Ya te advertí que tuvieras cuidado con sus rodillas.

—Mi amigo... habla la verdad... —Diágoras tomaba aliento en cada palabra—. No quiero hacerte daño... ¿Me has comprendido? —la cosa asintió con la cabeza, pero Diágoras no disminuyó la presión que ejercía sobre sus brazos—. Sólo serán unas preguntas...

La lucha cedió súbitamente, como cede el frío cuando los músculos se esfuerzan en una veloz carrera. De repente, Diágoras percibió cómo la cosa se convertía, sin pausas, en una mujer. Sintió por primera vez la firme proyección de sus pechos, la estrechez de la cintura, el olor distinto, la tersura de su dureza; advirtió el crecimiento de los oscuros rizos del pelo, la emergencia de los esbeltos brazos, la formación de los contornos. Por fin, sorprendió sus rasgos. Era extraña, eso fue lo primero que pensó: descubrió que la había imaginado (no sabía la razón) muy hermosa. Pero no lo era: los rizos de su cabello formaban un pelaje desordenado; los ojos eran demasiado grandes y muy claros, como los de un animal, aunque no advirtió el color en la penumbra; los pómulos, flacos, denunciaban el cráneo bajo la piel tensa. Se apartó de ella, confuso, sintiendo aún el lento latido del dolor en su vientre. Dijo, y sus palabras se envolvieron en humo con el aliento:

—¿Eres Yasintra?

Ambos jadeaban. Ella no respondió.

—Conocías a Trámaco... Él te visitaba.

—Ten cuidado con sus rodillas... —escuchó a infinita distancia la voz de Heracles.

La muchacha seguía mirándolo en silencio.

—¿Te pagaba por las visitas? —no entendió muy bien por qué había hecho aquella pregunta.

—Claro que me pagaba —dijo ella. Ambos hombres pensaron que muchos efebos no poseían una voz tan viril: era el eco de un oboe en una caverna—. Los ritos de Bromion se pagan con peanes; los de Cipris, con óbolos.

Diágoras, sin saber la razón, se sintió ofendido: quizá la ofensa radicaba en que la muchacha no parecía asustada. ¿Había advertido, incluso, que sus gruesos labios se burlaban de él en la oscuridad?

—¿Cuándo lo conociste?

—En las pasadas Leneas. Yo bailaba en la procesión del dios. Él me vio bailar y me buscó después.

—¿Te buscó? —exclamó Diágoras, incrédulo—. ¡Si aún no era un hombre!...

—Muchos niños también me buscan.

—Quizá hablas de otra persona...

—Trámaco, el adolescente al que mataron los lobos —replicó Yasintra—. De ése hablo.

Heracles intervino, impaciente:

—¿Quiénes creías que éramos?

—No comprendo —Yasintra volvió hacia él su acuosa mirada.

—¿Por qué huiste de nosotros cuando preguntamos por ti? No eres de las que suelen huir de los hombres. ¿A quiénes esperabas?

—A nadie. Huyo cuando me apetece.

—Yasintra —Diágoras parecía haber recobrado la calma—, necesitamos tu ayuda. Sabemos que a Trámaco le sucedía algo. Un problema muy grave lo atormentaba. Yo... Nosotros fuimos sus amigos y queremos averiguar qué le ocurría. Tu relación con él ya no importa. Sólo nos interesa saber si Trámaco te habló de sus preocupaciones...

Quiso añadir: «Oh, por favor, ayúdame. Es mucho más importante para mí de lo que crees». Le hubiera pedido ayuda cien veces, pues se sentía desvalido, frágil como un lirio en las manos de una doncella. Su conciencia había perdido todo rastro de orgullo y se había convertido en una adolescente de ojos azules y cabellos radiantes que gemía: «Ayúdame, por favor, ayúdame». Pero aquel deseo, tan ligero como el roce de la túnica blanca de una muchacha con los pétalos de una flor, y, a la vez, tan ardiente como el cuerpo núbil y deleitable de la misma muchacha desnuda, no se tradujo en palabras.*

—Trámaco no solía hablar mucho —dijo ella—. Y no parecía preocupado.

—¿Te pidió ayuda en alguna ocasión? —preguntó Heracles.

—No. ¿Por qué había de hacerlo?

—¿Cuándo lo viste por última vez?

—Hace una luna.

—¿Nunca te hablaba de su vida?

—A mujeres como yo, ¿quién nos habla?

* ¡Prosigue la fuerte eidesis de la «muchacha del lirio», y ahora parece unirse a ella la idea de «ayuda», cuatro veces repetida en este párrafo! *(N. del T.)*

—¿Su familia estaba de acuerdo con vuestra relación?

—No había ninguna relación: él me visitaba de vez en cuando, me pagaba y se iba.

—Pero puede que a su familia no le gustara que su noble hijo se desahogara contigo de vez en cuando.

—No lo sé. No era a su familia a quien yo tenía que complacer.

—Así pues, ¿ningún familiar te prohibió que siguieras viéndolo?

—Nunca hablé con ninguno... —replicó Yasintra, cortante.

—Pero quizá su padre supo algo de lo vuestro... —insistió Heracles con calma.

—Él no tenía padre.

—Es verdad —dijo Heracles—: Quise decir su madre.

—No la conozco.

Hubo un breve silencio. Diágoras miró al Descifrador, buscando ayuda. Heracles se encogió de hombros.

—¿Puedo marcharme ya? —dijo la muchacha—. Estoy cansada.

No le respondieron, pero ella se apartó de la pared y se alejó. Su cuerpo, envuelto en un largo chal oscuro y una túnica, se movía con la bella parsimonia de un animal del bosque. Las ajorcas y brazaletes invisibles resonaban con los pasos. En el límite de la oscuridad se volvió hacia Diágoras.

—No quería golpearte —dijo.

Regresaban a la Ciudad en plena noche, por el camino de los Muros Largos.

—Siento lo del rodillazo —comentó Heracles un poco apenado por el hondo silencio que había mantenido el filósofo desde la conversación con la hetaira—. ¿Aún te duele?... Bueno, no se puede decir que no te lo advertí... Yo conozco muy bien a esa clase de hetairas bailarinas. Son muy ágiles y saben defenderse. Cuando huyó, comprendí que nos atacaría si la abordábamos.

Hizo una pausa confiando en que Diágoras diría algo, pero su compañero siguió caminando con la cabeza inclinada, la barba apoyada en el pecho. Las luces del Pireo habían quedado atrás hacía tiempo, y la gran vía de piedra (no muy concurrida pero más segura y más rápida que la ruta común, según Heracles), flanqueada por los muros que construyera Temístocles y derribara Lisandro para ser reconstruidos después, se extendía oscura y silenciosa bajo la noche invernal. A lo lejos, hacia el norte, el débil resplandor de las murallas de Atenas destacaba como un sueño.

—Ahora eres tú, Diágoras, quien no habla desde hace mucho tiempo. ¿Te has desanimado?... Bueno, me dijiste que querías colaborar en la investigación, ¿no es cierto? Mis investigaciones siempre comienzan así: parece que no tenemos nada, y después... ¿Acaso te ha parecido una pérdida de tiempo venir al Pireo para hablar con esta hetaira?... Bah, por experiencia te digo que seguir un rastro nunca es perder el tiempo, todo lo contrario: cazar es saber rastrear huellas, aunque éstas parezcan no llevarnos a ninguna parte. Después, clavar la flecha en el lomo del ciervo, a diferencia de lo que cree la mayoría de la gente, resulta ser lo más...

—Era un niño —murmuró Diágoras de improviso, como si respondiera a alguna pregunta formulada por Heracles—. Aún no había cumplido la edad de la efebía. Su mirada era pura. Atenea misma parecía haber bruñido su alma...

—No te culpes más. A esas edades también buscamos desahogos.

Diágoras apartó por primera vez la vista del oscuro camino para observar al Descifrador con desprecio.

—No lo entiendes. En la Academia, educamos a los adolescentes para que amen la sabiduría sobre todas las cosas y rechacen los placeres peligrosos que sólo conllevan un beneficio inmediato y breve. Trámaco conocía la virtud, sabía que es infinitamente más útil y provechosa que el vicio... ¿Cómo pudo ignorarla en la práctica?

—¿De qué forma enseñáis la virtud en la Academia? —preguntó Heracles, intentando por enésima vez distraer al filósofo.

—A través de la música y del goce del ejercicio físico.

Otro silencio. Heracles se rascó la cabeza.

—Bueno, digamos que a Trámaco le pareció más importante el goce del ejercicio físico que la música —comentó, pero la mirada de Diágoras le hizo callar de nuevo.

—La ignorancia es el origen de todos los males. ¿Quién elegiría lo peor a sabiendas de que se trata de lo peor? Si la razón, a través de la enseñanza, te hace ver que el vicio es peor que la virtud, que la mentira es peor que la verdad, que el placer inmediato es peor que el duradero, ¿acaso los escogerías conscientemente? Sabes, por ejemplo, que el fuego quema: ¿pondrías la mano sobre las peligrosas llamas por tu propia voluntad?... Es absurdo. ¡Un año visitando a esa... mujer! ¡Pagando su placer!... Es mentira... Esa hetaira nos ha mentido. Yo te aseguro que... ¿De qué te ríes?

—Disculpa —dijo Heracles—, estaba recordando a alguien a quien, una vez, vi poner la mano sobre las llamas por voluntad propia: un viejo amigo de mi *demo*, Crántor de Póntor. Él opinaba todo lo contrario: decía que no basta con razonar para elegir lo mejor, ya que el hombre se deja guiar por sus deseos y no por sus ideas. Un día le apeteció quemarse la mano derecha, y la puso sobre el fuego y se quemó.

Hubo un largo silencio tras aquellas palabras. Al cabo del tiempo, Diágoras dijo:

—Y tú... ¿estás de acuerdo con esa opinión?

—En modo alguno. Siempre he creído que mi amigo estaba loco.

—¿Y qué ha sido de él?

—No lo sé. De repente quiso marcharse de Atenas y se marchó. Y no ha regresado.

Tras un nuevo silencio y varios pasos más por la vía de piedra, Diágoras dijo:

—Bueno, hay muchas clases de hombres, desde luego, pero todos elegimos nuestras acciones, por absurdas que parezcan, después de un debate razonado con nosotros mismos. Sócrates pudo haber evitado su condena durante el juicio, pero escogió beber la cicuta porque sabía, razonablemente, que eso era lo mejor para él. Y realmente era así, ya que de esa forma acataba las leyes de Atenas, que tanto había defendido durante toda su vida. Platón y sus amigos intentaron hacerle cambiar de opinión, pero él los convenció con sus argumentos. Cuando se conoce la utilidad de la virtud, jamás se elige el vicio. Por eso creo que esta hetaira nos ha mentido... En caso contrario —añadió, y Heracles percibió la amargura de su voz—, tendré que suponer que Trámaco tan sólo *fingía* aprender mis enseñanzas...

—¿Y qué opinas de la hetaira?

—Es una mujer extraña y peligrosa —se estremeció Diágoras—. Su rostro... su mirada... Me he asomado a sus ojos y he visto cosas horribles...

En su visión, ella era ajena a él y hacía cosas imprevistas: bailaba en las nevadas cumbres del Parnaso, por ejemplo, llevando como único atuendo la breve piel de un cervato; su cuerpo se movía sin pensar, casi sin voluntad, como una flor entre los dedos de una muchacha, girando peligrosamente al borde de los resbalosos abismos.

En su visión, ella podía incendiar sus cabellos y azotar con aquel peligroso pelo el aire frío; o volcar la cabeza encendida hacia atrás mientras el hueso de la garganta despuntaba entre los músculos del cuello como el tallo de un lirio; o gritar como si pidiera ayuda, llamando a Bromion de pies de ciervo; o entonar el rápido peán en la *oreibasía* nocturna, la danza ritual incesante que las mujeres bailan en la cima de las montañas durante los meses invernales. Y es sabido que muchas mueren de frío o de cansancio sin que nadie pueda evitarlo; y también se sabe —aunque ningún hombre lo haya visto nunca— que las manos de las mujeres, en tales danzas, manipulan peligrosos reptiles de velocísimo veneno y anudan sus colas con hermosura, como una muchacha trenzaría, sin ayuda, una corona de lirios blancos; y se sospecha —aunque ningún hombre lo sabe con certeza— que en esas peligrosas noches de rápidos tambores las mujeres sólo son formas desnudas, brillantes de sangre por las llamas de las hogueras y el jugo de los pámpanos, y dejan, con sus pies descalzos, rastros apresurados y audaces en la nieve, como presas heridas por el cazador, sin escuchar el grito de socorro de la cordura, que, como una adolescente de esbelta figura vestida de blanco, exige en vano el final de los rituales. «Ayúdame», clama la vocecilla, pero es inútil, porque el peligro, para las bailarinas, es como un lirio brillante posado en la otra orilla del río: no hay ninguna que resista la tentación de nadar velozmente, sin pensar siquiera en buscar ayuda, hasta que sus manos alcanzan la flor y pueden sostenerla. «Cuidado: hay peligro», clama la voz, pero el lirio es demasiado hermoso y la muchacha no hace caso.

Todo aquello formaba parte de su visión, y él lo tenía por cierto.*

—¡Extrañas cosas ves en las miradas de los demás, Diágoras! —se burló Heracles de buena fe—. No dudo que nuestra hetaira baile de vez en cuando en las procesiones Leneas, pero, sinceramente, creer que se revuelca con las ménades en los éxtasis en honor a Dioniso, esos peligrosos rituales que, si aún persisten, sólo son practicados por algunas tribus de campesinos tracios en lejanos y desolados montes de la Hélade, me parece una exageración. Me temo que tu ima-

* La nueva visión de Diágoras confirma las imágenes eidéticas previas: la «rapidez», la «cierva», la «muchacha del lirio» y la «petición de ayuda». Ahora se suma también la «advertencia de peligro». ¿Qué puede significar todo esto? *(N. del T.)*

ginación posee una vista más aguda que la de Linceo...

—Te he contado lo que he podido contemplar con los ojos del pensamiento —replicó Diágoras—, capaces de vislumbrar la Idea en sí. No los desprecies tan rápido, Heracles. Ya te expliqué que nosotros también somos partidarios de la razón, pero creemos que hay algo superior a ella, y es la Idea en sí, que es la luz ante la cual todos, los seres y cosas que poblamos el mundo, no somos sino vagas sombras. Y, en ocasiones, sólo el mito, la fábula, la poesía o el sueño pueden ayudarnos a describirla.

—Sea, pero tus Ideas en sí no me resultan útiles, Diágoras. Yo me muevo en el campo de lo que puedo comprobar con mis propios ojos y razonar con mi propia lógica.

—¿Y qué viste tú en la muchacha?

—Poca cosa —repuso Heracles con modestia—. Tan sólo que nos mentía —Diágoras interrumpió sus rápidos pasos con brusquedad y se volvió para contemplar al Descifrador, que sonrió suavemente y con cierto aire culpable, como un niño regañado por una peligrosa jugarreta—. Le tendí una trampa: le hablé del padre de Trámaco. Como sabes, Meragro fue condenado a muerte hace años, acusado de colaborar con los Treinta...*

—Lo sé. Fue un juicio triste, como el de los almirantes de Arginusa, porque Meragro pagó por las cul-

* Dictadura instaurada en Atenas, bajo supervisión de los espartanos, tras el fin de la guerra del Peloponeso. Estaba formada por treinta ciudadanos. Muchos atenienses perecieron por orden de este implacable gobierno hasta que una nueva rebelión permitió el regreso de la democracia. *(N. del T.)*

pas de muchos otros —Diágoras suspiró—. Trámaco nunca quería hablar de su padre conmigo.

—Precisamente. Yasintra dijo que Trámaco apenas le hablaba, pero sabía muy bien que su padre había muerto en deshonor...

—No: sabía tan sólo que había muerto.

—¡En modo alguno! Ya te he explicado, Diágoras, que yo descifro lo que puedo ver, y yo *veo* lo que alguien me dice de igual forma que veo, ahora mismo, las antorchas de la Puerta de la Ciudad. Todo lo que hacemos o decimos es un texto susceptible de ser leído e interpretado. ¿No recuerdas sus palabras exactas? No dijo: «Su padre murió» sino «Él *no tenía* padre». Es la frase que emplearíamos comúnmente para negar la existencia de alguien a quien no queremos recordar... Es la clase de expresión que Trámaco habría utilizado. Y yo me pregunto: si Trámaco le habló de su padre a esa hetaira del Pireo (un tema que ni siquiera quería compartir contigo), ¿qué otras cosas no le habrá dicho que tú desconoces?

—Así pues, la hetaira miente.

—Eso creo.

—Por tanto, yo *también* decía la *verdad* cuando afirmaba que nos había *mentido* —Diágoras recalcó ostensiblemente sus palabras.

—Sí, pero...

—¿Te convences, Heracles, de que los ojos del pensamiento también vislumbran la Verdad, aunque por otros métodos?

—Lamento no poder estar de acuerdo —dijo Heracles—, porque tú te referías a la relación de Trámaco con la hetaira, y yo creo, precisamente, que *eso* es lo *único* en que no ha mentido.

Tras un par de rápidos pasos silenciosos, Diágoras dijo:

—Tus palabras, Descifrador de Enigmas, son flechas veloces y peligrosas que han ido a clavarse en mi pecho. Hubiera jurado ante los dioses que Trámaco tenía conmigo una confianza absoluta...

—Oh, Diágoras —Heracles meneó la cabeza—, debes abandonar ese noble concepto que pareces tener sobre los seres humanos. Encerrado en tu Academia, enseñando matemáticas y música, me recuerdas a una jovencita de cabellos de oro y alma de lirio blanco, muy hermosa pero muy crédula, que jamás hubiera salido del gineceo, y que, al conocer por vez primera a un hombre, gritara: «Ayuda, ayuda, estoy en peligro».

—¿No te hartas de burlarte de mí? —repuso el filósofo con amargura.

—¡No es burla sino compasión! Pero vamos al tema que nos interesa: otra cosa me intriga, y es por qué huyó Yasintra cuando preguntamos por ella...

—No creo que le falten razones. Lo que aún no comprendo es cómo supiste que se había ocultado en el túnel...

—¿Y dónde, si no? Huía de nosotros, en efecto, pero sabía que jamás podríamos alcanzarla, porque ella es ágil y joven mientras que nosotros somos viejos y torpes... Hablo sobre todo por mí —alzó una obesa mano con rapidez, deteniendo a tiempo la réplica de Diágoras—. Así que deduje que no precisaría seguir corriendo y que le bastaría con ocultarse... ¿Y qué mejor escondite que la oscuridad de aquel túnel tan cercano a su casa? Pero... ¿por qué huyó? Su medio de vida consiste, precisamente, en no huir de ningún hombre...

—Más de un delito pesará sobre su conciencia. Te

reirás de mí, Descifrador, pero jamás he visto una mujer más extraña. El recuerdo de su mirada aún me estremece... ¿Qué es eso?

Heracles miró hacia donde indicaba su compañero. Una procesión de antorchas vagaba por las calles próximas a la Puerta de la Ciudad. Sus integrantes llevaban tamboriles y máscaras. Un soldado se detuvo a hablar con ellos.

—El inicio de las fiestas Leneas —dijo Heracles—. Ya es la fecha.

Diágoras movió la cabeza en ademán desaprobador.

—Mucha prisa se dan siempre a la hora de divertirse.

Atravesaron la Puerta, tras identificarse ante los soldados, y siguieron caminando hacia el interior de la Ciudad. Diágoras dijo:

—¿Qué vamos a hacer ahora?

—Descansar, por Zeus. Tengo los pies doloridos. Mi cuerpo se hizo para rodar como una esfera de un lugar a otro, no para apoyarse sobre los pies. Mañana hablaremos con Antiso y Eunío. Bueno, hablarás tú y yo escucharé.

—¿Qué debo preguntarles?

—Déjame pensarlo. Nos veremos mañana, buen Diágoras. Te enviaré a un esclavo con un mensaje. Relájate, descansa tu cuerpo y tu mente. Y que la preocupación no te robe el dulce sueño: recuerda que has contratado al mejor Descifrador de Enigmas de toda la Hélade...*

* Esta tarde, durante un intervalo entre sus clases (enseña lengua griega a un grupo de treinta alumnos), he podido hablar con Helena. Me hallaba tan nervioso que pasé directamente a referirle mis hallazgos, sin preámbulos:

—En el tercer capítulo, además de la cierva, hay una nueva imagen: una muchacha con un lirio en la mano.

Abrió sus grandes ojos celestes.

—¿Qué?

Le mostré mi traducción.

—Aparece sobre todo en tres visiones de uno de los protagonistas, un filósofo platónico llamado Diágoras. Pero también el otro personaje principal, Heracles, la menciona. Se trata de una imagen eidética muy fuerte, Helena. Es una muchacha con un lirio que pide ayuda y advierte sobre la existencia de un peligro. Montalo cree que se trata de una metáfora poética, pero la eidesis está clara. El autor, incluso, llega a describirla: cabellos de oro y ojos azules como el mar, cuerpo esbelto, vestida de blanco... Su imagen está repartida en trozos por todo el capítulo... ¿Ves? Aquí se habla de sus cabellos... Aquí se señala su «esbelta figura vestida de blanco»...

—Un momento —me interrumpió Helena—: La «esbelta figura vestida de blanco» en este párrafo es la cordura. Se trata de una metáfora poética al estilo de...

—¡No! —reconozco que mi voz se elevó varios tonos más de lo que hubiese deseado. Helena me miró asombrada (qué pena me da recordarlo ahora)—. ¡No es una simple metáfora, es una imagen eidética!

—¿Cómo estás tan seguro?

Lo pensé por un momento. ¡Mi teoría me parecía tan cierta que había olvidado reunir razones para apoyarla!

—La palabra «lirio» está repetida hasta la saciedad —dije—, y el rostro de la muchacha...

—¿Qué rostro? Acabas de decir que el autor sólo habla de sus ojos y sus cabellos. ¿Te has imaginado el resto? —abrí la boca para replicar, pero de repente no supe qué decir—. ¿No crees que estás llevando la eidesis demasiado lejos? Elio nos lo advirtió, ¿recuerdas? Dijo que los libros eidéticos son traicioneros, y tenía razón. De repente empiezas a creer que todas sus imágenes significan algo por el mero hecho de hallarlas repetidas, lo cual es absurdo: Homero describe minuciosamente la forma de vestirse de muchos de los héroes de su *Ilíada*, pero eso no significa que esta obra sea, en eidesis, un tratado sobre el vestuario...

—Aquí —señalé mi traducción— se halla la imagen de una muchacha que pide ayuda, Helena, y que habla de un peligro... Léelo tú misma.

Lo hizo. Me mordí las uñas mientras aguardaba. Cuando terminó de leer, volvió a dirigirme su cruel mirada compasiva.

—Bien, yo no entiendo de literatura eidética tanto como tú, ya lo sabes, pero la única imagen oculta que logro ver en este capítulo es la de «rapidez», aludiendo al cuarto Trabajo de Heracles, la Cierva de Cerinia, que era un animal muy veloz. La «muchacha» y el «lirio» son claramente metáforas poéticas que...

—Helena...

—Déjame hablar. Son metáforas poéticas circunscritas a las «visiones» de Diágoras...

—Heracles también las menciona.

—¡Pero en relación con Diágoras! Mira... Heracles le dice... aquí está... que cuando piensa en él, se lo imagina como «una jovencita de cabellos de oro y alma de lirio blanco, muy hermosa pero muy crédula...». ¡Se refiere a Diágoras! El autor utiliza esas metáforas para describir el espíritu ingenuo y tierno del filósofo.

Yo no estaba convencido.

—¿Y por qué un «lirio» precisamente? —objeté—. ¿Por qué no cualquier otra flor?

—Confundes la eidesis con las redundancias —sonrió Helena—. A veces, los escritores repiten palabras en un mismo párrafo. En este caso, nuestro autor tenía en mente «lirio», y cada vez que pensaba en una flor escribía la misma palabra... ¿Por qué pones esa cara?

—Helena: estoy *seguro* de que la muchacha del lirio es una imagen eidética, pero no puedo demostrártelo... Y es horrible...

—¿Qué es horrible?

—Que tú opines lo contrario después de haber leído el *mismo* texto. Es horrible que las imágenes, las ideas que forman las palabras en los libros, sean tan frágiles... Yo *he visto* una cierva mientras leía, y *también he visto* una muchacha con un lirio en la mano que grita pidiendo ayuda... Tú ves la cierva pero no la muchacha. Si Elio leyera esto, quizá sólo el lirio le llamaría la atención... Otro lector cualquiera, ¿qué vería?... Y Montalo... ¿qué vio Montalo? Únicamente que el capítulo había sido escrito con descuido. Pero —golpeé los papeles durante un instante de increíble pérdida de autocontrol— *debe* existir una idea *final* que no dependa de nuestra opinión, ¿no crees? Las palabras... *tienen* que formar al final una idea *concreta*, exacta...

—Discutes como un enamorado.

—¿Qué?

—¿Te has enamorado de la muchacha del lirio? —los ojos de Helena chispeaban de burla—. Recuerda que ni siquiera es un personaje de la obra: es una idea que tú has recreado con tu traducción... —y, satisfecha de haberme hecho callar, se marchó a sus clases. Sólo se volvió una vez más para añadir—: Un consejo: no te obsesiones.

Ahora, de noche, en la tranquila comodidad de mi escritorio, pienso que Helena tiene razón: yo soy simplemente el *traductor.* Con toda seguridad, otro traductor elaboraría una versión diferente, con vocablos distintos, y evocaría, por tanto, otras imágenes. ¿Por qué no? Quizá mi afán por seguir el rastro de la «muchacha del lirio» me ha llevado a construirla con mis propias palabras, pues un traductor, en cierto modo, también es autor... o, más bien, una eidesis del autor —me hace gracia pensar así—: Siempre presente y siempre invisible.

Sí, quizá. Pero ¿por qué estoy tan *seguro* de que la muchacha del lirio es el *verdadero* mensaje oculto de este capítulo, y que su grito de *ayuda* y su advertencia de *peligro* son tan importantes? Sólo sabré la verdad si continúo traduciendo.

Por hoy, me atengo al consejo de Heracles Póntor, el Descifrador de Enigmas: «Relájate... Que la preocupación no te robe el dulce sueño». *(N. del T.)*

IV*

La Ciudad se preparaba para las Leneas, las fiestas invernales en honor a Dioniso.

Con el fin de adornar las calles, los servidores de los *astínomos* arrojaban cientos de flores a la Vía de las Panateneas, pero el violento paso de bestias y hombres terminaba convirtiendo el tornasolado mosaico en una pulpa de pétalos deshechos. Se organizaban concursos de canto y danza al aire libre, previamente anunciados en tablillas de mármol sobre el monumento a los Héroes Epónimos, si bien las voces de los cantantes no eran, generalmente, muy agradables de oír, y los bailarines, en gran medida, ejecutaban saltos torpes y furiosos, y desobedecían la instrucción de los oboes. Como los arcontes no estaban interesados en contrariar al pueblo, las diversiones callejeras, aunque mal vistas, no habían sido prohibi-

* Una noche de descanso sienta de maravilla. Me he levantado comprendiendo mejor a Helena. Ahora, tras una nueva lectura del tercer capítulo, no veo tan claro que la «muchacha del lirio» sea una imagen eidética. Quizá mi propia imaginación de lector me haya traicionado. Comienzo la traducción del cuarto capítulo, de cuyo papiro afirma Montalo: «Maltratado, muy arrugado en algunos lugares —¿pisoteado por alguna bestia?—. Es un milagro que el texto haya llegado íntegro hasta nosotros». Como desconozco qué Trabajo se oculta aquí —pues el orden normal ha sido alterado—, tendré que ser muy cuidadoso con mi versión. *(N. del T.)*

das, y adolescentes de distintos *demos* competían entre sí con pésimas representaciones teatrales y se formaban corros en cualquier plaza para contemplar violentas pantomimas sobre los antiguos mitos realizadas por aficionados. El teatro Dioniso Eleútero abría sus puertas a autores nuevos y consagrados, en particular de comedias —las grandes tragedias se reservaban para las Fiestas Dionisiacas—, tan repletas de brutales obscenidades que, por regla general, sólo los hombres acudían a verlas. En todas partes, pero sobre todo en el ágora y el Cerámico Interior, y desde la mañana hasta la noche, se aglomeraban los ruidos, los gritos, las carcajadas, los odres de vino y el público.

Como la Ciudad presumía de ser liberal, para distinguirse de los pueblos bárbaros y aun de otras ciudades griegas, los esclavos también tenían sus fiestas, aunque mucho más modestas y solitarias: comían y bebían mejor que el resto del año, organizaban bailes y, en las casas más nobles, a veces se les permitía asistir al teatro, donde podían contemplarse a sí mismos en forma de actores enmascarados que, haciendo de esclavos, se burlaban del pueblo con torpes chanzas.

Pero la actividad preferente de los festejos era la religión, y las procesiones mantenían siempre el doble componente místico y salvaje de Dioniso Baco: las sacerdotisas enarbolaban por las calles brutales falos de madera, las bailarinas ejecutaban danzas desenfrenadas que imitaban el delirio religioso de las ménades o bacantes —las mujeres enloquecidas en las que todos los atenienses creían pero que ninguno, en realidad, había visto— y las máscaras simulaban la triple transformación del dios —en Serpiente, León y Toro—, imitada con gestos a veces muy obscenos por los hombres que las portaban.

Elevada por encima de toda aquella estridente violencia, la Acrópolis, la Ciudad Alta, permanecía silenciosa y virgen.*

Aquella mañana —un día soleado y frío—, un grupo de burdos artistas tebanos obtuvo permiso para divertir a la gente frente al edificio de la Stoa Poikile. Uno de ellos, bastante viejo, manejaba varias dagas a la vez, aunque se equivocaba con frecuencia y los cuchillos caían al suelo rebotando entre violentos chasquidos metálicos; otro, enorme y casi desnudo, deglutía el fuego de dos antorchas y lo expulsaba brutalmente por la nariz; los demás hacían música en maltrechos instrumentos beocios. Después de la actuación preliminar, se enmascararon para representar una farsa poética sobre Teseo y el Minotauro: este último, interpretado por el gigantesco tragafuegos, inclinaba la cabeza en ademán de embestir a alguien con sus cuernos, y amenazaba así, en broma, a los espectadores reunidos alrededor de las columnas de la Stoa. De improviso, el legendario monstruo extrajo de una alforja un yelmo roto y lo colocó ostensiblemente sobre su testa. Todos los presentes lo reconocieron: se trataba de un yelmo de hoplita espartano. En ese instante, el viejo de las dagas, que fingía ser Teseo, se abalanzó sobre

* La Acrópolis, donde se encontraban los grandes templos de Atenea, la principal diosa de la ciudad, se reservaba sobre todo para la Fiesta de las Panateneas, aunque sospecho que el paciente lector ya conoce este dato. Resultan llamativas las ideas de «violencia» y «torpeza»: probablemente representan las primeras imágenes eidéticas de este capítulo. *(N. del T.)*

la fiera y la derribó a golpes: era una simple parodia, pero el público comprendió perfectamente el significado. Alguien gritó: «¡Libertad para Tebas!», y los actores corearon salvajemente el grito mientras el viejo se erguía triunfal sobre la bestia enmascarada. Se desató una breve confusión entre la cada vez más inquieta muchedumbre, y los actores, temerosos de los soldados, interrumpieron la pantomima. Pero los ánimos ya estaban exaltados: se cantaron consignas contra Esparta, alguien presagió la inmediata liberación de la ciudad de Tebas, que sufría bajo el yugo espartano desde hacía años, y otros invocaron el nombre del general Pelópidas —que se suponía exiliado en Atenas tras la caída de Tebas— llamándolo «Liberador». Se formó un violento tumulto en el que imperaban, por igual, el viejo rencor hacia Esparta y la divertida confusión del vino y de las fiestas. Intervinieron algunos soldados, pero, al comprobar que los gritos no iban contra Atenas sino contra Esparta, se mostraron remisos a la hora de imponer el orden.

Durante todo aquel violento barullo, un solo hombre permaneció inmóvil e indiferente, ajeno incluso al vocerío de la muchedumbre: era alto y enjuto y vestía un modesto manto gris sobre la túnica; debido a su tez pálida y a su brillante calvicie, más bien parecía una estatua polícroma que adornara el vestíbulo de la Stoa. Otro hombre, obeso y de baja estatura —de aspecto completamente opuesto al anterior—, de grueso cuello rematado por una cabeza que se afilaba en la coronilla, se acercó con tranquilos pasos al primero. El saludo fue breve, como si ambos esperasen aquel encuentro, y, mientras la muchedumbre se dispersaba y los gritos —insultos soeces ahora— iban amainando, los dos hombres se dirigieron calle abajo por una de las estrechas salidas del ágora.

—La plebe, furiosa, insulta a los espartanos en honor a Dioniso —dijo Diágoras, despectivo, acomodando torpemente su impetuosa forma de andar a los pesados pasos de Heracles—. Confunden la borrachera con la libertad, el festejo con la política. ¿Qué nos importa en realidad el destino de Tebas, o de cualquier otra ciudad, si hemos demostrado que nos trae sin cuidado la propia Atenas?

Heracles Póntor, que, como buen ateniense, solía participar en los violentos debates de la Asamblea y era un modesto amante de la política, dijo:

—Sangramos por la herida, Diágoras. En realidad, nuestro deseo de que Tebas se libere del yugo espartano demuestra que Atenas nos importa mucho. Hemos sido derrotados, sí, pero no perdonamos las afrentas.

—¿Y a qué se debió la derrota? ¡A nuestro absurdo sistema democrático! Si nos hubiéramos dejado gobernar por los mejores en lugar de por el pueblo, ahora poseeríamos un imperio...

—Prefiero una pequeña asamblea donde poder gritar a un vasto imperio donde tuviera que callarme —dijo Heracles, y de repente lamentó no disponer de ningún escriba a mano, pues le parecía que la frase le había quedado muy bien.

—¿Y por qué tendrías que callarte? Si estuvieras entre los mejores, podrías hablar, y si no, ¿por qué no dedicarte primero a estar entre los mejores?

—Porque no quiero estar entre los mejores, pero quiero hablar.

—Pero no se trata de lo que tú quieras o no, Heracles, sino del bienestar de la Ciudad. ¿A quién dejarías el gobierno de un barco, por ejemplo? ¿A la mayoría de los marineros o a aquel que más conociera el arte de la navegación?

—A este último, desde luego —dijo Heracles. Y añadió, tras una pausa—: Pero siempre y cuando se me permitiera hablar durante la travesía.

—¡Hablar! ¡Hablar! —se exasperó Diágoras—. ¿De qué te sirve a ti el privilegio de hablar, si apenas lo pones en práctica?

—Te olvidas de que el privilegio de hablar consiste, entre otras cosas, en el privilegio de callar cuando nos apetece. Y déjame que ponga en práctica este privilegio, Diágoras, y zanje aquí nuestra conversación, pues lo que menos soporto en este mundo es la pérdida de tiempo, y aunque no sé muy bien lo que significa perder el tiempo, discutir de política con un filósofo es lo que más me lo recuerda. ¿Recibiste mi mensaje sin problemas?

—Sí, y debo decirte que esta mañana Antiso y Eunío no tienen clase en la Academia, así que los encontraremos en el gimnasio de Colonos. Pero, por Zeus, pensé que vendrías más temprano. Llevo aguardándote en la Stoa desde que se abrieron los mercados, y ya es casi mediodía.

—En realidad, me levanté con el alba, pero hasta ahora no había dispuesto de tiempo para acudir a la cita: he estado haciendo algunas averiguaciones.

—¿Para mi trabajo? —se animó Diágoras.

—No, para el mío —Heracles se detuvo ante un puesto ambulante de higos dulces—. Recuerda, Diágoras, que el trabajo es *mío* aunque el dinero sea tuyo. No estoy investigando el origen del supuesto miedo de tu discípulo sino el enigma que creí advertir en su cadáver. ¿A cuánto están los higos?

El filósofo resopló, impaciente, mientras el Descifrador rellenaba la pequeña alforja que colgaba de su hombro, sobre el manto de lino. Reanudaron el camino por la calle en pendiente.

—¿Y qué has averiguado? ¿Puedes contármelo?

—La verdad, poca cosa —confesó Heracles—. En una de las tablillas del monumento a los Héroes Epónimos se anuncia que la Asamblea decidió ayer organizar una batida de caza para exterminar a los lobos del Licabeto. ¿Lo sabías?

—No, pero me parece justo. Lo triste es que haya sido necesaria la muerte de Trámaco para llegar a esto.

Heracles asintió.

—También he visto la lista de nuevos soldados. Al parecer, Antiso va a ser reclutado de inmediato...

—Así es —afirmó Diágoras—. Acaba de cumplir la edad de la efebía. Por cierto, si no caminamos más deprisa se marcharán del gimnasio antes de que lleguemos...

Heracles volvió a asentir, pero mantuvo el mismo ritmo parsimonioso y torpe de sus pasos.

—Y nadie vio a Trámaco salir a cazar esa mañana —dijo.

—¿Cómo lo sabes?

—Me han dejado consultar los registros de las Puertas Acarnea y Filé, las dos salidas que conducen al Licabeto. ¡Rindamos un pequeño homenaje a la democracia, Diágoras! Tal es nuestro afán por recabar datos para poder discutir en la Asamblea, que apuntamos incluso el nombre y la clase de aquellos que entran y salen diariamente de la Ciudad transportando cosas. Son largas listas en las que encuentras algo parecido a: «Menacles, mercader meteco, y cuatro esclavos. Odres de vino». De esta forma creemos controlar mejor nuestro comercio. Y las redes de caza y otros implementos de esta actividad son anotados escrupulosamente. Pero el nombre de Trámaco no venía, y esa mañana nadie salió de la Ciudad llevando redes.

—Puede que no las llevara —sugirió Diágoras—. Quizá sólo pretendía cazar pájaros.

—A su madre le dijo, sin embargo, que iba a tender trampas para las liebres. Al menos, así me lo refirió ella. Y me pregunto: si deseaba cazar liebres, ¿no era más lógico hacerse acompañar por un esclavo que vigilara las trampas o azuzara a las presas? ¿Por qué se marchó solo?

—¿Qué supones entonces? ¿Que no se marchó a cazar? ¿Que alguien lo acompañaba?

—A estas horas de la mañana no acostumbro a suponer nada.

El gimnasio de Colonos era un edificio de amplio pórtico al sur del ágora. Inscripciones con los nombres de célebres atletas olímpicos, así como pequeñas estatuas de Hermes, adornaban sus dos puertas. En el interior, el sol se despeñaba con fogosa violencia sobre la palestra, un rectángulo de tierra removida con pico, sin techo, dedicado a las luchas pancratistas. Un denso aroma a cuerpos aglomerados y a ungüentos de masaje suplantaba el aire. El lugar, pese a ser amplio, se hallaba atestado: adolescentes mayores, vestidos o desnudos; niños en pleno aprendizaje; *paidotribas* con el manto púrpura y el bastón de horquilla instruyendo a sus pupilos... Una feroz batahola impedía cualquier conversación. Más allá, tras un porche de piedra, se hallaban las habitaciones interiores, techadas, que incluían los vestuarios, las duchas y las salas de ungüentos y masajes.

Dos luchadores se enfrentaban en aquel momento sobre la palestra: sus cuerpos, desnudos por completo y brillantes de sudor, se apoyaban el uno en el otro como si pretendieran embestirse con las cabezas; los brazos ejecutaban nudos musculares en el cuello del oponente; era posible percibir, pese al estruendo de la multitud, los mugidores bramidos que proferían, debido al prolongado esfuerzo; blancas hilazas de saliva pendían de sus bocas como extraños adornos bárbaros; la lucha era brutal, despiadada, irrevocable.

Nada más entrar en el recinto, Diágoras tiró del manto de Heracles Póntor.

—¡Allí está! —dijo en voz alta, y señaló un área entre la muchedumbre.

—Oh, por Apolo... —murmuró Heracles.

Diágoras percibió su asombro.

—¿Exageré al describirte la belleza de Antiso? —dijo.

—No es la belleza de tu discípulo lo que me ha sorprendido, sino el viejo que charla con él. Lo conozco.

Decidieron que la entrevista tendría lugar en los vestuarios. Heracles detuvo a Diágoras, que ya se dirigía impetuosamente al encuentro de Antiso, para entregarle un trozo de papiro.

—Aquí están las preguntas que has de hacerles. Es conveniente que hables tú, pues eso me permitirá estudiar mejor sus respuestas.

Mientras Diágoras leía, un violento estrépito de los espectadores les hizo mirar hacia la palestra: uno de los pancratistas había lanzado un salvaje cabezazo hacia el rostro de su adversario. Hubiera podido afirmarse que el sonido se escuchó en todo el gimnasio: como un haz de juncos quebrados al mismo tiempo por la impetuosa pezuña de un enorme animal. El luchador trastabilló y a punto estuvo de caer, aunque no parecía afectado por el impacto sino, más bien, por la sorpresa: ni siquiera se llevó las manos al deformado semblante —exangüe al principio, roturado por el destrozo después, como un muro deshecho a cornadas por una bestia enloquecida—, sino que retrocedió con los ojos muy abiertos y fijos en su oponente, como si éste le hubiera gastado una broma inesperada, mientras, bajo sus párpados inferiores, la bien apuntalada armazón de sus facciones se desmoronaba sin ruido y una espesa línea de sangre se desprendía de sus labios y sus grandes fosas nasales. Aun así, no cayó. El público lo azuzó con insultos para que contraatacara.

Diágoras saludó a su discípulo y le dijo unas palabras al oído. Mientras ambos se dirigían al vestuario, el viejo que había estado hablando con Antiso, de cuerpo renegrido y arrugado como una enorme quemadura, dilató los ónices de sus ojos al advertir la presencia del Descifrador.

—¡Por Zeus y Apolo Délfico, tú aquí, Heracles Póntor! —chilló con una voz que parecía haber sido arrastrada violentamente por la superficie de un terreno áspero—. ¡Hagamos libaciones en honor a Dioniso Bromion, pues Heracles Póntor, el Descifrador de Enigmas, ha decidido visitar un gimnasio!...

—De vez en cuando es útil cultivar el ejercicio —Heracles aceptó de buen grado su violento abrazo: conocía a aquel anciano esclavo tracio desde hacía mucho tiempo, pues lo había visto desempeñar varios oficios en la casa familiar, y lo trataba como a un hombre libre—. Te saludo, oh Eumarco, y me alegra comprobar que tu vejez sigue tan joven como siempre.

—¡Y dilo otra vez! —no le resultaba difícil al anciano hacerse oír por encima del furioso estrépito del lugar—. Zeus agranda mi edad y achica mi cuerpo. En ti, según veo, ambas cosas van parejas...

—Por lo pronto, mi cabeza no cambia de tamaño —ambos rieron. Heracles se volvió para mirar a su alrededor—. ¿Y el compañero que venía conmigo?

—Allí, junto a mi alumno —Eumarco señaló un espacio entre la multitud con un dedo de larga y retorcida uña semejante a un cuerno.

—¿Tu alumno? ¿Acaso eres el pedagogo de Antiso?

—¡Lo fui! ¡Y que las Benefactoras me recojan si vuelvo a serlo! —Eumarco hizo un gesto *apotropaico* con las manos para alejar la mala suerte que atraía mencionar a las Erinias.

—Pareces enfadado con él.

—¿No es para estarlo? ¡Acaba de ser reclutado, y el muy testarudo ha decidido de repente que quiere custodiar los templos del Ática, lejos de Atenas! Su padre, el noble Praxínoe, me ha pedido que intente hacerle cambiar de opinión...

—Bueno, Eumarco, un efebo debe servir a la Ciudad donde más falta haga...

—¡Oh, por la égida de Atenea ojizarca, Heracles, no bromees con mis canas! —chilló Eumarco—. ¡Aún puedo cornear tu barriga de odre con mi callosa cabeza! ¿Donde más falta haga?... ¡Por Zeus Cronida, su padre es prítano de la Asamblea este año! ¡Antiso podría elegir el destino más cómodo de todos!

—¿Y cuándo ha tomado tu pupilo tal decisión?

—¡Hace unos días! Estoy aquí, precisamente, para intentar convencerle de que se lo piense mejor.

—Hoy los tiempos dictan otros gustos, Eumarco. ¿Quién querría servir a Atenas dentro de Atenas? La juventud busca nuevas experiencias...

—Si no te conociera como te conozco —apostilló el viejo meneando la cabeza—, pensaría: «Habla en serio».

Se habían abierto paso entre el gentío hasta llegar a la entrada de los vestuarios. Riéndose, Heracles dijo:

—¡Me has devuelto el buen humor, Eumarco! —depositó un puñado de óbolos en la agrietada mano del esclavo pedagogo—. Aguárdame aquí mismo. No tardaré. Quisiera emplearte en algún pequeño servicio.

—Te aguardaré con la paciencia con que el Barquero del Estigia espera la llegada de una nueva alma —afirmó Eumarco, alegre por el inesperado regalo.

Diágoras y Heracles permanecieron de pie en la reducida habitación del vestuario mientras Antiso se sentaba sobre una mesa de baja altura y cruzaba los tobillos.

Diágoras no habló enseguida: antes se deleitó en silencio con la asombrosa belleza de aquel rostro perfecto, dibujado con economía de trazos y orlado de bucles rubios dispuestos en un gracioso peinado de moda. Antiso vestía tan sólo una clámide negra, señal de su efebía reciente, pero la usaba con cierto descuido o cierta torpeza, como si aún no se hubiera acostumbrado a ella; por entre las aberturas irregulares de la prenda irrumpía con suave violencia la blancura intacta de su piel. Movía los pies descalzos en furioso vaivén, desmintiendo con este gesto infantil su flamante mayoría de edad.

—Mientras aguardamos a que venga Eunío, charlaremos un poco tú y yo —dijo Diágoras, y señaló a Heracles—. Es un amigo. Puedes hablar con toda confianza en su presencia —Heracles y Antiso se saludaron con un breve movimiento de cabeza—. ¿Recuerdas, Antiso, aquellas preguntas que te hice sobre Trámaco, y cómo Lisilo me habló de la bailarina hetaira que se relacionaba con él? Yo desconocía la existencia de esa mujer. He pensado que puede haber otras cosas que desconozca...

—¿Qué cosas, maestro?

—Todo. Todo lo que sepas sobre Trámaco. Sus aficiones... Qué le agradaba hacer cuando salía de la Academia... La preocupación que advertí en su semblante durante los últimos días me inquieta un poco, y quisiera, por todos los medios, conocer su origen para impedir que se extienda a otros alumnos.

—No se relacionaba mucho con nosotros, maestro —respondió Antiso dulcemente—. Pero, en cuanto a sus costumbres, puedo aseguraros que eran honestas...

—¿Quién lo duda? —se apresuró a decir Diágoras—. Conozco bien la hermosa nobleza de mis discípulos, hijo. Tanto más me sorprendió, por ello, la información de Lisilo. Sin embargo, todos la confirmasteis. Y como Eunío y tú erais sus mejores amigos, no puedo creer que no sepáis otras cosas que, bien por pudor, bien por bondad de carácter, no os habéis atrevido aún a confesarme...

Un salvaje estrépito, como de objetos rotos, rellenó

el silencio: era evidente que la lucha de los pancratistas se recrudecía. Las paredes parecían latir ante el paso de alguna bestia desmesurada. Retornó la calma y, en exacta coincidencia, Eunío penetró en la habitación.

Diágoras los comparó de inmediato. No era la primera vez que lo hacía, pues gozaba estudiando los detalles de las distintas bellezas de sus discípulos. Eunío, de pelo color carbón ensortijado, era más niño que Antiso, y, al mismo tiempo, más varonil. Su rostro parecía una fruta sana y colorada, y su cuerpo, robusto, de piel lechosa, había madurado como el de un hombre. En cuanto a Antiso, con ser mayor, poseía una figura más grácil y ambigua envuelta en una piel tersa y rosácea, sin rastro de vello; pero Diágoras creía que ni siquiera Ganímedes, el copero de los dioses, hubiera podido competir con la belleza de su semblante, a veces un poco malicioso, sobre todo al sonreír, pero hermoso hasta el escalofrío cuando el muchacho adoptaba una expresión de repentina seriedad, lo que tenía por costumbre hacer mientras escuchaba a alguien con respeto. Aquellos contrastes físicos se reflejaban en los temperamentos, aunque de modo opuesto: Eunío era muy tímido e infantil, mientras que Antiso, dotado de un aura de bella jovencita, poseía en cambio el carácter enérgico del auténtico líder.

—¿Me llamabais, maestro? —susurró Eunío nada más abrir la puerta.

—Pasa, te lo ruego. También deseo hablar contigo.

Eunío comentó, con increíble rubor, que el *paidotriba* lo había llamado para unos ejercicios, y que tenía que desvestirse y marcharse pronto.

—No tardaremos, hijo, te lo aseguro —dijo Diágoras.

Lo puso rápidamente en antecedentes y repitió su petición. Hubo una pausa. El balanceo de los sonrosados pies de Antiso acreció su ritmo.

—No sabemos mucho más sobre la vida de Trámaco, maestro —dijo este último, siempre dulce, aunque resultaba evidente la antítesis entre su lozana firmeza y el ruboroso apocamiento de Eunío—. Conocíamos los rumores sobre su relación con esa hetaira, pero en el fondo no creíamos que fueran ciertos. Trámaco era noble y virtuoso —«Lo sé», asintió Diágoras, al tiempo que Antiso proseguía—: Casi nunca se reunía con nosotros después de sus lecciones en la Academia, ya que tenía que cumplir deberes religiosos. Su familia es devota de los Sagrados Misterios...

—Comprendo —Diágoras no le dio mayor importancia a aquella información: muchas familias nobles de Atenas profesaban la fe de los Misterios de Eleusis—. Pero yo me refiero a las compañías que frecuentaba... No sé... Quizás otros amigos...

Antiso y Eunío se miraron entre sí. Eunío había comenzado a despojarse de su túnica.

—No sabemos, maestro.

—No sabemos.

De improviso, el gimnasio entero pareció temblar. Las paredes resonaron como si fueran a resquebrajarse. Una multitud enfervorizada aullaba en el exterior, animando a los luchadores, cuyos mugidos, enloquecidos, eran ahora claramente audibles.

—Una cosa más, hijos... Me sorprende que Trámaco, hallándose tan preocupado, decidiera de buenas a primeras salir a cazar en solitario... ¿Era ésa su costumbre?

—Lo ignoro, maestro —dijo Antiso.

—¿Qué opinas tú, Eunío?

Algunos objetos de la habitación cayeron al suelo debido a la creciente vibración: la ropa colgada de las paredes, una pequeña lámpara de aceite, las fichas de inscripción para los sorteos de competiciones...*

—Yo creo que sí —murmuró Eunío. El rubor teñía sus mejillas.

Las fuertes, cuadrúpedas pisadas, se aproximaban cada vez más.

Una estatuilla de Poseidón se tambaleó en la repisa de la pared y cayó al suelo haciéndose añicos.

La puerta del vestuario retumbó con un ruido espantoso.**

* ¿Qué está ocurriendo? ¡Pues que el autor lleva la eidesis hasta su máxima expresión! El absurdo estruendo en que se ha convertido la pelea de pancratistas sugiere el furioso ataque de algún enorme animal (lo que se corresponde con todas las imágenes de embestidas «violentas» o «impetuosas» que han ido apareciendo en el capítulo, así como con las referidas a «cuernos»): en mi opinión, se trata del séptimo Trabajo de Heracles, la captura del salvaje y enloquecido Toro de Creta. *(N. del T.)*

** Me apresuro a explicarle al lector lo que está sucediendo: la eidesis ha cobrado vida propia, se ha transformado en la imagen que representa —en este caso, un toro enloquecido— y ahora embiste la puerta del vestuario donde se desarrolla el diálogo. Pero adviértase que la actividad de esta «bestia» es exclusivamente eidética, y, por tanto, los personajes no pueden percibirla, de igual forma que tampoco podrían percibir, por ejemplo, los adjetivos que ha empleado el autor para describir el gimnasio. No se trata de ningún suceso sobrenatural: es, simplemente, un recurso literario utilizado con el único propósito de llamar la atención sobre la imagen oculta en este capítulo —recordemos las «serpientes» del final del capítulo segundo—. Así pues, suplico al lector que no se sorprenda demasiado si el diálogo entre Diágoras y sus discípulos continúa como si tal cosa, indiferente a los poderosos ataques que sufre la habitación. *(N. del T.)*

—Oh, buen Eunío, ¿recuerdas acaso ocasiones parecidas? —inquirió Diágoras con suavidad.

—Sí, maestro. Al menos dos.

—Así pues, ¿Trámaco acostumbraba a cazar en solitario? Quiero decir, hijo, ¿era una decisión normal en él, aunque le preocupara cualquier otro asunto?

—Sí, maestro.

Una terrible embestida combó la puerta. Se escuchaban arpaduras de pezuñas, bufidos, el poderoso eco de una enorme presencia exterior.

Eunío, completamente desnudo —salvo la cinta perfecta que albergaba sus cabellos negros—, extendía con calma sobre sus muslos un ungüento color tierra.

Diágoras, tras una pausa, recordó la última pregunta que debía hacer:

—Fuiste tú, Eunío, quien me dijo aquel día que Trámaco no asistiría a las clases porque había ido a cazar, ¿no es cierto, hijo?

—Creo que sí, maestro.

La puerta soportó un nuevo embate. Saltaron miríadas de astillas sobre el manto de Heracles Póntor. Se oyó un mugido de rabia.

—¿Cómo lo supiste? ¿Te lo dijo él mismo? —Eunío asintió—. ¿Y cuándo? Quiero decir: tengo entendido que partió de madrugada, pero la tarde anterior había estado hablando conmigo y nada me reveló sobre su intención de marcharse a cazar. ¿Cuándo te lo dijo?

Eunío no respondió enseguida. El pequeño hueso de su nuez embistió su torneado cuello.

—Esa... misma... noche, creo, maestro...

—¿Lo viste esa misma noche? —Diágoras enarcó las cejas—. ¿Solías reunirte con él por las noches?

—No... Me parece que... fue antes.

—Comprendo.

Hubo un breve silencio. Eunío, descalzo y desnudo, con la doble piel del ungüento brillando en sus muslos y hombros, colgó cuidadosamente la túnica del gancho que llevaba su nombre. Sobre una repisa instalada encima del gancho se hallaban algunos objetos personales: un par de sandalias, alabastros de ungüentos, un rascador de bronce para cepillarse tras los ejercicios y una pequeña jaula de madera con un diminuto pájaro en su interior; el pájaro agitó las alas con violencia.

—El *paidotriba* me espera, maestro... —dijo entonces.

—Claro, hijo —sonrió Diágoras—. Nosotros también nos vamos.

Obviamente incómodo, el desnudo adolescente dirigió una mirada de reojo a Heracles y volvió a disculparse. Pasó por entre los dos hombres, abrió la puerta —que, casi destrozada, se desprendió de sus goznes— y salió de la habitación.*

Diágoras se volvió hacia Heracles esperando cualquier señal que le indicara que ya podían mar-

* Como hemos dicho, los acontecimientos eidéticos —la puerta destrozada, las embestidas salvajes— son exclusivamente literarios, y, por ende, sólo los percibe el lector. Montalo, sin embargo, reacciona como los personajes: no se entera de nada. «La sorprendente metáfora de la *bestia mugidora*», afirma, «que parece destrozar literalmente el realismo de la escena e interrumpe en varias ocasiones el mesurado diálogo entre Diágoras y sus discípulos (...), no parece tener otro objetivo que la sátira: una crítica mordaz, sin duda, de las salvajes luchas que los pancratistas practicaban en aquellos tiempos.» ¡Sobran comentarios! *(N. del T.)*

charse, pero el Descifrador observaba a Antiso sonriendo:

—Dime, Antiso, ¿qué es lo que te da tanto miedo?

—¿Miedo, señor?

Heracles, que parecía muy divertido, extrajo un higo de la alforja.

—¿Cuál es el motivo, si no, de haber elegido servir en el ejército lejos de Atenas? Desde luego, si yo sintiese el mismo miedo que tú, también intentaría huir. Y lo haría con una excusa tan plausible como la tuya, para que, en lugar de cobarde, me considerasen justo lo opuesto.

—¿Me llamáis cobarde, señor?

—En modo alguno. No te llamaré ni cobarde ni valiente hasta que conozca la razón exacta de tu miedo. El valor se diferencia de la cobardía únicamente en el origen de sus temores: quizá la causa del tuyo sea de tan espantosa naturaleza que cualquiera en su sano juicio elegiría huir de la Ciudad lo antes posible.

—Yo no huyo de nada —replicó Antiso acentuando las palabras, aunque siempre en tono suave y respetuoso—. Llevaba largo tiempo deseando custodiar los templos del Ática, señor.

—Mi querido Antiso —dijo Heracles plácidamente—, acepto tu miedo pero no tus mentiras. Ni por un momento se te ocurra ofender mi inteligencia. Has tomado esa decisión hace pocos días, y teniendo en cuenta que tu padre le ha pedido a tu antiguo pedagogo que te haga cambiar de opinión, pudiendo él mismo haberse ocupado de tal menester, ¿no quiere eso decir que tu decisión le ha cogido completamente por sorpresa, que se encuentra abrumado por lo que considera un violento e inexplicable cambio en tu actitud y que, sin saber a qué achacarlo, ha acudido al único que, aparte de tu familia, cree conocerte bien? Me pregunto, por Zeus, a qué se ha debido este cambio tan brutal. ¿Quizá la muerte de tu amigo Trámaco ha influido en algo? —y sin transición, con absoluta indiferencia, mientras se frotaba los dedos con los que había sostenido el higo, añadió—: Oh, disculpa, ¿dónde podría limpiarme?

Ajeno por completo al silencio que lo rodeaba, Heracles escogió un paño cercano a la repisa de Eunío.

—¿Acaso mi padre ha requerido también de vuestra ayuda para hacerme recapacitar? —en las suaves palabras del adolescente Diágoras advirtió que el respeto (a semejanza de una res acorralada que, por miedo, abandona su eterna obediencia y embiste con violencia a sus amos) comenzaba a transformarse en cólera.

—Oh, buen Antiso, no te enojes... —balbució, fulminando a Heracles con la mirada—. Mi amigo es un poco exagerado... No debes preocuparte, pues has cumplido la mayoría de edad, hijo, y tus decisiones, aun siendo incorrectas, merecen siempre la mejor consideración... —y, acercándose a Heracles, en voz baja—: ¿Quieres hacer el favor de venir conmigo?

Se despidieron de Antiso con rapidez. La discusión se inició antes de salir del edificio.

—¡Es *mi* dinero! —exclamó Diágoras, irritado—. ¿Lo has olvidado?

—Pero se trata de *mi* trabajo, Diágoras. No olvides eso tampoco.

—¿Qué me importa a mí tu trabajo? ¿Puedes explicarme a qué ha venido esa salida de tono? —Diágoras se enfadaba cada vez más. Su calva cabeza se hallaba enrojecida por completo. Inclinaba mucho la frente, como si estuviera preparándose para embestir a Heracles—. ¡Has ofendido a Antiso!

—He disparado una flecha a ciegas y he dado en la diana —dijo el Descifrador con absoluta calma.

Diágoras lo detuvo, tirando con violencia de su manto.

—Voy a decirte algo. No me importa si consideras a las personas únicamente como papiros escritos donde leer y resolver complicados acertijos. No te pago para que ofendas, en mi nombre, a uno de mis mejores discípulos, un efebo que lleva la palabra «Virtud» escrita en cada uno de sus hermosos rasgos... ¡No apruebo tus métodos, Heracles Póntor!

—Me temo que yo tampoco los tuyos, Diágoras de Medonte. Parecía que, en vez de interrogarlos, estabas componiendo un ditirambo en honor de los dos muchachos, y todo porque te parecen muy bellos. Creo que confundes la Belleza con la Verdad...

—¡La Belleza es una parte de la Verdad!

—Oh —dijo Heracles, e hizo un gesto con la mano indicando que no quería iniciar en aquel momento una conversación filosófica, pero Diágoras volvió a tirar de su manto.

—¡Escúchame! Tú eres tan sólo un miserable Descifrador de Enigmas. Te limitas a observar las cosas materiales, juzgarlas y concluir: esto ocurrió de este modo o de este otro, por tal o cual motivo. Pero no llegas, ni llegarás nunca, a la Verdad en sí. No la has contemplado, no te has saciado con su visión absoluta. Tu arte consiste únicamente en descubrir las sombras de esa Verdad. Antiso y Eunío no son criaturas perfectas, como tampoco lo era Trámaco, pero yo conozco el interior de sus almas, y puedo asegurarte que en ellas brilla una porción nada desdeñable de la Idea de Virtud... y ese brillo despunta en sus miradas, en sus hermosos rasgos, en sus armónicos cuerpos. Nada en este mundo, Heracles, puede resplandecer tanto como ellos sin poseer, al menos, un poco de la dorada riqueza que sólo otorga la Virtud en sí —se detuvo, como avergonzado del arrebato de sus propias palabras. Sus ojos pestañearon varias veces en un semblante completamente enrojecido. Entonces, más calmado, agregó—: No ofendas a la Verdad con tu inteligencia, Heracles Póntor.

Alguien carraspeó en algún lugar de la destrozada y vacía palestra, cubierta de escombros:* era Eumarco. Diágoras se apartó de Heracles, dirigiéndose impetuosamente a la salida.

—Te espero fuera —dijo.

—Por Zeus Tonante, que jamás había visto discutir así a dos personas, salvo a los maridos con las mujeres —comentó Eumarco cuando el filósofo se marchó. A través de la hoz negra de su sonrisa se observaba la obstinada persistencia de un diente, curvo como un pequeño cuerno.

—Y no te sorprenda, Eumarco, si mi amigo y yo

* La intensidad de la eidesis en este capítulo afecta por completo al lugar en que se desarrollan las escenas: la palestra ha quedado destrozada y «cubierta de escombros» por el paso de la «bestia» literaria, y el público que la abarrotaba parece haber desaparecido. Jamás había visto una catástrofe eidética de tal naturaleza en toda mi vida de traductor. Es evidente que al anónimo autor de *La caverna de las ideas* le interesa que las imágenes ocultas sobrenaden en la conciencia de sus lectores, sin importarle en ningún momento que el realismo de la trama se perjudique. *(N. del T.)*

terminamos casándonos —repuso Heracles, divertido—: Somos tan diferentes que me parece que lo único que nos une es el amor —ambos compartieron, de buen grado, una breve carcajada—. Y ahora, Eumarco, si no te molesta, vamos a dar un pequeño paseo mientras te cuento la razón de haberte hecho esperar...

Caminaron por el interior del gimnasio, sembrado de las ruinas de la destrucción reciente: veíanse, aquí y allá, paredes agrietadas por embestidas violentas, muebles arrasados que se mezclaban con jabalinas y discóbolos, arenas holladas por pisadas colosales, baldosas cubiertas por la piel desprendida de los muros en forma de enormes flores de piedra caliza del color de los lirios. Sepultados bajo los escombros yacían los pedazos de una vasija rota: uno de ellos mostraba el dibujo de las manos de una muchacha, los brazos alzados, las palmas hacia arriba, como reclamando ayuda o intentando advertir a alguien de un inminente peligro. Una nube moteada de polvo se retorcía en el aire.*

* Le gusta jugar, al autor, con sus lectores. ¡Aquí está, disimulada pero identificable, la prueba de que yo tenía razón: la «muchacha del lirio» es otra importantísima imagen eidética de la obra! No sé lo que significa, pero aquí está (su presencia es inequívoca: véase la proximidad de la palabra «lirios» junto a la detallada descripción del gesto de esa «muchacha» pintada en un pedazo de vasija enterrado). El hallazgo me ha conmovido hasta las lágrimas, debo reconocerlo. He interrumpido la traducción y me he dirigido a casa de Elio. Le he comentado la posibilidad de acceder al manuscrito original de *La caverna.* Me ha aconsejado que hable con Héctor, el director de nuestras ediciones. Algo debió de notar en mis ojos, porque me preguntó qué era lo que me ocurría.

—Una muchacha pide ayuda en el texto —le dije.

—¿Y tú la vas a salvar? —fue su burlona réplica. *(N. del T.)*

—Ah, Eumarco —dijo Heracles cuando terminaron de hablar—, ¿cómo te pagaría este favor?

—Pagándomelo —replicó el viejo. Volvieron a reír.

—Una cosa más, buen Eumarco. He podido observar que en la repisa de Eunío, el amigo de tu pupilo, hay una pequeña jaula con un pájaro. Se trata de un gorrión, el típico regalo de un amante a su amado. ¿Sabes quién es el amante de Eunío?

—¡Por Febo Apolo que de Eunío no sé nada, Heracles, pero Antiso posee un regalo idéntico, y puedo decirte quién se lo hizo: Menecmo, el escultor poeta, que anda loco por él! —Eumarco tiró del manto de Heracles y bajó la voz—. Esto me lo contó Antiso hace tiempo, y me hizo jurar por los dioses que no se lo diría a nadie...

Heracles meditó un instante.

—Menecmo... Sí, la última vez que vi a ese estrafalario artista fue en el funeral de Trámaco, y recuerdo que su presencia me sorprendió. Así que Menecmo le regaló a Antiso un pequeño gorrión...

—¿Y te extraña? —chilló el viejo con su voz rasposa—. ¡Por los ojos zarcos de Atenea, que ese bello Alcibíades de pelo dorado recibiría de mi parte un nido completo, aunque debido a mi condición de esclavo y a mi edad, de nada me sirviera regalárselo!

—Bien, Eumarco —Heracles parecía de repente mucho más feliz—, ahora debo marcharme. Pero haz lo que te he dicho...

—Si sigues pagándome como hasta ahora, Heracles Póntor, tu orden será como decirle al sol: «Sal todos los días».

Dieron un rodeo para no tener que regresar por el ágora, que a esas horas de la tarde estaría abarrotada debido a las fiestas Leneas, pero aun así la aglomeración de los juegos públicos, los obstáculos de las farsas improvisadas, el laberinto de la diversión y la lenta violencia de la multitud que les embestía dificultaron su marcha. No hablaron durante el camino, sumido cada uno en sus propios pensamientos. Al fin, cuando llegaron al barrio de Escambónidai, donde Heracles vivía, éste dijo:

—Acepta mi hospitalidad por una noche, Diágoras. Mi esclava Pónsica no cocina excesivamente mal, y una cena tranquila al final del día es la mejor manera de recobrar fuerzas para el siguiente.

El filósofo aceptó la invitación. Cuando penetraban en el oscuro jardín de la casa de Heracles, Diágoras dijo:

—Quería pedirte excusas. Creo que pude haber mostrado mi desacuerdo en el gimnasio de manera mucho más discreta. Lamento haberte herido con ofensas innecesarias...

—Eres mi cliente y me pagas, Diágoras —replicó Heracles con la misma calma de siempre—: Todos los problemas que tengo contigo los considero dentro del negocio. En cuanto a tus excusas, las asumo como un rasgo de amistad. Pero también son innecesarias.

Mientras avanzaban por el jardín, Diágoras pensó: «Qué hombre tan frío. Nada parece rozar su alma. ¿Cómo puede llegar a descubrir la Verdad alguien a quien la Belleza no le importa y la Pasión, ni siquiera de vez en cuando, le arrebata?».

Mientras avanzaban por el jardín, Heracles pensó: «Aún no he determinado con exactitud si este hombre es tan sólo un idealista o si además es idiota. En cualquier caso, ¿cómo puede presumir de haber descubierto la Verdad, si todo cuanto sucede a su alrededor se le pasa desapercibido?».*

De repente, la puerta de la casa se abrió con violenta embestida y apareció la oscura silueta de Pónsica. Su máscara sin rasgos permanecía inexpresiva, pero sus delgados brazos se movían con ímpetu inusual frente a su amo.

—¿Qué ocurre?... Un visitante... —descifró Heracles—. Cálmate... ya sabes que no puedo leerte bien cuando estás nerviosa... Comienza de nuevo... —entonces se escuchó un desagradable bufido proveniente de la oscuridad de la casa; enseguida, ladridos agudísimos—. ¿Qué es eso? —Pónsica movía las manos frenéticamente—. ¿El visitante?... ¿Me visita un perro?... Ah, un hombre con un perro... Pero ¿por qué lo has dejado pasar en mi ausencia?

—Tu esclava no ha tenido la culpa —bramó desde la casa una voz potente con extraño acento—. Pero si deseas castigarla, dímelo y me marcharé.

—Esa voz... —murmuró Heracles—. ¡Por Zeus y Atenea Portaégida...!

El hombre, inmenso, surgió con ímpetu del umbral. No podía saberse si sonreía, pues su barba era muy espesa. Un perro pequeño, aunque espantoso y de cabeza deforme, apareció ladrando a sus pies.

* He gozado traduciendo este pasaje, pues creo que tengo algo de ambos protagonistas. Y me pregunto: ¿puede llegar a descubrir la Verdad una persona como yo, a quien la Belleza le *importa*, y la Pasión, de vez en cuando, le *arrebata*, y al mismo tiempo procura que nada de cuanto sucede a su alrededor se le pase *desapercibido*? *(N. del T.)*

—Quizá no reconozcas mi rostro, Heracles —dijo el hombre—, pero supongo que no has olvidado mi mano derecha...

Alzó la mano con la palma abierta: un poco por encima de la muñeca se retorcía la piel, horadada por un violento nudo de cicatrices, como el lomo de un viejo animal.

—Oh, por los dioses... —susurró Heracles.

Los dos hombres se saludaron con efusión. Un instante después, el Descifrador se volvía hacia un boquiabierto Diágoras:

—Es mi amigo Crántor, del *demo* de Póntor —dijo—. Ya te he hablado de él alguna vez: fue el que colocó la mano derecha sobre las llamas.

El perro se llamaba Cerbero. Al menos, así lo llamaba el hombre. Sobrellevaba una frente inmensa y ondulada de pliegues, como la de un toro viejo, y desnudaba una desagradable colección de dientes dentro de una boca rosácea que contrastaba con la blancura enferma de su rostro. Sus ojillos, astutos y bestiales, parecían de sátrapa persa. El cuerpo era un pequeño esclavo que se arrastraba detrás de su amo cefálico.

El hombre también portaba una ostentosa cabeza, pero su cuerpo, alto y robusto, constituía una columna digna de aquel capitel. Todo en él parecía exagerado: desde sus maneras a sus proporciones. Su rostro era amplio, de frente despejada y grandes fosas nasales, pero el pelo lo cubría casi por completo; las manos, inmensas y bronceadas, se hallaban recorridas por gruesas venas; torso y vientre poseían la misma desmesurada anchura; los pies eran macizos, casi cuadrados, y, en ellos, todos los dedos parecían de idéntica longitud. Vestía un enorme y abigarrado manto gris que, sin duda, había sido fiel compañero de sus aventuras, pues se adaptaba como un molde rígido a la silueta.

El hombre y el perro, en cierto modo, se parecían: en ambos era posible vislumbrar el mismo brillo violento en la mirada; ambos, al moverse, sorprendían, y no era fácil anticipar el propósito de sus gestos pues parecía que aun ellos mismos lo ignoraban; y ambos mostraban un apetito voraz y complementario, pues todo lo que el primero rechazaba era engullido furiosamente por el segundo, pero a veces el hombre recogía del suelo un hueso que el perro no había terminado de mondar, y, con breves mordiscos, remataba lo que éste había empezado.

Y ambos, el hombre y el perro, olían igual.

El hombre, reclinado en uno de los divanes del cenáculo y apresando entre sus inmensas manos oscuras un racimo de uvas negras, hablaba en aquel momento. Su tono de voz era espeso, profundo, y su acento fuertemente extranjero.

—¿Qué puedo contarte, Heracles? ¿Qué puedo decirte de las maravillas que he conocido, de los prodigios que mi razonamiento ateniense jamás hubiese querido admitir y que mis ojos atenienses han visto? Me haces muchas preguntas, pero no tengo respuestas: no soy un libro, aunque me hallo repleto de extrañas historias. He recorrido la India y Persia, Egipto y los reinos del sur, más allá del Nilo. He visitado las grutas donde moran los hombres-león, y he aprendido el violento lenguaje de las serpientes que piensan. He caminado sobre la arena de océanos que se abren y se cierran a tu paso, como puertas. He observado a los escorpiones negros mientras escriben sus signos secretos en el barro. Y he visto cómo la magia puede provocar la muerte, y cómo los espíritus de los muertos hablan a través de sus familiares, y las infinitas formas en que los *démones* se manifiestan a los brujos. Te juro, Heracles, que fuera de Atenas hay un mundo. Y es infinito.

El hombre parecía crear el silencio con sus palabras como la araña crea la tela con los hilos del vientre. Cuando dejaba de hablar, nadie intervenía de inmediato. Un instante después, el hipnotismo se quebraba y los labios y los párpados de sus oyentes cobraban vida.

—Me regocija comprobar, Crántor —dijo Heracles entonces—, que lograste cumplir con tu propósito inicial. Cuando te abracé en el Pireo hace años, sin saber cuándo volvería a verte, te pregunté por enésima vez la razón de tu voluntario exilio. Y recuerdo que me respondiste, también por enésima vez: «Quiero sorprenderme todos los días». Y parece que lo has conseguido, desde luego —Crántor soltó un gruñido que, sin duda, equivalía a una sonrisa de asentimiento. Heracles se volvió hacia Diágoras, que permanecía callado y obediente en su diván, bebiendo el último vino de la cena—. Crántor y yo pertenecemos al mismo *demo* y nos conocimos cuando éramos niños. Nos educamos juntos, y, aunque yo llegué a la efebía antes que él, durante la guerra participamos en misiones idénticas. Después, cuando me casé, Crántor, que era muy celoso, decidió emprender un viaje por el mundo. Nos despedimos y... así hasta hoy. En aquella época sólo nos separaban nuestros deseos... —hizo una pausa y sus ojos chispearon de alegría—. ¿Sabes, Diágoras? En mi juventud, yo quería ser como tú: filósofo.

Diágoras expresó con sinceridad su sorpresa.

—Y yo, poeta —dijo Crántor con su voz poderosa, dirigiéndose también a Diágoras.

—Al final, él terminó siendo filósofo...

—¡Y él, Descifrador de Enigmas!

Rieron. La de Crántor era una risa sucia, desgarbada; Diágoras pensó que parecía una colección de risas ajenas, adquiridas durante sus viajes. En cuanto a él —Diágoras—, sonreía cortésmente. Envuelta en su propio silencio, Pónsica retiró las fuentes vacías de la mesa y sirvió más vino. La noche en el interior del cenáculo ya era completa, y las lámparas de aceite aislaban los rostros de los tres hombres, provocando la ilusión de que flotaban en la tiniebla de una caverna. Se escuchaba el incesante crepitar de la masticación de Cerbero, pero por los ventanucos penetraban a veces, como relámpagos, los violentos gritos de la muchedumbre que recorría las calles.

Crántor se negó a aceptar la hospitalidad de Heracles: estaba de paso por la Ciudad, explicó, en el perenne viaje de su vida; se dirigía al norte, más allá de Tracia, a los reinos bárbaros, en busca de los Hiperbóreos; no tenía pensado permanecer en Atenas más de unos cuantos días; deseaba divertirse en las Leneas y asistir al teatro —al «único buen teatro ateniense: las comedias»—. Aseguró haber encontrado alojamiento en una casa de huéspedes donde permitían la presencia de Cerbero. El perro ladró feísimamente al escuchar su nombre. Heracles, que sin duda había bebido más de la cuenta, señaló al animal y dijo:

—Al final has terminado casándote, Crántor, tú que siempre me criticabas por haber tomado esposa. ¿Dónde conociste a tu linda parejita?

Diágoras casi se atragantó con el vino. Pero la amable reacción del aludido le demostró lo que ya sospechaba: que entre éste y el Descifrador fluía el cauce íntimo e impetuoso de una fuerte amistad infantil, misteriosa para el ojo ajeno, que ni los años de lejana distancia ni las extrañas experiencias que los separaban habían logrado atajar del todo. Del *todo,* en efecto, porque Diágoras también intuía —no hubiera sabido decir cómo, pero eso le ocurría muchas veces— que ninguno de los dos se sentía completamente a gusto con el otro, como si necesitaran acudir con apremio a los niños que fueron para poder comprender, y aun soportar, a los adultos que eran.

—Cerbero ha vivido conmigo mucho más tiempo del que piensas —dijo Crántor en otro tono de voz, domeñando su violencia, como si en vez de hablar intentara arrullar a un recién nacido—. Lo encontré en un muelle, tan solitario como yo. Decidimos unir nuestros destinos —miraba hacia el oscuro rincón donde el perro masticaba con violencia. Entonces añadió, haciendo reír a Heracles—: Ha sido una buena esposa, te lo aseguro. Grita mucho, pero sólo a los extraños —y extendió el brazo por encima del diván para golpear cariñosamente a la pequeña mancha blancuzca. El animal soltó un estridente ladrido de protesta.

Tras una pausa, Crántor dijo, dirigiéndose a Heracles:

—En cuanto a Hagesíkora, tu mujer...

—Murió. Las Parcas le decretaron una larga enfermedad.

Hubo un silencio. La conversación languideció. Al fin, Diágoras expresó su deseo de marcharse.

—No lo hagas por mí —Crántor alzó su enorme

mano quemada—. Cerbero y yo nos iremos pronto —y, casi sin transición, preguntó—: ¿Eres amigo de Heracles?

—Soy, más bien, un cliente.

—¡Oh, un enigmático problema a resolver! Estás en buenas manos, Diágoras: Heracles es un extraordinario Descifrador, me consta. Ha engordado un poco desde la última vez que lo vi, pero te aseguro que no ha perdido su penetrante mirada ni su rápida inteligencia. Resolverá tu enigma, sea cual sea, en pocos días...

—Por los dioses de la amistad —se quejó Heracles—, no hablemos de trabajo esta noche.

—¿Eres, pues, filósofo? —preguntó Diágoras a Crántor.

—¿Qué ateniense no lo es? —replicó éste, enarcando las negras cejas.

Heracles dijo:

—Pero no te equivoques, buen Diágoras: Crántor actúa con filosofía, no se dedica a pensarla. Lleva sus convicciones hasta el último extremo, pues no le gusta creer en algo que no pueda practicar —Heracles parecía disfrutar mientras hablaba, como si fuera precisamente este rasgo el que más admiraba de su viejo amigo—. Recuerdo... recuerdo una de tus frases, Crántor: «Yo pienso con las manos».

—La recuerdas mal, Heracles. La frase era: «Las manos también piensan». Pero la he hecho extensiva a todo el cuerpo...

—¿Piensas también con los intestinos? —sonrió Diágoras. El vino, como ocurre con aquellos que pocas veces lo beben, lo había vuelto cínico.

—Y con la vejiga, y con la verga, y con los pulmones, y con las uñas de los pies —enumeró Crántor. Y añadió, tras una pausa—: Según creo, Diágoras, tú también eres filósofo...

—Soy mentor de la Academia. ¿Conoces la Academia?

—Claro que sí. ¡Nuestro buen amigo Aristocles!...

—Nosotros lo llamamos por su apodo, Platón, desde hace mucho tiempo —Diágoras se hallaba agradablemente sorprendido de comprobar que Crántor conocía el verdadero nombre de Platón.

—Ya lo sé. Dile de mi parte que en Sicilia se le recuerda mucho...

—¿Has estado en Sicilia?

—Casi puede decirse que vengo de allí. Se rumorea que el tirano Dioniso se ha enemistado con su cuñado Dión a causa tan sólo de las enseñanzas de tu compañero...

Diágoras se alegró con la noticia.

—Platón estará encantado de saber que el viaje que hizo a Sicilia empieza a dar frutos. Pero te invito a que se lo digas tú mismo en la Academia, Crántor. Visítanos cuando quieras, por favor. Si deseas, puedes venir a cenar: así participarás en nuestros diálogos filosóficos...

Crántor contemplaba la copa de vino con expresión divertida, como si encontrara en ella algo sumamente gracioso o ridículo.

—Te lo agradezco, Diágoras —replicó—, pero me lo pensaré. Lo cierto es que vuestras teorías no me seducen.

Y, como si hubiera gastado una broma estupenda, se rió por lo bajo.

Diágoras, un poco confuso, preguntó con amabilidad:

—¿Y qué teorías te seducen?

—Vivir.

—¿Vivir?

Crántor asintió sin dejar de mirar hacia la copa. Diágoras dijo:

—Vivir no es ninguna teoría. Para vivir, sólo necesitas estar vivo.

—No: hay que aprender a vivir.

Diágoras, que había deseado marcharse un momento antes, se sentía ahora profesionalmente interesado en el diálogo. Adelantó la cabeza y acarició su bien recortada barba ateniense con la punta de sus delgados dedos.

—Es muy curioso eso que dices, Crántor. Explícame, por favor, pues me temo que lo ignoro: ¿cómo se aprende, según tu opinión, a vivir?

—No puedo explicártelo.

—Pero, de hecho, parece que tú lo has aprendido.

Crántor asintió. Diágoras dijo:

—¿Y de qué forma se puede aprender algo que después no es posible explicar?

De repente, Crántor mostró su inmensa dentadura blanca emboscada en el laberinto del pelo.

—Atenienses... —gruñó en un tono tan bajo que Diágoras, al pronto, no entendió bien lo que decía. Pero conforme hablaba fue elevando poco a poco la voz, como si, hallándose lejos, se aproximara a su interlocutor en violenta embestida—: No importa cuánto tiempo te ausentes, siguen siendo los mismos de siempre... Los atenienses... ¡Oh, vuestra pasión por los juegos de palabras, los sofismas, los textos, los diálogos! ¡Vuestra forma de aprender con el trasero apoyado en el banco, escuchando, leyendo, descifrando palabras, inventando argumentos y contraargumentos en un diálogo infinito! Los atenienses... un pueblo de hombres que piensan y escuchan música... y otro pueblo, mucho más numeroso pero gobernado por el primero, de gentes que gozan y sufren sin saber siquiera leer ni escribir... —se levantó de un salto y se dirigió a uno de los ventanucos de la pared, por donde se filtraba el confuso clamor de las diversiones leneas—. Escúchalo, Diágoras... El verdadero pueblo ateniense. Su historia nunca quedará grabada en las estelas funerarias ni se conservará escrita en los papiros donde vuestros filósofos redactan sus maravillosas obras... Es un pueblo que ni siquiera habla: muge, brama como un toro enloquecido... —se apartó de la ventana. Diágoras advertía en sus movimientos cierta cualidad salvaje, casi feroz—. Un pueblo de hombres que comen, beben, fornican y se divierten, creyéndose poseídos por el éxtasis de los dioses... ¡Escúchalos!... Están ahí fuera.

—Hay diferentes clases de hombres, al igual que hay diferentes clases de vinos, Crántor —observó Diágoras—: Ese pueblo que mencionas no sabe razonar bien. Los hombres que saben razonar pertenecen a una categoría más elevada, y, forzosamente, deben dirigir a...

El grito fue salvaje, inesperado. Cerbero, ladrando con violencia, acentuó las estentóreas exclamaciones de su amo.

—¡Razonar!... ¿De qué os sirve razonar?... ¿Razonasteis la guerra contra Esparta?... ¿Razonasteis la ambición de vuestro imperio?... ¡Pericles, Alcibíades, Cleón, los hombres que os condujeron a la matanza!... ¿Ellos eran razonables?... Y ahora, en la derrota, ¿qué os queda?... ¡Razonar la gloria del pasado!

—¡Hablas como si no fueras ateniense! —protestó Diágoras.

—¡Márchate de Atenas, y tú también dejarás de serlo! ¡Sólo se puede ser ateniense dentro de las murallas de esta absurda ciudad!... Lo primero que descubres cuando sales de aquí es que no hay una sola verdad: todos los hombres poseen la suya propia. Y más allá, abres los ojos... y sólo distingues la negrura del caos.

Hubo una pausa. Incluso los furiosos ladridos de Cerbero cesaron. Diágoras se volvió hacia Heracles como si éste hubiese dado muestras de querer intervenir, pero el Descifrador parecía sumido en sus propios pensamientos, por lo que Diágoras supuso que consideraba la conversación exclusivamente «filosófica» y, por tanto, le cedía todas las réplicas. Entonces se aclaró la garganta y dijo:

—Sé lo que quieres decir, Crántor, pero te equivocas. Esa negrura a la que te refieres, y en la que sólo ves el caos, es únicamente tu ignorancia. Crees que no hay verdades absolutas e inmutables, pero puedo asegurarte que sí las hay, aunque sea difícil percibirlas. Dices que cada hombre posee su propia verdad. Te respondo que cada hombre posee su propia *opinión*. Tú has conocido a muchos hombres muy diferentes entre sí que se expresan en distintos lenguajes y mantienen su particular opinión sobre las cosas, y has llegado a la errónea conclusión de que no hay nada que pueda tener el mismo valor para todos. Pero sucede, Crántor, que te quedas en las palabras, en las definiciones, en las imágenes de los objetos y de los seres. Sin embargo, hay ideas más allá de las palabras...

—El Traductor —dijo Crántor, interrumpiéndolo.

—¿Qué?

El enorme rostro de Crántor, iluminado desde abajo por las lámparas, parecía una misteriosa máscara.

—Es una creencia muy extendida en algunos lugares lejos de Grecia —dijo—. Según ella, todo lo que hacemos y decimos son palabras escritas en otro idioma en un inmenso papiro. Y hay Alguien que está leyendo ahora mismo ese papiro y descifra nuestras acciones y pensamientos, descubriendo claves ocultas en el texto de nuestra vida. A ese Alguien lo llaman el Intérprete o el Traductor... Quienes creen en Él piensan que nuestra vida posee un sentido final que nosotros mismos desconocemos, pero que el Traductor puede ir descubriendo conforme nos *lee*. Al final, el texto terminará y nosotros moriremos sin saber más que antes. Pero el Traductor, que nos ha leído, conocerá por fin el sentido último de nuestra existencia.*

Heracles, que había permanecido en silencio hasta entonces, dijo:

—¿Y de qué les sirve creer en ese estúpido Traductor si al final se van a morir igual de ignorantes?

—Bueno, hay quienes piensan que es posible *hablar* con el Traductor —Crántor sonrió maliciosamente—. Dicen que podemos dirigirnos a Él sabiendo que nos está escuchando, pues lee y traduce todas nuestras palabras.

—Y quienes así opinan, ¿qué le dicen a ese... Tra-

* Por más que he buscado en mis libros, no he podido encontrar ningún indicio de esta supuesta religión. Sin duda se trata de una fantasía del autor. *(N. del T.)*

ductor? —preguntó Diágoras, a quien aquella creencia le parecía no menos ridícula que a Heracles.

—Depende —dijo Crántor—. Algunos lo alaban o le piden cosas como, por ejemplo, que les diga lo que va a sucederles en capítulos futuros... Otros lo desafían, pues saben, o creen saber, que el Traductor, en realidad, no existe...

—¿Y cómo lo desafían? —preguntó Diágoras.

—Le gritan —dijo Crántor.

Y de repente levantó la mirada hacia el oscuro techo de la habitación. Parecía buscar algo.

Te buscaba a ti.*

—¡Escucha, Traductor! —gritó con su voz poderosa—. ¡Tú, que tan seguro te sientes de existir! ¡Dime quién soy!... ¡Interpreta mi lenguaje y defíneme!... ¡Te desafío a comprenderme!... ¡Tú, que crees que sólo somos palabras escritas hace mucho tiempo!... ¡Tú, que piensas que nuestra historia oculta una clave final!... ¡Razóname, Traductor!... ¡Dime quién soy... si es que, al leerme, eres capaz también de *descifrarme*!... —y, recobrando la calma, volvió a mirar a Diágoras y sonrió—. Esto es lo que le gritan al supuesto Traductor. Pero, naturalmente, el Traductor nunca responde, porque no existe. Y si existe, es tan ignorante como nosotros...**

* La traducción es literal, pero no comprendo muy bien a quién se refiere el autor con este inesperado salto gramatical a segunda persona. *(N. del T.)*

** Realmente, no sé por qué me he puesto tan nervioso. En Homero, por ejemplo, se encuentran abundantes ejemplos de pasos inesperados a segunda persona. Esto debe de ser algo parecido. Pero lo cierto es que mientras traducía las invectivas de Crántor me sentía un poco tenso. He llegado a pensar que el

Pónsica entró con una crátera repleta y sirvió más vino. Aprovechando la pausa, Crántor dijo:

—Voy a dar un paseo. El aire de la noche me hará bien...

El perro blanco y deforme siguió sus pasos. Un momento después, Heracles comentó:

—No le hagas demasiado caso, buen Diágoras. Siempre fue muy impulsivo y muy extraño, y el tiempo y las experiencias han acentuado esas peculiaridades de su carácter. Nunca tuvo paciencia para sentarse y hablar durante largo rato; le confundían los razonamientos complejos... No parecía ateniense, pero tampoco espartano, pues odiaba la guerra y el ejército. ¿Te conté que se retiró a vivir solo, en una choza que él mismo construyó en la isla de Eubea? Eso ocurrió, poco más o menos, en la época en que se quemó la mano... Pero tampoco se encontraba a gusto como misántropo. No sé qué es lo que le complace y lo que le disgusta, y nunca lo he sabido... Sospecho que no le agrada el papel que Zeus le ha adjudicado en esta gran Obra que es la vida. Te pido disculpas por su comportamiento, Diágoras.

El filósofo le quitó importancia al asunto y se levantó para marcharse.

—¿Qué haremos mañana? —preguntó.

—Oh, tú nada. Eres mi cliente, y ya has trabajado bastante.

«Traductor» puede ser una nueva palabra eidética. En tal caso, la imagen final de este capítulo sería más compleja de lo que yo había supuesto: las violentas embestidas de una «bestia invisible» —correspondientes al Toro de Creta—, la «muchacha del lirio» y, ahora, el «Traductor». Helena tiene razón: esta obra me tiene obsesionado. Mañana hablaré con Héctor. *(N. del T.)*

—Quiero seguir colaborando.

—No es necesario. Mañana llevaré a cabo una pequeña investigación solitaria. Si hay novedades, te pondré al tanto.

Diágoras se detuvo en la puerta:

—¿Has descubierto algo que puedas decirme?

El Descifrador se rascó la cabeza.

—Todo marcha bien —dijo—. Tengo algunas teorías que no me dejarán dormir tranquilo esta noche, pero...

—Sí —lo interrumpió Diágoras—. No hablemos del higo antes de abrirlo.

Se despidieron como amigos.*

* Cada vez estoy más preocupado. No sé por qué, ya que nunca me he sentido así con mi trabajo. Además, quizá todo sea imaginación mía. Narraré la breve charla que he mantenido esta mañana con Héctor, y el lector juzgará.

—*La caverna de las ideas* —asintió en cuanto mencioné la obra—. Sí, un texto griego clásico de autor anónimo que se remonta a la Atenas posterior a la guerra del Peloponeso. Yo fui quien le dije a Elio que la incluyera en nuestra colección de traducciones...

—Ya lo sé. Yo soy quien la traduzco —dije.

—¿Y en qué puedo ayudarte?

Se lo dije. Frunció el ceño y me hizo la misma pregunta que Elio: por qué me interesaba revisar el manuscrito original. Le expliqué que la obra era eidética y que Montalo no parecía haberlo percibido. Volvió a fruncir el ceño.

—Si Montalo no lo percibió, es que *no es* eidética —dijo—. Discúlpame, no quiero ser grosero, pero Montalo era un verdadero experto en la materia...

Reuní paciencia para decirle:

—La eidesis es muy fuerte, Héctor. Modifica el realismo de las escenas, incluso los diálogos y las opiniones de los personajes... Todo eso tiene que significar algo, ¿no? Quiero descubrir la clave que el autor ocultó en su texto, y necesito el original para asegurarme de que mi traducción es correcta... Elio está de acuerdo, y me ha aconsejado que hable contigo.

Cedió a mis ruegos por fin (Héctor es muy testarudo), pero me dio pocas esperanzas: el texto estaba en poder de Montalo, y, tras su fallecimiento, todos sus manuscritos habían pasado a pertenecer a otras bibliotecas. No, no tenía amigos íntimos ni familiares. Había vivido como un ermitaño en una solitaria casa en el campo.

—Precisamente —agregó— fue su deseo de alejarse de la civilización lo que le causó la muerte... ¿No te parece?

—¿Qué?

—Oh, pensé que lo sabías. ¿Elio no te dijo nada?

—Tan sólo que había fallecido —recordé entonces las palabras de Elio—: Y también que había sido «noticia en todas partes». Pero no entiendo por qué.

—Porque su muerte fue atroz —repuso Héctor.

Tragué saliva. Héctor prosiguió:

—Su cuerpo fue encontrado en el bosque cercano a la casa donde vivía. Estaba destrozado. Las autoridades dijeron que probablemente lo había atacado una manada de lobos... *(N. del T.)*

V

Heracles Póntor, el Descifrador de Enigmas, podía volar.

Planeaba sobre la cerrada tiniebla de una caverna, ligero como el aire, en absoluto silencio, como si su cuerpo fuera una hoja de pergamino. Por fin encontró lo que había estado buscando. Lo primero que oyó fueron los latidos, densos cual paladas en aguas legamosas; después lo vio, flotando en la oscuridad como él. Era un corazón humano recién arrancado y aún palpitante: una mano lo aferraba como a un pellejo de odre; por entre los dedos fluían espesos regueros de sangre. No era, sin embargo, la desnuda víscera lo que más le preocupaba, sino la identidad del hombre que la apresaba tan férreamente, pero el brazo al que pertenecía aquella mano parecía cortado con pulcritud a la altura del hombro; más allá, las sombras lo cegaban todo. Heracles se acercó a la visión, pues sentía curiosidad por cxaminarla; le resultaba absurdo creer que un brazo aislado pudiera flotar en el aire. Entonces descubrió algo aún más extraño: los latidos de aquel corazón eran los únicos que escuchaba. Bajó la vista, horrorizado, y se llevó las manos al pecho. Encontró un enorme y vacío agujero.

Dedujo que aquel corazón recién extirpado era el suyo.

Se despertó gritando.

Cuando Pónsica penetró en su habitación, alarmada, él ya se sentía mejor, y pudo tranquilizarla.*

El niño esclavo se detuvo a colocar la antorcha en el gancho de metal, pero esta vez consiguió hacerlo de un salto, antes de que Heracles pudiera ayudarlo.

—Has tardado en regresar —dijo, sacudiéndose el polvo de las manos—, pero mientras me sigas pagando no me importaría aguardarte hasta que llegue a la edad de la efebía.

—Llegarás antes de lo que impone la naturaleza, si continúas siendo tan astuto —replicó Heracles—. ¿Cómo está tu ama?

—Un poco mejor que cuando la dejaste. No del todo bien, sin embargo —el niño se detuvo en mitad de uno de los oscuros pasillos y se acercó al Descifrador con aire misterioso—. Ifímaco, el anciano esclavo de la casa, que es amigo mío, dice que grita en sueños —susurró.

—Hoy yo he tenido uno muy propicio para gritar

* Anoche, antes de comenzar a traducir esto, tuve un sueño, pero en él no vi ningún corazón arrancado: soñé con el protagonista, con Heracles Póntor, y mi sueño consistió en observarle acostado en la cama, soñando. De repente Heracles se despertaba gritando como si hubiera sufrido una pesadilla. Entonces yo también me desperté y grité. Ahora, al comenzar mi traducción del quinto capítulo, la coincidencia con el texto me ha estremecido. Montalo dice del papiro: «Textura suave, muy fina, como si faltaran, en la confección final de la hoja, algunas capas de tallo, o como si el material, con el paso del tiempo, se hubiera vuelto frágil, poroso, débil como el ala de una mariposa o de un pequeño pájaro». *(N. del T.)*

—confesó Heracles—. Lo extraño es que, en mi caso, tales sucesos son muy infrecuentes.

—Eso es signo de vejez.

—¿También eres adivino de sueños?

—No. Es lo que opina Ifímaco.

Habían llegado a la habitación que Heracles recordaba: el cenáculo; pero se hallaba más limpia y luminosa, con lámparas encendidas en los nichos de las paredes y detrás de los divanes y ánforas, así como en los pasillos que se extendían más allá, lo que otorgaba al ambiente una especie de dorada belleza. El niño dijo:

—¿No vas a participar en las Leneas?

—¿Cómo? No soy poeta.

—Se me figuraba que sí. ¿Qué eres entonces?

—Descifrador de Enigmas —repuso Heracles.

—¿Y eso qué es?

Heracles lo pensó un momento.

—Bien mirado, algo parecido a lo que hace Ifímaco —dijo—: Opinar sobre cosas misteriosas.

Los ojos del niño destellaron. De repente pareció recordar su condición de esclavo, porque bajó la voz y anunció:

—Mi ama no tardará en recibirte.

—Te lo agradezco.

Cuando el niño se marchó, Heracles, sonriendo, cayó en la cuenta de que aún no sabía su nombre. Se entretuvo estudiando la diminuta levedad de las partículas que flotaban alrededor de la luz de las lámparas y que, impregnadas por los resplandores, se asemejaban a limaduras de oro; intentó descubrir alguna clase de ley o patrón en el recorrido ligerísimo de aquellas nimiedades. Pero pronto tuvo que desviar la vista, pues sabía que su curiosidad, hambrienta por descifrar imágenes cada vez más complejas, corría el riesgo de perderse en la infinita intimidad de las cosas.

Al entrar en el cenáculo, los bordes del manto de Etis parecieron batir como alas debido a una repentina corriente de aire; su rostro, aún pálido y ojeroso, se hallaba un poco más cuidado; la mirada había perdido oscuridad y se mostraba despejada y ligera. Las esclavas que la acompañaban se inclinaron ante Heracles.

—Te honramos, Heracles Póntor. Lamento que la hospitalidad de mi casa sea tan incómoda: la tristeza no gusta del regalo.

—Agradezco tu hospitalidad, Etis, y no deseo otra.

Ella le indicó uno de los divanes.

—Al menos, puedo ofrecerte vino no mezclado.

—No a estas horas de la mañana.

La vio hacer un gesto, y las esclavas salieron en silencio. Ambos se recostaron en divanes enfrentados. Mientras acomodaba los pliegues de su peplo sobre las piernas, Etis sonrió y dijo:

—No has cambiado, Heracles Póntor. No echarías a perder el más insignificante de tus pensamientos con una sola gota de vino a horas desacostumbradas, ni siquiera para ofrecer una libación a los dioses.

—Tú tampoco has cambiado, Etis: sigues tentándome con el zumo de la uva para que mi alma pierda el contacto con mi cuerpo y flote libremente por los cielos. Pero mi cuerpo se ha hecho demasiado pesado.

—Tu mente, sin embargo, es cada vez más ligera, ¿verdad? Debo confesarte que a mí me ocurre lo mismo. Sólo me queda la mente para huir de estas paredes. ¿Dejas volar la tuya, Heracles? Yo no puedo encerrarla; ella extiende sus alas y yo le digo: «Llévame a donde quieras». Pero siempre me lleva al mismo lugar: el pasado. Tú no comprendes esta afición, claro, porque eres hombre. Pero las mujeres vivimos en el pasado...

—Toda Atenas vive en el pasado —replicó Heracles.

—Así hablaría Meragro —sonrió ella débilmente. Heracles acompañó su sonrisa, pero entonces percibió su extraña mirada—. ¿Qué nos ocurrió, Heracles? ¿Qué nos ocurrió? —hubo una pausa. Él bajó los ojos—. Meragro, tú, tu esposa Hagesíkora y yo... ¿Qué nos ocurrió? Obedecíamos normas, leyes dictadas por hombres que no nos conocieron y a los que no les importábamos. Leyes cumplidas por nuestros padres, y por los padres de nuestros padres. Leyes que los hombres deben obedecer aunque puedan discutirlas en la Asamblea. A las mujeres ni siquiera se nos permite hablar de ellas en la Fiesta de las Tesmoforias, cuando salimos de nuestras casas y nos reunimos en el ágora: las mujeres debemos callar y acatar, incluso, vuestros errores. Yo, ya lo sabes, no soy más que cualquier otra mujer, no sé leer ni escribir, no he visto otros cielos ni otras tierras, pero me gusta pensar... ¿Y sabes lo que pienso? Que Atenas está hecha de leyes rancias como la piedra de los antiguos templos. La Acrópolis es fría como un cementerio. Las columnas del Partenón son barrotes de jaula: los pájaros no pueden volar en su interior. La paz... sí, hay paz. Pero ¿a qué precio? ¿Qué hemos hecho con nuestras vidas, Heracles?... Antes era mejor. Al menos, todos pensábamos que las cosas eran mejores... Nuestros padres así lo creían.

—Pero se equivocaban —dijo Heracles—. Antes no era mejor que ahora. Tampoco mucho peor. Simplemente había una guerra.

Inmóvil, Etis replicó con rapidez, como si respondiera a una pregunta:

—Antes me amabas.

Heracles se sintió fuera de sí mismo, observándose reclinado en el diván, muy quieto, con expresión indiferente, respirando con calma. Sin embargo, reconocía que en su cuerpo se producían algunos hechos: de repente, por ejemplo, sus manos estaban frías y sudorosas. Ella agregó:

—Y yo a ti.

¿Por qué cambiaba de tema?, pensaba él. ¿Era incapaz de mantener un diálogo razonable, equilibrado, como el que elaboran dos hombres? ¿Por qué ahora, y de repente, aquellas cuestiones personales? Se removió inquieto en el diván.

—Perdona, oh Heracles, por favor. Considera mis palabras como el aliento de una mujer solitaria... Sin embargo, me pregunto: ¿nunca pensaste que las cosas hubieran podido ser de otra manera? No, no es eso lo que quiero decir: sé que nunca lo pensaste. Pero ¿nunca lo *sentiste*?

¡Y ahora, aquella absurda pregunta! Dedujo que había perdido la costumbre de hablar con las mujeres. Incluso con su último cliente, Diágoras, era posible entablar cierto nivel de conversación lógica, pese a la obvia oposición de temperamentos. Pero ¿con las mujeres? ¿Qué pretendía ella con aquella pregunta? ¿Acaso las mujeres podían recordar todos y cada uno de los sentimientos que habían experimentado en el pasado? Y aun admitiendo que así fuese: ¿qué importaba? Las sensaciones, los sentimientos, eran pájaros multicolores: iban y venían, fugaces como el sueño, y él lo sabía. Pero a ella, que evidentemente lo ignoraba, ¿cómo iba a poder explicárselo?

—Etis —dijo, aclarándose la garganta—: Sentíamos unas cosas cuando éramos jóvenes, y otras muy distintas ahora. ¿Quién puede decir con certeza qué habría ocurrido en uno u otro caso? Ya sé que Hagesíkora fue la mujer que mis padres me impusieron, y, pese a que no me dio hijos, fui feliz con ella y la lloré cuando murió. En cuanto a Meragro, te eligió a ti...

—Y yo lo elegí a él cuando tú elegiste a Hagesíkora, pues fue el hombre que mis padres me impusieron —repuso Etis, interrumpiéndolo—. Y también fui feliz con él y lo lloré cuando murió. Y ahora... aquí estamos ambos, moderadamente felices, sin atrevernos a hablar de todo lo que hemos perdido, de cada una de las oportunidades que desperdiciamos, cada desaire a nuestros instintos, cada insulto a nuestros deseos... razonando... inventando razones —hizo una pausa y parpadeó varias veces, como si despertara de un sueño—. Pero te repito que disculpes estas pequeñas locuras. Se ha marchado el último hombre de mi casa, y... ¿qué somos las mujeres sin los hombres? Tú eres el primero que nos visita después de los ágapes funerarios.

«Así pues, hablaba de esto por el dolor que siente», pensó Heracles, comprensivo. Decidió ser amable:

—¿Cómo está Elea?

—Se soporta a sí misma aún. Pero sufre cuando piensa en su terrible soledad.

—¿Y Daminos de Clazobion?

—Es un negociante. No aceptará casarse con Elea

hasta que yo muera. La ley se lo permite. Ahora, tras la muerte de su hermano, mi hija se ha convertido legalmente en *epiclera,* y debe contraer matrimonio para que nuestra fortuna no pase a manos del Estado. Daminos posee la prerrogativa de tomarla como esposa, pues es su tío por línea paterna, pero no me guarda demasiado aprecio, menos aún desde la muerte de Meragro, y está esperando, como dicen que esperan las aves fúnebres el desmayo de los cuerpos, a que yo desaparezca. No me importa —se frotó los brazos—. Al menos, tendré la seguridad de que esta casa formará parte de la herencia de Elea. Además, no tengo donde elegir: ya podrás imaginarte que mi hija no cuenta con muchos pretendientes, pues nuestra familia cayó en deshonor...

Tras breve pausa, Heracles dijo:

—Etis, he aceptado un pequeño trabajo —ella lo miró. Él habló con rapidez, en un tono formal—. No puedo revelarte el nombre de mi cliente, pero te aseguro que es una persona honesta. En cuanto a la labor, se relaciona de alguna forma con Trámaco... Creí que debía aceptarlo... y decírtelo.

Etis apretó los labios.

—¿Has venido a verme, pues, como Descifrador de Enigmas?

—No. He venido a decírtelo. No te importunaré más si no lo deseas.

—¿Qué clase de misterio puede relacionarse con mi hijo? Su vida no tenía secretos para mí...

Heracles respiró profundamente.

—No debes preocuparte: mi investigación no está centrada en Trámaco, aunque vuela a su alrededor. Me serviría de mucha ayuda que contestaras a algunas preguntas.

—Muy bien —dijo Etis, pero en un tono que parecía evidenciar que pensaba justo lo opuesto.

—¿Notabas a tu hijo preocupado en los últimos meses?

La mujer frunció el ceño, pensativa.

—No... Era el mismo de siempre. No me pareció especialmente preocupado.

—¿Pasabas mucho tiempo con él?

—No, porque, aunque yo lo deseaba, no quería agobiarlo. Se había vuelto muy sensible en ese aspecto, como dicen que se vuelven los hijos varones en las casas gobernadas por mujeres. No soportaba que nos entrometiéramos en su vida. Quería volar lejos —hizo una pausa—. Ansiaba cumplir la edad de la efebía, y así poder marcharse de aquí. Y Hera sabe que yo no lo censuraba.

Heracles asintió cerrando brevemente los ojos, en un gesto que parecía indicar que estaba de acuerdo con todo lo que Etis dijera sin necesidad de que ella lo dijese. Después comentó:

—Sé que se educaba en la Academia...

—Sí. Quise que fuera así, no sólo por él sino también en recuerdo de su padre. Ya sabes que Platón y Meragro mantenían cierta amistad. Y Trámaco era un buen alumno, según decían sus mentores...

—¿Qué hacía en su tiempo libre?

Tras breve pausa, Etis dijo:

—Te respondería que no lo sé, pero, como madre, creo saberlo: hiciera lo que hiciese, Heracles, no sería muy diferente de lo que hace cualquier muchacho de su edad. Ya era un hombre, aunque la ley no lo admitiese. Y era dueño de su vida, como cualquier otro hombre. A nosotras no nos dejaba meter las narices en sus asuntos. «Limítate a ser la mejor madre de Atenas», me decía... —sus pálidos labios iniciaron una sonrisa—. Pero te repito que no tenía secretos para mí: yo sabía que se estaba educando bien en la Academia. Su pequeña intimidad no me importaba: lo dejaba volar libre.

—¿Era muy religioso?

Etis sonrió y se removió en el diván.

—Oh, sí, los Sagrados Misterios. Acudir a Eleusis es lo único que me queda. No sabes qué fuerzas me da, pobre viuda como soy, tener algo distinto en lo que creer, Heracles... —él no modificó la expresión de su rostro mientras la miraba—. Pero no he contestado a tu pregunta... Sí, era religioso... A su modo. Nos acompañaba a Eleusis, si eso es lo que significa ser religioso. Pero confiaba más en sus fuerzas que en sus creencias.

—¿Conoces a Antiso y Eunío?

—Claro que sí. Sus mejores amigos, compañeros de la Academia y vástagos de buenas familias. En ocasiones, también acudían a Eleusis con nosotros. Tengo la mejor opinión sobre ellos: eran dignos amigos de mi hijo.

—Etis... ¿era costumbre de Trámaco marcharse a cazar en solitario?

—A veces. Le gustaba demostrar que estaba preparado para la vida —sonrió—. Y, de hecho, lo estaba.

—Disculpa el desorden de mis preguntas, por favor, pero ya te dije que mi investigación no se centraba en Trámaco... ¿Conoces a Menecmo, el escultor poeta?

Los ojos de Etis se entrecerraron. Se envaró un poco más en el diván, como un ave que pretendiera echar a volar.

—¿Menecmo?... —dijo, y se mordió suavemente el labio. Tras una brevísima pausa, añadió—: Creo que... Sí, ahora lo recuerdo. Frecuentaba mi casa cuando Meragro vivía. Era un individuo extraño, pero mi marido tenía amigos muy extraños... y no lo digo por ti, precisamente.

Heracles imitó su fina sonrisa. Después dijo:

—¿No lo has vuelto a ver? —Etis respondió que no—. ¿Sabes si, de alguna forma, se relacionaba con Trámaco?

—No, no lo creo. Desde luego, Trámaco nunca me habló de él —el semblante de Etis reflejaba preocupación. Frunció el ceño—. Heracles, ¿qué ocurre?... Tus preguntas son tan... Aunque no puedas revelarme lo que investigas, dime, al menos, si la muerte de mi hijo... Quiero decir: a Trámaco lo atacó una manada de lobos, ¿no es cierto? Eso es lo que nos han dicho, y fue así, ¿no es verdad?

Heracles, siempre inexpresivo, dijo:

—Así es. Su muerte no tiene nada que ver en esto. Pero no te molestaré más. Me has ayudado, y te lo agradezco. Que los dioses te sean propicios.

Se marchó apresuradamente. Su conciencia le remordía, pues había tenido que mentirle a una buena mujer.*

* La mía no me remuerde en absoluto, ya que ayer le conté a Helena la coincidencia que más me preocupa de todas. «Pero ¿cómo puedes tener tanta fantasía?», protestó. «¿Qué relación puede haber entre la muerte de Montalo y la de un personaje de un texto milenario? ¡Oh, por favor! ¿Te estás volviendo loco? Lo de Montalo es un hecho *real,* un accidente. Lo del personaje del libro que traduces es pura ficción. Quizá se trate de otro recurso eidético, un símbolo secreto, yo qué sé...»

Cuentan que aquel día sucedió algo inaudito: la gran urna de las ofrendas en honor a Atenea Niké dejó escapar, por descuido de los sacerdotes, los centenares de mariposas blancas que contenía. Y esa mañana, bajo el radiante y tibio sol del invierno ateniense, las vibrátiles alas, fragilísimas y luminosas, invadieron toda la Ciudad. Hubo quien las vio penetrar en el impoluto santuario de Artemisa Brauronia y buscar el camuflaje del níveo mármol de la diosa; otros sorprendieron, en el aire que rodea la estatua de Atenea Prómacos, móviles florecillas blancas agitando sus pétalos sin caer al suelo. Las mariposas, que se reproducían con rapidez, acosaron sin peligro los pétreos cuerpos de las muchachas que sostienen, sin necesidad de ayuda, el techo del Erecteion; anidaron en el olivo sagrado, regalo de Atenea Portaégida; descendieron, en el resplandor de su vuelo, por las laderas de la Acrópolis y, convertidas ya en un levísimo ejército, irrumpieron con molesta suavidad en la vida cotidiana. Nadie quiso hacerles nada, porque apenas eran nada: tan sólo luz que parpadeaba, como si la Mañana, al hacer vibrar las lige-

---

Como siempre, Helena tiene razón. Su abrumadora visión práctica de las cosas haría trizas las pesquisas más inteligentes de Heracles Póntor —que, por muy ficticio que sea, se está convirtiendo, día tras día, en mi héroe favorito, la única voz que le da sentido a todo este caos—, pero, qué quieres que te diga, asombrado lector: de repente me ha parecido muy importante averiguar más cosas sobre Montalo y su solitaria forma de vida. Ya le he escrito una carta a Arístides, uno de los académicos que más lo conocieron. No ha tardado en responderme: me recibirá en su casa. Y a veces me pregunto: ¿estoy tratando de imitar a Heracles Póntor con *mi propia* investigación? *(N. del T.)*

rísimas pestañas de sus ojos, dejara caer en la Ciudad el polvillo de su brillante maquillaje. De modo que, observadas por un pueblo asombrado, se dirigieron, sin obstáculos, a través del impalpable éter, al templo de Ares y a la Stoa de Zeus, al edificio del Tolo y al de la Heliea, al Teseion y al monumento a los Héroes, siempre fúlgidas, inestables, obstinadas en su transparente libertad. Después de besar los frisos de los edificios públicos como niñas fugaces, ocuparon los árboles de los jardines y nevaron, zigzagueando, sobre el césped y las rocas de los manantiales. Los perros les ladraban sin daño, como a veces hacen ante los fantasmas y los torbellinos de arena; los gatos saltaban hacia las piedras apartándose de su indeciso camino; los bueyes y mulos alzaban sus pesadas cabezas para contemplarlas, pero, como eran incapaces de soñar, no se entristecían.

Por fin, las mariposas se posaron sobre los hombres y comenzaron a morir.*

* Esta invasión de mariposas blancas (absurda, pues no hay constancia histórica de que constituyeran una ofrenda para Atenea Niké) es más bien una invasión eidética: las ideas de «vuelo» y «alas» —presentes desde el comienzo del capítulo— alteran la realidad del relato. La imagen final, a mi modo de ver, es la del Trabajo de las Aves de Estinfalia, donde Hércules recibe la orden de ahuyentar a la miríada de pájaros que plagaban el lago Estinfalia, lo cual consigue provocando ruido con unos címbalos de bronce. Ahora bien, ¿ha notado el lector la presencia, hábilmente disimulada, de la «muchacha del lirio»? Por favor, lector, dímelo, ¿o es que acaso piensas que es imaginación mía? ¡Ahí están las «florecillas blancas» y las «muchachas» (las cariátides del Erecteion), pero también las palabras fundamentales: «ayuda» («sin necesidad de *ayuda*») y «peligro» («acosaron sin *peligro*»), íntimamente asociadas a esta imagen! *(N. del T.)*

Cuando Heracles Póntor entró en el jardín de su casa, al mediodía, descubrió que una tersa mortaja de cadáveres de mariposas cubría la tierra. Pero los móviles picos de los pájaros que anidaban en las cornisas o en las altas ramas de los pinos habían empezado a devorarlas: abubillas, cucos, reyezuelos, grajos, torcaces, cornejas, ruiseñores, jilgueros, los cuellos inclinados sobre el manjar, concentrados como pintores en sus vasijas, devolvían el color verde al ligero césped. El espectáculo era extraño, pero a Heracles no le pareció de buen o mal augurio, pues, entre otras cosas, no creía en los augurios.

De improviso, mientras avanzaba por la vereda del jardín, un rebatir de alas a su derecha le llamó la atención. La sombra, encorvada y oscura, surgió tras los árboles asustando a las aves.

—¿Acostumbras ahora a esconderte para sorprender a la gente? —sonrió Heracles.

—Por los picudos rayos de Zeus, juro que no, Heracles Póntor —crepitó la voz añosa de Eumarco—, pero me pagas para que sea discreto y espíe sin ser visto, ¿no? Pues bien: he aprendido el oficio.

Azuzados por el ruido, los pájaros interrumpieron su festín y alzaron el vuelo: sus pequeños cuerpos, agilísimos, se encendieron en el aire y se abatieron verticales sobre la tierra, y los dos hombres parpadearon deslumbrados bajo el resplandor cenital del sol de mediodía.*

* Los pájaros, como las mariposas, también son eidéticos en este capítulo, y, por tanto, se transforman ahora en rayos de sol. Advierta el lector que el suceso no es milagroso ni mágico, sino tan literario como el cambio de métrica en un poema. *(N. del T.)*

—Esa horrible máscara que tienes por esclava me indicó con gestos que no estabas en casa —dijo Eumarco—, así que he aguardado con paciencia tu llegada para decirte que mi labor ha dado algunos frutos...

—¿Hiciste lo que te ordené?

—Como tus propias manos hacen lo que dictan tus pensamientos. Me convertí anoche en la sombra de mi pupilo; lo seguí, infatigable, a prudente distancia, como el azor hembra escolta el primer vuelo de sus crías; fui unos ojos atados a su espalda mientras él, esquivando a la gente que llenaba las calles, cruzaba la Ciudad en compañía de su amigo Eunío, con quien se había reunido al anochecer en la Stoa de Zeus. No caminaban por placer, si entiendes lo que te digo: un claro destino tenían sus volátiles pasos. ¡Pero el Padre Cronida hubiera podido, como a Prometeo, atarme a una roca y ordenar que un pajarraco devorase mi hígado diariamente con su negro pico, que jamás habría imaginado, Heracles, un destino tan extraño!... Por las muecas que haces, veo que te impacientas con mi relato... No te preocupes, voy a terminarlo: ¡supe, por fin, adónde se dirigían! Te lo diré, y tú te asombrarás conmigo...

La luz del sol reanudó el lento picoteo sobre la hierba del jardín. Después se posó en una rama y gorjeó varias notas. Otro ruiseñor se acercó a él.*

Por fin, Eumarco terminó de hablar.

* La metamorfosis de pájaro en luz se opera aquí a la inversa. Para los lectores que se enfrentan por vez primera a un texto eidético estas frases pueden dar lugar a cierta confusión, pero, repito, no se trata de ningún prodigio sino de mera filología. *(N. del T.)*

—Tú me explicarás, oh gran Descifrador, lo que significa todo esto —dijo.

Heracles pareció meditar un instante. Después dijo:

—Bien. Todavía preciso de tu ayuda, buen Eumarco: sigue los pasos de Antiso por las noches y ven a informarme cada dos o tres días. Pero antes que nada, vuela presuroso a casa de mi amigo con este mensaje...

—Cuánto te agradezco esta cena al aire libre, Heracles —dijo Crántor—. ¿Sabías que ya no puedo soportar con facilidad el interior lóbrego de las casas atenienses? Los habitantes de los pueblos al sur del Nilo no pueden creer que en nuestra civilizada Atenas vivamos encerrados entre muros de adobe. Según su forma de pensar, sólo los muertos necesitan paredes —cogió una nueva fruta de la fuente y hundió la picuda punta de su daga entre las vetas de la mesa. Tras una pausa, dijo—: No estás muy hablador.

El Descifrador pareció despertar de un sueño. En la intacta paz del jardín un pequeño pájaro desgranó una tonada. Un afilado repiqueteo metálico denunciaba la presencia de Cerbero en una esquina, lamiendo los restos de su plato.

Comían en el porche. Obedeciendo a los deseos de Crántor, Pónsica —ayudada por el propio invitado— había sacado fuera del cenáculo la mesa y los dos divanes. Hacía frío, y cada vez más, pues el carro de fuego del sol finalizaba su vuelo dejando tras de sí una curva estela de oro que se extendía, impávida, en la franja de aire por encima de los pinos, pero aún era posible disfrutar con placidez del ocaso. Sin embargo, y a pesar de que su amigo no había dejado de mostrarse locuaz, incluso entretenido, refiriendo millares de odiseicas anécdotas y permitiéndole, además, escuchar en silencio sin tener que intervenir, Heracles había terminado arrepintiéndose de aquella invitación: los detalles del problema que se hallaba a punto de solucionar lo acuciaban. Además, vigilaba de continuo el torcido trayecto del sol, pues no quería llegar tarde a su cita de aquella noche. Pero su sentido ateniense de la hospitalidad le hizo decir:

—Disculpa, Crántor, amigo mío, mi pésima labor como anfitrión. Había dejado que mi mente volara a otro sitio.

—Oh, no quiero estorbar tu meditación, Heracles. Supongo que se halla directamente relacionada con el trabajo...

—Así es. Pero ahora repudio mi poco hospitalario comportamiento. Ea, posemos los pensamientos sobre las ramas y dediquémonos a charlar.

Crántor se pasó el dorso de la mano por la nariz y terminó de engullir la fruta.

—¿Te va bien? En tu oficio, quiero decir.

—No puedo quejarme. Me tratan mejor que a mis colegas de Corinto o de Argos, que sólo se dedican a descifrar los enigmas oraculares de Delfos para esos clientes ricos. Aquí me solicitan en variados y agudos asuntos: la solución de un misterio en un texto egipcio, o el paradero de un objeto perdido, o la identidad de un ladrón. Hubo una época, poco después de que te marcharas, al final de la guerra, en que me moría de hambre... No te rías, hablo en serio... A mí también me tocó resolver los acertijos de Delfos. Pero ahora, con la paz, los atenienses no encontramos nada mejor que hacer que descifrar enigmas, incluso cuando no los hay: nos reunimos en el ágora, o en los jardines de Liceo, o en el teatro de Dioniso Eleútero, o simplemente en la calle, y nos preguntamos unos a otros sin cesar... Y cuando nadie puede responder, se contratan los servicios del Descifrador.

Crántor volvió a reír.

—Tú también has escogido la clase de vida que querías, Heracles.

—No sé, Crántor, no sé —se frotó los brazos, desnudos bajo el manto—. Creo que esta clase de vida me ha escogido a mí...

El silencio de Pónsica, que traía una nueva jarra de vino no mezclado, pareció contagiarlos. Heracles advirtió que su amigo (pero ¿Crántor seguía siendo su amigo? ¿Acaso no eran ya dos desconocidos que hablaban de viejas amistades comunes?) no perdía de vista a la esclava. Los últimos rayos de sol se posaban, puros, en las suaves curvas de la máscara sin rasgos; por entre las simétricas aberturas del negro manto de bordes puntiagudos que la cubría de la cabeza a los pies, emergían, delgados pero infatigables como patas de pájaro, los níveos brazos. Pónsica depositó la jarra sobre la mesa con levedad, se inclinó y regresó al interior de la casa. Cerbero, desde su esquina, ladró con furia.

—Yo no puedo, no podría... —murmuró Crántor de repente.

—¿Qué?

—Llevar una máscara para ocultar mi fealdad. Y supongo que tu esclava tampoco la llevaría si no la obligaras.

—La complicación de sus cicatrices me distrae

—dijo Heracles. Y se encogió de hombros para añadir—: Además, es mi esclava, a fin de cuentas. Otros las hacen trabajar desnudas. Yo la he cubierto del todo.

—¿También su cuerpo te distrae? —sonrió Crántor mesándose la barba con su mano quemada.

—No, pero de ella sólo me interesan su eficiencia y su silencio: necesito ambas cosas para pensar con tranquilidad.

El invisible pájaro lanzó un afilado silbido de tres notas distintas. Crántor volvió la cabeza hacia la casa.

—¿La has visto alguna vez? —dijo—. Me refiero desnuda.

Heracles asintió.

—Cuando me interesé por ella en el mercado de Falero, el vendedor la desnudó por completo: pensaba que su cuerpo compensaba con creces el deterioro de su rostro, y eso me haría pagar más. Pero yo le dije: «Vístela otra vez. Sólo quiero saber si cocina bien y si puede llevar sin ayuda una casa no demasiado grande». El mercader me aseguró que era muy eficiente, pero yo quería que ella misma me lo dijera. Cuando advertí que no me respondía, supe que su vendedor había intentado ocultarme que no podía hablar. Éste, muy apurado, se apresuró a explicarme la razón de su mudez, y me contó la historia de los bandidos lidios. Añadió: «Pero se expresa con un sencillo alfabeto de gestos». Entonces la compré —Heracles hizo una pausa y bebió un sorbo de vino. Después dijo—: Ha sido la mejor adquisición de mi vida, te lo aseguro. Y ella también ha salido ganando: tengo dispuesto que, a mi muerte, sea manumitida, y, de hecho, ya le he concedido considerable libertad; incluso me pide permiso de vez en cuando para ir a Eleusis, pues es devota de los Sagrados Misterios, y yo se lo otorgo sin problemas —concluyó, sonriente—. Ambos vivimos felices.

—¿Cómo lo sabes? —dijo Crántor—. ¿Se lo has preguntado alguna vez?

Heracles lo miró por encima del curvo borde de la copa.

—No me hace falta —dijo—. Lo deduzco.

Picudas notas musicales se extendieron por el aire. Crántor entrecerró los ojos y dijo, tras una pausa:

—Todo lo deduces... —se mesaba los bigotes y la barba con la mano quemada—. Siempre deduciendo, Heracles... Las cosas se muestran ante ti enmascaradas y mudas, pero tú deduces y deduces... —movió la cabeza y su semblante adquirió una curiosa expresión: como si admirara la terquedad deductiva de su amigo—. Eres increíblemente ateniense, Heracles. Al menos, los platónicos, como ese cliente tuyo del otro día, creen en verdades absolutas e inmutables que no pueden ver... Pero ¿tú?... ¿En qué crees tú? ¿En lo que deduces?

—Yo sólo creo en lo que puedo ver —dijo Heracles con enorme sencillez—. La deducción es otra forma de ver las cosas.

—Imagino un mundo lleno de personas como tú —Crántor hizo una pausa y sonrió, como si en verdad estuviera imaginándolo—. Qué triste sería.

—Sería eficiente y silencioso —repuso Heracles—. Lo triste sería un mundo de personas platónicas: caminarían por las calles como si volaran, con los ojos cerrados y el pensamiento puesto en lo invisible.

Ambos rieron, pero Crántor se detuvo antes para decir, con extraño tono de voz:

—Así pues, la mejor solución es un mundo de personas como yo.

Heracles levantó cómicamente las cejas.

—¿Como tú? Sentirían en un momento dado el impulso de quemarse las manos, o los pies, o de darse cabezazos contra la pared... Todos andarían mutilados. Y quién sabe si no habría algunos que serían mutilados por otros...

—Sin duda —replicó Crántor con rapidez—. De hecho, así ocurre cada día en todos los mundos. El pescado que me has servido hoy, por ejemplo, ha sido mutilado por nuestros afilados dientes. Los platónicos creen en lo que no ven, tú crees en lo que ves... Pero todos mutiláis carnes y pescados en las comidas. O higos dulces.

Heracles, sin hacer caso de la burla, engulló el higo que se había llevado a la boca. Crántor prosiguió:

—Y pensáis, y razonáis, y creéis, y tenéis fe... Pero la Verdad... ¿Dónde está la Verdad? —y lanzó una risotada enorme que hizo temblar su pecho. Varios pájaros se desprendieron, como afiladas hojas, de las copas de los árboles.

Tras una pausa, las negras pupilas de Crántor contemplaron fijamente a Heracles.

—He notado que no dejas de observar las cicatrices de mi mano derecha —dijo—. ¿También te distraen? ¡Oh Heracles, cuánto me alegro de lo que hice aquella tarde en Eubea, cuando discutíamos sobre un tema parecido a éste! ¿Recuerdas? Estábamos sentados, tú y yo solos, junto a una pequeña hoguera, en el interior de mi cabaña. Yo te dije: «Si ahora sintiera el impulso de quemarme la mano derecha y me la *quemara,* te demostraría que hay cosas que no pueden ser razonadas». Tú replicaste: «No, Crántor, porque sería fácil *razonar* que lo hiciste para demostrarme que hay cosas que no pueden ser razonadas». Entonces extendí el brazo y puse la mano sobre las llamas —imitó el movimiento, colocando el brazo derecho paralelo a la mesa. Prosiguió—: Tú, asombrado, te levantaste de un salto y exclamaste: «¡Crántor, por Zeus, qué haces!». Y yo, sin retirar la mano, repliqué: «¿Por qué te sorprendes tanto, Heracles? ¿No será que, a pesar de tu razonamiento, estoy *quemándome la mano*? ¿No será que, pese a todas las explicaciones lógicas que tu mente te ofrece sobre el motivo de que yo haga esto, lo cierto es, la *realidad* es, Heracles Póntor, que me estoy *quemando*?» —y soltó otra fuerte carcajada—. ¿De qué te sirve el razonamiento cuando ves que la Realidad se quema las manos?

Heracles bajó los ojos hacia su copa.

—De hecho, Crántor, hay un enigma frente al cual mi razonamiento no sirve de nada —dijo—: ¿Cómo es posible que seamos *amigos*?

Rieron de nuevo, mesuradamente. En aquel instante, un pequeño pájaro se posó en un extremo de la mesa agitando sus finas alas pardas. Crántor lo contempló en silencio.*

—Observa este pájaro, por ejemplo —dijo—. ¿Por qué se ha posado en la mesa? ¿Por qué está aquí, con nosotros?

* La presencia de este pájaro no es, como el lector ya debe suponer, fortuita en modo alguno: por el contrario, refuerza —junto con las mariposas y los pájaros eidéticos del jardín— la imagen oculta de las Aves de Estinfalia. A ello contribuye la ostensible repetición de las palabras «picudo», «curvo» y «afilado», que resumen hábilmente el pico de estos animales. *(N. del T.)*

—Alguna razón tendrá, pero deberíamos preguntárselo.

—Hablo en serio: desde tu punto de vista, podrías pensar que este pequeño pájaro es más importante en nuestras vidas de lo que parece...

—¿A qué te refieres?

—Quizá... —Crántor adoptó un tono de voz misterioso—. Quizá forme parte de una clave que explicaría nuestra presencia en la gran Obra del mundo...

Heracles sonrió, aunque no se hallaba de buen humor.

—¿En eso crees ahora?

—No. Hablo exclusivamente desde tu punto de vista. Ya sabes: aquel que siempre está buscando explicaciones corre el riesgo de inventarlas.

—Nadie inventaría algo tan absurdo, Crántor. ¿Quién podría creer que la presencia de este pájaro forma parte de... cómo has dicho... una clave que lo explica todo?*

Crántor no respondió: extendió la mano derecha con hipnotizadora lentitud; los dedos, de uñas afiladas y curvas, se abrieron en las proximidades del ave; entonces, de un solo gesto centelleante, atrapó al pequeño animal.

—*Hay* quien lo cree —dijo—. Voy a contarte una historia —acercó la diminuta cabeza a su rostro y la contempló con expresión extraña (no podría decirse si de ternura o curiosidad) mientras hablaba—. Co-

* ¡Nuevo juego del astuto autor con sus lectores! Los personajes, ignorando la verdad —esto es, que son simples personajes de un texto que oculta una clave secreta—, se burlan de la presencia eidética del pájaro. *(N. del T.)*

nocí hace tiempo a un hombre mediocre. Era hijo de un escritor no menos mediocre que él. Este hombre aspiraba a ser escritor como su padre, pero las Musas no lo habían bendecido con igual talento. Así pues, aprendió otras lenguas y se dedicó a traducir textos: fue el oficio más parecido a la profesión paterna que pudo encontrar. Un día, a este hombre le entregaron un antiguo papiro y le dijeron que lo tradujera. Se puso a ello con verdadero afán, día y noche. Se trataba de una obra literaria en prosa, una historia completamente normal, pero el hombre, quizá debido a su incapacidad para crear un texto de su invención, *quiso* creer que ocultaba una clave. Y ahí empezó su agonía: ¿dónde se hallaba aquel secreto? ¿En lo que decían los personajes?... ¿En las descripciones?... ¿En la intimidad de las palabras?... ¿En las imágenes evocadas?... Por fin, creyó encontrarla... «¡Ya la tengo!», se dijo. Pero después pensó: «¿Acaso esta clave no me lleva a otra, y ésta a su vez a otra, y ésta a otra...?». Como miríadas de pájaros que no pueden ser atrapados... —los ojos de Crántor, repentinamente densos, miraban con fijeza un punto situado más allá de Heracles.

Te miraban a ti.*

* Acabo de sentir un pequeño vértigo y he tenido que dejar de trabajar. No ha sido nada: simplemente una estúpida coincidencia. Se da el caso de que mi padre, ya fallecido, era escritor. No puedo describir la sensación que he experimentado mientras traducía las palabras de este personaje, Crántor, que fueron redactadas hace miles de años en un viejo papiro por un autor desconocido. «¡Habla de mí!», pensé durante un enloquecedor instante. Al llegar a la frase «Te miraban» —un nuevo salto a segunda persona, como el del capítulo previo—, me aparté del papel como si fuera a quemarme y tuve que dejar de

—¿Y qué sucedió con aquel hombre?

—Enloqueció —bajo el hirsuto caos de su barba, los labios de Crántor se distendieron en una curva y afilada sonrisa—. Fue terrible: no bien creía haber dado con la clave final, cuando otra muy distinta se posaba en sus manos, y otra, y otra... Al final, completamente loco, dejó de traducir el texto y huyó de su casa. Vagó por el bosque durante varios días como un pájaro ciego. Por último, las alimañas lo devoraron* —Crántor bajo la vista hacia el minúsculo frenesí de la criatura que albergaba en la mano y volvió a sonreír—. He aquí la advertencia que hago a todos los que buscan afanosamente claves ocultas: tened cuidado, no sea que, confiados en la rapidez de vuestras alas, no os percatéis de que voláis a ciegas... —con suavidad, casi con ternura, acercó la afilada y picuda uña pulgar a la pequeña cabeza que asomaba entre sus dedos.

La agonía del pájaro fue diminuta y espantosa, como los gritos de un niño torturado bajo tierra.

Heracles bebió plácidamente un sorbo de vino.

Cuando terminó, Crántor soltó al animal sobre la mesa con el gesto de un jugador de *petteía* arrojando una ficha.

—He aquí mi advertencia —dijo.

El pájaro seguía vivo, pero se estremecía y piaba frenéticamente. Dio dos pequeños y torpes saltos sobre sus patas y sacudió la cabeza, esparciendo a un lado y a otro vistosos copos rojizos.

---

traducir. Después he vuelto a leer lo que había escrito, lo he leído varias veces, hasta que, por fin, he notado que mi absurdo temor amainaba. Ahora puedo continuar. *(N. del T.)*

* ¿¿Como a Montalo?? *(N. del T.)*

Heracles, goloso, atrapó otro higo de la fuente.

Crántor contemplaba los sangrientos cabeceos del ave con ojos entrecerrados, como si estuviera pensando en algo poco importante.

—Hermosa puesta de sol —dijo Heracles un poco aburrido, oteando el horizonte. Crántor se mostró de acuerdo.

El pájaro echó a volar de repente —un vuelo tan brutal como una pedrada— y fue a dar de lleno en el tronco de uno de los árboles cercanos. Dejó una huella púrpura y soltó un chillido. Entonces ascendió, golpeando las ramas más bajas. Cayó a tierra y remontó el vuelo otra vez, para caer de nuevo, arrastrando con sus cuencas vacías una guirnalda de sangre. Tras varios saltos inútiles, rodó por la hierba hasta quedar inmóvil, aguardando y deseando la muerte.

Heracles comentó, con un bostezo:

—No hace demasiado frío, desde luego.*

De repente, Crántor se levantó del diván, como si hubiera dado por finalizada la conversación. Dijo:

—La Esfinge devoraba a aquellos que no respondían correctamente a sus preguntas. Pero ¿sabes lo

* Heracles no percibe que Crántor le ha arrancado los ojos al pájaro. Hay que colegir, por tanto, que esta brutal tortura se ha desarrollado sólo en el plano eidético, como los ataques de la «bestia» del capítulo previo o las serpientes enroscadas del final del capítulo segundo. Ahora bien: es la primera vez que *un personaje* de la obra realiza un acto de estas características, o sea, un acto *puramente* literario. Lo cual no deja de intrigarme, pues es norma que los actos literarios los ejecute sólo el autor, ya que los personajes deben intentar, en todo momento, que sus acciones imiten lo más posible a la realidad. Pero parece que al anónimo creador de Crántor le trae sin cuidado que su personaje no resulte creíble. *(N. del T.)*

más terrible, Heracles? Lo más terrible era que la Esfinge tenía alas, y un día se echó a volar y desapareció. Desde entonces, los hombres experimentamos algo muchísimo *peor* que ser devorados por ella: no saber si nuestras respuestas son correctas —se pasó una de sus enormes manos por la barba y sonrió—. Te agradezco la cena y la hospitalidad, Heracles Póntor. Tendremos ocasión de vernos de nuevo antes de que me marche de Atenas.

—Confío en ello —dijo Heracles.

Y el hombre y el perro se alejaron por el jardín.*

Diágoras llegó al lugar convenido al anochecer, y, como ya se había imaginado, hubo de esperar. Agradeció, sin embargo, que el Descifrador no hubiese escogido un sitio tan poblado como el anterior: el de aquella noche era una solitaria esquina más allá de la zona de comercios metecos, frente a las callejuelas que

* ¿A qué ha venido este ensañamiento eidético con el pájaro, cuya presencia —no lo olvidemos— también es eidética? ¿Qué pretende comunicar el autor? Es una «advertencia», dice Crántor, pero ¿de quién a quién? Si Crántor forma parte del argumento, de acuerdo; pero si es tan sólo un portavoz del autor, la advertencia adopta un pavoroso aire de maldición: «Ten cuidado, traductor o lector, no desveles el *secreto* que contienen estas páginas... porque puede sucederte algo desagradable». ¿Quizá Montalo llegó a descubrirlo y...? ¡Qué absurdo! Esta obra fue escrita hace milenios. ¿Qué clase de amenaza perduraría tanto tiempo? Tengo la cabeza llena de pájaros (eidéticos). La respuesta debe de ser más sencilla: Crántor es otro personaje más, lo que ocurre es que está *mal hecho.* Crántor es un error del autor. Quizá ni siquiera tenga nada que ver con el tema principal. *(N. del T.)*

se internaban en los barrios de Kolytos y Melita, a salvo de las miradas de un pueblo cuya escandalosa diversión podía escucharse, no tan débil como Diágoras desearía, proveniente sobre todo del ágora. La noche era fría y caprichosamente neblinosa, impenetrable a las miradas; en ocasiones, un borracho inquietaba, con pasos renqueantes, la oscura paz de las calles; pero también iban y venían los servidores de los *astínomos*, siempre en pareja o en grupo, portando antorchas y palos, y pequeñas patrullas de soldados que regresaban de custodiar algún servicio religioso. A nadie miraba Diágoras y nadie lo miraba a él. Hubo un hombre, no obstante, que se le acercó: era de baja estatura y vestía un manto raído que le servía también de capucha; por entre sus pliegues se deslizó con prudencia, como la pata de una grulla, un brazo óseo y alargado con la palma de la mano extendida.

—Por Ares guerrero —graznó con voz de cuervo—, serví veinte años en el ejército ateniense, sobreviví a Sicilia y perdí el brazo izquierdo. ¿Y qué ha hecho mi patria ateniense por mí? Echarme a la calle para que busque huesos roídos, como los perros. ¡Ten más piedad que nuestros gobernantes, buen ciudadano!...

Con dignidad, Diágoras buscó algunos óbolos en su manto.

—¡Vive tantos años como los hijos de los dioses! —dijo el mendigo, agradecido, y se alejó.

Casi al mismo tiempo, Diágoras oyó que alguien lo llamaba. La obesa silueta del Descifrador de Enigmas se recortaba, orlada por la luna, en el extremo de una de las callejuelas.

—Vamos —dijo Heracles.

Caminaron en silencio, internándose en el barrio de Melita.

—¿Adónde me llevas? —preguntó Diágoras.

—Quiero que veas algo.

—¿Sabes más cosas?

—Creo saberlo todo.

Heracles hablaba con la misma parquedad de siempre, pero Diágoras creyó percibir en su voz una tensión cuyo origen no supo interpretar. «Quizás es que me aguardan malas noticias», pensó.

—Dime simplemente si Antiso y Eunío tienen algo que ver en todo esto.

—Aguarda. Pronto me lo dirás tú mismo.

Avanzaron por la oscura calle de los herreros, donde se agrupaban los talleres de dicha profesión, que a esas horas de la noche ya habían cerrado; dejaron atrás la casa de baños de Pidea y el pequeño santuario de Hefesto; se introdujeron por una calle tan angosta que un esclavo que llevaba al hombro una pértiga con dos ánforas hubo de aguardar a que ellos salieran para poder entrar; cruzaron la plazuela en honor al héroe Melampo, y la luna les sirvió de guía cuando descendieron por la pendiente de la calle de los establos y en la densa tiniebla de la calle de los curtidores. Diágoras, que no acababa dc acostumbrarse a aquellas caminatas silenciosas, dijo:

—Espero, por Zeus, que no se trate de otra hetaira a la que debamos perseguir...

—No. Estamos cerca.

Una hilera de ruinas se extendía a lo largo de la calle en la que se encontraban. Las paredes contemplaban la noche con ojos vacíos.

—¿Ves a esos hombres con antorchas en la puerta

de aquella casa? —señaló Heracles—. Allí es. Ahora, haz lo que yo te diga. Cuando ellos te pregunten qué quieres, responderás: «Vengo a ver la representación» y les entregarás unos cuantos óbolos. Te dejarán pasar. Yo te acompañaré y haré lo mismo.

—¿Qué significa todo esto?

—Ya te he dicho que tú me lo explicarás después. Vamos.

Heracles llegó primero; Diágoras imitó sus gestos y sus palabras. En el tenebroso zaguán de la destartalada casa se vislumbraba la entrada a una angosta escalera de piedra; varios hombres descendían por ella. Diágoras, con paso trémulo, siguió al Descifrador y se sumergió en la oscuridad. Durante un instante sólo pudo percibir la robusta espalda de su compañero; los peldaños, muy altos, requerían toda su atención. Después empezó a escuchar los cánticos y las palabras. Abajo, la tiniebla era diferente, como elaborada por otro artista, y precisaba de unos ojos distintos; los de Diágoras, desacostumbrados, sólo advirtieron formas confusas. El olor fuerte del vino se mezclaba con el de los cuerpos. Había unas gradas con bancos de madera, y allí se sentaron.

—Mira —dijo Heracles.

Al fondo de la sala, un coro de máscaras recitaba versos alrededor de un altar situado sobre un pequeño escenario; los coreutas elevaban las manos mostrando las palmas. A través de las aberturas de las máscaras, los ojos, aunque oscuros, parecían vigilantes. Antorchas en las esquinas encandilaban el resto de la visión, pero Diágoras, entrecerrando los párpados, pudo distinguir otra silueta enmascarada detrás de una mesa atiborrada de pergaminos.

—¿Qué es esto? —preguntó.

—Una representación teatral —dijo Heracles.

—Ya lo sé. Quiero decir qué...

El Descifrador le indicó con gestos que guardara silencio. El coro había finalizado la antistrofa y sus miembros se agrupaban en fila frente al público. Diágoras comenzó a percibir el agobio de aquel aire irrespirable; pero no era sólo el aire lo que le inquietaba: también estaba el denso *afán* de los espectadores. Éstos no formaban un grupo muy numeroso —había asientos vacíos— pero sí solidario: erguían sus cabezas, balanceaban sus cuerpos al ritmo del canto, bebían vino en pequeños odres; uno de ellos, sentado junto a Diágoras, con los ojos desorbitados, jadeaba. Era el *afán.*

Diágoras recordaba haberlo observado por primera vez en las representaciones de los poetas Esquilo y Sófocles: una participación casi religiosa, un silencio tácito, inteligente, como el que yace en las palabras escritas, y cierto... ¿qué?... ¿Placer?... ¿Miedo?... ¿Embriaguez?... No podía comprenderlo. Le parecía, a veces, que aquel ritual inmenso era mucho más antiguo que la comprensión de los hombres. No se trataba exactamente de teatro: era algo previo, anárquico; no existían bellos versos que un público culto pudiera traducir a hermosas imágenes; el discurso casi nunca era racional: las madres fornicaban con sus hijos, los padres eran asesinados por éstos, las esposas atrapaban a sus cónyuges en sangrientas e inextricables redes, un crimen se pagaba con otro, la venganza era infinita, las Furias acosaban a culpables e inocentes, los cadáveres quedaban insepultos; por doquier, aullidos de dolor de un coro inclemente; y un terror opresivo, gigantesco, como el del hombre abandonado en medio del mar. Un teatro que era como el ojo de un Cíclope que acechara al público desde su caverna. Diágoras siempre se había sentido inquieto frente a aquellas obras atormentadas. ¡No le sorprendía en absoluto que disgustaran tanto a Platón! ¿Dónde se hallaban, en tales espectáculos, las doctrinas morales, las normas de conducta, el buen hacer del poeta que debe educar al pueblo, el...?

—Diágoras —susurró Heracles—: Fíjate en los dos coreutas de la derecha, en la segunda fila.

Uno de los actores se acercó a la figura que se hallaba detrás de la mesa. Por los altos coturnos que calzaba y la complicada máscara que celaba su rostro parecía tratarse del Corifeo. Emprendió un diálogo esticomítico con el personaje sedente:

CORIFEO: Vamos, Traductor: busca las claves, si es que las hay.

TRADUCTOR: Largo tiempo llevo buscándolas. Pero las palabras me confunden.

CORIFEO: Así pues, ¿piensas que es inútil persistir?

TRADUCTOR: No, pues creo que todo lo que está escrito puede descifrarse.

CORIFEO: ¿No te atemoriza llegar hasta el final?

TRADUCTOR: ¿Por qué habría de atemorizarme?

CORIFEO: Porque es posible que no existan soluciones de ningún tipo.

TRADUCTOR: Mientras tenga fuerzas, seguiré.

CORIFEO: ¡Oh, Traductor: arrastras una piedra que volverá a caer desde la cima!

TRADUCTOR: ¡Es mi Destino: vano sería pretender rebelarme!

CORIFEO: Al parecer, te impulsa una confianza ciega.

TRADUCTOR: ¡Debe haber algo tras las palabras! ¡Siempre hay un significado!

—¿Los reconoces? —dijo Heracles.

—Oh, dioses —musitó Diágoras.

CORIFEO: Veo que es inútil hacerte cambiar de opinión.

TRADUCTOR: Ahí no te equivocas: atado estoy a esta silla y a estos papiros.

Se escucharon golpes de címbalo. El coro emprendió un rítmico estásimo:

CORO: ¡Lloro por tu destino, Traductor, que ata tus ojos a las palabras, haciéndote creer que acabarás hallando una clave en el texto que traduces! ¿Por qué Atenea, de ojos de lechuza, brindarnos quiso el luminoso conocimiento? ¡Ahí te ves, infortunado, intentando, como Tántalo, alcanzar la fútil recompensa de tus fatigas, pero los significados, huidizos, no puedes atrapar con tus manos extendidas ni con tu experta mirada! ¡Oh suplicio!*

Diágoras no quiso mirar más. Se levantó y caminó hacia la salida. Los címbalos resonaron tan fuertes que el sonido se hizo luz, y todos los ojos parpadearon. El coro alzó los brazos:

CORO: ¡Cuidado, Traductor, cuidado! ¡Te vigilan! ¡Te vigilan!

* Sí, suplicio. ¿Nos encontramos ante un mensaje del autor dirigido a sus posibles traductores? ¿Cabe pensar que el secreto de *La caverna de las ideas* es de tal naturaleza que su anónimo creador ha querido curarse en salud, intentando desanimar a todo el que pretenda descifrarlo? *(N. del T.)*

—¡Diágoras, espérame! —exclamó Heracles Póntor.

CORO: ¡Un peligro te acecha! ¡Ya has sido advertido, Traductor!*

En la fría oscuridad de la calle, bajo el ojo vigilante de la luna, Diágoras tomó aire varias veces. El Descifrador, que venía detrás, también jadeaba, pero en su caso era debido al esfuerzo de subir las escaleras.

—¿Los reconociste? —preguntó.

Diágoras asintió.

—Llevaban máscaras, pero eran ellos.

Regresaron por las mismas calles solitarias. Heracles dijo:

—Pues bien, ¿qué significa? ¿Por qué Antiso y Eunío vienen a este lugar por las noches, embozados en largas túnicas oscuras? Tú, supongo, podrás explicármelo.

—En la Academia opinamos que el teatro es un arte imitativo vulgar —dijo Diágoras con lentitud—: Prohibimos expresamente que nuestros discípulos asistan a representaciones dramáticas, no digamos que participen en ellas. Platón cree... Bueno, todos creemos que la mayoría de los poetas son poco cuidadosos y se dedican a dar mal ejemplo a los jóvenes mostrando personajes nobles que, sin embargo, están repletos de abyectos vicios. El verdadero teatro, para

* Podrá parecer gracioso —y lo será, sin duda—, pero aquí, en mi casa, de noche, inclinado sobre los papeles, he dejado de traducir al llegar a estas palabras y he mirado hacia atrás, inquieto. Por supuesto, sólo hay oscuridad (suelo trabajar con una luz en el escritorio, y nada más). Debo atribuir mi conducta al misterioso hechizo de la literatura, que a estas horas de la noche llega a confundir las mientes, como diría Homero. *(N. del T.)*

nosotros, no es un entretenimiento grosero dedicado a hacer reír o gritar a la plebe. En el gobierno ideal de Platón, el...

—Por lo visto, no todos tus discípulos opinan así —lo interrumpió Heracles.

Diágoras cerró los ojos con expresión dolorida.

—Antiso y Eunío... —murmuró—. Jamás lo hubiese creído.

—Y Trámaco, probablemente, también. Lo lamento.

—Pero ¿qué clase de... obra grotesca ensayaban? ¿Y qué lugar era ése? No conozco ningún teatro cubierto en la Ciudad, salvo el Odeón.

—¡Ah, Diágoras: Atenas respira mientras nosotros pensamos! —exclamó Heracles con un suspiro—. Hay muchas cosas que nuestros ojos no ven, pero que pertenecen también al pueblo: diversiones absurdas, oficios inverosímiles, actividades irracionales... Tú no sales nunca de tu Academia y yo nunca salgo de mi cerebro, que vienen a ser lo mismo, pero Atenas, mi querido Diágoras, no es nuestra *idea* de Atenas...

—¿Ahora opinas igual que Crántor?

Heracles se encogió de hombros.

—Lo que intento decirte, Diágoras, es que la vida tiene lugares extraños que ni tú ni yo hemos visitado jamás. El esclavo que me ofreció la información me aseguró que existen en la Ciudad varios teatros clandestinos como éste. Por regla general, se trata de viejas casas adquiridas a bajo precio por comerciantes metecos, que éstos, después, arriendan a los poetas. Con el dinero que recaudan, pagan sus fuertes impuestos. Por supuesto, los arcontes no permiten tal actividad, pero, como acabas de ver, público no les falta... El teatro es un negocio bastante lucrativo en Atenas.

—Y respecto a la obra...

—No conozco el título ni el tema, pero sí el autor: es una tragedia de Menecmo, el escultor poeta. ¿Lo viste actuar?

—¿A Menecmo?

—Sí, era el hombre que estaba sentado en la mesa, el que hacía de Traductor. Su máscara era pequeña y pude reconocerle. Un individuo realmente curioso: tiene un taller de escultura en el Cerámico, donde se gana la vida realizando frisos para las casas de nobles atenienses, y escribe tragedias que nunca estrena oficialmente, sino para un grupo de «escogidos», poetas mediocres como él, en estos teatrillos ocultos. He hecho algunas averiguaciones en su barrio. Según parece, usa su taller para algo más que para trabajar: organiza fiestas nocturnas al estilo siracusano, orgías que harían palidecer a un Mórico. Los principales invitados son los mozalbetes que le sirven de modelos en sus mármoles y de coreutas en sus obras...

Diágoras se volvió hacia Heracles.

—No te atreverás a insinuar... —dijo.

Heracles se encogió de hombros y suspiró, como si se viera en la obligación de dar una mala noticia y ello le causara cierto pesar.

—Ven —dijo—. Detengámonos aquí y hablemos.

Se hallaban en una zona despejada, junto a una Stoa de paredes decoradas con pinturas que evocaban rostros humanos. El artista había suprimido todos los rasgos salvo los ojos, que permanecían abiertos y vigilantes. A lo lejos, en la calle observada por la luna, ladró un perro.

—Diágoras —dijo Heracles con lentitud—, pese al breve tiempo que llevamos tratándonos, creo conocerte un poco, y sospecho que lo mismo te ocurre a ti conmigo. Lo que voy a decirte no te va a agradar, pero es la verdad, o parte de ella. Y tú me has pagado para saberla.

—Habla —dijo Diágoras—. Te escucharé.

Empleando un tono tan delicado como las alas de un pequeño pájaro, Heracles comenzó:

—Trámaco, Antiso y Eunío han llevado... y llevan... una vida, digamos, un tanto disipada. No me preguntes el motivo: no creo que debas sentirte responsable como mentor. Pero el hecho es éste: que la Academia les aconseja rechazar las emociones vulgares del placer físico, así como participar en obras teatrales, pero ellos se relacionan con hetairas y hacen de coreutas... —alzó una mano con rapidez, como si hubiera percibido que Diágoras se hallaba a punto de interrumpirle—. En teoría, esto no es malo, Diágoras. Incluso puede que algunos de tus colegas mentores lo conozcan y lo permitan. A fin de cuentas, son cosas de jóvenes. Pero en el caso de Antiso y Eunío... y probablemente de Trámaco... Bien, digamos que exageraron un poco. Conocieron a Menecmo, aún no sé cómo, y se convirtieron en fervientes... discípulos de su... peculiar «escuela» nocturna. El esclavo que contraté para que siguiera a Antiso anoche me dijo que, después de actuar en el teatro que hemos visto, Eunío y Antiso se marcharon con Menecmo a su taller... y participaron en una pequeña fiesta.

—Una fiesta... —los ojos de Diágoras se movían, vigilantes, en sus órbitas, como si quisieran abarcar de una sola mirada toda la figura del Descifrador—. ¿Qué fiesta?

Los ojos del viejo vigilaban, asomados... el taller de esculturas... un hombre maduro... varios adolescentes... reían... resplandores de las lámparas... mientras los adolescentes aguardaban... una mano... cintura... El viejo se pasó la lengua por los labios... la caricia... un jovencito, mucho más hermoso... completamente desnudo... el vino derramado... Así, decía... El viejo, sorprendido... mientras el escultor... acercándose... lento y suave... más suave... Ah, gimió... al tiempo que los demás jóvenes... redondeces. Entonces, volcados todos... postura extraña... piernas... desesperante... en la penumbra... con el sudor... Espera, le oyó murmurar... «Increíble», penso el viejo.*

—Es ridículo —dijo Diágoras con voz ronca—. ¿Por qué no dejan la Academia entonces?

—No lo sé —Heracles se encogió de hombros—. Quizá por las mañanas quieren pensar como hombres y por las noches gozar como animales. No tengo la

* «La mayor parte de este pasaje —que, sin duda, describía la fiesta de Menecmo y los adolescentes observada por Eumarco— se ha perdido. Las palabras fueron escritas con una tinta más soluble, y muchas de ellas se evaporaron con el paso del tiempo. Los espacios vacíos parecen ramas desnudas donde antes los pájaros de los vocablos se posaban», comenta Montalo sobre este corrupto fragmento. Y se pregunta a continuación: «¿Cómo reconstruirá cada lector su propia orgía con las palabras que quedan?». *(N. del T.)*

menor idea al respecto. Pero éste no es el problema más grave. Lo cierto es que sus familias desconocen la doble vida que llevan. La viuda Etis, por ejemplo, se siente satisfecha por la educación que Trámaco estaba recibiendo en la Academia... Y no hablemos del noble Praxínoe, el padre de Antiso, que es prítano de la Asamblea, o de Trisipo, el padre de Eunío, un antiguo y glorioso estratego... ¿Qué ocurriría, me pregunto, si la actividad nocturna de tus alumnos llegara a trascender?

—Sería horrible para la Academia... —murmuró Diágoras.

—Sí, pero ¿y para ellos? Más aún ahora, al cumplir la edad de la efebía, cuando adquieren derechos legales... ¿Cómo crees que reaccionarían sus nobles padres, que tanto han deseado que se eduquen según los ideales del maestro Platón? Yo creo que los primeros interesados en que nada de esto se sepa son tus alumnos... no digamos el propio Menecmo.

Y, como si ya no tuviera nada más que decir, Heracles reanudó la marcha por la solitaria calle. Diágoras lo siguió en silencio, vigilando su rostro. Heracles dijo:

—Todo lo que te he contado hasta aquí se aproxima mucho a la verdad. Ahora procederé a explicarte mi hipótesis, que considero bastante probable. En mi opinión, todo iba bien para ellos hasta que Trámaco decidió delatarles...

—¿Qué?

—Es posible que la conciencia le remordiera al saber que traicionaba las normas de la Academia, quién sabe. Sea como fuere, mi teoría es ésta: que Trámaco decidió hablar. Contarlo todo.

—No hubiera sido tan terrible —se apresuró a decir Diágoras—. Yo habría comprendido...

Heracles lo interrumpió.

—No sabemos cuánto es *todo,* recuérdalo. No conocemos muy bien la índole exacta de la relación que mantenían, y mantienen, con el tal Menecmo...

Heracles hizo una pausa para crear un silencio lo suficientemente explícito. Diágoras murmuró:

—¿Pretendes decirme que... su terror en el jardín...?

La expresión de Heracles evidenció que no era ése el aspecto que él consideraba más importante. Pero dijo:

—Sí, quizá. Sin embargo, debes tener en cuenta que yo nunca quise investigar el supuesto terror que afirmas haber visto en los ojos de Trámaco, sino...

—... algo que viste en su cadáver y que no has querido contarme —se impacientaba Diágoras.

—Exacto. Lo que ocurre es que ahora todo encaja. El hecho de haberte ocultado este detalle, Diágoras, obedecía a que sus implicaciones son tan desagradables que deseaba, en primer lugar, establecer alguna clase de hipótesis que pudiera explicarlo. Pero creo que ha llegado el momento de revelártelo.

De improviso, Heracles se llevó una mano a la boca. A Diágoras le pareció, por un instante, que el Descifrador pretendía amordazarse a sí mismo para no hablar. Pero, luego de acariciarse la pequeña barba plateada, Heracles dijo:

—A primera vista, se trata de algo muy simple. El cuerpo de Trámaco, como sabes, se hallaba cubierto de mordiscos, pero... no *del todo.* Quiero decir que sus brazos estaban casi *ilesos.* Y ése fue el detalle que me sorprendió. Lo primero que hacemos cuando nos atacan es alzar los brazos, y en ellos recibimos los primeros golpes. ¿Cómo se explica que una manada entera de lobos *atacara* al pobre Trámaco sin herirle apenas los brazos? Sólo existe una posible explicación: los lobos encontraron a Trámaco, *como mínimo,* inconsciente, y comenzaron a devorarlo sin necesidad de enfrentarse a él... Se fueron directamente a lo más seguro: incluso le arrancaron el corazón...

—Ahórrame los detalles —replicó Diágoras—. Lo que no comprendo es cómo se relaciona todo esto con... —de repente se interrumpió. El Descifrador lo vigilaba con fijeza, como si los ojos de Diágoras expresaran mejor su pensamiento que las palabras—. Un momento: has dicho que los lobos encontraron a Trámaco, *como mínimo,* inconsciente...

—Trámaco nunca se fue a cazar —continuó Heracles, impasible—. Mi hipótesis es que iba a contarlo todo. Probablemente, Menecmo..., y me gustaría pensar que *fue Menecmo...,* lo citó aquel día en las afueras de la Ciudad para llegar a alguna clase de trato con él. Hubo una discusión... y quizás una pelea. O puede que Menecmo ya tuviera pensado silenciar a Trámaco de la peor forma posible. Después, los lobos, por azar, hicieron desaparecer las pruebas. Ahora bien, esto es tan sólo una hipótesis...

—Cierto, porque Trámaco podía estar simplemente durmiendo cuando los lobos lo encontraron —apuntó Diágoras.

Heracles negó con la cabeza.

—Un hombre que duerme es capaz de despertarse y defenderse... No, no lo creo: las heridas de Trámaco demuestran que *no se defendió.* Los lobos encontraron un cuerpo inmóvil.

—Pero puede que...

—... que perdiera el conocimiento por cualquier otra causa, ¿no? Es lo que pensé al principio, por eso no quería revelarte mis sospechas. Pero, si es así, ¿por qué Antiso y Eunío han empezado a tener miedo después de la muerte de su amigo? Antiso, incluso, ha decidido marcharse de Atenas...

—Temen, quizá, que descubramos la doble vida que llevan.

Heracles replicó de inmediato, como si todas las sugerencias que le pudiera hacer Diágoras las considerara terreno conocido:

—Olvidas el último detalle: si tanto miedo tienen a ser descubiertos, ¿por qué continúan con sus actividades? No niego que les preocupe ser descubiertos, pero creo que les preocupa *mucho más* Menecmo... Ya te he dicho que he hecho averiguaciones sobre él. Es un individuo irascible y violento, de peculiar fuerza física a pesar de su delgadez. Puede que ahora Antiso y Eunío sepan de lo que es capaz, y estén asustados.

El filósofo cerró los ojos y apretó los labios. La ira lo sofocaba.

—Ese... maldito —masculló—. ¿Qué sugieres? ¿Acusarlo públicamente?

—Aún no. Primero hemos de asegurarnos del grado de culpabilidad de cada uno de ellos. Después tendremos que saber exactamente lo que ocurrió con Trámaco. Y por último... —el rostro de Heracles adoptó una extraña expresión—. Lo más importante: confiar en que la incómoda sensación que anida en mi interior desde que acepté este trabajo, una sensación que es como un gran ojo que vigilara mis pensamientos, sea falsa...

—¿Qué sensación?

La mirada de Heracles, perdida en el aire de la noche, era inescrutable. Tras una pausa respondió con lentitud:

—La de estar, por primera vez en mi vida, equivocado *por completo.**

Allí estaba —sus ojos podían verlo en la oscuridad—: Lo había buscado sin cesar, vigilante, entre las opacas espirales de piedra de la caverna. Era el mismo, no cabía ninguna duda. Lo reconoció, como en otras ocasiones, por el ruido: una sorda palpitación, como el puño forrado de cuero de un pugilista que golpeara, a intervalos regulares, el interior de su cabeza. Pero no era eso lo que importaba. Lo absurdo, lo ilógico, lo que su ojo racional se negaba a aceptar, era la flotante presencia del brazo cuya mano aferraba la víscera con fuerza. Allí, más allá del hombro, era adonde debía mirar. Pero ¿por qué las sombras se espesaban precisamente en aquel punto? ¡Apartaos, tinieblas! Era necesario saber qué se ocultaba en aquel coágulo de negrura, qué cuerpo, qué imagen. Se acercó y extendió la mano... Los latidos arreciaron. Ensordecido, se des-

* «Ojos» y «Vigilancia» son dos palabras muy repetidas en esta última parte, y se corresponden con los versos que el autor pone en boca del Coro: «Te vigilan». La eidesis de este capítulo, pues, es doble: por una parte continúan los Trabajos de Hércules con la imagen de las Aves de Estinfalia; por otra, se habla de un «Traductor» y de «ojos que vigilan». ¿Qué puede significar? ¿El «Traductor» debe «vigilar» algo? ¿Alguien «vigila» al «Traductor»? Arístides, el erudito amigo de Montalo, me recibirá mañana en su casa. *(N. del T.)*

pertó bruscamente... y comprobó con incredulidad que los ruidos proseguían.

Alguien llamaba a la puerta de su casa con fuertes golpes.

—¿Qué...?

No estaba soñando: la llamada era apremiante. Tanteó hasta encontrar su manto, doblado pulcramente sobre un asiento cercano al lecho. Por el leve rasguño del ventanuco de su dormitorio se filtraba, apenas, la mirada vigilante del Alba. Cuando salió al pasillo, un rostro ovalado que consistía tan sólo en las aberturas negras de los ojos se acercó flotando en el aire.

—¡Pónsica, abre la puerta!... —dijo.

Al principio, neciamente, le inquietó que ella no le respondiera. «Por Zeus, aún estoy dormido: Pónsica no puede hablar.» La esclava ejecutó nerviosos gestos con su mano derecha; con la izquierda sostenía una lámpara de aceite.

—¿Qué?... ¿Miedo?... ¿Tienes miedo?... ¡No seas estúpida!... ¡Debemos abrir la puerta!

Rezongando, apartó a la muchacha de un empellón y se dirigió al zaguán. Los golpes se repitieron. No había luces —recordó que la única lámpara la llevaba ella—, de modo que al abrir, el espantoso sueño que había tenido hacía sólo unos instantes —tan parecido al de la noche previa— rozó su memoria de igual forma que una telaraña acaricia los ojos inadvertidos de aquel que, sin vigilar sus pasos, avanza por la penumbra de una antigua casa. Pero en el umbral no le aguardaba ninguna mano oprimiendo un corazón palpitante, sino la silueta de un hombre. Casi al mismo tiempo, la llegada de Pónsica con la luz desveló su rostro: mediana edad, ojos vigilantes y legañosos; vestía el manto gris de los esclavos.

—Me envía mi amo Diágoras con un mensaje para Heracles de Póntor —dijo, con fuerte acento beocio.

—Yo soy Heracles Póntor. Habla.

El esclavo, un poco intimidado por la presencia inquietante de Pónsica, obedeció, indeciso:

—El mensaje es: «Ven cuanto antes. Ha habido otra muerte».*

* Aquí concluye el capítulo quinto. He terminado de traducirlo después de mi conversación con el profesor Arístides. Arístides es un hombre bonachón y cordial, de amplios ademanes y sonrisa escueta. Como el personaje de Pónsica en este libro, más parece hablar con las manos que con el rostro, cuyas expresiones mantiene bajo una férrea disciplina. Quizá sean sus ojos... iba a decir «vigilantes»... (la eidesis se ha infiltrado también en mis pensamientos)... quizá sean sus ojos, digo, el único detalle móvil y humano en ese yermo de facciones regordetas y barbita negra y picuda al estilo oriental. Me recibió en el amplio salón de su casa. «Bienvenido», me dijo tras su breve sonrisa, y señaló una de las sillas que había frente a la mesa. Comencé por hablarle de la obra. Arístides no sabía de la existencia de ninguna *Caverna de las ideas,* de autor anónimo, escrita a finales de la guerra del Peloponeso. El tema también le llamó la atención. Pero zanjó ambas cuestiones con un ademán vago, dándome a entender que, si Montalo se había interesado por ella, eso significaba que la obra «valía la pena».

Cuando le mencioné la eidesis, adoptó una expresión más concentrada.

—Es curioso —dijo—, pero Montalo dedicó sus últimos años de vida a estudiar los textos eidéticos: tradujo una buena cantidad de ellos y elaboró la versión definitiva de varios originales. Yo diría, incluso, que llegó a obsesionarse con la eidesis. Y no es para menos: conozco compañeros que han empleado toda la vida en descubrir la clave final de una obra eidética. Te aseguro que pueden convenirse en el peor veneno que ofrece la literatura —se rascó una oreja—. No creas que exagero: yo mismo, al traducir algunas, no podía evitar soñar con las imágenes que iba desvelando. Y a veces te juegan malas pasadas. Recuerdo un tratado astronómico de Alceo de Quiridón donde se repetía, en todas sus variantes, la palabra «rojo» acompañada casi siempre por otras dos: «cabeza» y «mujer». Pues bien: comencé a soñar con una hermosa mujer pelirroja... Su rostro... incluso llegué a verlo... me atormentaba... —hizo una mueca—. Al fin supe, por otro texto que cayó en mis manos casualmente, que una antigua amante del autor había sido condenada a muerte en un juicio injusto: el pobre hombre había ocultado bajo eidesis la imagen de su decapitación. Podrás imaginarte qué terrible sorpresa me llevé... Aquel hermoso fantasma de pelo rojo... transformado de repente en una cabeza recién cortada manando sangre... —enarcó las cejas y me miró, como invitándome a compartir su desilusión—. Escribir es extraño, amigo mío: en mi opinión, la primera actividad más extraña y terrible que un hombre puede realizar —y añadió, regresando a su económica sonrisa—: Leer es la segunda.

—Pero hablando de Montalo...

—Sí, sí. Él fue mucho más lejos en su obsesión por la eidesis. Opinaba que los textos eidéticos podían constituir una prueba irrefutable de la Teoría de las Ideas de Platón. Supongo que la conoces...

—Naturalmente —repliqué—. Todo el mundo la conoce. Platón afirmaba que las ideas existen con independencia de nuestros pensamientos. Decía que eran entes reales, incluso mucho más reales que los seres y los objetos.

No pareció hallarse muy complacido con mi resumen de la obra platónica, pero su pequeña y regordeta cabeza se movió en un gesto de asentimiento.

—Sí... —titubeó—. Montalo creía que, si un texto eidético cualquiera evoca en *todos* los lectores la *misma* idea oculta, esto es, si todos somos capaces de hallar la *misma* clave final, eso *probaría* que las ideas poseen existencia propia. Su razonamiento, por pueril que nos parezca, no iba descaminado: si todo el mundo es capaz de encontrar una mesa en esta habitación, la *misma* mesa, eso quiere decir que dicha mesa existe. Además, y aquí está el punto que más interesaba a Montalo, de producirse tal consenso entre los lectores, eso también demostraría que el mundo es racional, y por lo tanto bueno, hermoso y justo.

—Esto último no lo he cogido —dije.

—Es una consecuencia derivada de lo anterior: si todos encontramos la misma idea en una obra eidética, las Ideas existen, y si las Ideas existen, el mundo es racional, tal como Platón y la mayoría de los antiguos griegos lo concebían; y un mundo racional, hecho a medida de nuestros pensamientos e ideales, ¿qué es sino un mundo bueno, hermoso y justo?

—Por lo tanto —murmuré, asombrado—, para Montalo, un texto eidético era poco menos que... la clave de la existencia.

—Algo así —Arístides lanzó un breve suspiro y se contempló las pulcras uñitas de sus dedos—. Excuso decirte que nunca encontró la prueba que buscaba. Quizás esta frustración fue la principal responsable de su enfermedad...

—¿Enfermedad?

Levantó una ceja con curiosa destreza.

—Montalo se volvió loco. Sus últimos años de vida los pasó encerrado en su casa. Todos sabíamos que estaba enfermo y que no aceptaba visitas, así que lo dejamos declinar en paz. Y un día, su cuerpo apareció devorado por las alimañas... en el bosque de los alrededores... Seguramente había estado vagando sin rumbo fijo, durante uno de sus accesos de locura, y al final se desmayó y... —su voz fue extinguiéndose poco a poco, como si con aquel tono quisiera representar (¿eidéticamente?) el triste final de su amigo. Por último, concluyó con una sola frase, en el límite de la audición humana—: Qué muerte más horrible...

—¿Sus brazos se hallaban ilesos? —pregunté, estúpidamente. *(N. del T.)*

—Eso confirmaría lo antedicho —dije.

VI*

El cadáver era el de una muchacha: llevaba un velo en el rostro, un peplo que cubría también sus cabellos y un manto alrededor de sus brazos; se hallaba tendida de perfil sobre el infinito garabato de los escombros, y, por la posición de sus piernas, desnudas hasta los muslos y en modo alguno indignas de contemplar, aun en aquellas circunstancias, hubiérase dicho que la muerte la había sorprendido mientras corría o daba saltos con el peplo alzado; la mano izquierda la mostraba cerrada, como en los juegos en que los niños ocultan cosas, pero la derecha sostenía una daga cuya hoja, de un palmo de longitud, parecía hecha de sangre forjada. Estaba descalza. Por lo demás, no parecía existir lugar en su esbelta anatomía, desde el cuello hasta las pantorrillas, que las heridas no hubieran hollado: cortas, largas, lineales, curvas, triangulares, cuadradas, profundas, superficiales, ligeras, graves; todo el peplo se hallaba arrasado por ellas; la sangre ensuciaba el borde de los desgarros. La visión, triste, no dejaba de ser un preámbulo: una vez desnudo, el cuerpo mostraría, sin duda, las pavorosas mutilaciones entrevistas por los abultamientos grotescos del vestido, bajo los cuales los humores se

* «Sucio, plagado de correcciones y manchas, frases ilegibles o corruptas», afirma Montalo acerca del papiro del sexto capítulo. *(N. del T.)*

acumulaban en sucias excrecencias semejantes a plantas acuáticas observadas desde la superficie de un agua cristalina. No parecía que aquella muerte revelara otra sorpresa.

Pero, de hecho, *había* otra sorpresa: porque al apartar el velo de su rostro, Heracles se encontró con las facciones de un hombre.

—¡Ah, te asombras, Descifrador! —chilló el *astínomo,* afeminadamente complacido—. ¡Por Zeus, que no te censuro! ¡Yo mismo no lo quise creer cuando mis servidores me lo contaron!... Y ahora, permíteme una pregunta: ¿qué haces aquí? Este amable individuo —señaló al hombre calvo— me aseguró que estarías interesado en ver el cuerpo. Pero no entiendo por qué. ¡No hay nada que descifrar, creo yo, salvo el oscuro motivo que impulsó a este efebo...! —se volvió de repente hacia el hombre calvo—. ¿Cómo me dijiste que se llamaba?...

—Eunío —dijo Diágoras como si hablara en sueños.

—... el oscuro motivo que impulsó a Eunío a disfrazarse de cortesana, emborracharse y hacerse estas espantosas heridas... ¿Qué buscas?

Heracles levantaba suavemente los bordes del peplo.

—Ta, ta, ta, ba, ba, ba —canturreaba.

El cadáver parecía asombrado por aquella humillante exploración: contemplaba el cielo del amanecer con su único ojo (el otro, que había sido arrancado y pendía de una sutil viscosidad, miraba el interior de una de las orejas); por la boca abierta sobresalía, burlón, el músculo de la lengua partido en dos trozos.

—Pero ¿se puede saber qué miras? —exclamó el

astínomo, impaciente, pues deseaba terminar con su trabajo. Él era el encargado de limpiar la ciudad de excrementos y basuras, y de vigilar el destino de los muertos que brotaban sobre ella, y la aparición madrugadora de aquel cadáver en un solar lleno de escombros y desperdicios en el barrio Cerámico Interior era responsabilidad suya.

—¿Por qué estás tan seguro, *astínomo,* de que fue el propio Eunío quien se hizo todo esto? —dijo Heracles, ocupado ahora en abrir la mano izquierda del cadáver.

El *astínomo* saboreó su gran momento. Su pequeña y tersa cara se ensució con una grotesca sonrisa.

—¡No he necesitado contratar a un Descifrador para saberlo! —chilló—. ¿Has olido sus asquerosas ropas?... ¡Apestan a vino!... Y hay *testigos* que vieron cómo se mutilaba él mismo con esa daga...

—¿Testigos? —Heracles no parecía impresionado. Había encontrado algo (un pequeño objeto que el cadáver albergaba en la mano izquierda) y lo había guardado en su manto.

—Muy respetables. Uno de ellos, aquí presente...

Heracles alzó la vista.

El *astínomo* señalaba a Diágoras.*

* «Las frases parecen perseguir adrede la vulgaridad. La prosa ha perdido el lirismo de los capítulos previos: ha aparecido la sátira, la vacua burla de la comedia, la mordacidad, la repugnancia. El estilo es como un residuo del original, un desperdicio arrojado a este capítulo», afirma Montalo, y participo por completo de su opinión. Añadiría que las imágenes de «suciedad» y «escombros» parecen presagiar que el Trabajo oculto es el de los Establos de Augías, donde el héroe debe limpiar de excrementos las cuadras del rey de la Élide. Es, más o me-

Dieron el pésame a Trisipo, el padre de Eunío. La noticia había cundido con rapidez y había mucha gente cuando llegaron, en su mayoría familiares y amigos, pues Trisipo era muy respetado: como estratego, se le recordaba por sus hazañas en Sicilia, y, aún más importante, era de los pocos que habían regresado para contarlo. Y por si alguien lo dudaba, su historia estaba escrita en sucias cicatrices sobre el cementerio de su rostro, «que se ennegreció en el sitio de Siracusa», como solía decir: de una en especial se hallaba más orgulloso que de todos los honores recibidos en su vida, y era ésta una hendidura tajante, oblicua, que se dirigía desde la zona izquierda de su frente hasta la mejilla derecha, infectando en su descenso la húmeda pupila, producto de un golpe de espada siracusano; su aspecto, con aquella grieta blanca sobre la piel tostada y el globo ocular tan semejante a la clara de los huevos, no resultaba muy agradable de contemplar, pero era honroso. Muchos jóvenes guapos le tenían envidia.

En casa de Trisipo había un gran revuelo. Daba, empero, la sensación de que siempre lo había, no importaba que el día fuera excepcional: cuando Diágoras y el *astínomo* llegaron (el Descifrador venía detrás, pues, por algún motivo, no había querido unirse a ellos), un par de esclavos intentaban salir cargando con abultadas cestas de desperdicios, resultado quizá de algún cuantioso banquete de los muchos que ofrecía el militar a los prohombres de la Ciudad. La puer-

---

nos, lo que ha tenido que hacer Montalo: «He limpiado el texto de frases corruptas y pulido algunas expresiones; el resultado no resplandece, pero, al menos, resulta más higiénico». *(N. del T.)*

ta se hallaba casi impracticable debido a los numerosos montoncitos de gente depositados frente a ella: preguntaban; no entendían; opinaban sin saber; observaban; se lamentaban cuando los gritos rituales de las mujeres detenían sus conversaciones. Había algo más que la muerte en el tema de aquella animada reunión: estaba también, y sobre todo, el *hedor*. La muerte de Eunío *hedía*. ¿Vestido de cortesana? Pero... ¿Borracho?... ¿Loco?... ¿El hijo mayor de Trisipo?... ¿Eunío, el hijo del estratego?... ¿El efebo de la Academia?... ¿Un cuchillo?... Pero... Aún era demasiado pronto para proponer teorías, explicaciones, enigmas: el interés general, por ahora, se concentraba en los hechos. Los hechos eran algo así como basura bajo la cama: nadie sabía exactamente cuáles habían sido, pero todos podían percibir su mal olor.

Trisipo, sentado como un patriarca en una silla del cenáculo y rodeado de familiares y amigos, recibía las muestras de condolencia sin preocuparse por quién se las daba: extendía una mano o las dos, erguía la cabeza, agradecía, se mostraba confuso, ni triste ni irritado sino confuso (eso era lo que le hacía digno de compasión), como si la presencia de tanta gente hubiera acabado por desconcertarlo, y se preparaba para alzar la voz e improvisar un discurso fúnebre. La emoción había oscurecido aún más la broncínea piel de su rostro, del que pendía una barba gris y deshecha, acentuando la sucia blancura de su cicatriz y otorgándole una extraña apariencia de hombre mal construido, elaborado a trozos. Por fin pareció hallar las palabras adecuadas y, tras imponer débilmente el silencio, dijo:

—Gracias a todos. Si poseyera tantos brazos como Briareo, me gustaría usarlos, oídme bien, para estrecharos fuertemente contra mí. Ahora compruebo con gozo que mi hijo era amado... Permitidme que os honre con unas breves palabras de alabanza...*

—Yo creía conocer a mi hijo —dijo Trisipo cuando hubo terminado su discurso—: Era respetuoso con los Sagrados Misterios, pese a que era el único devoto de nuestra familia; y se le consideraba un buen alumno en la escuela de Platón... Su mentor, aquí presente, puede atestiguarlo...

Todos los rostros se volvieron hacia Diágoras, que enrojeció.

—Así era —dijo.

Trisipo hizo una pausa para sorber por la nariz y preparar un poco más de sucia saliva: cada vez que hablaba acostumbraba a expulsarla con calculada preci-

* Laguna textual a partir de aquí. Según Montalo: «Se han borrado treinta líneas completas debido a una enorme mancha color marrón oscuro, elíptica, inesperada. ¡Qué lástima! ¡El discurso de Trisipo perdido para la posteridad!...».

Vuelvo a mi escritorio después de un incidente curioso: estaba redactando esta nota cuando percibí un extraño movimiento en el jardín de mi casa. Hace buen tiempo, y había dejado la ventana abierta: me agrada, aunque sea de noche, distinguir la hilera de manzanos pequeños que constituye el límite de mi modesta propiedad. Como quiera que el vecino más próximo se halla a un tiro de piedra a partir de esos árboles, no estoy acostumbrado a que la gente me moleste, y menos a altas horas de la madrugada. Pues bien: me hallaba enfrascado en las palabras de Montalo cuando advertí una sombra de reojo, una confusa figura desplazándose entre los manzanos, como si buscara el mejor ángulo para espiarme. Ni que decir tiene que me levanté y fui hacia la ventana; en aquel momento observé que alguien echaba a correr desde los árboles de la derecha; le grité en vano que se detuviera; no sé quién era, apenas vi una silueta. Regresé al trabajo con cierta aprensión, ya que, como

sión a través de una de las comisuras, la que parecía más débil de las dos, aunque no podía saberse con certeza si cambiaba de comisura tras las pausas de sus prolongados discursos. Como hablaba siempre como un militar, nunca esperaba que nadie le replicase; por ello, se extendía indebidamente cuando el tema se hallaba más que agotado. En aquel momento, sin embargo, ni el más grande partidario de la concisión hubiera considerado agotado el tema. Por el contrario, todos escuchaban sus palabras con un interés casi enfermizo:

—Me dicen que se emborrachó... que se vistió de mujer y se cortó en pedazos con una daga... —escupió minúsculas gotas de saliva al proseguir—: ¿Mi hijo? ¿Mi Eunío?... No, él nunca haría algo tan... *hediondo.* ¡Habláis de otro, no de mi Eunío!... ¡Que enloqueció, dicen! Que se volvió loco en una sola noche y ofendió de esa forma el sagrado templo de su cuerpo virtuoso... ¡Por Zeus y Atenea Portaégida, es falso, o deberé creer entonces que mi hijo era un desconocido para su propio padre! ¡Más aún: que todos sois para mí tan enigmáticos como el designio de los dioses! ¡Si esa basura fuera cierta, creeré a partir de ahora que vuestras caras, vuestras muestras de dolor y vuestras miradas comprensivas son tan sucias como una carroña insepulta!...

Hubo murmullos. A juzgar por las expresiones de indiferencia, hubiérase dicho que casi todo el mundo

---

vivo solo, constituyo un buen bocado para el apetito de los ladrones. Ahora la ventana está cerrada. En fin, probablemente no tiene importancia. Continúo la traducción a partir de la siguiente línea legible: «Yo creía conocer a mi hijo»... *(N. del T.)*

estaba de acuerdo en ser considerado «carroña insepulta», pero que nadie se hallaba dispuesto a modificar un ápice su opinión sobre lo ocurrido. Existían testigos de toda confianza, como Diágoras, que afirmaban —aunque con reticencia— haber visto a Eunío borracho y enloquecido, vestido con peplo y manto de lino, infligiéndose heridas más o menos serias por todo el cuerpo. Diágoras, en concreto, precisó que su encuentro había sido casual: «Regresaba a mi casa por la noche cuando lo vi. Al principio pensé que era una hetaira; entonces me saludó, y pude reconocerlo. Pero advertí que estaba borracho, o loco. Se provocaba arañazos con la daga y al mismo tiempo se reía, así que al pronto no fui consciente de la gravedad de la situación. Cuando quise detenerle, ya había huido. Se dirigía al Cerámico Interior. Me apresuré a buscar ayuda: encontré a Ípsilo, Deolpos y Argelao, que son algunos de mis antiguos discípulos, y... ellos también habían visto a Eunío... Avisamos, por fin, a los soldados... pero demasiado tarde...».

Cuando Diágoras dejó de ser el centro de la atención, buscó con la vista al Descifrador. Lo halló a punto de escabullirse por la puerta, esquivando a la gente. Corrió tras él y logró alcanzarlo en la calle, pero Heracles hizo caso omiso a sus palabras. Por fin, Diágoras tiró de su manto.

—¡Aguarda!... ¿Adónde vas?

La mirada de Heracles lo hizo retroceder.

—Contrata a otro Descifrador que sepa escuchar mentiras mejor que yo, Diágoras de Medonte —dijo, con gélida furia—. Consideraré que la mitad del dinero que me has pagado hasta ahora son mis honorarios: mi esclava te entregará el resto cuando quieras. Buen día...

—¡Por favor! —suplicó Diágoras—. ¡Espera!... Yo...

Aquellos ojos fríos e inclementes volvieron a acobardarle. Diágoras jamás había visto al Descifrador tan enojado.

—No me ofende tanto tu engaño como tu necia pretensión de que podías *engañarme*... ¡Esto último, Diágoras, lo considero imperdonable!

—¡No he querido engañarte!

—Entonces, mi enhorabuena al maestro Platón, pues te ha enseñado el difícil arte de mentir sin querer.

—¡Aún trabajas para *mí*! —se irritó Diágoras.

—¿Vuelves a olvidar que se trata de *mi* trabajo?

—Heracles... —Diágoras optó por bajar la voz, ya que advertía la presencia de demasiados curiosos aglomerados como desperdicios alrededor de la discusión—. Heracles, no me abandones ahora... ¡Después de lo ocurrido ya no puedo confiar en nadie salvo en ti!...

—¡Afirma otra vez que viste a ese efebo vestido de muchachita cortándose lonchas de carne ante tus ojos, y juro por el peplo de Atenea Políade que no volverás a recibir noticias mías!

—Ven, te lo ruego... Busquemos un lugar tranquilo para hablar...

Pero Heracles prosiguió:

—¡Extraña forma de ayudar a tus alumnos, oh mentor! ¿Cubriendo de estiércol la verdad crees que contribuirás a descubrirla?

—¡No pretendo ayudar a los alumnos sino a la Academia! —toda la esférica cabeza de Diágoras había enrojecido; jadeaba; sus ojos se hallaban húmedos. Había logrado algo curioso: gritar sin estrépito, manchar la voz hasta conseguir un aullido hacia dentro, como para hacer saber a Heracles (pero sólo a él) que había gritado. Y con idéntica magia vocal, añadió—: ¡La Academia debe quedar fuera de todo esto!... ¡Júramelo!...

—¡No tengo por costumbre ofrecer mi juramento a aquellos que esgrimen la mentira con tanta facilidad!

—¡Mataría —exclamó Diágoras en la cúspide de su alarido inverso, de su estentóreo cuchicheo—, óyeme bien, Heracles, mataría por ayudar a la Academia...!

Heracles se hubiera reído de no hallarse tan indignado; pensó que Diágoras había descubierto el «murmullazo»: la forma de ensordecer a su interlocutor con susurros espasmódicos. Sus ahogados chillidos se le antojaban los de un niño que, temiendo que su compañero le arrebate el maravilloso juguete de la Academia (la palabra donde su voz enmudecía casi por completo, de modo que Heracles sólo podía intuirla por los gestos de su boca), intenta impedírselo a toda costa, pero en mitad de una clase y sin que el maestro se aperciba.

—¡Mataría! —repitió Diágoras—. ¿Qué es para mí, entonces, una mentira, comparada con perjudicar a la Academia?... ¡Lo peor debe ceder el paso a lo mejor! ¡Aquello que vale menos ha de sacrificarse por lo que vale más!...

—Sacrifícate, pues, Diágoras, y dime la verdad —replicó Heracles con mucha calma y no poca ironía—, porque te aseguro que, ante mis ojos, nunca has valido menos que ahora.

Caminaban por la Stoa Poikile. Era la hora de la limpieza, y los esclavos bailaban con las escobas de caña barriendo los desperdicios acumulados durante el día anterior. Aquel ruido múltiple y vulgar, semejante a una cháchara de viejas, imprimía (Heracles no sabía muy bien por qué) cierta burla de fondo a la actitud apasionada y trascendente de Diágoras, el cual, siempre incapaz de frivolizar los asuntos, mostraba en aquel momento, y más que nunca, toda la gravedad que requería la situación: con su actitud cabizbaja, su lenguaje de orador de Asamblea y sus profundos suspiros interruptores.

—Yo... de hecho, no había vuelto a ver a Eunío desde anoche, cuando lo dejamos interpretando aquella obra de teatro... Esta mañana, un poco antes del amanecer, uno de mis esclavos me despertó para decirme que los servidores de los *astínomos* habían encontrado su cadáver entre los escombros de un solar del Cerámico Interior. Cuando me contó los detalles, me horroricé... Lo primero que pensé fue: «Debo proteger el honor de la Academia»...

—¿Es preferible el deshonor de una familia al de una institución? —preguntó Heracles.

—¿Tú crees que no? Si la institución, como es el caso, se halla mucho más capacitada que la familia para gobernar e instruir noblemente a los hombres, ¿debe sobrevivir la familia antes que la institución?

—¿Y de qué modo se perjudicaría a la Academia si se hiciera público que Eunío puede haber sido asesinado?

—Si encuentras porquería en uno de esos higos —señaló Diágoras el que Heracles se llevaba en aquel momento a la boca—, y desconoces cuál puede ser su origen, ¿confiarías en los demás frutos de la misma higuera?

—Puede que no —a Heracles le estaba pareciendo que preguntarle a los platónicos consistía, básicamente, en responder a sus preguntas.

—Pero si hallaras un higo sucio en el suelo —prosiguió Diágoras—, ¿acaso pensarías que es la higuera la responsable de su suciedad?

—Claro que no.

—Pues lo mismo pensé yo. Mi razonamiento fue el siguiente: «Si Eunío ha sido el único responsable de su muerte, la Academia no sufrirá daño; la gente, incluso, se alegrará de que el higo enfermo haya sido apartado de los sanos. Pero si hay alguien detrás de la muerte de Eunío ¿cómo evitar el caos, el pánico, la sospecha?». Aún más: piensa en la posibilidad de que a cualquiera de nuestros detractores (y tenemos muchos) se le ocurriera establecer peligrosas comparaciones con la muerte de Trámaco... ¿Te imaginas lo que sucedería si se extendiera la noticia de que alguien está matando a nuestros alumnos?

—Te olvidas de un detalle tonto —sonrió Heracles—: Con tu decisión contribuyes a que el asesinato de Eunío quede impune...

—¡No! —exclamó Diágoras, triunfal por primera vez—. Ahí te equivocas. Yo pensaba decirte *a ti* la verdad. De esta forma, tú seguirías investigando en secreto, sin riesgo para la Academia, y atraparías al culpable...

—Un plan magistral —ironizó el Descifrador—. Y dime, Diágoras, ¿cómo lo hiciste? Quiero decir, ¿colocaste también la daga en su mano?

Sonrojándose, el filósofo retornó a su actitud mustia y trascendente.

—¡No, por Zeus, jamás se me hubiera ocurrido tocar el cadáver!... Cuando el esclavo me llevó hasta el lugar, se hallaban presentes los servidores del *astínomo* y el propio *astínomo.* Les expliqué la versión que había ido elaborando por el camino y cité los nombres de antiguos discípulos que, llegado el caso, sabía que confirmarían todo lo que yo dijera... Precisamente, al ver el puñal en su mano y percibir aquel fuerte olor a vino, pensé que mi explicación era plausible... De hecho, ¿por qué no pudo ser así, Heracles? El *astínomo,* que había examinado el cuerpo, me dijo que todas las heridas estaban al alcance de su mano derecha... No había cortes en la espalda, por ejemplo... En verdad, parece que fue él mismo quien...

Diágoras se calló al advertir un repunte de enojo en la fría mirada del Descifrador.

—Por favor, Diágoras, no ofendas mi inteligencia citando la opinión de un miserable limpiabasuras como el *astínomo*... Yo soy Descifrador de Enigmas.

—¿Y qué te hace pensar que Eunío haya sido asesinado? Olía a vino, se había vestido de mujer, sostenía una daga con su mano derecha y podía haberse producido él mismo todas las heridas... Conozco varios casos horribles en relación con los efectos del vino puro en los espíritus jóvenes. Esta misma mañana me vino a la memoria el de un efebo de mi *demo,* que se emborrachó por primera vez durante unas Leneas y se golpeó la cabeza contra un muro hasta morir... Así pues, pensé...

—Tú empezaste a pensar cosas, como siempre —lo interrumpió Heracles con placidez—, y yo me limité a examinar el cuerpo: ahí tienes la gran diferencia entre un filósofo y un Descifrador.

—¿Y qué hallaste en el cuerpo?

—El vestido. El peplo que llevaba encima, y que estaba desgarrado por las cuchilladas...

—Sí, ¿y qué?

—Los desgarros no guardaban relación con las heridas que había *debajo.* Hasta un niño hubiera podido darse cuenta... Bueno, un niño no, pero yo sí. Me bastó un simple examen para comprobar que, sobre el desgarro lineal de la tela, yacía una herida circular, y que el producido por una punción profunda se correspondía, en la piel, con un trayecto rectilíneo y superficial... Es obvio que alguien *lo vistió* de mujer *después* de que recibiera las puñaladas... no sin antes desgarrar y manchar la ropa de sangre, claro.

—Increíble —se admiró Diágoras con sinceridad.

—Consiste, tan sólo, en saber ver las cosas —replicó el Descifrador, indiferente—. Por si fuera poco, nuestro asesino se equivocó también en otro detalle: no había sangre cerca del cadáver. Si Eunío se hubiera provocado a sí mismo esos salvajes cortes, los escombros y desperdicios cercanos mostrarían un reguero de sangre, por lo menos. Pero no había sangre en los escombros: eran basura limpia, valga la expresión. Lo cual significa que Eunío no recibió *allí* las puñaladas, sino que fue herido en otro lugar y trasladado después a esa zona en ruinas del Cerámico Interior...

—Oh, por Zeus...

—Y quizás este último error haya sido *decisivo* —Heracles entrecerró los ojos y se atusó la pulcra barba plateada mientras meditaba. Entonces dijo—: En todo caso, aún no entiendo por qué vistieron a Eunío de mujer y le colocaron *esto* en la mano...

Extrajo el objeto de su manto. Ambos lo contemplaron en silencio.

—¿Por qué crees que fue otro quien lo puso? —preguntó Diágoras—. Eunío pudo haberlo cogido antes de...

Heracles negó con la cabeza, impaciente.

—El cadáver de Eunío ya no manaba sangre y estaba rígido —explicó—. Si Eunío hubiera tenido *esto* en la mano cuando murió, la contractura de los dedos habría impedido que yo se lo quitara con tanta facilidad como lo hice. No: *alguien* lo disfrazó de muchacha y se lo introdujo entre los dedos...

—Pero, por los sagrados dioses, ¿por qué razón?

—No lo sé. Y me desconcierta. Es la parte del texto que aún no he traducido, Diágoras... Aunque puedo asegurarte, modestamente, que no soy mal traductor —y de repente Heracles dio media vuelta y comenzó a bajar por las escalinatas de la Stoa—. ¡Pero, ea, ya está todo dicho! ¡No perdamos más tiempo! ¡Nos queda por realizar otro Trabajo de Hércules!

—¿Adónde vamos?

Diágoras tuvo que apresurar el paso para alcanzar a Heracles, que exclamó:

—¡A conocer a un individuo muy peligroso que quizá nos ayude!... ¡Vamos al taller de Menecmo!

Y, mientras se alejaba, volvió a guardar en su manto el marchito lirio blanco.*

* Yo podría ayudarte, Heracles, pero ¿cómo decirte todo lo que sé? ¿Cómo vas a saber, por muy listo que seas, que esto no es una pista *para ti* sino *para mí*, para *el lector* de una obra eidética en la que *tú mismo*, como personaje, *no eres más que otra pista*? ¡Tu presencia, ahora lo sé, también es *eidética*! Estás

En la oscuridad, una voz preguntó:

—¿Hay alguien aquí?*

En la oscuridad, una voz preguntó:

---

ahí porque el autor ha decidido colocarte, como el lirio que el misterioso asesino deposita en la mano de su víctima, para ofrecer al lector con más claridad la idea de los Trabajos de Hércules, que es uno de los hilos conductores del libro. Así pues, los Trabajos de Hércules, la «muchacha del lirio» (con la petición de «ayuda» y la advertencia de «peligro») y el «Traductor» —los tres mencionados en estos últimos párrafos— forman las principales imágenes eidéticas hasta el momento. ¿Qué pueden significar? *(N. del T.)*

* Interrumpo la traducción pero *sigo escribiendo:* de este modo, suceda lo que suceda, dejaré constancia de mi situación. En pocas palabras: *alguien ha entrado en mi casa.* Refiero ahora los acontecimientos previos (escribo muy deprisa, quizá desordenado). Es de noche, y me preparaba para comenzar la traducción de la última parte de este capítulo cuando escuché un ruido leve pero raro en la soledad de mi casa. No le di mucha importancia, y empecé a traducir: escribí dos frases y entonces oí varios ruidos a un ritmo regular, como *pasos.* Mi primer impulso me ordenaba explorar el zaguán y la cocina, pues los ruidos procedían de allí, pero luego pensé que debía anotar todo lo que estaba sucediendo, porque...

¡Otro ruido!

Acabo de regresar de mi exploración particular: no había nadie, ni he notado nada fuera de lo común. No creo que me hayan robado. La puerta principal no ha sido forzada. Es verdad que la puerta de la cocina, que da a un patio exterior, estaba abierta, pero quizá la dejé así yo mismo, no lo recuerdo. Lo cierto es que exploré todos los rincones. Distinguí las formas familiares de mis muebles en la oscuridad (pues no quise brindarle a mi visitante la oportunidad de saber dónde me encontraba, y no usé ninguna luz). Fui al zaguán y a la cocina, a la biblioteca y al dormitorio. Pregunté varias veces:

—¿Hay alguien aquí?

Después, más tranquilo, encendí algunas luces y compro-

—¿Hay alguien aquí?

El lugar era tenebroso y polvoriento; el suelo estaba repleto de escombros y quizá también de basura,

---

bé lo que acabo de referir: que todo parece haber sido una falsa alarma. Ahora, sentado en mi escritorio otra vez, mi corazón se tranquiliza paulatinamente. Pienso: un simple azar. Pero también pienso: anoche *alguien* me espiaba desde los árboles del jardín, y hoy... ¿Un ladrón? No lo creo, aunque todo es posible. Ahora bien, un ladrón se dedica sobre todo a *robar*, no a vigilar a sus víctimas. Quizá prepara un golpe maestro. Se encontrará con una sorpresa (me río al pensarlo): salvo algunos manuscritos antiguos, no poseo en mi casa nada de valor. En esto, según creo, me parezco a Montalo... En esto, y en muchas otras cosas...

Pienso ahora en Montalo. Hice más averiguaciones en los últimos días. En resumen, puede decirse que su exacerbada soledad no era tan extraña: a mí me ocurre lo mismo. Ambos escogimos el campo para vivir, y casas amplias, cuadriculadas por patios interiores y exteriores, como las antiguas mansiones griegas de los ricos de Olinto o Trecén. Y ambos nos hemos dedicado a la pasión de traducir los textos que la Hélade nos legó. No hemos disfrutado (o sufrido) el amor de una mujer, no hemos tenido hijos, y nuestros amigos (Arístides, por ejemplo, en su caso; Helena —con *obvias* diferencias— en el mío) han sido sobre todo compañeros de profesión. Surgen algunas preguntas: ¿qué pudo *sucederle* a Montalo en los últimos años de su vida? Arístides me dijo que estaba obsesionado con probar la teoría de las Ideas de Platón mediante un texto eidético... ¿Quizá *La caverna* contiene la prueba que buscaba, y eso lo enloqueció? ¿Y por qué, si era experto en obras eidéticas, no advierte en su edición que *La caverna* lo es?

Aunque no sé muy bien el motivo, cada vez estoy más seguro de que la respuesta a estos interrogantes se *oculta* en *el texto.* Debo seguir traduciendo.

Pido disculpas al lector por la interrupción. Comienzo de nuevo en la frase: «En la oscuridad, una voz preguntó». *(N. del T.)*

cosas que sonaban y se dejaban pisar como si fueran piedras y cosas que sonaban y se dejaban pisar como si fueran restos blandos o quebradizos. La oscuridad era absoluta: no se sabía por dónde se avanzaba ni hacia dónde. El recinto podía ser enorme o muy pequeño; quizás existía otra salida además del pórtico de entrada, o quizá no.

—Heracles, aguarda —susurró otra voz—. No te veo.

Por ello, el más débil de los ruidos representaba un irrefrenable sobresalto.

—¿Heracles?

—Aquí estoy.

—¿Dónde?

—Aquí.

Y por ello, descubrir que *en verdad había alguien* era casi gritar.

—¿Qué ocurre, Diágoras?

—Oh dioses... Por un momento pensé... Es una estatua.

Heracles se acercó a tientas, extendió la mano y tocó algo: si hubiera sido el rostro de un ser vivo, sus dedos se hubieran hundido directamente en los ojos. Palpó las pupilas, reconoció la pendiente de la nariz, el contorno ondulado de los labios, el demediado promontorio de la barbilla. Sonrió y dijo:

—En efecto, es una estatua. Pero debe de haber muchas por aquí: se trata de su taller.

—Tienes razón —admitió Diágoras—. Además, casi puedo verlas ya: los ojos se me están acostumbrando.

Era cierto: el pincel de las pupilas había comenzado a dibujar siluetas de color blanco en medio de la negrura, esbozos de figuras, borradores discernibles.

Heracles tosió —el polvo lo asediaba— y removió con la sandalia la suciedad que yacía bajo sus pies: un ruido semejante a agitar un cofre lleno de abalorios.

—¿Dónde se habrá metido? —dijo.

—¿Por qué no lo aguardamos en el zaguán? —sugirió Diágoras, incómodo por la inagotable penumbra y el lento brotar de las esculturas—. No creo que tarde en venir...

—Está *aquí* —dijo Heracles—. Si no, ¿por qué iba a dejar la puerta abierta?

—Es un lugar tan extraño...

—Es un taller de artista, simplemente. Lo extraño es que las ventanas estén clausuradas. Vamos.

Avanzaron. Ya era más fácil hacerlo: sus miradas amanecían paulatinamente sobre las islas de mármol, los bustos asentados en altas repisas de madera, los cuerpos que aún no habían escapado de la piedra, los rectángulos donde se grababan frisos. El mismo espacio que los contenía empezaba a ser visible: era un taller bastante amplio, con una entrada en un extremo, tras un zaguán, y lo que parecían pesadas colgaduras o cortinajes en el extremo opuesto. Una de las paredes se hallaba arañada por filamentos de oro, débiles manchas resplandecientes que discurrían por la madera de enormes postigos cerrados. Las esculturas, o los bloques de piedra en las cuales se gestaban, se distribuían a intervalos irregulares por todo el lugar, sobresaliendo entre los desperdicios del arte: residuos, esquirlas, guijarros, arenisca, herramientas, escombros y pedazos desgarrados de tela. Frente a los cortinajes se erguía un podio de madera bastante grande al que se accedía por dos escaleras cortas situadas a los costados. Sobre el podio se vislumbraba una cordillera de sábanas blancas asediada por un vertedero de cascotes. Hacía frío entre aquellos muros, y, por extraño que parezca, *olía* a piedra: un aroma inesperadamente denso, sucio, semejante a olfatear el suelo aspirando con fuerza hasta atrapar también la picante levedad del polvo.

—¿Menecmo? —preguntó en voz alta Heracles Póntor.

El ruido que siguió, inmenso, impropio de aquella penumbra mineral, hizo trizas el silencio. Alguien había quitado la tabla que cerraba una de las amplias ventanas —la más cercana al podio—, dejándola caer al suelo. Un mediodía fúlgido y tajante como la maldición de un dios atravesó la sala sin hallar obstáculos; el polvo giraba a su alrededor en visibles nubes calizas.

—Mi taller cierra por las tardes —dijo el hombre.

Sin duda existía una puerta oculta tras los cortinajes, pues ni Heracles ni Diágoras habían advertido su llegada.

Era muy delgado, y presentaba un aspecto de enfermizo desaliño. En su cabello, revuelto y gris, las canas no habían terminado de extenderse y florecían en sucios mechones blancos; la palidez de su rostro se manchaba de ojeras. No existía un solo detalle en su aspecto que un artista no hubiese deseado perfilar: la barba rala y mal esparcida, los irregulares cortes del manto, el estropicio de las sandalias. Sus manos —fibrosas, morenas— mostraban una revuelta colección de residuos de origen diverso; también sus pies. Todo su cuerpo era una herramienta usada. Tosió, se alisó —en vano— el pelo; sus ojos sanguinolentos parpadearon; dio la espalda a sus visitantes, ignorándolos, y se dirigió a una mesa cercana al podio, repleta de utensilios, dedicándose, al parecer —pues no había modo de cerciorarse—, a elegir los más adecuados para su trabajo. Se escucharon distintos ruidos metálicos, como notas de címbalos desafinados.

—Lo sabíamos, buen Menecmo —dijo Heracles con pulcra suavidad—, y no venimos a adquirir tus estatuas...

Menecmo giró la cabeza y dedicó a Heracles un residuo de su mirada.

—¿Qué haces aquí, Descifrador de Enigmas?

—Dialogar con un colega —repuso Heracles—. Ambos somos artistas: tú te dedicas a cincelar la verdad, yo a descubrirla.

El escultor prosiguió su labor en la mesa, provocando un desgarbado ajetreo de herramientas. Entonces dijo:

—¿Quién te acompaña?

—Soy... —alzó la voz Diágoras, muy digno.

—Es un amigo —lo interrumpió Heracles—. Puedes creerme si te aseguro que tiene mucho que ver con mi presencia aquí, pero no perdamos más tiempo...

—Cierto —asintió Menecmo—, porque debo trabajar. Tengo un encargo para una familia aristocrática del Escambónidai, y he de terminarlo antes de un mes. Y otras muchas cosas... —volvió a toser: una tos, como sus palabras, sucia y estropeada.

Abandonó repentinamente su quehacer en la mesa —los movimientos, siempre bruscos, desajustados— y subió por una de las escalerillas del podio. Heracles dijo, con suma amabilidad:

—Serán sólo unas preguntas, amigo Menecmo, y si tú me ayudas acabaremos antes. Queremos saber si te suena de algo el nombre de Trámaco, hijo de Meragro, y el de Antiso, hijo de Praxínoe, y el de Eunío, hijo de Trisipo.

Menecmo, que en lo alto del podio se ocupaba de recoger las sábanas que cubrían la escultura, se detuvo.

—¿Cuál es la razón de tu pregunta?

—Oh, Menecmo: si respondes a mis preguntas con preguntas, ¿cómo vamos a terminar pronto? Procedamos con orden: contesta tú ahora a mis cuestiones y yo contestaré a las tuyas después.

—Los conozco.

—¿Por motivos profesionales?

—Conozco a muchos efebos en la Ciudad... —se interrumpió para tirar de una de las sábanas, que se resistía. No tenía paciencia; sus gestos poseían cualidades agonistas; los objetos parecían desafiarlo. Concedió al lienzo la oportunidad de dos intentos breves, casi de advertencia. Entonces apretó los dientes, afirmó los pies en el podio de madera y, lanzando un sucio gruñido, tiró con ambas manos. La sábana se desprendió con un ruido como de volcar desperdicios, desordenando las colecciones intangibles de polvo.

La escultura, descubierta al fin, era compleja: mostraba a un hombre sentado a una mesa repleta de rollos de papiros. La base, inacabada, se retorcía con la informe castidad del mármol virgen de cincel. De la cabeza de la figura, que daba la espalda a Heracles y Diágoras, sólo era visible la coronilla, tan concentrado parecía estar en lo que hacía.

—¿Alguno de ellos te sirvió de modelo? —preguntó Heracles.

—En ocasiones —fue la lacónica respuesta.

—Sin embargo, no creo que todos tus modelos sean también actores de tus obras...

Menecmo había regresado a la mesa de utensilios y preparaba una hilera de cinceles de diferente tamaño.

—Les dejo libertad para elegir —dijo sin mirar a Heracles—. A veces hacen ambas cosas.

—¿Como Eunío?

El escultor volvió la cabeza con brusquedad: Diágoras pensó que gustaba de maltratar a sus propios músculos como un padre ebrio maltrataría a sus hijos.

—Acabo de saber lo de Eunío, si es a eso a lo que te refieres —dijo Menecmo; sus ojos eran dos sombras fijas en Heracles—. No he tenido nada que ver con su arrebato de locura.

—Nadie ha dicho lo contrario —Heracles levantó ambas manos abiertas, como si Menecmo lo estuviera amenazando.

Cuando el escultor volvió a ocuparse de las herramientas, Heracles dijo:

—Por cierto, ¿sabías que Trámaco, Antiso y Eunío participaban en tus obras de incógnito? Los mentores de la Academia les prohibían hacer teatro...

Los huesudos hombros de Menecmo se alzaron a la vez.

—Creo haber oído algo parecido. ¡Es lo más necio que he escuchado jamás! —y diciendo esto, volvió a subir por la escalera del podio en dos saltos—. ¡Nadie puede prohibir el arte! —exclamó, y propinó un cincelazo impulsivo, casi azaroso, en una de las esquinas de la mesa de mármol; el sonido dejó en el aire un ligero vestigio musical.

Diágoras abrió la boca para replicar, pero pareció pensárselo mejor y desistió. Heracles dijo:

—¿Y se mostraban temerosos de ser descubiertos?

Menecmo rodeó la estatua con expresión afanosa, como buscando alguna otra esquina desobediente que castigar. Dijo:

—Supongo. Pero sus vidas no me interesaban. Les ofrecí la posibilidad de actuar como coreutas, eso es todo. Ellos aceptaron sin rechistar, y los dioses saben que lo agradecí: mis tragedias, a diferencia de mis estatuas, no me dan fama ni dinero, sólo placer, y no es fácil encontrar gente que participe en ellas...

—¿Cuándo los conociste?

Tras una pausa, Menecmo repuso:

—Durante los viajes que hacíamos a Eleusis. Soy devoto.

—Pero tu relación con ellos no se limitaba a compartir creencias religiosas, ¿no es cierto? —Heracles había iniciado un lento recorrido por el taller, deteniéndose a examinar varias obras con el limitado interés que podría manifestar un aristocrático mecenas.

—¿Qué quieres decir?

—Quiero decir, oh Menecmo, que los amabas.

El Descifrador se hallaba frente a la figura de un inacabado Hermes con caduceo, sombrero pétaso y sandalias aladas. Dijo:

—Sobre todo a Antiso, por lo que veo.

Señalaba el rostro del dios, cuya sonrisa expresaba cierta bella malicia.

—¿Y aquella cabeza de Baco, coronada de pámpanos? —prosiguió Heracles—. ¿Y ese busto de Atenea? —iba de una figura a otra, gesticulando como un vendedor que quisiera encarecerlas—. ¡Yo diría que advierto varios bellos rostros de Antiso repartidos entre las diosas y dioses del sagrado Olimpo!...

—Antiso es amado por muchos —Menecmo reanudó su trabajo con furia.

—Y ensalzado por ti. Me pregunto cómo te las arreglabas con los celos. Imagino que a Trámaco y a Eunío no les agradaría demasiado esta ostensible inclinación tuya por su compañero...

Por un instante, entre las notas del cincel, pareció que Menecmo jadeaba con fuerza: pero al volver el rostro, Heracles y Diágoras descubrieron que sonreía.

—Por Zeus, ¿crees que yo les importaba mucho?

—Sí, puesto que accedían a ser tus modelos y actuar en tus obras, desobedeciendo así los sagrados preceptos que recibían en la Academia. Creo que te admiraban, Menecmo: que, por ti, posaban desnudos o vestidos de mujer, y que, cuando el trabajo finalizaba, empleaban sus desnudeces o sus vestimentas andróginas para tu deleite... y se arriesgaban, de este modo, a ser descubiertos y deshonrar a sus familias...

Menecmo, sin dejar de sonreír, exclamó:

—¡Por Atenea! ¿Crees de veras que valgo tanto como artista y como hombre, Heracles Póntor?

Heracles replicó:

—Para los espíritus jóvenes, que, al igual que tus esculturas, se hallan aún inacabados, cualquier tierra es buena para echar raíces, Menecmo de Carisio. Y mejor que ninguna, la que abunda en estiércol...

Menecmo no pareció escucharle: se dedicaba en aquel momento, con gran concentración, a esculpir ciertos pliegues de la ropa del hombre. ¡Cling! ¡Cling! De repente empezó a hablar, pero era como si se dirigiera al mármol. Su áspera y desigual voz ensuciaba de ecos las paredes del taller.

—Yo soy un guía para muchos efebos, sí... ¿Piensas que nuestra juventud no necesita de guías, Heracles? ¿Acaso... —y parecía emplear su creciente irritación en aumentar la fuerza del golpe: ¡Cling!— ... acaso el mundo que van a heredar es agradable? ¡Mira a tu alrededor!... Nuestro arte ateniense... ¿Qué arte?... ¡Antes, las figuras estaban llenas de poder: imitábamos a los egipcios, que siempre han sido mucho más sabios!... —¡Cling!—. Y ahora, ¿qué hacemos? ¡Diseñar formas geométricas, siluetas que siguen estrictamente el Canon!... ¡Hemos perdido espontaneidad, fuerza, belleza!... —¡Cling! ¡Cling!—. Dices que dejo inacabadas mis obras, y es cierto... Pero ¿adivinas por qué?... ¡Porque soy incapaz de crear nada de acuerdo con el Canon!...

Heracles quiso interrumpirle, pero el limpio comienzo de su intervención quedó sumido en el lodazal de golpes y exclamaciones de Menecmo.

—¡Y el teatro!... ¡En otra época, el teatro era una orgía donde aun los dioses participaban!... Pero con Eurípides, ¿en qué se convirtió?... ¡En dialéctica barata a gusto de las nobles mentes de Atenas!... —¡Cling!—. ¡Un teatro que es meditación reflexiva en vez de fiesta sagrada!... ¡El propio Eurípides, ya viejo, lo reconoció al final de sus días! —interrumpió el trabajo y se volvió hacia Heracles, sonriendo—. Y cambió de opinión radicalmente...

Y, como si sólo aquella última frase hubiera necesitado de una pausa, reanudó los golpes con más fuerza que antes, mientras proseguía:

—¡El viejo Eurípides abandonó la filosofía y se dedicó a hacer *teatro* de verdad! —¡Cling!—. ¿Recuerdas su última obra?... —y exclamó, con gran satisfacción, como si la palabra fuera una piedra preciosa y él la hubiese descubierto de repente entre los escombros—: *¡Bacantes!...*

—¡Sí! —se impuso otra voz—. *¡Bacantes!* ¡La obra de un loco! —Menecmo se volvió hacia Diágoras, que parecía desparramar sus gritos con exaltación, como si el silencio que hasta entonces había mantenido le hubiera costado un gran esfuerzo—. ¡Eurípides perdió facultades al envejecer, como nos suele ocurrir a todos, y su teatro se degradó hasta extremos inconcebibles!... ¡Los nobles cimientos de su espíritu razonador, afanado en buscar la Verdad filosófica durante la madurez, cedieron con el paso de los años... y su última obra se convirtió, como las de Esquilo y Sófocles, en un basurero hediondo donde pululan las enfermedades del alma y corren regueros de sangre inocente! —y, sonrojado tras el ímpetu de su discurso, desafió a Menecmo con la mirada.

Después de un breve silencio, el escultor inquirió con suavidad:

—¿Puedo saber quién es este imbécil?

Heracles detuvo con un gesto la airada réplica de su compañero:

—Perdona, buen Menecmo, no hemos venido aquí para hablar de Eurípides y su teatro... ¡Déjame seguir, Diágoras!... —el filósofo se contenía a duras penas—. Queremos preguntarte...

Un estrépito de ecos lo interrumpió: Menecmo había comenzado a gritar mientras paseaba de un lado a otro por el podio. De vez en cuando señalaba a uno de los dos hombres con el pequeño martillo, como si se dispusiera a lanzárselo a la cabeza.

—¿Y la filosofía?... ¡Recordad a Heráclito!... ¡«Sin discordia no hay existencia»!... ¡Eso opinaba el filósofo Heráclito!... ¿Acaso la filosofía no ha cambiado también?... ¡Antes era una fuerza, un impulso!... Ahora... ¿qué es?... ¡Puro intelecto!... ¡Antes...! ¿Qué nos intrigaba?... ¡La *materia* de las cosas: Tales, Anaximandro, Empédocles...! ¡Antes pensábamos en la materia! ¿Y ahora? ¿En qué pensamos ahora? —y deformó la voz grotescamente para decir—: ¡En el mundo de las Ideas!... ¡Las Ideas existen, claro, pero viven en otro lugar, lejos de nosotros!... ¡Son perfectas, puras, bondadosas y útiles...!

—¡Lo son! —saltó Diágoras, chillando—. ¡Lo son, de la misma forma que tú eres imperfecto, vulgar, canalla y...!

—¡Por favor, Diágoras, déjame hablar! —exclamó Heracles.

—¡No debemos amar a los efebos, oh no!... —se burlaba Menecmo—. ¡Debemos amar la *idea* de efebo!... ¡Besar un pensamiento de labios, acariciar una definición de muslo!... ¡Y no hagamos estatuas, por Zeus! ¡Eso es un arte imitativo vulgar!... ¡Hagamos *ideas* de estatuas!... ¡Ésta es la filosofía que heredarán los jóvenes!... ¡Aristófanes hacía bien en situarla en las *nubes*!...

Diágoras resoplaba, en el colmo de la indignación.

—¿Cómo puedes opinar con tanto desparpajo sobre algo que ignoras, tú...?

—¡Diágoras! —la firmeza de la voz de Heracles provocó una repentina pausa—. ¿No te das cuenta de que Menecmo pretende desviar el tema? ¡Déjame hablar de una vez!... —y prosiguió, con sorprendente calma, dirigiéndose al escultor—: Menecmo, hemos venido a preguntarte sobre las muertes de Trámaco y Eunío...

Y lo dijo casi en tono de disculpa, como si se excusara por mencionar un asunto tan trivial frente a alguien a quien consideraba muy importante. Tras un breve silencio, Menecmo escupió en el suelo del podio, se frotó la nariz y dijo:

—A Trámaco lo mataron los lobos mientras cazaba. En cuanto a Eunío, me han contado que se emborrachó, y las uñas de Dioniso aferraron su cerebro obligándole a clavarse un puñal en el cuerpo varias veces... ¿Qué tengo yo que ver con eso?

Heracles replicó de inmediato:

—Que ambos, junto con Antiso, visitaban tu taller por las noches y participaban en tus curiosas diversiones. Y que los tres te admiraban y correspondían a tus exigencias amorosas, pero tú favorecías sólo a uno. Y que, probablemente, hubo discusiones entre ellos, y quizás amenazas, pues las diversiones que organizas con tus efebos no gozan precisamente de buena reputación, y ninguno de ellos quería que se hicieran públicas... Y que Trámaco no se fue a cazar, pero el día en que salió de Atenas tu taller permaneció cerrado y nadie te vio por ninguna parte...

Diágoras enarcó las cejas y se volvió hacia Heracles, pues desconocía esta última información. Pero el Descifrador prosiguió, como si recitara un cántico ritual:

—Y que Trámaco, de hecho, fue asesinado o golpeado hasta quedar inconsciente, y abandonado a merced de los lobos... Y que anoche, Eunío y Antiso vinieron aquí después de la representación de tu obra. Y que tu taller es la casa más próxima al lugar donde encontraron a Eunío esta madrugada. Y que sé con certeza que Eunío también fue asesinado, y que su asesino cometió el crimen en otro sitio y luego trasladó el cuerpo a ese lugar. Y que es lógico suponer que ambos lugares no deben distar mucho entre sí, pues a nadie se le ocurriría atravesar Atenas con un cadáver al hombro —hizo una pausa y abrió los brazos, en un ademán casi amistoso—. Como puedes comprobar, buen Menecmo, tienes bastante que ver en todo esto.

La expresión del rostro de Menecmo era inescrutable. Hubiera podido pensarse que sonreía, pero su mirada era sombría. Sin decir nada, se volvió lentamente hacia el mármol, dando la espalda a Heracles, y continuó cincelándolo con pausados golpes. Entonces habló, y su voz sonó divertida:

—¡Oh, el razonamiento! ¡Oh, qué maravilloso, qué exquisito el razonamiento! —emitió una risita sofocada—. ¡Yo soy culpable por un silogismo! Mejor aún: por la distancia que separa mi casa del solar de los alfareros —sin dejar de esculpir, movió la cabeza con lentitud y volvió a reírse, como si la escultura o su propio trabajo le parecieran dignos de burla—. ¡Así construimos los atenienses las verdades hoy día: hablamos de distancias, hacemos cálculos con las emociones, razonamos los hechos...!

—Menecmo... —dijo Heracles con suavidad.

Pero el artista continuó hablando:

—¡Podrá afirmarse, en años venideros, que Menecmo fue considerado culpable por un asunto de longitudes!... Hoy día todo sigue un Canon, ¿no lo he dicho ya muchas veces? La justicia ya es, tan sólo, cuestión de distancia...

—Menecmo —insistió Heracles en el mismo tono—. ¿Cómo sabías que el cuerpo de Eunío fue hallado en el solar de los alfareros? Eso no lo he dicho yo.

A Diágoras le sorprendió la violenta reacción del escultor: se había vuelto hacia Heracles con los ojos muy abiertos, como si este último fuera una gorda Galatea que hubiese cobrado vida de repente. Por un instante no profirió una sola palabra. Después exclamó, con un resto de voz:

—¿Estás loco? ¡Lo comenta toda la gente!... ¿Qué pretendes insinuar con eso?...

Heracles empleó de nuevo su más humilde tono de disculpa:

—Nada, no te preocupes: formaba parte de mi razonamiento sobre la distancia.

Y entonces, como si hubiera olvidado algo, se rascó la cónica cabeza y añadió:

—Lo que no comprendo muy bien, buen Menecmo, es por qué te has centrado únicamente en mi razonamiento sobre la distancia y no en mi razonamiento sobre la *posibilidad* de que *alguien asesinara* a Eunío..., idea mucho más extraña, por Zeus, y que, sin duda, nadie comenta, pero que tú pareces haber admitido de buen grado en cuanto te la he referido. Has empezado por criticar mi razonamiento sobre la distancia y no me has preguntado: «Heracles, ¿por qué estás tan seguro de que Eunío fue asesinado?»... La verdad, Menecmo, no lo entiendo.

Diágoras no sintió ninguna compasión por Menecmo, pese a que advertía cómo las despiadadas deducciones del Descifrador lo sumergían progresivamente en el desconcierto más absoluto, haciéndolo caer en la trampa de sus propias y frenéticas palabras de manera semejante a esos lagos de podredumbre que —según diversos testimonios de viajeros con los que había hablado— engullen con más rapidez a aquellos que intentan salvarse con contorsiones o aspavientos. En el denso silencio que siguió, quiso añadir, por burla, algún comentario huero que dejara bien patente la victoria que habían obtenido sobre aquella alimaña. Y dijo, con cínica sonrisa:

—Bella escultura es esa en la que trabajas, Menecmo. ¿A quién representa?

Por un momento, creyó que no obtendría respuesta. Pero entonces advirtió que Menecmo sonreía, y aquello bastó para inquietarlo.

—Se llama *El traductor.* El hombre que pretende descifrar el misterio de un texto escrito en otro lenguaje sin percibir que las palabras sólo conducen a nuevas palabras, y los pensamientos a nuevos pensamientos, pero la Verdad permanece inalcanzable. ¿No es un buen símil de lo que hacemos todos?

No entendió muy bien Diágoras lo que quería decir el escultor, pero como no deseaba quedar en desventaja comentó:

—Es una figura muy curiosa. ¿Qué vestido lleva? No parece griego...

Menecmo no dijo nada. Observaba su obra y sonreía.

—¿Puedo verla de cerca?

—Sí —dijo Menecmo.

El filósofo se acercó al podio y subió por una de las escaleras. Sus pasos retumbaron en la sucia madera del pedestal. Se aproximó a la escultura y observó su perfil.

El hombre de mármol, encorvado sobre la mesa, sostenía entre el índice y el pulgar una fina pluma; los rollos de papiro lo sitiaban. ¿Qué clase de vestido llevaba?, se preguntó Diágoras. Una especie de manto muy entallado... Ropas extranjeras, evidentemente. Contempló su cuello inclinado, la prominencia de las primeras vértebras —estaba bien hecho, hubo de reconocer—, los espesos mechones de pelo a ambos lados de la cabeza, las orejas de lóbulos gruesos e impropios...

Aún no había podido verle el rostro: la figura agachaba demasiado la cabeza. Diágoras, a su vez, se agachó un poco: observó las ostensibles entradas en las sienes, las áreas de calvicie prematura... No pudo evitar, al mismo tiempo, admirar sus manos: venosas, delgadas; la derecha atrapaba el tallo de la pluma; la izquierda descansaba con la palma hacia abajo, ayudando a extender el pergamino sobre el que escribía, el dedo medio adornado con un grueso anillo en cuyo sello estaba grabado un círculo. Un rollo de papiro desplegado se hallaba cerca de la misma mano: sería, sin duda, la obra original. El hombre redactaba la traducción en el pergamino. ¡Incluso las letras, en este último, se hallaban cinceladas con pulcra destreza! Intrigado, Diágoras se asomó por encima del hombro de la figura y leyó las palabras que, se suponía, acababa de «traducir». No supo qué podían significar. Decían:

No supo qué podían significar. Decían

Pero aún no había visto el rostro de la figura. Inclinó un poco más la cabeza y lo contem*

* No puedo seguir con la traducción. Mis manos tiemblan.
Vuelvo al trabajo tras dos días de angustia. Aún no sé si continuaré o no, quizá no tenga valor. Pero al menos he logrado regresar a mi escritorio, sentarme y contemplar mis papeles.

No hubiese creído posible hacer esto ayer por la mañana, cuando charlaba con Helena. Lo de Helena fue un acto impulsivo, lo reconozco: le pedí el día anterior que me hiciera compañía —no me sentía con fuerzas para soportar la soledad nocturna de mi casa—, y, aunque no quise contarle en aquel momento las razones ocultas de mi petición, ella debió de percibir algo en mis palabras, porque aceptó de inmediato. Procuré no hablar del trabajo. Fui amable, cortés y tímido. Tal conducta persistió incluso cuando hicimos el amor. Hice el amor con el secreto deseo de que ella me *lo hiciera* a mí. Palpé su cuerpo bajo las sábanas, aspiré el acre aroma del placer y escuché sus crecientes gemidos sin que nada de ello me ayudara demasiado: buscaba —creo que buscaba— sentir *en ella* lo que ella sentía *de mí.* Quería —ansiaba— que sus manos me explorasen, me percibieran, *golpearan* en mi obstáculo, me dieran forma en la oscuridad... Pero no, *forma* no. Quería sentirme como un simple material, un resto sólido de algo que estaba allí, ocupando un espacio, no como una silueta, una figura con rasgos e identidad. No quería que me hablase, no deseaba escuchar palabras —menos aún mi nombre—, nada de frases vacías que pudieran aludirme. Ahora comprendo parcialmente lo que me sucedió: se debe, quizá, al agobio de traducir, a esta horrible sensación de *porosidad,* como si mi existencia se me hubiera revelado, de repente, como algo mucho más frágil que el texto que traduzco y que se manifiesta a través de mí en la parte *superior* de estas páginas. He pensado que necesitaba, por ello, reforzar estas notas *marginales,* equilibrar de algún modo el peso de Atlas del texto *superior.* «Si pudiera escribir», he pensado —no por primera vez pero sí con mayores ansias que nunca—, «si pudiese crear algo propio...» Mi actividad con Helena —su cuerpo, sus pechos firmes, sus músculos suaves, su juventud— me sirvió de poco: quizá tan sólo para reconocerme (precisaba con urgencia de su cuerpo como de un espejo en el que poder verme *sin mirarme*), pero aquel breve reencuentro, aquella anagnórisis conmigo mismo, sólo me ayudó a conciliar el sueño, y por tanto a desaparecer de nuevo. Al día siguiente, con el alba despuntando entre las colinas, desnudo y de pie frente a la ventana de mi dormitorio —percibiendo un rebullir de sábanas en la cama y la voz soñolienta de mi compañera, desnuda y acostada— decidí contárselo todo. Hablé con calma, sin desviar los ojos de la creciente flama del horizonte:

—*Estoy en el texto,* Helena. No sé cómo ni por qué, pero soy yo. El autor me describe como una estatua esculpida por uno de los personajes, a la que llama «El traductor», que se encuentra sentado ante una mesa traduciendo lo mismo que yo. Todo corresponde: las profundas entradas en las sienes, las zonas de calvicie, las orejas finas con lóbulos abultados, las manos delgadas y venosas... Soy yo. No me he atrevido a seguir traduciendo: no podría soportar leer la descripción de mi propio *rostro...*

Ella protestó. Se incorporó en la cama. Me hizo muchas preguntas, se enfadó. Yo —aún desnudo— salí del cuarto, me dirigí al salón y regresé con los papeles de mi traducción interrumpida. Se los entregué. Era gracioso: ambos desnudos —ella sentada, yo de pie—, convertidos otra vez en compañeros de trabajo; ella frunciendo el ceño de profesora al tiempo que sus pechos —trémulos, rosáceos— se alzaban con cada respiración; yo, aguardando en silencio frente a la ventana, mi absurdo miembro arrugado por el frío y la angustia.

—Es ridículo... —dijo al acabar la lectura—. Es absolutamente ridículo...

Protestó de nuevo. Me increpó. Me dijo que me estaba obsesionando, que la descripción era muy vaga, que podía corresponder a cualquier otra persona. Agregó:

—Y el anillo de la estatua lleva un círculo grabado en el sello. ¡Un *círculo*! ¡No un *cisne,* como el tuyo!...

Ése era el detalle más horrible. Y ella ya se había dado cuenta.

—En griego, «círculo» es *kúklos* y «cisne» *kúknos,* ya lo sabes —repuse con calma—. Sólo una letra de diferencia. Si esa *l,* esa lambda, es una *n,* una ny, entonces ya no cabe ninguna duda: soy yo —contemplé el anillo con la silueta del cisne en el dedo medio de mi mano izquierda, un regalo de mi padre del que nunca me despojo.

—Pero el texto dice *kúklos* y no...

—Montalo advierte en una de sus notas que la palabra es difícil de leer. Él interpreta *kúklos,* pero señala que la cuarta letra es confusa. ¿Comprendes, Helena? La cuarta letra —mi tono de voz era neutro, casi indiferente—. Dependo de la simple opinión filológica de Montalo sobre *una letra* para saber si debo volverme loco...

—¡Pero es absurdo! —se exasperó—. ¿Qué haces... aquí dentro? —golpeó los papeles—. ¡Esta obra fue escrita hace miles de años!... ¿Cómo...? —apartó las sábanas que cubrían sus largas piernas. Se atusó el pelo rojizo. Avanzó, descalza y desnuda, hacia la puerta—. Ven. Quiero leer el texto original —había cambiado de tono: hablaba ahora con firmeza, con decisión.

Horrorizado, le supliqué que no lo hiciera.

—Vamos a leer entre los dos el texto de Montalo —me interrumpió, de pie en la puerta—. Me da igual si después decides no continuar con la traducción. Quiero quitarte esta locura de la cabeza.

Fuimos hacia el salón —descalzos, desnudos—. Recuerdo que pensé algo absurdo mientras la seguía: «Queremos asegurarnos de que somos seres humanos, cuerpos materiales, carne, órganos, y no sólo personajes o lectores... Vamos a saberlo. Queremos saberlo». En el salón hacía frío, pero de momento no nos importó. Helena llegó antes que yo al escritorio y se inclinó sobre los papeles. Yo fui incapaz de acercarme: aguardé detrás de ella, observando su espalda lustrosa y encorvada, la suave curvatura de sus vértebras, el mullido escabel de sus nalgas. Hubo una pausa. «Está leyendo mi rostro», recuerdo que pensé. La oí gemir. Cerré los ojos. Dijo:

—Oh.

La sentí acercarse y abrazarme. Su ternura me horrorizaba. Dijo:

—Oh... oh...

No quise preguntarle. No quise saberlo. Me amarré a su tibio cuerpo con fuerza. Entonces percibí su risa: suave, creciente, naciendo en su vientre como la alegre presencia de otra vida.

—Oh... oh... oh... —dijo sin dejar de reír.

Después, mucho después, leí lo que ella había leído, y comprendí por qué se reía.

He decidido continuar con la traducción. Reanudo el texto a partir de la frase: «Pero aún no había visto el rostro de la figura». *(N. del T.)*

Pero aún no había visto el rostro de la figura. Inclinó un poco más la cabeza y lo contempló.

Eran unas facciones.*

—Un hombre muy astuto —dijo Heracles cuando salieron del taller—. Deja las frases inacabadas, como sus esculturas. Adopta un carácter repugnante para que retrocedamos con las narices tapadas, pero estoy seguro de que, frente a sus discípulos, sabe ser encantador.

—¿Crees que fue él quien...? —preguntó Diágoras.

—No nos apresuremos. La verdad puede hallarse lejos, pero posee infinita paciencia para aguardar nuestra llegada. Por lo pronto, me gustaría tener la oportunidad de hablar de nuevo con Antiso...

—Si no me equivoco, lo encontraremos en la Academia: esta tarde se celebra una cena en honor de un invitado de Platón, y Antiso será uno de los coperos.

—Muy bien —sonrió Heracles Póntor—: Pues creo, Diágoras, que ha llegado la hora de conocer tu Academia.**

* Laguna textual a partir de aquí. Montalo afirma que las cinco líneas siguientes son ilegibles. *(N. del T.)*

** ¡Acabo de hacer un descubrimiento asombroso! Si no estoy equivocado —y no creo estarlo—, los extraños enigmas relacionados con esta obra empezarían a adoptar un sentido... aunque, desde luego, no menos extraño, y, por lo que a mí respecta, mucho más inquietante. Mi hallazgo ha sido —como sucede en tantas ocasiones— completamente azaroso: revisaba esta misma noche la última parte del capítulo sexto en la edición de Montalo, que aún no había concluido de traducir, cuando observé que los bordes de las hojas se adherían entre sí con irritante obstinación (esto ya me había ocurrido antes, pero, simplemente, lo había pasado por alto). Los examiné de cerca: parecían normales, pero la mezcla líquida que los unía se hallaba aún *fresca*. Fruncí el ceño, cada vez más inquieto. Estudié hoja tras hoja el capítulo sexto y me convencí, sin ninguna duda, de que las últimas habían sido agregadas al libro *recientemente*. Mi cerebro era una tormenta de hipótesis. Regresé al texto y comprobé que los trozos «nuevos» se correspondían con la detallada *descripción de la estatua* de Menecmo. Mi corazón empezó a latir con fuerza. ¿Qué significaba aquella locura?

Postergué mis deducciones y terminé la traducción del capítulo. Entonces, de improviso, al mirar por la ventana (ya nocturna) y contemplar en la penumbra la hilera de manzanos que limita mi jardín, recordé al hombre que parecía espiarme y que huyó cuando advertí su presencia... y la sospecha que tuve, a la noche siguiente, de que alguien había *entrado* en mi casa. Me levanté de un salto. Mi frente se hallaba húmeda y mis sienes martilleaban a intervalos cada vez más breves.

La deducción me parece obvia: *alguien ha estado cambiando, en mi propio escritorio, las hojas del texto de Montalo por otras idénticas*, y lo ha hecho *hace poco tiempo*. ¿Se trata, quizá, de alguien que *me conoce*, al menos en lo que atañe a mi aspecto físico, y que ha podido, por tanto, añadir los asombrosos detalles de la descripción de la escultura? Ahora bien, ¿quién sería capaz de arrancar las hojas de una obra original y sustituirlas por un texto propio con el único fin de atormentar al traductor?

Sea como fuere, evidentemente, ya no podré dormir tranquilo a partir de ahora. Tampoco trabajar tranquilo, pues ¿cómo sabré *de quién es la obra* que traduzco? Peor aún: ¿lograré avanzar de frase en frase sin detenerme a pensar que quizás algunas de ellas —o todas— constituyen mensajes directos del misterioso desconocido hacia *mí*? Ahora que la duda anida en mi interior, ¿cómo podré estar seguro de que otros párrafos, en capítulos previos, no tienen nada que ver *conmigo*? La fantasía de la literatura es tan ambigua que ni siquiera se necesita quebrantar las reglas del juego: tan sólo la *sospecha* de que alguien pueda haberlas quebrantado lo transforma todo, le da un giro terrible a todo. Seamos sinceros, lector: ¿no tienes, a veces, la enloquecedora sensación de que un texto —por ejemplo, este mismo que ahora lees— *se dirige a ti personalmente*? Y cuando esa sensación te gobierna, ¿acaso no mueves la cabeza, parpadeando, y piensas: «Qué tontería. Mejor olvidarlo y seguir leyendo»? ¡Juzga entonces cuál no será mi pavor al saber con absoluta certeza que una parte de este libro *me concierne* sin lugar a dudas!... Y digo bien: «pavor», en efecto. ¡Tan acostumbrado como he estado siempre a ver los textos desde la distancia... y de repente encontrarme incluido en uno!

Así pues, he de hacer algo.

Por lo pronto, interrumpiré mi trabajo hasta que este asunto quede resuelto. Pero también intentaré capturar a mi desconocido visitante... *(N. del T.)*

VII

El camino que lleva a la escuela filosófica de la Academia es, en sus comienzos, apenas una exigua trocha que se desprende de la Vía Sagrada un poco después de la Puerta de Dipilon. El viajero no percibe nada especial al recorrerla: la vereda se introduce en un boscaje de pinos altos retorciéndose al tiempo que se afila, como un diente, de modo que se tiene la sensación de que, en un momento dado, abocará a una fronda impenetrable sin que hayamos llegado en realidad a ninguna parte. Pero al dejar atrás los primeros recodos, por encima de una extensión breve aunque compacta de piedras y plantas de hojas curvas como colmillos, se advierte la límpida fachada del edificio principal, un contorno cúbico y marfileño colocado cuidadosamente sobre un pequeño teso. Poco después, el camino se ensancha con cierto orgullo. Hay un pórtico en la entrada. No se sabe con certeza a quiénes ha querido representar el escultor con los dos rostros del color del marfil de los dientes que, situados en sendos nichos, contemplan en simétrico silencio la llegada del viajero: afirman unos que a lo Verdadero y lo Falso, otros que a lo Bello y lo Bueno, y los menos —quizá los más sabios— que a nadie, porque son simples adornos (ya que algo había que colocar, al fin y al cabo, en aquellos nichos). En el espacio central, una inscripción: «Nadie pase que no sepa Geometría», enmarcada en líneas retorcidas. Más allá, los bellos jardines de Academo, urdidos de ensortijados senderos. La estatua del héroe, en el centro de una plazoleta, parece exigir del visitante el debido respeto: con la mano izquierda tendida, el índice señalando hacia abajo, la lanza en la otra, la mirada ceñida por las aberturas de un yelmo de híspida crin rematada por colmilludas puntas. Junto a la floresta, la marmórea sobriedad de la arquitectura. La escuela posee espacios abiertos entre columnas blancas con techos dentados y rojizos para las clases de verano y un recinto cerrado que sirve de refugio a discípulos y mentores cuando el frío muestra sus colmillos. El gimnasio cuenta con todas las instalaciones necesarias, pero no es tan grande como el de Liceo. Las casas más modestas constituyen el habitáculo de algunos de los maestros y el lugar de trabajo de Platón.

Cuando Heracles y Diágoras llegaron, el crepúsculo había desatado un bóreas áspero que removía las retorcidas ramas de los árboles más altos. Nada más cruzar el blanco pórtico, el Descifrador pudo observar que el ánimo y la actitud de su compañero mudaban por completo. Diríase que semejaba un perro de caza olfateando la presa: alzaba la cabeza y se pasaba con frecuencia la lengua por los labios; la barba, de ordinario discreta, se hallaba erizada; apenas escuchaba lo que Heracles le decía (pese a que éste, fiel a su costumbre, no hablaba mucho), y se limitaba a asentir sin mirarle y murmurar «Sí» frente a un simple comentario, o responder «Espera un momento» a sus preguntas. Heracles intuyó que se hallaba deseoso de demostrarle que aquel lugar era el más perfecto de todos, y el solo pensamiento de que algo pudiese salir mal lo angustiaba sin remedio.

La plazoleta se hallaba vacía y el edificio de la escuela parecía abandonado, pero nada de esto intrigó a Diágoras.

—Suelen dar breves paseos por el jardín antes de cenar —dijo.

Y de repente, Heracles sintió que su manto era retorcido con un violento tirón.

—Ahí vienen —el filósofo señalaba la oscuridad del parque. Y añadió, con extático énfasis—: ¡Y ahí está Platón!

Por los revueltos senderos se acercaba un grupo de hombres. Todos llevaban *himationes* oscuros cubriendo ambos hombros, sin túnica ni *jitón* debajo. Parecían haber aprendido el arte de moverse como los patos: en hilera, desde el más alto al más bajito. Hablaban. Era maravilloso verles hablar y caminar en fila al mismo tiempo. Heracles sospechó que poseían alguna especie de clave numérica para saber con exactitud a quién le tocaba el turno de decir algo y a quién el de responder. Nunca se interrumpían: el número dos se callaba, y *justo entonces* replicaba el número cuatro, y el número cinco parecía intuir sin error el final de las palabras del número cuatro y procedía a intervenir en ese punto. Las risas sonaban corales. Presintió también algo más: aunque el número uno —que era Platón— permanecía en silencio, todos los demás parecían dirigirse a él al hablar, pese a que no lo mencionaban explícitamente. Para lograr esto, el tono se elevaba progresiva y melódicamente desde la voz más grave —el número dos— a la más aguda —el número seis—, que, además de ser el individuo de más baja estatura, se expresaba con penetrantes chillidos, como para asegurarse de que el número uno lo escuchaba. La impresión de conjunto era la de una lira dotada de movimiento.

El grupo serpenteó por el jardín, acercándose más en cada curva. En extraña coincidencia, algunos adolescentes emergieron del gimnasio, desnudos por completo o vistiendo breves túnicas, pero refrenaron de inmediato su desordenada algarabía al divisar a la hilera de filósofos. Ambos grupos se reunieron en la plazuela. Heracles se preguntó por un momento qué vería un hipotético observador situado en el cielo: la línea de los adolescentes y la de los filósofos aproximándose hasta unirse en el vértice... ¿quizá —contando con la recta de setos del jardín— una perfecta letra delta?

Diágoras le hizo señas para que se acercara.

—Maestro Platón —dijo, reverencial, abriéndose paso junto a Heracles hasta llegar al gran filósofo—. Maestro Platón: es Heracles, del *demo* de Póntor. Deseaba conocer la escuela, y pensé que no hacía mal invitándolo esta noche...

—En modo alguno has hecho mal, Diágoras, salvo que Heracles así lo considere —repuso Platón, afable, con hermosa y grave voz, y se volvió hacia el Descifrador levantando la mano en ademán de saludo—. Sé bienvenido, Heracles Póntor.

—Te lo agradezco, Platón.

Heracles —a semejanza de muchos otros— tenía que mirar hacia arriba para dirigirse a Platón, que era una figura enorme, amurallada de robustos hombros y guarnecida por un torso poderoso del cual parecía emanar el plateado torrente de su voz. No obstante, había algo en la forma de ser del insigne filósofo que lo asemejaba a un niño encerrado en una fortaleza: quizás era esa actitud casi constante de simpático asombro, pues cuando alguien le hablaba, o al dirigirse a alguien, o simplemente cuando meditaba, Platón solía abrir mucho sus inmensos ojos grises de retorcidas pestañas y enarcar las cejas hasta una altura casi cómica, o, por el contrario, fruncirlas como un sátiro de áspero ceño. Ello le otorgaba justo la expresión del hombre que, sin previo aviso, recibe un mordisco en las nalgas. Quienes lo conocían, solían afirmar que tal asombro no era legítimo: cuanto más asombrado parecía por algo, menos importancia le concedía a ese algo.

Frente a Heracles Póntor, la expresión de Platón fue de grandísimo asombro.

Los filósofos habían empezado a entrar ordenadamente en el edificio de la escuela. Los alumnos esperaban su turno. Diágoras retuvo a Heracles para decirle:

—No veo a Antiso. Estará aún en el gimnasio... —y de repente, casi sin transición, murmuró—: Oh, Zeus...

El Descifrador siguió la dirección de su mirada.

Un hombre se acercaba en solitario por el camino de entrada. Su aspecto no era menos imponente que el de Platón, pero, a diferencia de éste, parecía añadírsele cierta cualidad salvaje. Acunaba entre sus enormes brazos a un perro blanco de cabeza deforme.

—He decidido aceptar tu invitación después de todo, Diágoras —dijo Crántor, sonriente y campechano—. Creo que tendremos una velada muy divertida.*

* Durante estas últimas horas he recuperado el control de mis nervios. Ello se debe, sobre todo, a que he distribuido racionalmente mis períodos de descanso entre los párrafos: esti-

—Filotexto te ofrece sus saludos, maestro Platón, y se pone a tu disposición —dijo Eudoxo—. Ha viajado tanto como tú, y te aseguro que su conversación no tiene desperdicio...

—Como la carne que hemos degustado hoy —repuso Policleto.

Hubo risas, pero todos sabían que los comentarios banales o privados, que hasta entonces habían constituido la esencia de la reunión, debían dejar paso, como en cualquier buen *symposio,* al coloquio reflexivo y al fructífero mercadeo de opiniones de un lado a otro de la sala. Los comensales se habían distribuido en círculo recostados sobre cómodos divanes y los alumnos los atendían como perfectos esclavos. Nadie se interesaba

---

ro las piernas y doy breves paseos alrededor de mi celda. Gracias a este ejercicio he logrado concretar mejor el reducido mundo en que me hallo: un rectángulo de cuatro pasos por tres con un camastro en una esquina y una mesa con su silla junto a la pared opuesta; sobre la mesa, mis papeles de trabajo y el texto de *La caverna* de Montalo. También dispongo —¡oh lujo derrochador!— de un pequeño agujero excavado en el suelo para hacer mis necesidades. Una maciza puerta de madera con flejes de hierro me niega la libertad. Tanto la cama como la puerta —no digamos el agujero— son vulgares. La mesa y la silla, sin embargo, parecen muebles caros. Poseo, además, abundante material de escritura. Todo esto representa un buen cebo para mantenerme ocupado. La única luz que mi carcelero me permite es la de esta lámpara miserable y caprichosa que ahora contemplo, colocada sobre la mesa. Así pues, por mucho que intente resistirme siempre termino sentándome y continuando con la traducción, entre otras cosas para no volverme loco. Sé que eso es exactamente lo que quiere Quiensea. «¡Traduce!», me ordenó a través de la puerta hace... ¿cuánto tiempo?... pero... Ah, oigo un ruido. Seguro que es la comida. Por fin. *(N. del T.)*

mucho por la presencia silenciosa —aunque notoria— del Descifrador de Enigmas: su profesión era célebre, pero la mayoría la consideraba vulgar. En cambio, se había desarrollado un creciente huroneo por Filotexto de Quersoneso —un misterioso viejecillo a quien la penumbra de las escasas lámparas del salón velaba el rostro—, amigo del mentor Eudoxo, y por el filósofo Crántor, del *demo* de Póntor —«amigo del mentor Diágoras», según había dicho él mismo—, recién llegado a Atenas después de un largo periplo que todos aguardaban con impaciencia a que narrara. Ahora, con el infatigable trabajo de las lenguas, que se retorcían para limpiar los agudos colmillos de restos de carne —restos que después serían disueltos con sorbos de vino aromatizado que erizaba el paladar—, había llegado el momento de satisfacer la curiosidad que inspiraban aquellos dos visitantes.

—Filotexto es escritor —continuó Eudoxo—, y conoce tus *Diálogos* y los admira. Además, parece investido por Apolo del poder oracular de Delfos... Tiene visiones... Asegura que ha visto el mundo del futuro, y que éste, en algunos aspectos, se acomoda a tus teorías... Por ejemplo, respecto de esa igualdad que propugnas entre los trabajos de hombres y mujeres...

—Por Zeus Cronida —intervino de nuevo Policleto, fingiendo gran angustia—, déjame beber unas cuantas copas más, Eudoxo, antes de que las mujeres aprendan el oficio de soldado...

Diágoras era el único que no participaba de la cordialidad general, pues esperaba de un momento a otro ver estallar a Crántor. Quiso comentarlo en voz baja con Heracles, pero advirtió que éste, a su modo, tampoco se hallaba integrado en el ambiente: permanecía inmóvil en el diván, sosteniendo la copa de vino con su obesa mano izquierda sin decidirse a abandonarla en la mesa ni llevársela a los labios. Parecía la estatua recostada de algún viejo y gordo tirano. Pero sus ojos grises se hallaban vivos. ¿Qué miraba?

Diágoras comprobó que el Descifrador no perdía de vista las idas y venidas de Antiso.

El adolescente, que vestía un *jitón* azul abierto maliciosamente por los costados, había sido nombrado copero principal, y se adornaba —como es costumbre— con una corona de hiedra que erizaba sus bucles rubios y una *hipothymides* o guirnalda de flores que colgaba de sus marfileños hombros. En aquel momento se hallaba sirviendo a Eudoxo, después pasaría a Harpócrates, y continuaría con el resto de comensales siguiendo un estricto orden de precedencia.

—¿Y qué es lo que escribes, Filotexto? —preguntó Platón.

—De todo... —replicó el viejecillo desde las sombras—: Poesía, tragedia, comedia, obras en prosa, épica y otros géneros de muy variado signo. Las Musas han sido indulgentes conmigo y no me han impuesto demasiadas trabas. Por otra parte, aunque Eudoxo se ha referido a mis supuestas «visiones», comparándome incluso con el oráculo de Delfos, debo aclararte, Platón, que yo no «veo» el futuro sino que me lo invento: lo escribo, que para mí equivale a inventarlo. Concibo, por puro placer, mundos distintos de éste y voces que hablan desde otras épocas, pasadas o futuras; y al terminar mis creaciones, las leo y veo que son buenas. Si son malas, lo que también sucede a veces, las tiro a la basura y comienzo otras —y, tras las breves carcajadas que premiaron sus últimas frases, añadió—: Es cierto que Apolo me ha permitido, en ocasiones, *deducir* lo que *puede* ser el futuro, y, de hecho, tengo la impresión de que hombres y mujeres terminarán ejerciendo los mismos oficios, tal como sugieres en tus *Diálogos.* En cambio, no creo que lleguen a existir gobiernos maravillosos ni gobernantes «dorados» que trabajen en pro de la ciudad...

—¿Por qué? —preguntó Platón con sincera curiosidad—. En estos tiempos es difícil que tales gobiernos existan, es cierto. Pero, en un lejano porvenir, cuando pasen cientos o miles de años..., ¿por qué no?

—Porque el hombre no ha cambiado ni cambiará nunca, Platón —replicó Filotexto—. Por mucho que nos duela reconocerlo, el ser humano no se deja guiar por Ideas invisibles y perfectas, ni siquiera por razonamientos lógicos, sino por impulsos, por deseos irracionales...

Se suscitó una repentina controversia. Algunos se interrumpieron mutuamente en su afán por intervenir. Pero una voz de retorcido y erizado acento se impuso sobre las demás:

—Estoy de acuerdo con eso.

Los rostros se volvieron hacia Crántor.

—¿Qué quieres decir, Crántor? —inquirió Espeusipo, uno de los mentores más respetados, pues todos suponían que heredaría la dirección de la Academia tras la muerte de Platón.

—Que estoy de acuerdo con eso.

—¿Con qué? ¿Con lo que ha dicho Filotexto?

—Con eso.

Diágoras cerró los ojos y recitó una muda plegaria.

—Así pues, ¿crees que los hombres no se dejan

guiar por la presencia evidente de las Ideas sino por impulsos irracionales?

En vez de contestar, Crántor replicó:

—Ya que te gustan tanto las preguntas socráticas, Espeusipo, te haré una. Si tuvieras que hablar del arte de la escultura, ¿tomarías como ejemplo una hermosísima figura de adolescente pintada en un ánfora o una horrible y deteriorada reproducción en barro de un mendigo moribundo?

—En tu dilema, Crántor —repuso Espeusipo sin molestarse en disimular el disgusto que le producía la pregunta—, no me dejas otra opción que elegir la figura de barro, ya que la otra no es escultura sino pintura.

—Hablemos, pues, de figuras de barro —sonrió Crántor—, y no de bellas pinturas.

El robusto filósofo parecía totalmente ajeno a la expectación que había causado, dedicado como estaba a ingerir largos tragos de vino. A los pies de su diván, Cerbero, el deforme perro blanco, daba cuenta, con incansables ruidos roedores, de los restos de la comida de su amo.

—No he entendido muy bien lo que has querido decir —dijo Espeusipo.

—No he querido decir nada.

Diágoras se mordió el labio para no intervenir: sabía que, si hablaba, la armonía del *symposio* se quebraría como un pastelillo de miel bajo el filo de los colmillos.

—Creo que Crántor quiere decir que los seres humanos somos únicamente figuras de barro... —intervino el mentor Harpócrates.

—¿Crees eso de verdad? —preguntó Espeusipo.

Crántor hizo un gesto ambiguo.

—Es curioso —dijo Espeusipo—, tantos años viajando por lejanas tierras... y aún sigues encerrado en tu caverna. Porque supongo que conoces nuestro mito de la caverna, ¿no? El prisionero que ha vivido toda su vida en una cueva, contemplando sombras de objetos y seres reales, y, de repente, queda libre y sale a la luz del sol... advirtiendo que sólo había visto meras siluetas, y que la realidad es mucho más hermosa y compleja de lo que había imaginado... ¡Oh, Crántor, me apeno por ti, ya que aún sigues prisionero y no has vislumbrado el luminoso mundo de las Ideas!*

De improviso, Crántor se levantó con centelleante rapidez, como si se hubiera hartado de algo: de la postura, de los otros comensales o de la conversación. Su movimiento fue tan brusco que Hipsípilo, el mentor que, por sus redondas y grasientas formas, más se parecía a Heracles Póntor, despertó del espeso sueño

* Yo también percibo sombras en mi «celda-caverna»: las palabras helénicas me bailan en los ojos —¿cuánto tiempo hace que no veo la luz del sol, que es la del Bien, de la que todo procede? ¿Dos días? ¿Tres?—. Pero más allá de esta frenética danza de grafismos intuyo los «retorcidos colmillos» y el pelaje «erizado» y «áspero» de la Idea de Jabalí, relacionada con el tercer Trabajo de Hércules, la captura del Jabalí de Erimanto. Y si en ninguna parte se menciona la palabra «jabalí» pero aun así yo *veo* uno —incluso creo escucharlo: sus roncos bufidos, la polvareda de sus pataleos, el irritante arañazo de las ramas bajo sus pezuñas—, entonces es que la Idea de Jabalí *existe,* es tan real como yo. ¿Se hallaba Montalo interesado en esta obra porque consideraba que *probaba* definitivamente la teoría platónica de las Ideas? ¿Y Quiensea? ¿Por qué se ha dedicado primero a jugar conmigo, añadiendo texto falso al original, y después me ha secuestrado? Deseo gritar, pero creo que la Idea de Grito es la que más me desahogaría. *(N. del T.)*

contra el que había venido luchando desde el comienzo de las libaciones y casi derramó la copa de vino sobre el impoluto Espeusipo. «Y, a propósito», pensó Diágoras fugazmente, «¿dónde está Heracles Póntor?» Su diván se hallaba vacío, pero Diágoras no lo había visto levantarse.

—Sois muy buenos hablando —dijo Crántor, y tensó su erizada barba negra con una retorcida sonrisa.

Entonces empezó a moverse alrededor del círculo de comensales. De vez en cuando meneaba la cabeza y lanzaba una breve risita, como si encontrara toda aquella situación muy graciosa. Dijo:

—Vuestras palabras, a diferencia de la sabrosa carne que me habéis servido hoy, resultan inagotables... Yo he olvidado el arte de la oratoria, porque he vivido en lugares donde no hacía falta... He conocido a muchos filósofos a los que convencía más una emoción que un discurso... y otros que no podían ser convencidos, porque no opinaban nada que pudiera ser enunciado, comprendido, demostrado o refutado con palabras, y se limitaban a señalar con el dedo el cielo nocturno indicando que no habían enmudecido sino que dialogaban como lo hacen las estrellas sobre nuestras cabezas...

Continuó su lento paseo alrededor de la mesa, pero su tono de voz se hizo más sombrío.

—Palabras... Habláis... Hablo... Leemos... Desciframos el alfabeto... Y, al mismo tiempo, nuestra boca mastica... Tenemos hambre... ¿verdad?* Nuestro estó-

* Sí. Mucha, Crántor. Te estoy traduciendo mientras degusto las inmundicias que Quiensea ha tenido a bien dejarme hoy en la escudilla. ¿Te apetece probar un poco? *(N. del T.)*

mago recibe el alimento.... Resoplamos y bufamos... Clavamos nuestros colmillos en los retorcidos pedazos de carne...

De repente se detuvo y dijo, poniendo mucho énfasis en sus palabras:

—¡Fíjate que he dicho «colmillos» y «retorcidos»!...*

Nadie comprendió muy bien a cuál de los presentes se había dirigido Crántor con aquella frase. Tras una pausa, reanudó el paseo y el discurso:

—Clavamos, repito, nuestros colmillos en los retorcidos pedazos de carne; y nuestras manos se mueven para llevar la copa de vino a los labios; y nuestra piel se eriza cuando soplan ráfagas de viento; y nuestro miembro se yergue cuando olfatea la belleza; y nuestro intestino, en ocasiones, se muestra perezoso... lo cual es un problema, ¿eh?, reconócelo...**

—¡A quién se lo vas a decir! —se sintió aludido Hipsípilo—. Yo no he defecado bien desde las últimas Tesmofo...

Otros mentores, indignados, lo mandaron callar. Crántor prosiguió:

—Tenemos sensaciones... Sensaciones, a veces, imposibles de definir... Pero ¡cuántas palabras por encima!... ¡Cómo las cambiamos por imágenes, ideas, emociones, hechos!... ¡Oh, y qué torrencial río de palabras es este mundo y de qué forma fluimos sobre ellas!... Vuestra caverna, vuestro precioso mito... Pala-

* Las palabras eidéticas del capítulo, sí, ya lo había advertido. Gracias de todas formas, Crántor. *(N. del T.)*

** Sí, también. Lo adivinas todo, Crántor. Desde que estoy encerrado aquí, uno de los principales problemas que tengo es el estreñimiento. *(N. del T.)*

bras, tan sólo... Voy a deciros algo, y lo diré con palabras, pero después volveré al silencio: ¡todo lo que hemos pensado, lo que pensaremos, lo que ya sabemos y lo que sabremos en el futuro, absolutamente todo, forma un bello *libro* que escribimos y leemos en común! Y mientras nos esforzamos en descifrar y redactar el texto de ese libro.., nuestro cuerpo... ¿qué?... Nuestro cuerpo pide cosas... se fatiga... se seca... y termina desmenuzándose... —hizo una pausa. Su amplio rostro se distendió en una sonrisa de máscara aristofánica—. Pero... ¡oh, qué libro más interesante! ¡Qué distraído es, y cuántas palabras contiene! ¿Verdad?

Hubo un denso silencio cuando Crántor terminó de hablar.*

Cerbero, que había seguido a su amo, ladró furiosamente a sus pies erizando el tocón del rabo y mostrando los afilados colmillos, como preguntándole qué pensaba hacer a continuación. Crántor se inclinó como un padre cariñoso que, distraído por la conversación con otros adultos, no se enfada al ser importunado por su hijo pequeño, lo admitió entre sus enormes manos y lo llevó a modo de pequeña y blancuzca

* Debo haberme vuelto loco. ¡He estado *dialogando* con un personaje! De repente me pareció que se dirigía a mí, y le *contesté* con mis notas. Quizá todo sea achacable al tiempo que llevo encerrado en esta celda, sin hablar con nadie. Pero también es cierto que Crántor permanece siempre en la línea divisoria entre lo ficticio y lo real... Mejor dicho: en la línea divisoria entre lo literario y lo no literario. A Crántor no le preocupa ser creíble: se complace, incluso, en revelar el artificio verbal que lo rodea, como cuando hizo hincapié en las palabras eidéticas. *(N. del T.)*

alforja, repleta por un extremo y casi vacía por el otro, hacia el diván. A partir de entonces pareció desinteresarse por todo lo que ocurría a su alrededor y se dedicó a jugar con el perro.

—Crántor usa las palabras para criticarlas —dijo Espeusipo—. Como veis, él mismo se desmiente mientras habla.

—A mí me ha hecho gracia lo del libro que reuniera todos nuestros pensamientos —comentó Filotexto desde las sombras—. ¿Podría crearse un libro semejante?

Platón lanzó una breve carcajada.

—¡Bien se nota que eres escritor y no filósofo! Yo también escribí en otros tiempos... Por eso distingo claramente una cosa de otra.

—Quizás ambas sean lo mismo —replicó Filotexto—: Yo invento personajes y tú verdades. Pero no quiero desviarme del tema. Hablaba de un libro que reflejara nuestro modo de pensar... o nuestro conocimiento de las cosas y los seres. ¿Sería posible escribirlo?

Calicles, un joven geómetra cuyo único —pero notorio— defecto consistía en moverse desgarbadamente, como si sus extremidades estuvieran desarticuladas, pidió excusas en ese momento, se levantó y desplazó el juego de huesos de su cuerpo hacia las sombras. Diágoras echó en falta a Antiso, que era el copero principal. ¿Dónde estaría? Heracles tampoco había regresado.

Tras una pausa, Platón objetó:

—Ese libro del que hablas, Filotexto, no puede ser escrito.

—¿Por qué?

—Porque es imposible —repuso Platón tranquilamente.

—Explícate, por favor —pidió Filotexto.

Atusándose la grisácea barba con lentitud, Platón dijo:

—Desde hace bastante tiempo, los miembros de esta Academia sabemos que el conocimiento de cualquier objeto contiene cinco niveles o elementos: el nombre del objeto, la definición, la imagen, la discusión intelectual y el Objeto en sí, que es la verdadera meta del conocimiento. Pero la escritura llega tan sólo a los dos primeros: el nombre y la definición. La palabra escrita no es una imagen, y por ello es incapaz de alcanzar el tercer elemento. Y la palabra escrita no piensa, y tampoco puede acceder al elemento de la discusión intelectual. Mucho menos, desde luego, sería posible alcanzar con ella el último de todos, la Idea en sí. De este modo, un libro que describiera nuestro conocimiento de las cosas sería imposible de escribir.

Filotexto permaneció un instante pensativo. Entonces dijo:

—Si no te importa, ofréceme un ejemplo de cada uno de esos elementos, para que yo pueda entenderlos.

Espeusipo intervino enseguida, como si la tarea de poner ejemplos no fuera cometido de Platón.

—Es muy sencillo, Filotexto. El primer elemento es el nombre, y podría ser cualquier nombre. Por ejemplo: «libro», «casa», «cenáculo»... El segundo elemento es la definición, y son las frases que hablan de esos nombres. En el ejemplo de «libro», una definición sería: «El libro es un papiro escrito que forma un texto completo». La literatura, como es obvio, sólo puede abarcar nombres y definiciones. El tercer elemento es la imagen, la visión que cada uno de nosotros se forma en la cabeza cuando pensamos en algo. Por ejemplo, al pensar en un libro yo veo un rollo de papiro extendido sobre la mesa... El cuarto elemento, el intelecto, es justo lo que estamos haciendo ahora: discutir, usando nuestra inteligencia, acerca de cualquier tema. En nuestro ejemplo, consistiría en hablar del libro: su origen, su propósito... Y el quinto y último elemento es la Idea en sí, esto es, el verdadero objeto del conocimiento. En el ejemplo del libro, sería el Libro en sí, el libro ideal, superior a todos los libros del mundo...

—Es por eso que nosotros consideramos la palabra escrita como algo muy imperfecto, Filotexto —dijo Platón—, y conste que con ello no queremos menospreciar a los escritores... —se escucharon risas discretas. Platón añadió—: En todo caso, creo que ya comprendes por qué un libro de tales características sería imposible de crear...

Filotexto parecía pensativo. Tras una pausa dijo, con su trémula vocecilla:

—¿Nos apostamos algo?

Las carcajadas, ahora, fueron unánimes.

Diágoras, a quien la discusión empezaba a parecer estúpida, se removió en el diván con inquietud. ¿Dónde se habrían metido Heracles y Antiso? Al fin, con gran alivio, distinguió la obesa silueta del Descifrador regresando desde la oscuridad de la cocina. Su rostro, como de costumbre, permanecía inexpresivo. ¿Qué habría sucedido?

Heracles ni siquiera volvió a su diván. Agradeció la cena que le habían ofrecido, pero adujo que ciertos negocios lo reclamaban en Atenas. Los mentores lo despidieron rápida y cordialmente, y Diágoras lo acompañó hasta la salida.

—¿Dónde estabas? —le preguntó cuando se aseguró de que nadie podía oírlos.

—Mi investigación se halla a punto de concluir. Sólo falta el paso definitivo. Pero ya lo tenemos.

—¿A Menecmo? —Diágoras, nervioso, se percató de que aún sostenía la copa de vino en la mano—. ¿Es Menecmo? ¿Puedo hacer una acusación pública contra él?

—Aún no. Mañana se decidirá todo.

—¿Y Antiso?

—Se ha ido. Pero no te preocupes: será vigilado esta noche —sonrió Heracles—. Ahora debo marcharme. Y tranquilízate, buen Diágoras: mañana sabrás la verdad.*

* Me he dado cuenta de que aún no he narrado cómo he llegado a parar a esta celda. Si es verdad que estas notas me han de servir para no enloquecer, quizá sea bueno contar todo lo que recuerdo sobre lo sucedido como si me dirigiera a un futuro e improbable lector. Permíteme, lector, esta nueva interrupción. Sé que te interesa mucho más continuar con la obra que escuchar mis desgracias, pero recuerda que, por muy marginal que me veas aquí abajo, me debes un poco de atención en agradecimiento a mi fructífera labor, sin la cual no podrías disfrutar de la mencionada obra que tanto te agrada. Así pues, léeme con paciencia.

Se recordará que la noche en que terminé de traducir el capítulo anterior me propuse atrapar a mi desconocido visitante, el misterioso falsificador del texto en el que trabajo. Con este propósito, apagué las luces de la casa y fingí acostarme, pero lo que en realidad hice fue permanecer al acecho en el salón, oculto tras una puerta, aguardando su «visita». Cuando me hallaba casi seguro de que esa noche ya no vendría, escuché un ruido.

Me asomé por la puerta entornada, y sólo tuve oportunidad de distinguir una sombra abalanzándose sobre mí. Desperté con un gran dolor de cabeza, y me vi encerrado entre estas cuatro paredes. En cuanto a la celda, ya la he descrito, y remito al lector interesado a una nota previa. Sobre la mesa se encontraban el texto de Montalo y mi propia traducción, que finaliza en el capítulo sexto. Sobre esta última, una nota escrita en una hoja aparte con fina caligrafía: «NO TE INTERESA SABER QUIÉN SOY. LLÁMAME "QUIENSEA". PERO SI DE VERDAD TE INTERESA SALIR DE AQUÍ, CONTINÚA TRADUCIENDO. CUANDO TERMINES, QUEDARÁS EN LIBERTAD». Hasta ahora, éste es el único contacto que he tenido con mi anónimo secuestrador. Bueno, éste y su voz asexuada, que escucho de vez en cuando a través de la puerta de la celda, ordenándome: «¡Traduce!». Y eso es lo que hago. *(N. del T.)*

VIII

Me había dormido sobre la mesa (no es la primera vez que me ocurre desde que estoy aquí), pero desperté de inmediato al oír aquel ruido. Me incorporé con densa lentitud y me palpé la mejilla derecha, que había soportado todo el peso de la cabeza aplastada sobre los brazos. Moví los músculos del rostro. Me limpié un débil rastro de saliva. Al levantar los codos, arrastré algunos papeles con el final de la traducción del capítulo séptimo. Me froté los ojos y miré a mi alrededor: nada parecía haber cambiado. Me encontraba en la misma habitación rectangular, sentado ante el escritorio, aislado en el charco de luz de la lámpara. Sentía hambre, pero eso tampoco era una novedad. Entonces examiné las sombras y supe que, en realidad, *algo sí* había cambiado.

Heracles Póntor, de pie en la oscuridad, me contemplaba con sus apacibles ojos grises. Murmuré:

—¿Qué haces aquí?

—Andas metido en un buen lío —dijo. Su voz era la misma que yo había imaginado al leerlo. Pero esto lo pensé después.

—Tú eres un personaje de la obra —protesté.

—Y esto *es* la obra —replicó el Descifrador de Enigmas—. Es obvio que formas parte de ella. Pero necesitas ayuda, y por eso he venido. Razonemos: has sido secuestrado para traducir esto, aunque nadie te garantiza que vayas a recobrar la libertad cuando termines. Ahora bien, a tu carcelero le interesa mucho la traducción, no lo olvides. Sólo tienes que descubrir el motivo. Es importante que descubras por qué quiere que traduzcas *La caverna de las ideas.* Cuando lo sepas, podrás efectuar un canje: tú deseas la libertad, él desea *algo.* Ambos podéis obtener lo que deseáis, ¿no crees?

—¡El hombre que me ha secuestrado no desea nada! —gemí—. ¡Está loco!

Heracles meneó su robusta cabeza.

—¿Y qué más da? No te preocupes ahora por su grado de cordura sino por sus intereses. ¿Por qué es *tan* importante para él que traduzcas esta obra?

Medité un instante.

—Porque contiene un secreto.

Por la expresión de su rostro deduje que no era ésa la respuesta que esperaba. Sin embargo, dijo:

—¡Muy bien! Ésa es una razón obvia. Toda pregunta obvia debe tener una respuesta obvia. *Porque contiene un secreto.* Por lo tanto, si pudieras averiguar *qué* secreto contiene, estarías en disposición de ofrecerle un trato, ¿no? «Conozco el secreto», le dirías, «pero no hablaré, a menos que me dejes salir de aquí.» Es una buena idea.

Esto último lo había dicho en tono alentador, como si no estuviera seguro de que fuese una idea tan buena pero deseara infundirme ánimos.

—Realmente he descubierto algo —dije—: Los Trabajos de Hércules, una muchacha con un lirio que...

—Eso no significa nada —me interrumpió con un gesto impaciente—. ¡Son simples imágenes! Para ti, pueden ser los Trabajos de Hércules o una muchacha con un lirio, pero para otro lector serán cualquier otra cosa, ¿no comprendes? ¡Las imágenes varían, son imperfectas! ¡Has de encontrar una idea final que sea *igual* para todos los lectores! Debes preguntarte: ¿cuál es la *clave*? ¡Tiene que haber un sentido oculto!...

Balbucí torpes palabras. Heracles me contempló con curiosa frialdad. Después dijo:

—Bah, ¿por qué lloras? ¡No es momento para desanimarse sino para trabajar! Busca la idea principal. Usa mi lógica: ya me conoces y sabes cómo razono. ¡Indaga en las palabras! ¡Tiene que haber algo!... *¡Algo!*

Me incliné sobre los papeles con los ojos aún húmedos. Pero de repente me pareció mucho más importante preguntarle cómo había logrado salir del libro y aparecer en mi celda. Me interrumpió con un gesto imperioso.

—Fin del capítulo —dijo.*

* He resistido la imperiosa tentación de destruir este falso capítulo octavo que mi secuestrador, sin duda, ha deslizado en la obra. En lo único que ha acertado este hijo de perra es en el llanto: últimamente lloro con mucha frecuencia. Es una de mis formas de medir el tiempo. Pero si Quiensea cree que con estas hojas intercaladas va a volverme loco, está muy equivocado. Ahora sé para qué las utiliza: son mensajes, instrucciones, órdenes, amenazas... Ni siquiera le importa ya disimular su origen espurio. La sensación de *leerme* en primera persona ha sido nauseabunda. Para librarme de ella, he intentado pensar en las cosas que *yo habría dicho* realmente. No creo que hubiese «gemido», como afirma el texto. Sospecho que habría hecho muchas más preguntas que esta patética creación suya con la que intenta imitarme. Ahora bien, en lo del llanto ha acertado plenamente. Comienzo la traducción de lo que imagino que es el verdadero capítulo octavo. *(N. del T.)*

VIII*

Los días finales de las fiestas Leneas entorpecían el ritmo normal de la Ciudad.

Aquella soleada mañana, una densa hilera de carretas de mercaderes bloqueaba la Puerta de Dipilon; escuchábanse insultos y órdenes, pero no por ello los movimientos dejaban de ser tardos. En la Puerta del Pireo, los pasos eran aún mucho más morosos y una vuelta completa de rueda de carro podía demorar un cuarto de clepsidra. Los esclavos, transportando ánforas, mensajes, haces de leña o sacos de trigo, se gritaban unos a otros por las calles, exigiendo vía libre. La gente se levantaba a deshora, y la Asamblea en el Dioniso Eleútero se retrasaba. Como no habían venido todos los prítanos, no podía pasarse a la votación. Los discursos languidecían, y el escaso público dormitaba sobre las gradas. Oigamos ahora a Janócrates. Y Janócrates —dueño de importantes fincas en las afueras de la Ciudad— desplazaba su ostentosa anatomía con torcido paso hasta el podio de oradores y comenzaba una lenta declamación que a nadie importaba. En los templos, los sacrificios deteníanse por la ausencia de sacerdotes, que se hallaban ocupados en preparar las últimas procesiones. En el Monumento a los Héroes

* ¡Voy muy lento! ¡Muy lento! ¡Muy LENTO! Tengo que traducir más rápido si quiero salir de aquí. *(N. del T.)*

Epónimos, las cabezas se inclinaban con desgana para leer los bandos y las nuevas disposiciones. La situación en Tebas se hallaba estacionaria. Se esperaba el regreso de Pelópidas, el general cadmeo exiliado. Agesilao, el rey espartano, era rechazado por casi toda la Hélade. Ciudadanos: nuestro apoyo político a Tebas es crucial para la estabilidad de... Pero, a juzgar por la expresión cansada de los que leían, nadie parecía opinar que hubiera algo «crucial» en aquel momento.

Dos hombres, que contemplaban absortos una de las tablillas, se dirigían pausadas palabras:

—Mira, Ánfico, aquí dice que la patrulla destinada a exterminar a los lobos del Licabeto aún no está completa: siguen necesitando voluntarios...

—Somos más lentos y torpes que los espartanos...

—Es la molicie de la paz: ya ni siquiera nos apetece alistarnos para matar lobos...

Otro hombre contemplaba las tablillas con el mismo embrutecido interés que los demás. Por la expresión neutra de su rostro, adosado a una esférica y calva cabeza, hubiérase dicho que sus pensamientos eran torpes o avanzaban despaciosos. Lo que le ocurría, sin embargo, era que apenas había descansado en toda la noche. «Ya es hora de visitar al Descifrador», pensó. Se alejó del Monumento y encauzó sus pasos lentamente hacia el barrio Escambónidai.

¿Qué ocurría con el día?, se preguntó Diágoras. ¿Por qué parecía que todo se arrastraba a su alrededor con torpe y melífera lentitud?* El carro del sol estaba

* ¡Es la eidesis, idiota, la eidesis, la EIDESIS! La eidesis lo modifica todo, se introduce en todo, influye en todo: ahora es la idea de «lentitud», que oculta, a su vez, otra idea... *(N. del T.)*

paralizado en el labrantío del cielo; el tiempo parecía hidromiel espesa; era como si las diosas de la Noche, la Aurora y la Mañana se hubieran negado a transcurrir y permaneciesen quietas y unidas, fundiendo oscuridad y luz en un atascado color grisáceo. Diágoras se sentía lento y confuso, pero la ansiedad lo mantenía enérgico. La ansiedad era como un peso en el estómago, despuntaba en el lento sudor de sus manos, lo azuzaba como el tábano del ganado, obligándolo a avanzar sin pensar.

El trayecto hasta la casa de Heracles Póntor le pareció interminable como el recorrido de Maratón. El jardín había enmudecido: sólo la lenta cantilena de un cuco adornaba el silencio. Llamó a la puerta con fuertes golpes, aguardó, escuchó unos pasos y, cuando la puerta se abrió, dijo:

—Quiero ver a Heracles Po...

La muchacha no era Pónsica. Su pelo, rizado y revuelto, se hallaba flotando libremente sobre la angulosa piel de su cabeza. No era hermosa, no exactamente hermosa, pero sí rara, misteriosa, desafiante como un jeroglífico en una piedra: ojos claros como el cuarzo, que no parpadeaban; labios gruesos; un cuello delgado. El peplo apenas formaba *colpos* sobre su busto prominente y... ¡Por Zeus, ahora recordaba quién era ella!

—Pasa, pasa, Diágoras —dijo Heracles Póntor asomando su cabeza por detrás del hombro de la muchacha—. Estaba esperando a otra persona, y por eso...

—No quisiera molestarte... si estás ocupado —los ojos de Diágoras se dirigían alternativamente a Heracles y a la muchacha, como si esperasen una respuesta por parte de ambos.

—No me molestas. Vamos, entra —hubo un instante de torpe lentitud: la muchacha se hizo a un lado en silencio; Heracles la señaló—. Ya conoces a Yasintra... Ven. Hablaremos mejor en la terraza del huerto.

Diágoras siguió al Descifrador a través de los oscuros pasillos; *sintió* —no quiso volver la cabeza— que *ella* no venía detrás, y respiró aliviado. Afuera, la luz del día regresó con cegadora potencia. Hacía calor, pero no molestaba. Entre los manzanos, inclinada sobre el brocal de un pozo de piedra blanca, se hallaba Pónsica afanándose en sacar agua con un pesado cubo; sus gemidos de esfuerzo resonaban como débiles ecos a través de la máscara. Heracles condujo a Diágoras hasta el borde del muro del soportal, y lo invitó a sentarse. El Descifrador se hallaba contento, incluso entusiasmado: se frotaba las gruesas manos, sonreía, sus mofletudas mejillas enrojecían —¡enrojecían!—, su mirada poseía un novedoso destello pícaro que asombraba al filósofo.

—¡Ah, esa muchacha me ha ayudado mucho, aunque no te lo creas!

—Claro que me lo creo.

Heracles pareció sorprendido al comprender las sospechas de Diágoras.

—No es lo que imaginas, buen Diágoras, por favor... Permíteme contarte lo que ocurrió anoche, cuando regresé a casa tras haber completado satisfactoriamente todo mi trabajo...

Las coruscas sandalias de Selene ya habían llevado a la diosa más allá de la mitad del surco celeste que labraba todas las noches, cuando Heracles llegó a su casa y penetró en la oscuridad familiar de su jardín, bajo la espesura de las hojas de los árboles, que, plateadas por los efluvios fríos de la luna, se meneaban en silencio sin perturbar el tenue descanso de las ateridas avecillas que dormitaban en las pesadas ramas, congregadas en los densos nidos...*

Entonces la vio: una sombra erguida entre los árboles, forjada en relieve por la luna. Se detuvo bruscamente. Lamentó no tener la costumbre (en su oficio a veces era necesario) de llevar una daga bajo el manto.

Pero la silueta no se movía: era un volumen piramidal oscuro, de base amplia y quieta y cúspide redonda florecida de cabellos bordados en gris brillante.

—¿Quién eres? —preguntó él.

—Yo.

Una voz de hombre joven, quizá de efebo. Pero sus matices... La había escuchado antes, de eso estaba seguro. La silueta dio un paso hacia él.

—¿Quién es «yo»?

—Yo.

—¿A quién buscas?

—A ti.

—Acércate más, para que pueda verte.

—No.

Él se sintió incómodo: le pareció que el desconocido tenía miedo y, al mismo tiempo, no lo tenía; que era peligroso y, a la vez, inocuo. Razonó de inmediato que tal oposición de cualidades era propia de una mujer. Pero... ¿quién? Pudo advertir, de reojo, que un grupo de antor-

* Lo siento, pero no lo soporto. La eidesis se ha infiltrado también en las descripciones, y el encuentro de Heracles con Yasintra está narrado con exasperante lentitud. Abusando de mi privilegio de traductor, intentaré condensarlo para ir más rápido, limitándome a narrar lo esencial. *(N. del T.)*

chas se aproximaba por la calle; sus integrantes cantaban con voces desafinadas. Quizás eran los supervivientes de alguna de las últimas procesiones leneas, pues éstos, en ocasiones, regresaban a sus casas contagiados por las canciones que habían escuchado o entonado durante el ritual, impelidos por la anárquica voluntad del vino.

—¿Te conozco?

—Sí. No —dijo la silueta.

Aquella enigmática respuesta fue —paradójicamente— la que le reveló por fin su identidad.

—¿Yasintra?

La silueta demoró un poco en responder. Las antorchas se acercaban, en efecto, pero no parecieron moverse durante todo aquel intervalo.

—Sí.

—¿Qué quieres?

—Ayuda.

Heracles decidió acercarse, y su pie derecho avanzó un paso. El canto de los grillos pareció desfallecer. Las llamas de las antorchas se movieron con la desidia de pesadas cortinas agitadas por la trémula mano de un viejo. El pie izquierdo de Heracles recorrió otro eleático segmento. Los grillos reanudaron su canto. Las llamas de las antorchas mudaron imperceptiblemente de forma, como nubes. Heracles alzó el pie derecho. Los grillos enmudecieron. Las llamas rampaban, petrificadas. El pie descendió. Ya no existían sonidos. Las llamas estaban quietas. El pie se hallaba detenido sobre la hierba...*

* Aquí me detengo yo. El resto del larguísimo párrafo es una agobiante descripción de cada uno de los pasos de Heracles acercándose a Yasintra: sin embargo, paradójicamente, el

Diágoras tenía la impresión de haber estado escuchando a Heracles durante largo tiempo.

—Le he ofrecido mi hospitalidad y he prometido ayudarla —explicaba Heracles—. Está asustada, pues la han amenazado recientemente, y no sabía a quién acudir: nuestras leyes no son benévolas con las mujeres de su profesión, ya sabes.

—Pero ¿quiénes la han amenazado?

—Los mismos que la amenazaron antes de que habláramos con ella, por eso huyó cuando nos vio. Pero no te impacientes, pues voy a explicártelo todo. Creo que disponemos de algún tiempo, porque ahora el asunto consiste en aguardar las noticias... ¡Ah, estos últimos momentos de la resolución del enigma constituyen un placer especial para mí! ¿Quieres una copa de vino no mezclado?

—Esta vez, sí —murmuró Diágoras.

Cuando Pónsica se marchó después de dejar sobre el muro del soportal una pesada bandeja con dos copas y una crátera de vino no mezclado, Heracles dijo:

Descifrador nunca llega a alcanzarla —lo que recuerda al «Aquiles nunca alcanzará a la tortuga» de Zenón de Elea (de ahí la expresión «eleático segmento»)—. Todo esto sugiere, junto a la frecuencia con que se repiten términos como «lento», «pesado» o «torpe» y las metáforas sobre labranza, el Trabajo de los Bueyes de Geriones, el lento ganado que Hércules debe robarle al monstruo del mismo nombre. El «torcido paso» que se menciona a veces es homérico, pues los bueyes, para el autor de la *Ilíada*, son animales de «torcido paso»... Y hablando de pesadez y lentitud, debo anotar aquí que por fin he podido hacer mis necesidades completas, lo cual me ha puesto de buen humor. Quizás el cese de mi estreñimiento sea señal de buen augurio, de rapidez y de obtención de metas. *(N. del T.)*

—Escucha sin interrumpirme, Diágoras: las explicaciones tardarán más si me distraigo.

Y empezó a hablar mientras se desplazaba de un lugar a otro del porche con lentos y torcidos pasos, dirigiéndose ora a las paredes, ora al reluciente huerto, como si estuviera ensayando un discurso destinado a la Asamblea. Sus obesas manos envolvían las palabras en morosos ademanes.*

Trámaco, Antiso y Eunío conocen a Menecmo. ¿Cuándo? ¿Dónde? No se sabe, pero tampoco importa. Lo cierto es que Menecmo les ofrece posar como modelos para sus esculturas e intervenir en sus obras de teatro. Pero, además, se enamora de ellos y los invita a participar en sus fiestas licenciosas con otros efebos.** Sin embargo, prodiga más atenciones a Antiso que a los otros dos. Éstos empiezan a sentir celos, y Trámaco amenaza a Menecmo con contarlo todo si el escultor no reparte su cariño de forma más equitativa.*** Menecmo se asusta, y arregla una cita con Trámaco en el bosque. Trámaco finge que se marcha a cazar, pero en realidad se dirige al lugar convenido y

* La densa explicación que Heracles Póntor ofrece del misterio constituye otro refuerzo de la eidesis, pues el Descifrador, de ordinario tan parco, se extiende aquí en largas y bizarras digresiones que avanzan con la lentitud de los bueyes geriónicos. He decidido elaborar una versión resumida. Anotaré, cuando me parezca oportuno, algunos comentarios originales. *(N. del T.)*

** «Podemos imaginar sus risas nocturnas», dice Heracles, «los sutiles contoneos frente al lento cincel de Menecmo, las espaciosas travesuras del amor, los núbiles cuerpos enrojecidos por las antorchas...» *(N. del T.)*

*** «Y, tras el hechizante sorbo de vino del placer, el agrio poso de las discusiones», dice Heracles. *(N. del T.)*

discute con el escultor. Éste, bien premeditadamente, bien en un momento de ofuscación, le golpea hasta dejarlo muerto o inconsciente y abandona su cuerpo para que las alimañas lo devoren. Antiso y Eunío se atemorizan al saber la noticia, y, una noche, confrontan a Menecmo y le piden explicaciones. Menecmo confiesa el crimen con frialdad, quizá para amenazarles, y Antiso decide huir de Atenas so pretexto de su reclutamiento. Eunío, que no puede escapar del dominio de Menecmo, se asusta y quiere delatarle, pero el escultor también lo liquida. Antiso lo presencia todo. Menecmo, entonces, decide acuchillar salvajemente el cadáver de Eunío, y después lo rocía de vino y lo viste de muchacha, con el fin de hacer creer que se trata de un acto de locura del ebrio adolescente.* Y eso es todo.**

—Todo esto que te he contado, buen Diágoras, fueron mis deducciones hasta el momento inmediatamente posterior a nuestra entrevista con Menecmo.

* «¡Observa la astucia de Menecmo», advierte Heracles. «No en vano es un artista: sabe que el aspecto, la apariencia, es un cordial de poderoso efecto. Cuando vimos a Eunío apestando a vino y vestido de mujer, nuestro primer pensamiento fue: "Un joven que se emborracha y se disfraza así es capaz de cualquier cosa". ¡He aquí la trampa: los hábitos de nuestro juicio moral niegan por completo las evidencias de nuestro juicio racional!» *(N. del T.)*

** «¿Y el lirio?», objeta Diágoras entonces. Heracles se molesta con la interrupción, y afirma: «Un detalle poético, tan sólo. Menecmo es un artista». Pero lo que Heracles no sabe es que el lirio no es un detalle «poético» sino eidético, y, por tanto, inaccesible a su razonamiento como personaje. El lirio es una pista para el lector, no para Heracles. Prosigo ahora con el diálogo normal. *(N. del T.)*

Yo estaba casi convencido de su culpabilidad, pero ¿cómo asegurarme? Entonces pensé en Antiso: era el punto débil de aquella rama, proclive a quebrarse ante la más ligera presión... Elaboré un sencillo plan: durante la cena en la Academia, mientras todos perdíais el tiempo hablando de filosofía poética, yo espiaba a nuestro bello copero. Como sabes, los coperos sirven a cada invitado según un orden predeterminado. Cuando estuve seguro de que Antiso se acercaría a mi diván para servirme, saqué un pequeño trozo de papiro del manto y se lo entregué sin decirle nada, pero con un gesto más que significativo. Había escrito: «Lo sé todo sobre la muerte de Eunío. Si no te interesa que hable, no regreses para servirle al siguiente comensal: aguarda un instante en la cocina, a solas».

—¿Cómo estabas tan seguro de que Antiso había presenciado la muerte de Eunío?

Heracles pareció muy complacido de repente, como si ésa fuera la pregunta que esperaba. Entrecerró los ojos al tiempo que sonreía y dijo:

—¡No estaba seguro! Mi mensaje era un cebo, pero Antiso lo mordió. Cuando vi que se retrasaba en servirle al siguiente... a ese compañero tuyo que se mueve como si sus huesos fueran juncos en un río...

—Calicles —asintió Diágoras—. Sí: ahora recuerdo que se ausentó un momento...

—Así es. Acudió a la cocina, intrigado porque Antiso no le atendía. Estuvo a punto de sorprendernos, pero, afortunadamente, ya habíamos terminado de hablar. Pues bien, como te decía, cuando observé que Antiso no regresaba, me levanté y fui a la cocina...

Heracles se frotó las manos con lento placer. Enarcó una de sus grises cejas.

—¡Ah, Diágoras! ¿Qué puedo contarte sobre esta astuta y bella criatura? ¡Te aseguro que tu discípulo podría darnos lecciones a ambos en más de un aspecto! Me aguardaba en un rincón, trémulo, los ojos brillantes y grandes. En su pecho temblaba la guirnalda de flores con los jadeos. Me indicó con gestos apresurados que lo siguiese, y me llevó a una pequeña despensa, donde pudimos hablar a solas. Lo primero que me dijo fue: «¡Yo no lo hice, os lo juro por los dioses sagrados del hogar! ¡Yo no maté a Eunío! ¡Fue él!». Logré que me contara lo que sabía haciéndole creer que yo lo sabía ya, y de hecho así era, pues sus respuestas confirmaron punto por punto mis teorías. Al terminar, me pidió, me rogó, con lágrimas en los ojos, que no revelase nada. No le importaba lo que le ocurriera a Menecmo, pero él no deseaba verse involucrado: había que pensar en su familia... en la Academia... En fin, sería terrible. Le dije que no sabía hasta qué punto podría obedecerle en eso. Entonces se acercó a mí con jadeante provocación, bajando los ojos. Me habló en susurros. Sus palabras, sus frases, se hicieron deliberadamente lentas. Me prometió muchos favores, pues (me dijo) él sabía ser amable con los hombres. Le sonreí con calma y le dije: «Antiso, no es preciso llegar a esto». Por toda respuesta, se arrancó con dos rápidos movimientos las fíbulas de su *jitón* y dejó caer la prenda hasta los tobillos... He dicho «rápidos», pero a mí me parecieron muy lentos... De repente comprendí cómo ese muchacho puede desatar pasiones y hacer perder el juicio a los más sensatos. Sentí su perfumado aliento en mi rostro y me aparté. Le dije: «Antiso, veo aquí dos problemas bien distintos: por una parte, tu increíble belleza; por otra, mi deber de hacer justicia. La razón nos dicta que admiremos la primera y cumplamos con el segundo, y no al revés. No mezcles, pues, tu admirable belleza con el cumplimiento de mi deber». Él no dijo ni hizo nada, sólo me miró. No sé cuánto tiempo estuvo mirándome así, de pie, vestido únicamente con la corona de hiedra y la guirnalda de flores que colgaba de sus hombros, inmóvil, en silencio. La luz de la despensa era muy tenue, pero pude advertir una expresión de burla en su precioso rostro. Creo que quería demostrarme hasta qué punto era consciente del poder que ejercía sobre mí, a pesar de mi rechazo... Este muchacho es un terrible tirano de los hombres, y lo sabe. Entonces ambos escuchamos que alguien lo llamaba: era tu compañero. Antiso se vistió sin apresurarse, como si se deleitara con la posibilidad de ser sorprendido de aquella guisa, y salió de la despensa. Yo regresé después.

Heracles bebió un sorbo de vino. Su rostro había enrojecido levemente. El de Diágoras, por el contrario, se hallaba pálido como un cuarzo. El Descifrador hizo un gesto ambiguo y dijo:

—No te culpes. Fue Menecmo, sin duda, quien los corrompió.

Diágoras replicó, en tono neutro:

—No me parece mal que Antiso se entregara a ti de este modo, ni siquiera a Menecmo, o a cualquier otro hombre. Al fin y al cabo, ¿hay algo más delicioso que el amor de un efebo? Lo terrible nunca es el amor, sino los motivos del amor. Amar por el simple hecho del placer físico es detestable; amar para comprar tu silencio, también.

Sus ojos se humedecieron. Su voz se hizo lánguida como un atardecer al añadir:

—El verdadero amante ni siquiera necesita tocar al amado: sólo con mirarlo le basta para sentirse feliz y alcanzar la sabiduría y la perfección de su alma. Compadezco a Antiso y a Menecmo, porque desconocen la incomparable belleza del verdadero amor —lanzó un suspiro y agregó—: Pero dejemos el tema. ¿Qué vamos a hacer ahora?

Heracles, que había estado observando al filósofo con curiosidad, demoró en responder.

—Como dicen los jugadores de tabas: «A partir de ahora, las tiradas han de ser buenas». Ya tenemos a los culpables, Diágoras, pero sería un error apresurarnos, pues ¿cómo sabemos que Antiso nos ha contado toda la verdad? Te aseguro que este jovencito hechicero es tan astuto como el propio Menecmo, si no más. Por otra parte, seguimos necesitando una confesión pública o una prueba para acusar directamente a Menecmo, o a ambos. Pero hemos dado un paso importante: Antiso está muy asustado, y eso nos beneficia. ¿Qué hará? Sin duda, lo más lógico: alertar a su amigo para que huya. Si Menecmo abandona la Ciudad, de nada nos servirá acusar públicamente a Antiso. Y estoy seguro de que el propio Menecmo prefiere el exilio a la sentencia de muerte...

—Pero entonces... ¡Menecmo escapará!

Heracles movió la cabeza con lentitud mientras sonreía astutamente.

—No, buen Diágoras: Antiso está vigilado. Eumarco, su antiguo pedagogo, sigue sus pasos todas las noches por orden mía. Anoche, al salir de la Academia, busqué a Eumarco y le di instrucciones. Si Antiso visita a Menecmo, nosotros lo sabremos. Y si es necesario, dispondré que otro esclavo vigile el taller. Ni Menecmo ni Antiso podrán hacer el menor movimiento sin que lo sepamos. Quiero que tengan tiempo de desanimarse, de sentirse acorralados. Si uno de los dos decide acusar al otro públicamente para intentar salvarse, el problema quedará resuelto de la manera más cómoda. Si no...

Enarboló uno de sus gruesos dedos índices para señalar las paredes de su casa con lentos ademanes.

—Si no se delatan, utilizaremos a la hetaira.

—¿A Yasintra? ¿Cómo?

Heracles dirigió el mismo índice hacia arriba, puntualizando sus palabras.

—¡La hetaira fue el otro *gran error* de Menecmo! Trámaco, que se había enamorado de ella, le había contado en detalle las relaciones que mantenía con el escultor, admitiendo que su persona le inspiraba, a la vez, sentimientos de amor y de miedo. Y los días previos a su muerte, tu discípulo le reveló que estaba dispuesto a cualquier cosa, incluso a contarle a su familia y a sus mentores lo de las diversiones nocturnas, con tal de verse libre de la dañina influencia de Menecmo. Pero añadió que temía la venganza del escultor, pues éste le había asegurado que lo *mataría* si hablaba. No sabemos cómo Menecmo se enteró de la existencia de Yasintra, pero podemos conjeturar que Trámaco la delató durante un momento de despecho. El escultor supo de inmediato que ella podía representar un problema y envió a un par de esclavos al Pireo para amenazarla, por si acaso se le ocurría hablar. Pero después de nuestra conversación con Menecmo, éste, nervioso, creyó que la hetaira lo había traicionado, y la volvió a amenazar de muerte. Fue entonces cuando Yasintra supo quién era yo, y anoche, asustada, vino a pedirme ayuda.

—Por tanto, ella es ahora nuestra única prueba...

Heracles asintió abriendo mucho los ojos, como si Diágoras hubiera dicho algo extraordinariamente asombroso.

—Eso es. Si nuestros dos astutos criminales no quieren hablar, los acusaremos públicamente basándonos en los testimonios de Yasintra. Ya sé que la palabra de una cortesana no vale nada frente a la de un ciudadano libre, pero la acusación le soltará la lengua a Antiso, probablemente, o quizás al propio Menecmo.

Diágoras parpadeó al dirigir la vista hacia el huerto destellante de sol. Cerca del pozo, con mansa indolencia, pacía una inmensa vaca blanca.* Heracles, muy animado, dijo:

—De un momento a otro llegará Eumarco con noticias. Entonces sabremos qué se proponen hacer estos truhanes, y actuaremos en consecuencia...

Tomó otro sorbo de vino y lo paladeó con lenta satisfacción. Quizá se sintió incómodo al intuir que Diágoras no participaba de su optimismo, porque de repente cambió el tono de voz para decir, con cierta brusquedad:

—Bien, ¿qué te parece? ¡Tu Descifrador ha resuelto el enigma!

Diágoras, que seguía contemplando el huerto más allá del pacífico rumiar de la vaca, dijo:

—No.

—¿Qué?

Diágoras meneaba la cabeza en dirección hacia el huerto, de modo que parecía dirigirse a la vaca.

—No, Descifrador, no. Lo recuerdo bien; lo vi en

* Un refuerzo de la eidesis, como en capítulos precedentes, para acentuar la imagen de los Bueyes de Geriones. *(N. del T.)*

sus ojos: Trámaco no estaba simplemente preocupado sino *aterrorizado.* Pretendes hacerme creer que iba a contarme sus juegos licenciosos con Menecmo, pero... No. Su secreto era mucho más espantoso.

Heracles meneó la cabeza con movimientos perezosos, como si reuniera paciencia para hablarle a un niño pequeño. Dijo:

—¡Trámaco tenía miedo de Menecmo! ¡Pensaba que el escultor iba a matarlo si él lo delataba! ¡Ése era el miedo que viste en sus ojos!...

—No —replicó Diágoras con infinita calma, como si el vino o el lánguido mediodía lo hubiesen adormecido.

Entonces, hablando con mucha lentitud, como si cada palabra perteneciera a otro lenguaje y fuese necesario pronunciarlas cuidadosamente para que pudieran ser traducidas, añadió:

—Trámaco estaba *aterrorizado...* Pero su terror quedaba más allá de lo comprensible... Era el Terror en sí, la Idea de Terror: algo que tu razón, Heracles, ni siquiera puede vislumbrar, porque no te asomaste a sus ojos como yo lo hice. Trámaco no tenía miedo de lo que Menecmo pudiera hacerle sino de... de algo mucho más pavoroso. Lo sé —y agregó—: No sé muy bien por qué lo sé. Pero lo sé.

Heracles preguntó, con desprecio:

—¿Intentas decirme que mi explicación no es correcta?

—La explicación que me has ofrecido es razonable. Muy razonable —Diágoras seguía contemplando el huerto donde rumiaba la vaca. Inspiró profundamente—. Pero no creo que sea la verdad.

—¿Es razonable y no es verdad? ¿Con qué me sales ahora, Diágoras de Medonte?

—No lo sé. Mi lógica me dice: «Heracles tiene razón», pero... Puede que tu amigo Crántor supiera explicarlo mejor que yo. Anoche, en la Academia, discutimos mucho sobre eso. Es posible que la Verdad no pueda ser razonada... Quiero decir... Si yo te dijera ahora algo absurdo, como por ejemplo: «Hay una vaca paciendo en tu huerto, Heracles», me considerarías loco. Pero ¿no podría ocurrir que, para alguien que no somos ni tú ni yo, tal afirmación fuera *verdad*? —Diágoras interrumpió la réplica de Heracles—. Ya sé que no es *racional* decir que hay una vaca en tu huerto porque no la hay, ni puede haberla. Pero ¿por qué la *verdad* ha de ser *racional*, Heracles? ¿No cabe la posibilidad de que existan... verdades irracionales?*

—¿Eso es lo que os ha contado Crántor ayer? —Heracles reprimía su cólera a duras penas—. ¡La filosofía acabará por volverte loco, Diágoras! Yo te hablo de cosas coherentes y lógicas, y tú... ¡El enigma de tu discípulo no es una teoría filosófica: es una cadena de sucesos racionales que...!

Se interrumpió al advertir que Diágoras volvía a menear la cabeza, sin mirarle, contemplando todavía el huerto vacío.**

* Claro está que la «vaca del huerto» —como la «bestia» del capítulo cuarto o las «serpientes» del segundo— es una presencia exclusivamente eidética, y por ende invisible para los protagonistas. Pero el autor la utiliza como argumento para apoyar las dudas de Diágoras: en efecto, para el *lector,* la afirmación es *verdad.* Me tiembla el pulso. Quizá sea de cansancio. *(N. del T.)*

** Una vez cumplida su función eidética, la imagen de la vaca desaparece incluso para el lector, y el huerto queda «vacío». Esto no es magia: es, simplemente, literatura. *(N. del T.)*

Diágoras dijo:

—Recuerdo una frase tuya: «Hay lugares extraños en esta vida que ni tú ni yo hemos visitado jamás». Es cierto... Vivimos en un mundo extraño, Heracles. Un mundo donde nada puede ser razonado ni comprendido del todo. Un mundo que, a veces, no sigue las leyes de la lógica sino las del sueño o la literatura... Sócrates, que era un gran razonador, solía afirmar que un *demon*, un espíritu, le inspiraba las verdades más profundas. Y Platón opina que la locura, en cierto modo, es una forma misteriosa de acceder al conocimiento. Eso es lo que me sucede ahora: mi *demon*, o mi locura, me dicen que tu explicación es falsa.

—¡Mi explicación es lógica!

—Pero falsa.

—¡Si mi explicación es falsa, entonces *todo es falso*!

—Es posible —admitió Diágoras con amargura—. Sí, quién sabe.

—¡Muy bien! —gruñó Heracles—. ¡Por mí puedes hundirte lentamente en la ciénaga de tu pesimismo filosófico, Diágoras! Voy a demostrarte que... Ah, golpes en la puerta. Es Eumarco, seguro. ¡Quédate ahí, contemplando el mundo de las Ideas, querido Diágoras! ¡Te serviré en bandeja la cabeza de Menecmo, y tú me pagarás por el trabajo!... ¡Pónsica, abre!...

Pero Pónsica ya había abierto, y en aquel momento el visitante entraba en el soportal.

Era Crántor.

—Oh Heracles Póntor, Descifrador de Enigmas, y tú, Diágoras, del *demo* de Medonte. Atenas está conmovida hasta sus cimientos, y todos los ciudadanos que aún poseen un resto de voz reclaman a gritos vuestra presencia en cierto lugar...

Sonriendo, hizo un gesto para tranquilizar a Cerbero, que se agitaba furibundo entre sus brazos. Después añadió, sin dejar de sonreír, como si se dispusiera a dar una buena noticia:

—Ha sucedido algo horrible.

Imponente, digna, la figura de Praxínoe parecía reflejar la luz que entraba en densas oleadas por las ventanas sin postigos del taller. Apartó con un suave gesto a uno de los hombres que lo acompañaban, y, al mismo tiempo, solicitó ayuda a otro con un nuevo movimiento. Se arrodilló. Permaneció así toda la eternidad de la expectación. Los curiosos imaginaban expresiones para su rostro: congoja, dolor, venganza, furia. Praxínoe los defraudó a todos manteniendo las facciones quietas. El suyo era un semblante provisto de recuerdos, casi todos agradables; las simétricas cejas negras contrastaban con la nívea barba. Nada parecía indicar que en aquel momento contemplaba el cuerpo mutilado de su hijo. Hubo un detalle: parpadeó, pero con increíble lentitud; mantuvo la mirada fija en un punto entre los dos cadáveres, y sus ojos comenzaron a hundirse a la inversa, en un lentísimo atardecer bajo las pestañas, hasta que sus órbitas se convirtieron en dos lunas menguantes. Después, los párpados volvieron a abrirse. Eso fue todo. Se incorporó, ayudado por los que lo rodeaban, y dijo:

—Los dioses te han llamado antes que a mí, hijo mío. Codiciosos de tu belleza, han querido retenerte, haciéndote inmortal.

Un murmullo de admiración celebró sus nobles y virtuosas palabras. Llegaron otros hombres: varios soldados, y alguien que parecía ser médico. Praxínoe levantó la vista, y el Tiempo, que se hallaba respetuosamente detenido, volvió a transcurrir.

—¿Quién ha hecho esto? —dijo. Su voz ya no era tan firme. Pronto, cuando nadie lo mirara, lloraría, quizá. La emoción se demoraba en acudir a su rostro.

Hubo una pausa, pero fue esa clase de momento en que las miradas se consultan para decidir quién intervendrá primero. Uno de los hombres que lo acompañaban dijo:

—Los vecinos escucharon gritos en el taller esta madrugada, pero pensaron que se trataba de otra de las fiestas de ese tal Menecmo...

—¡Vimos a Menecmo salir corriendo de aquí! —intervino alguien. Su voz y su aspecto descuidado contrastaban con la respetable dignidad de los hombres de Praxínoe.

—¿Tú lo viste? —preguntó Praxínoe.

—¡Sí! ¡Y también otros! ¡Entonces llamamos a los servidores de los *astínomos*!

El hombre parecía esperar alguna clase de recompensa por sus declaraciones. Praxínoe, sin embargo, lo ignoró. Alzó la voz una vez más para preguntar:

—¿Alguien puede decirme quién ha hecho esto?

Y pronunció «esto» como si se tratase de una acción impía, digna del acoso de las Furias, sacrílega, inconcebible. Todos los presentes bajaron los ojos. En el taller no se escuchaba ni el sonido de una mosca, a pesar de que había dos o tres trazando lentos círculos cerca del resplandor de las ventanas abiertas. Las estatuas, casi todas inacabadas, parecían contemplar a Praxínoe con rígida compasión.

El médico —una figura flaca y desgarbada, mucho más pálida que los propios cadáveres—, arrodillado, giraba la cabeza observando alternativamente los dos cuerpos; tocaba al viejo, e inmediatamente después al joven, como si quisiera compararlos entre sí, y murmuraba sus hallazgos con la perseverante lentitud de un niño que recitara las letras del alfabeto antes del examen. Un *astínomo* inclinado a su vera escuchaba y asentía con respetuosa aquiescencia.

Los cadáveres se hallaban frente a frente, tendidos de perfil en el suelo del taller sobre un majestuoso lago de sangre. Parecían figuras de bailarines pintadas en una vasija: el viejo, vestido con un astroso manto gris, flexionaba el brazo derecho y extendía el izquierdo por encima de la cabeza. El joven era una réplica simétrica de la posición del viejo, pero se hallaba completamente desnudo. Por lo demás, viejo y joven, esclavo y hombre libre, se igualaban en el horror social de las heridas: carecían de ojos, tenían el rostro desfigurado y cortes profundos les franjeaban la piel; por entre las piernas les asomaba una ecuánime amputación. Había otra diferencia: el viejo sostenía, en su crispada mano derecha, dos globos oculares.

—Son de color azul —declaró el médico como si hiciera un inventario.

Y, tras decir esto, absurdamente, estornudó. Después dijo:

—Pertenecen al joven.

—¡El servidor de los Once! —anunció alguien tronchado el horroroso silencio.

Pero, aunque todas las miradas rastrearon entre el grupo de curiosos que se agolpaba a la entrada del zaguán, nadie pudo advertir quién era el recién llegado.

Entonces, una voz repentina, con la sinceridad a flor de palabra, acaparó de inmediato la atención.

—¡Oh Praxínoe, noble entre los nobles!

Era Diágoras de Medonte. Él y un hombre gordo de baja estatura habían llegado al taller un poco antes que Praxínoe, acompañados de otro hombre enorme y de raro aspecto que llevaba un pequeño perro en los brazos. El hombre gordo parecía haberse esfumado, pero Diágoras se había hecho notar durante bastante tiempo, pues todos lo habían visto llorar amargamente, postrado junto a los cadáveres. Ahora, sin embargo, se mostraba enérgico y decidido. Sus fuerzas parecían concentrarse en el punto fijo de la garganta, con el propósito, sin duda, de dotar a sus frases de la coraza necesaria. Tenía los ojos enrojecidos y el semblante mortalmente pálido. Dijo:

—Soy Diágoras de Medonte, mentor de Antiso en...

—Sé quién eres —lo interrumpió Praxínoe sin suavidad—. Habla.

Diágoras se pasó la lengua por los resecos labios y tomó aire.

—Quiero hacer de sicofante y acusar públicamente al escultor Menecmo por estos crímenes.

Se escucharon indolentes murmullos. La emoción, tras lenta batalla, había vencido en el rostro de Praxínoe: sonrojado, alzaba una de sus negras cejas, tirando con lentitud de los hilos del ojo y de los párpados; su respiración era audible. Dijo:

—Pareces estar seguro de lo que afirmas, Diágoras.

—Lo estoy, noble Praxínoe.

Otra voz clamó, con acento extranjero:

—¿Qué ha pasado aquí?

Era, por fin (no podía ser otro), el servidor de los Once, el auxiliar de los once jueces que constituían la autoridad suprema en materia de crímenes: un hombretón vestido a la manera bárbara con pieles de animales. Un látigo de cuero de buey se enroscaba en su cinto. Su aspecto era amenazador, pero tenía cara de necio. Jadeaba con fuerza, como si hubiera venido corriendo, y, a juzgar por la expresión de su rostro, parecía sentirse defraudado de comprobar que lo más interesante había ocurrido durante su ausencia. Algunos hombres (que siempre los hay en tales ocasiones) se acercaron para explicarle lo que sabían, o lo que creían saber. La mayoría, sin embargo, permanecía pendiente de las palabras de Praxínoe:

—¿Y por qué crees tú, Diágoras, que Menecmo les ha hecho esto... a mi hijo y a su viejo pedagogo Eumarco?

Diágoras volvió a pasarse la lengua por los labios.

—Él mismo nos lo dirá, noble Praxínoe, si es preciso bajo tortura. Pero no dudes de su culpabilidad: sería como dudar de la luz del sol.

El nombre de Menecmo apareció en todas las bocas: diferentes formas de pronunciarlo, distintos tonos de voz. Su semblante, su aspecto, fue convocado por los pensamientos. Alguien gritó algo, pero se le ordenó callar de inmediato. Finalmente, Praxínoe soltó las riendas del silencio respetuoso y dijo:

—Buscad a Menecmo.

Como si ésta hubiera sido la contraseña esperada, la Ira levantó cabezas y brazos. Unos exigían venganza; otros juraron por los dioses. Hubo quienes, sin conocer a Menecmo siquiera de vista, ya pretendían que padeciera atroces torturas; aquellos que lo conocían meneaban la cabeza y se atusaban la barba pensando, quizá: «¡Quién lo hubiera dicho!». El servidor de los Once parecía ser el único que no acababa de comprender bien lo que estaba ocurriendo, y preguntaba a unos y a otros de qué hablaban y quién era el viejo mutilado que yacía junto al joven Antiso, y quién había acusado al escultor Menecmo, y qué gritaban todos, y quién, y qué.

—¿Dónde está Heracles? —preguntó Diágoras a Crántor, al tiempo que tiraba de su manto. La confusión era enorme.

—No sé —Crántor encogió sus enormes hombros—. Hace un momento estaba olfateando como un perro junto a los cadáveres. Pero ahora...

Para Diágoras hubo dos clases de estatuas en el taller: unas no se movían; otras, apenas. Las sorteó a todas con torpeza; recibió empujones; oyó que alguien lo llamaba entre el tumulto; su manto tiraba de él en dirección contraria; volvió la cabeza: el rostro de uno de los hombres de Praxínoe se acercaba moviendo los labios.

—Debes hablar con el arconte si quieres iniciar la acusación...

—Sí, hablaré —dijo Diágoras sin comprender muy bien lo que el hombre le decía.

Se liberó de todos los obstáculos, se arrancó de la muchedumbre, se abrió paso hasta la salida. Más allá, el día era hermoso. Esclavos y hombres libres se petrificaban frente al pórtico de entrada, envidiosos, al parecer, de las esculturas del interior. La presencia de la gente era una losa sobre el pecho de Diágoras: pudo respirar con libertad cuando dejó atrás el edificio. Se detuvo; miró a ambos lados. Desesperado, eligió una calle cuesta arriba. Por fin, con inmenso alivio, distinguió a lo lejos los torcidos pasos y la marcha torpe, lenta y meditabunda del Descifrador. Lo llamó.

—Quería darte las gracias —dijo cuando llegó junto a él. En su voz se divisaba un apremio extraño. Su tono era como el de un carretero que, sin gritar, pretende azuzar a los bueyes para que avancen más deprisa—. Has hecho bien el trabajo. Ya no te necesito. Te pagaré lo convenido esta misma tarde —y como pareciera incapaz de soportar el silencio añadió—: Todo era, al fin, tal como tú me explicaste. Tenías razón, y yo estaba equivocado.

Heracles rezongaba. Diágoras casi tuvo que inclinarse para escuchar lo que decía, pese a que hablaba muy despacio:

—¿Por qué ese necio habrá hecho esto? Se ha dejado llevar por el miedo o la locura, está claro... Pero... ¡ambos cuerpos destrozados!... ¡Es absurdo!

Diágoras replicó, con extraña y feroz alegría:

—Él mismo nos dirá sus motivos, buen Heracles. ¡La tortura le soltará la lengua!

Caminaron en silencio por la calle repleta de sol. Heracles se rascó la cónica cabeza.

—Lo lamento, Diágoras. Me equivoqué con Menecmo. Estaba seguro de que intentaría huir, y no...

—Ya no importa —Diágoras hablaba como el hombre que descansa tras llegar a su destino después de una larga y lenta caminata por algún lugar deshabitado—. Fui yo quien me equivoqué, y ahora lo comprendo. Anteponía el honor de la Academia a la vida de estos pobres muchachos. Ya no importa. ¡Hablaré y acusaré!... También me acusaré a mí mismo como mentor, porque... —se frotó las sienes, como inmerso en un complicado problema matemático. Prosiguió—: ... Porque si algo les obligó a buscar la tutela de ese criminal, yo debo responder por ello.

Heracles quiso interrumpirle, pero se lo pensó mejor y aguardó.

—Yo debo responder... —repitió Diágoras, como si deseara aprenderse de memoria las palabras—. ¡Debo responder!... Menecmo es sólo un loco furioso, pero yo... ¿Qué soy yo?

Sucedió algo extraño, aunque ninguno de los dos pareció percatarse de ello al principio: comenzaron a hablar a la vez, como si conversaran sin escucharse, arrastrando lentamente las frases, uno en tono apasionado, el otro con frialdad:

—¡Yo soy el responsable, el verdadero responsable...!

—Menecmo sorprende a Eumarco, se asusta y...

—Porque, vamos a ver, ¿qué significa ser maestro? ¡Dime...!

—... Eumarco le amenaza. Muy bien. Entonces...

—¡... significa enseñar, y enseñar es un deber sagrado...!

—... luchan, y Eumarco cae, claro está...

—¡... enseñar significa moldear las almas...!

—... Antiso, quizá, quiere proteger a Eumarco...

—¡... un buen mentor conoce a sus discípulos...!

—... de acuerdo, pero entonces, ¿por qué destrozarlos así?...

—... si no es así, ¿por qué enseñar?...

—Me he equivocado.

—¡Me he equivocado!

Se detuvieron. Por un momento se miraron desconcertados y ansiosos, como si cada uno de ellos fuera lo que el otro necesitaba con más premura en aquel instante. El rostro de Heracles parecía envejecido. Dijo, con increíble lentitud:

—Diágoras... reconozco que en todo este asunto me he movido con la torpeza de una vaca. Mis pensamientos jamás habían sido tan pesados y torpes como ahora. Lo que más me sorprende es que los acontecimientos poseen cierta lógica, y mi explicación resulta, en general, satisfactoria, pero... existen detalles... muy pocos, en efecto, pero... Me gustaría disponer de algún tiempo para meditar. No te cobraré este tiempo extra.

Diágoras se detuvo y colocó ambas manos en los robustos hombros del Descifrador. Entonces lo miró directamente a los ojos y dijo:

—Heracles: hemos llegado al final.

Hizo una pausa y lo repitió con lentitud, como si hablara con un niño:

—Hemos llegado al final. Ha sido un camino largo y difícil. Pero aquí estamos. Concédele un descanso a tu cerebro. Yo intentaré, por mi parte, que mi alma también repose.

De repente el Descifrador se apartó con brusquedad de Diágoras y siguió avanzando por la cuesta. Entonces pareció recordar algo, y se volvió hacia el filósofo.

—Voy a encerrarme en casa a meditar —dijo—. Si hay noticias, ya las recibirás.

Y, antes de que Diágoras pudiese impedirlo, se introdujo entre los surcos de la lenta y pesada muchedumbre que bajaba por la calle en aquel momento, atraída por la tragedia.

Algunos dijeron que había sucedido con rapidez. Pero la mayoría opinó que todo había sido muy lento. Quizá fuera la lentitud de lo rápido, que acontece cuando las cosas se desean con intenso fervor, pero esto no lo dijo nadie.

Lo que ocurrió, ocurrió antes de que se declararan las sombras de la tarde, mucho antes de que los mercaderes metecos cerraran sus comercios y los sacerdotes de los templos alzaran los cuchillos para los últimos sacrificios: nadie midió el tiempo, pero la opinión general afirmaba que fue en las horas posteriores al mediodía, cuando el sol, pesado de luz, comienza a descender. Los soldados montaban guardia en las Puertas, pero no fue en las Puertas donde sucedió. Tampoco en los cobertizos, donde algunos se aventuraron a entrar pensando que lo hallarían acurrucado y tembloroso en un rincón, como una rata hambrienta. En realidad, las cosas transcurrieron ordenadamente, en una de las populosas calles de los alfareros nuevos.

Una pregunta avanzaba en aquel momento por la calle, torpe pero inexorable, con lenta decisión, de boca en boca:

—¿Has visto a Menecmo, el escultor del Cerámico?

La pregunta reclutaba hombres, como una fugacísima religión. Los hombres, convertidos, se transformaban en flamantes portadores del interrogante. Algunos se quedaban por el camino: eran los que sospechaban dónde podía estar la respuesta... ¡Un momento, no hemos mirado en esta casa! ¡Esperad, preguntémosle a este viejo! ¡No tardaré, voy a comprobar si mi teoría es cierta!... Otros, incrédulos, no se unían a la nueva fe, pues pensaban que la pregunta podía formularse mejor de esta forma: ¿has visto a aquel a quien jamás has visto ni verás nunca, pues mientras yo te pregunto él ya está muy lejos de aquí?... De modo que meneaban lentamente la cabeza y sonreían pensando: eres un estúpido si crees que Menecmo va a estar aguardando a...

Sin embargo, la pregunta avanzaba.

En aquel instante, su paso torcido y arrollador alcanzó la minúscula tienda de un alfarero meteco.

—Claro que he visto a Menecmo —dijo uno de los hombres que contemplaban, distraídos, las mercancías.

El que había hecho la pregunta iba a pasar de largo, el oído acostumbrado a la respuesta de siempre, pero pareció golpearse contra un muro invisible. Se volvió para observar un rostro curtido por tranquilos surcos, una barba descuidada y rala y varios mechones de cabellos de color gris.

—¿Dices que has visto a Menecmo? —preguntó, ansioso—. ¿Dónde?

El hombre contestó:

—Yo soy Menecmo.

Dicen que sonreía. No, no sonreía. ¡Sonreía, Hárpalo, lo juro por los ojos de lechuza de Atenea! ¡Y yo por el negro río Estigia: no sonreía! ¿Tú estabas cerca de él? ¡Tan cerca como ahora lo estoy de ti, y no sonreía: hacía una mueca, pero no era una sonrisa! ¡Sonreía, yo también lo vi: cuando lo cogisteis de los brazos entre varios, sonreía, lo juro por...! ¡Era una mueca, necio: como si yo hiciera así con la boca! ¿Te parece que estoy sonriendo ahora? Me pareces un estúpido. Pero ¿cómo, por el dios de la verdad, cómo iba a sonreír, sabiendo lo que le espera? Y si sabe lo que le espera, ¿por qué se ha entregado en vez de huir de la Ciudad?

La pregunta había dado a luz múltiples crías, todas deformes, agonizantes, muertas al caer la noche...

El Descifrador de Enigmas se hallaba sentado ante el escritorio, una mano apoyada en la gruesa mejilla, pensando.*

Yasintra penetró en la habitación sin hacer ruido, de modo que cuando él alzó la vista la halló de pie en el umbral, su imagen dibujada por las sombras. Vestía un largo peplo atado con fibula al hombro derecho. El seno izquierdo, atrapado apenas por un cabo de tela, se mostraba casi desnudo.**

—Sigue trabajando, no quiero molestarte —dijo Yasintra con su voz de hombre.

Heracles no parecía molesto.

* Es mi postura preferida. Acabo de abandonarla, precisamente, para reanudar la traducción. Creo que el paralelismo es adecuado, porque en este capítulo todo parece suceder de forma doble: a unos al mismo tiempo que a otros. Se trata, sin duda, de un refuerzo sutil de la eidesis: los bueyes avanzan juntos, uncidos por la misma yunta. *(N. del T.)*

** Ahora sé que el individuo que me ha encerrado aquí está completamente loco. Me disponía a traducir este párrafo cuando alcé la vista y lo vi frente a mí, igual que Heracles a Yasintra. Había entrado en mi celda sin hacer ruido. Su aspecto era ridículo: se envolvía con un largo manto negro y llevaba una máscara y una desbaratada peluca. La máscara imitaba el rostro de una mujer, pero su tono de voz y sus manos eran de hombre viejo. Sus palabras y sus movimientos (ahora, al continuar la traducción, lo he sabido) fueron *idénticos* a los de Yasintra en este diálogo (habló en mi idioma, pero la traducción fue exacta). Por ello, anotaré tan sólo mis propias respuestas después de las de Heracles. *(N. del T.)*

—¿Qué quieres? —dijo.*

—No interrumpas tu labor. Parece tan importante...

Heracles no sabía si ella se burlaba (resultaba difícil saberlo, porque, según creía, todas las mujeres eran máscaras). La vio avanzar lentamente, cómoda en la oscuridad.

—¿Qué quieres? —repitió.**

Ella se encogió de hombros. Con lentitud, casi con desgana, acercó su cuerpo al de él.

—¿Cómo puedes estar tanto tiempo ahí sentado, a oscuras? —preguntó con curiosidad.

—Estoy pensando —dijo Heracles—. La oscuridad me ayuda a pensar.***

—¿Te gustaría que te diera un masaje? —murmuró ella.

Heracles la miró sin responder.****

Ella extendió sus manos hacia él.

—Déjame —dijo Heracles.*****

—Sólo quiero darte un masaje —murmuró ella, juguetona.

—No. Déjame.******

Yasintra se detuvo.

—Me gustaría hacerte disfrutar —musitó.

—¿Por qué? —preguntó Heracles.*******

* —¿Quién eres? —pregunté. *(N. del T.)*

** Creo que aquí no dije nada. *(N. del T.)*

*** —¿A oscuras? ¡Yo no quiero estar a oscuras! —exclamé—. ¡Tú eres quien me ha encerrado aquí! *(N. del T.)*

**** —¿Un... *masaje*? ¿¿Estás loco?? *(N. del T.)*

***** —¡Apártate! —chillé, y me levanté de un salto. *(N. del T.)*

****** —¡¡No me toques!! —creo que dije en este punto, no estoy seguro. *(N. del T.)*

******* —Estás... estás completamente loco... —me horroricé. *(N. del T.)*

—Te debo un favor —dijo ella—. Quiero pagártelo.

—No es necesario.*

—Estoy tan sola como tú. Pero puedo hacerte feliz, te lo aseguro.

Heracles la observó. El rostro de ella no mostraba ninguna expresión.

—Si quieres hacerme feliz, déjame a solas un momento —dijo.**

Ella suspiró. Volvió a encogerse de hombros.

—¿Te apetece comer algo? ¿O beber? —preguntó.

—No quiero nada.***

Yasintra dio media vuelta y se detuvo en el umbral.

—Llámame si necesitas algo —le dijo.

—Lo haré. Ahora vete.****

—Sólo tienes que llamarme, y vendré.

—¡Vete ya!*****

La puerta se cerró. La habitación quedó a oscuras otra vez.******

* —¿Un favor?... ¿Qué favor?... ¿Traducir la obra?... *(N. del T.)*

** —¡Déjame salir de aquí, y seré feliz! *(N. del T.)*

*** —¡¡Sí!! ¡Tengo hambre! ¡Y sed!... *(N. del T.)*

****—¡Espera, por favor, no te vayas!... —me angustié de repente. *(N. del T.)*

***** —¡¡NO TE VAYAS!!... *(N. del T.)*

****** —¡¡No!! —grité y comencé a llorar.

Ahora que he recuperado la calma me pregunto: ¿qué ha pretendido conseguir mi secuestrador con esta pantomima absurda? ¿Demostrarme que conoce perfectamente la obra? ¿Darme a entender que sabe en todo momento por dónde va mi traducción?... ¡De lo que sí estoy seguro —¡oh dioses de los griegos, protegedme!— es de que he caído en manos de un viejo *loco*! *(N. del T.)*

IX

Como los delitos que se le imputaban a Menecmo, hijo de Lacos, del *demo* de Carisio, eran de sangre —de «carne», como pretendían algunos—, el juicio se celebró en el Areópago, el tribunal de la colina de Ares, una de las instituciones más venerables de la Ciudad. Sobre sus mármoles se habían cocinado las fastuosas decisiones del gobierno en otros tiempos, pero, tras las reformas de Solón y Clístenes, su poder se había visto reducido a una simple magistratura encargada de juzgar los homicidios voluntarios, que sólo ofrecía a sus clientes condenas de muerte, pérdidas de derechos y ostracismos. No había ateniense, pues, que se deleitara observando las gradas blancas, las severas columnas y el alto podio de los arcontes situado frente a un pebetero redondo como un plato donde espumaban olorosas hierbas en honor de Atenea, cuyo aroma —afirmaban los entendidos— recordaba vagamente el de la carne humana asada. Sin embargo, en ocasiones, se celebraba un pequeño festín a costa de algún acusado notable.

El juicio de Menecmo, hijo de Lacos, del *demo* de Carisio, había despertado gran expectación, más por la nobleza de las víctimas y la sordidez de los crímenes que por él mismo, pues Menecmo no pasaba de ser uno de los muchos herederos de Fidias y Praxíteles que se ganaban la vida vendiendo sus obras, como quien vende carne, a mecenas aristocráticos.

Pronto, tras el anuncio estridente del heraldo, no quedó ni un solo espacio libre en las históricas gradas: metecos y atenienses pertenecientes al gremio de escultores y ceramistas, así como poetas y militares, componían la mayoría del hambriento público, pero no faltaban los simples ciudadanos curiosos.

Los ojos se hicieron grandes como bandejas y hubo murmullos de aprobación cuando los soldados presentaron al acusado, atado por las muñecas, magro de carnes pero recio y consistente. Menecmo, hijo de Lacos, del *demo* de Carisio, erguía el torso y levantaba mucho la cabeza, aderezada de mechones de cabello gris, como si en vez de una condena fuera a recibir un honor militar. Escuchó con calma la jugosa lista de las acusaciones y, acogiéndose a la ley, guardó silencio cuando el arconte orador lo requirió para rectificar lo que creyera oportuno en los cargos que se le imputaban. ¿Hablarás, Menecmo? Nada: ni un sí, ni un no. Seguía irguiendo el pecho con el terco orgullo de un faisán. ¿Se declararía inocente? ¿Culpable? ¿Ocultaba un terrible secreto que pensaba revelar al final?

Desfilaron los testigos: sus vecinos sazonaron el preámbulo hablando de los jóvenes, por lo general vagabundos o esclavos, que frecuentaban su taller so pretexto de posar como modelos para sus obras. Se comentaron sus aficiones nocturnas: los gritos picantes, los gruñidos golosos, el agridulce olor de las orgías, la media docena diaria de efebos desnudos y blancos como pastelillos de nata. Muchos estómagos se contrajeron al escuchar tales declaraciones. Varios poetas afirmaron después que Menecmo era buen ciudadano y mejor autor, y que se esforzaba afanosamente por recuperar la antigua receta del teatro ateniense, pero como eran artistas tan insípidos como aquel al que pretendían ensalzar, los arcontes hicieron caso omiso de sus testimonios.

Le tocó el turno a la casquería de los crímenes: se acentuaron los ribetes sangrientos, la carne retazada, la delicuescencia de las vísceras, la crudeza inane de los cuerpos. Habló el capitán de la guardia de frontera que había encontrado a Trámaco; opinaron los *astínomos* que hallaron a Eunío y Antiso; las preguntas aparejaron una guarnición de despojos; la fantasía adobó un cadáver con tarazones de piernas, rostros, manos, lenguas, lomos y vientres. Por fin, al mediodía, bajo los tostadores dominios de los corceles del sol, la oscura silueta de Diágoras, hijo de Jámpsaco, del *demo* de Medonte, subió las escalinatas del podio. El silencio era sincero: todos esperaban con devoradora impaciencia lo que suponían que sería el principal testimonio de la acusación. Diágoras, hijo de Jámpsaco, del *demo* de Medonte, no los defraudó: fue firme en sus respuestas, impecable en la clara pronunciación de las frases, honrado en la exposición de los hechos, prudente a la hora de juzgarlos, con cierto regusto amargo al final, un poco duro en algún punto, pero en general satisfactorio. Al hablar, no miró hacia las gradas, donde Platón y algunos de sus colegas se sentaban, sino hacia el podio de los arcontes, a pesar de que éstos no parecían prestar la más mínima atención a sus palabras, como si ya tuvieran segura la sentencia y su declaración fuera considerada un mero aperitivo.

A la hora en que el hambre empieza a inquietar las carnes, el arconte rey decidió que el tribunal ya contaba con suficientes testimonios. Sus límpidos ojos azules se volvieron hacia el acusado con la cortés indiferencia de un caballo.

—Menecmo, hijo de Lacos, del *demo* de Carisio: este tribunal te concede el derecho a defenderte, si así lo deseas.

Y de repente, el solemne redondel del Areópago, con sus columnas, su oloroso pebetero y su podio, se concretó en un solo punto hacia el que convergieron las glotonas miradas del público: el rostro poco hecho del escultor, sus carnes oscuras surcadas por los cortes de la trinchante madurez, sus ojos adornados de parpadeos y su cabeza espolvoreada de cabellos grises.

En un silencio ansioso, como de libación previa a un banquete, Menecmo, hijo de Lacos, del *demo* de Carisio, abrió la boca lentamente y deslizó la punta de la lengua por los resecos labios.

Y sonrió.*

Era la boca de una mujer: sus dientes, la quemazón de su aliento. Él sabía que la boca podía morder, o comer, o devorar, pero lo que más le importaba en aquel momento no era eso, sino el corazón palpitante que aferraba la mano desconocida. No le preocupaba el lento rastreo de los labios de la hembra (pues hembra era, mucho más que mujer), el tibio recorrido de la dentadura por su piel, ya que, en parte (sólo en parte),

* Y el público se lo comió. La descripción del juicio de Menecmo adopta el revestimiento eidético de un festín donde el escultor es el plato principal. No sé aún a qué Trabajo se alude, pero lo sospecho. Lo cierto es que la eidesis me ha hecho la boca agua. *(N. del T.)*

tales caricias le resultaban agradables. Pero el corazón... la carne batiente y húmeda que oprimían los fuertes dedos... Era necesario averiguar qué se extendía más allá, a quién pertenecía la espesa sombra que acechaba en el contorno de su visión. Porque el brazo no flotaba en el aire, y ahora lo sabía: el brazo era la prolongación de una figura que se desvelaba y ocultaba como el cuerpo de la luna durante las noches mensuales. Ahora... un poco... ya casi podía distinguir el hombro completo, el... Un soldado, lejano, ordenaba, o decía, o aclaraba algo. Su voz le resultaba familiar, pero no podía escuchar bien sus palabras. ¡Y eran tan importantes! Otro detalle le molestaba: volar producía cierta presión en el pecho; era necesario recordar tal hallazgo con vistas a futuras investigaciones. Una presión, sí, y también algún poso de placer en las zonas más sensibles. Volar era agradable, a pesar de la boca, de los débiles mordiscos, de la distensión de la carne...

Se despertó; vio la sombra a horcajadas sobre él y la apartó con brusquedad, con un furioso gesto de sus brazos. Recordó que, para determinadas tradiciones, la pesadilla es un monstruo con cabeza de yegua y cuerpo de mujer que apoya sus glúteos desnudos sobre el pecho del durmiente y le susurra palabras amargas antes de devorarlo. Hubo una confusión de mantas y carne tensa, piernas entrelazadas y gemidos. ¡Aquella oscuridad! ¡Oh, aquella oscuridad!...

—No, no, calma.

—¿Qué?... ¿Quién?...

—Calma. Era un sueño.

—¿Hagesíkora?

—No, no...

Tembló. Reconoció su propio cuerpo boca arriba sobre lo que era su propia cama en lo que no dejaba de ser (ahora podía comprobarlo) su propio dormitorio. Todo estaba en orden, pues, salvo aquella carne caliente y desnuda que se agitaba junto a él como un potro fuerte y nervioso. De modo que el razonamiento encendió un cabo de vela en su cabeza y, bostezando, inició el nuevo día, no sin cierto sobresalto.

—¿Yasintra? —dedujo.

—Sí.

Heracles se incorporó tensando con esfuerzo los flejes de su vientre, como si acabara de comer, y se frotó los ojos.

—¿Qué haces aquí?

No obtuvo respuesta. La sintió removerse a su lado, cálida y húmeda como si su carne exudara jugos. El lecho se hundió en varios puntos; él percibió el movimiento y se tambaleó. De inmediato se escucharon golpes amortiguados y la inequívoca palmada de unos pies descalzos contra el suelo.

—¿Adónde vas? —preguntó.

—¿No quieres que encienda una luz?

Percibió los arañazos del pedernal al ser frotado. «Ya sabe dónde dejo la lámpara todas las noches y en qué lugar puede encontrar yesca», pensó, anotando este dato en algún lugar de su copiosa biblioteca mental. El cuerpo de ella apareció poco después ante sus ojos, la mitad de la carne untada de miel por la luz de la lámpara. Heracles vaciló antes de definir su estado como «desnudez». En realidad, jamás había visto a una mujer *tan* desnuda: sin maquillaje, sin joyas, sin la protección de un peinado, despojada incluso de la frágil —pero efectiva— túnica del pudor. Desnuda por completo. Cruda, se le antojó pensar, como un simple trozo de carne arrojado al suelo.

—Perdóname, te lo suplico —dijo Yasintra. En su voz de muchacho él no pudo percibir ni el más leve asomo de preocupación ante la posibilidad de que no la perdonara—. Te escuché gemir desde mi habitación. Parecías estar sufriendo. Quise despertarte.

—Fue un sueño —dijo Heracles—. Una pesadilla que tengo desde hace poco tiempo.

—Los dioses suelen hablarnos a través de los sueños que se repiten.

—Yo no creo en eso. Es ilógico. Los sueños carecen de explicación: son imágenes que fabricamos al azar.

Ella no replicó nada.

Heracles pensó en llamar a Pónsica, pero recordó que su esclava le había pedido permiso la noche anterior para asistir en Eleusis a una reunión fraternal de devotos de los Sagrados Misterios. Así pues, se hallaba solo en la casa con la hetaira.

—¿Quieres lavarte? —dijo ella—. ¿Traigo una escudilla?

—No.

Entonces, casi sin transición, Yasintra preguntó:

—¿Quién es Hagesíkora?

Al pronto Heracles la miró sin comprender. Después dijo:

—¿Mencioné ese nombre en sueños?

—Sí. Y a una tal Etis. Creíste que yo era ambas.

—Hagesíkora era mi esposa —dijo Heracles—. Enfermó y murió hace tiempo. No tuvimos hijos.

Hizo una pausa y agregó, en el mismo tono didáctico, como si le explicara a la muchacha una aburrida lección:

—Etis es una vieja amiga... Es curioso que las haya mencionado a las dos. Pero ya te he dicho que, en mi opinión, los sueños no significan nada.

Hubo una pausa. La lámpara, iluminando a la muchacha desde abajo, disfrazaba su desnudez: un trémulo arnés negro rodeaba los pechos y el pubis; finas correas ceñían los labios, las cejas y los párpados. Por un instante, Heracles la estudió con afán, deseando descubrir qué podían ocultar sus formas además de sangre y músculos. ¡Qué diferente de su llorada Hagesíkora era aquella hetaira!

Yasintra dijo:

—Si no quieres nada más, me voy.

—¿Falta mucho para que amanezca? —preguntó él.

—No. El color de la noche es gris.

«El color de la noche es gris», pensó Heracles. «Una observación digna de esta criatura.»

—Deja, entonces, la luz encendida —le indicó.

—Bien. Que los dioses te concedan descanso.

Él pensó: «Ayer me dijo: *Te debo un favor.* Pero ¿por qué pretende obligarme a que acepte esta clase de pago? ¿Realmente sentí su *boca* sobre...? ¿O quizá formaba parte del sueño?».

—Yasintra.

—Qué.

No advirtió siquiera el más leve rastro de ansia o de esperanza en aquella voz, y eso —¡oh devorador orgullo de los hombres!— le dolió. Y le dolió que le doliera. Ella, simplemente, se había detenido y girado el cuello, volviendo su rostro hacia él para mostrarle su desnuda mirada mientras sonaba: «Qué».

—Menecmo ha sido arrestado por el asesinato de

otro efebo. Hoy es el juicio en el Areópago. Ya no tienes nada que temer de él —y añadió, tras una pausa—: Pensé que te gustaría saberlo.

—Sí —dijo ella.

Y la puerta, al cerrarse cuando salió, chirrió con el mismo ruido: «Sí».

Permaneció toda la mañana en la cama. Por la tarde se levantó, se vistió, devoró una fuente completa de higos dulces y decidió salir a dar un paseo. Ni siquiera se preocupó por saber si Yasintra continuaba en el pequeño cuarto de invitados que le había destinado, o, por el contrario, se había marchado ya sin despedirse de él: la puerta estaba cerrada, y, de cualquier modo, a Heracles no le importaba dejarla sola en la casa, pues no la tenía por ladrona ni, en realidad, por mala mujer. Encaminó tranquilamente sus pasos hacia el ágora, y, ya en la plaza, encontró a varios hombres a quienes conocía y a muchos otros desconocidos. Prefirió preguntarles a estos últimos.

—¿El juicio contra el escultor? —dijo un individuo de piel tostada y rostro de sátiro espiando ninfas—. Por Zeus, ¿es que no lo sabes? ¡No se habla de otra cosa en toda la Ciudad!

Heracles se encogió de hombros, como si pidiera excusas por su ignorancia. El hombre añadió, mostrando enormes dientes:

—Ha sido condenado al báratro. Se confesó culpable.

—¿Se confesó culpable? —repitió Heracles.

—Así es.

—¿De todos los crímenes?

—Sí. Tal como lo acusaba el noble Diágoras: del asesinato de los tres adolescentes y del viejo pedagogo. Y lo dijo delante de todos, sonriendo: «¡Soy culpable!», o algo parecido. ¡La gente estaba asombrada de su desfachatez, y no en vano!... —el rostro faunesco se oscureció aún más mientras el hombre añadía—: ¡Por Apolo, que el báratro es poco para ese infame! ¡Por una vez estoy de acuerdo con lo que quieren las mujeres!

—¿Qué quieren las mujeres?

—Una delegación de esposas de los prítanos le ha pedido al arconte que Menecmo sea torturado antes de morir...

—Carne. Quieren carne —dijo el hombre con el que había estado hablando el fauno antes de que Heracles los interrumpiera: robusto, de anchos hombros y baja estatura, ligeramente condimentado de cabellos rubios en la cabeza y en la barba.*

El fauno asintió y volvió a mostrar sus caballunos dientes.

—¡Yo las complacería, aunque sólo fuera por esta vez!... ¡Esos efebos inocentes!... ¿No te parece que...? —se volvió hacia Heracles, pero encontró un espacio vacío.

El Descifrador se alejaba, esquivando con torpeza a la gente que parloteaba en la plaza. Se hallaba aturdi-

* Las frecuentes metáforas culinarias, así como las relacionadas con «caballos», describen eidéticamente el Trabajo de las Yeguas de Diomedes, que, como es sabido, comían carne humana y terminaron devorando a su propio amo. No sé hasta qué punto la «delegación de esposas de los prítanos» que «quieren carne» son identificadas con las yeguas. Si es así, se trataría de una burla irrespetuosa. *(N. del T.)*

do, casi mareado, como si hubiera estado soñando durante largo tiempo y hubiera despertado en una ciudad desconocida. Pero el auriga de su cerebro aún mantenía tensas las riendas en la veloz carrera de sus pensamientos. ¿Qué ocurría? Algo empezaba a ser ilógico. O algo no había sido lógico nunca, y era ahora cuando el error se hacía evidente...

Pensó en Menecmo. Lo vio golpear a Trámaco en el bosque hasta dejarlo muerto o inconsciente, abandonándolo después a las devoradoras fieras. Lo vio asesinar a Eunío y, por prudencia o temor, destrozar y disfrazar su cadáver para ocultar el crimen. Lo vio mutilar salvajemente a Antiso y, no contento con esto, al esclavo Eumarco, a quien seguramente había sorprendido espiándolos. Lo vio en el juicio, sonriente, declarándose culpable de *todos* los asesinatos: aquí estoy, soy yo, Menecmo de Carisio, y debo deciros que he hecho lo imposible para que no me atraparais, pero ahora... ¡qué importa! Soy culpable. He matado a Trámaco, Eunío, Antiso y a Eumarco, he huido y después me he entregado. Condenadme. Soy culpable.

Antiso y Yasintra acusaban a Menecmo... ¡Pero incluso el propio Menecmo entregaba a Menecmo a la muerte! Se había vuelto loco, sin duda... No obstante, si era así, había enloquecido recientemente. No se comportó como un loco cuando tomó la precaución de citar a Trámaco en el bosque, lejos de la Ciudad. No se comportó como un loco cuando improvisó un aparente «suicidio» para Eunío. En ambos casos se había conducido con suma astucia, cual un adversario digno de la inteligencia de un Descifrador, pero ahora... ¡Ahora parecía que ya nada le importaba! ¿Por qué?

Algo fallaba en su minuciosa teoría. Y ese algo

era... todo. El prodigioso edificio de razonamientos, la estructura de sus deducciones, el armonioso armazón de causas y efectos... Estaba equivocado, lo había estado desde el principio, y lo que más lo atormentaba era la seguridad de haber deducido *bien*, de no haber descuidado ningún detalle importante, de haber rastreado todos y cada uno de los indicios del enigma... ¡Y ahí residía el origen de la angustia que lo devoraba! Si había razonado *bien*, ¿por qué estaba equivocado? ¿Sería cierto que, tal como afirmaba su cliente Diágoras, existían verdades *irracionales*?

Aquel último pensamiento lo intrigó mucho más que los anteriores. Se detuvo y alzó la vista hacia la geométrica cima de la Acrópolis, brillante y blanca bajo la luz de la tarde. Observó el prodigio del Partenón, la esbelta y precisa anatomía de su mármol, la hermosa exactitud de sus formas, el tributo de todo un pueblo a las leyes de la lógica. ¿Sería posible la existencia de verdades opuestas a aquella concisa y definitiva belleza? ¿Verdades con luz propia, irregulares, deformes, absurdas? ¿Verdades oscuras como cavernas, súbitas como relámpagos, irreductibles como caballos salvajes? ¿Verdades que los ojos no podían descifrar, que no eran palabras escritas ni imágenes, incapaces de ser comprendidas, expresadas, traducidas, siquiera intuidas, salvo mediante el sueño o la locura? Un vértigo frío se apoderó de él; tambaleose en mitad de la plaza sumido en una increíble sensación de extrañeza, como el hombre que de repente descubre que ha dejado de entender el lenguaje vernáculo. Por un terrible momento se sintió condenado a un exilio íntimo. Entonces volvió a recuperar las riendas de su ánimo, el sudor se secó sobre su piel, los latidos de su corazón amainaron y toda su integridad de griego regresó al molde de su persona: era, otra vez, Heracles Póntor, el Descifrador de Enigmas.

Un tumulto en la plaza le llamó la atención. Varios hombres gritaban al unísono, pero refrenaron sus voces cuando uno de ellos, subido a unas piedras, proclamó:

—¡El arconte ayudará a los campesinos si la Asamblea no lo hace!

—¿Qué sucede? —preguntó Heracles al individuo que tenía más cerca, un viejo vestido con ropas grises mezcladas con pieles que olía a caballo y cuyo descuidado aspecto se remataba con un ojo blancuzco y la ausencia irregular de varios dientes.

—¿Qué sucede? —le espetó el viejo—. ¡Que si el arconte no protege a los campesinos del Ática, nadie lo hará!

—¡El pueblo ateniense, desde luego que no! —intervino otro de no muy distinta estampa, aunque más joven.

—¡Campesinos muertos por los lobos! —añadió el primero, clavando en Heracles su único ojo sano—. ¡Ya son cuatro en esta luna!... ¡Y los soldados no hacen nada!... ¡Hemos venido a la Ciudad para hablar con el arconte y pedirle protección!

—Uno era mi amigo... —dijo un tercer sujeto, flaco, devorado por la sarna—. Se llamaba Mopsis. ¡Yo encontré su cuerpo!... ¡Los lobos le comieron el corazón!

Los tres hombres siguieron gritándole, como si consideraran a Heracles culpable de sus desgracias, pero él ya había dejado de oírlos.

Algo —una idea— muy leve había empezado a tomar forma en su interior.

Y de repente la Verdad pareció revelársele por fin. Y el horror lo invadió.*

Un poco antes del crepúsculo, Diágoras optó por marcharse a la Academia. Aunque las clases habían sido suspendidas, sentía la necesidad de refugiarse en la exacta tranquilidad de su querida escuela con el fin de apaciguar el ánimo, y también porque sabía que, si permanecía en la Ciudad, se convertiría en blanco de muchas preguntas y no pocos comentarios ociosos, y eso era lo que menos deseaba en aquel momento. Nada más emprender el camino se alegró de su decisión, pues ya el simple hecho de salir de Atenas le procuró un inmediato beneficio. La tarde era excelente, el calor se amortiguaba con el ocaso invernal y los pájaros le regalaban sus canciones sin exigir que se detuviera a escucharlos. Al llegar al bosque, llenó su pecho de aire y logró sonreír... a pesar de todo.

No podía apartar sus pensamientos de la dura

* ¿La Verdad? ¿Y cuál es la Verdad? ¡Oh, Heracles Póntor, Descifrador de Enigmas, dímela! Me estoy quedando ciego de descifrar tus pensamientos, intentando encontrar alguna verdad, por pequeña que sea, y nada encuentro salvo imágenes eidéticas, caballos que devoran carne humana, bueyes de torcido paso, una pobre muchacha con un lirio que desapareció páginas atrás y un traductor que viene y se va, incomprensible y enigmático como el loco que me ha encerrado aquí. Tú, al menos, Heracles, has descubierto algo, pero yo... ¿Qué he descubierto yo? ¿Por qué murió Montalo? ¿Por qué me han raptado? ¿Qué secreto oculta esta obra? ¡No he averiguado nada! Lo único que hago, además de traducir, es llorar, añorar mi libertad, pensar en la comida... y defecar. Desde luego, defecar ya defeco bien. Esto me mantiene optimista. *(N. del T.)*

prueba a la que acababa de verse sometido. El público se había mostrado clemente con su declaración, pero ¿qué opinarían Platón y sus compañeros? No les había preguntado. En realidad, apenas si había hablado con ellos al finalizar el juicio: se había retirado con rapidez, sin atreverse siquiera a interrogar sus miradas. ¿Para qué iba a hacerlo? En el fondo, ya sabía lo que pensaban. Había desempeñado mal su oficio de maestro. Había permitido que tres jóvenes potros perdieran las riendas y se desbocaran. Por si fuera poco, había contratado por su cuenta a un Descifrador y ocultado celosamente los hallazgos de la investigación. Es más: ¡había mentido! Se había atrevido a dañar gravemente el honor de una familia para proteger a la Academia. ¡Oh, por Zeus! ¿Cómo había sido posible esto? ¿Qué le había llevado, en realidad, a afirmar descaradamente que el pobre Eunío se había mutilado a sí mismo? El recuerdo de aquella ardiente calumnia devoraba su tranquilidad.

Se detuvo al llegar al blanco pórtico con el doble nicho y los rostros desconocidos. «Nadie pase que no sepa Geometría», rezaba la leyenda escrita en piedra. «Nadie pase que no ame la Verdad», pensó Diágoras, atormentado. «Nadie pase que sea capaz de mentir vilmente y perjudicar a otros con sus mentiras.» ¿Se atrevería a entrar o retrocedería? ¿Era digno de cruzar aquel umbral? Una líquida tibieza inició el descenso por su mejilla enrojecida. Cerró los ojos y apretó los dientes con furia, como el caballo muerde el freno dominado por el auriga. «No, no soy digno», pensó.

De repente oyó que alguien lo llamaba:

—¡Diágoras, espera!

Era Platón, que se acercaba al pórtico. Al parecer,

había venido detrás de él todo el camino. El director de la escuela avanzó a grandes trancos y envolvió los hombros de Diágoras con uno de sus robustos brazos. Cruzaron juntos el pórtico y penetraron en el jardín. Entre los olivos, una yegua azabache y dos docenas de moscas esmeraldas se disputaban repugnantes trozos de carne.*

—¿Ha terminado el juicio? —preguntó Platón de inmediato.

Diágoras pensó que se burlaba.

—Tú estabas entre el público, y sabes que sí —dijo.

Platón rió por lo bajo, aunque en aquel cuerpo inmenso la carcajada sonó normal.

—No me refiero al juicio de Menecmo sino al de Diágoras. ¿Ha terminado ya?

* La eidesis se refuerza con esta imagen absurda: ¡una yegua comiendo carne podrida, y en el jardín de la Academia! Me ha dado tal ataque de risa que he terminado asustándome, y el miedo me ha hecho reír otra vez. He arrojado los papeles al suelo, me he cogido el vientre con ambas manos y he empezado a soltar carcajadas cada vez más fuertes, mientras mi espejo mental me devolvía la imagen de un hombre maduro con cabello negro y entradas en las sienes que se partía de risa en la soledad de una habitación cerrada a cal y canto y casi completamente a oscuras. Aquella imagen no me ha hecho reír sino *llorar:* pero existe un curioso extremo final en el que ambas emociones se funden. ¡Una yegua carnívora en la Academia de Platón! ¿No es gracioso? ¡Y, por supuesto, ni Platón ni Diágoras la *ven*! Hay cierta perversidad sacrílega en esta eidesis... Montalo dice: «La presencia de un animal así nos desconcierta. Las fuentes históricas de la Academia no mencionan la existencia de yeguas carnívoras en los jardines. ¿Un error, como los muchos que comete Heródoto?». ¡Heródoto!... ¡Por favor!... Pero debo dejar de reírme: dicen que la locura comienza con carcajadas. *(N. del T.)*

Diágoras comprendió, y alabó, la perspicaz metáfora. Intentó sonreír y repuso:

—Creo que sí, Platón, y sospecho que los jueces se inclinan a condenar al acusado.

—No deben ser tan duros los jueces. Hiciste lo que creías que era correcto, que es todo lo que un hombre sabio puede pretender hacer.

—Pero oculté demasiado tiempo lo que sabía... y Antiso pagó las consecuencias. Y la familia de Eunío jamás me perdonará haber mancillado con calumnias la *areté*, la virtud, de su hijo...

Platón entrecerró sus grandes ojos grises y dijo:

—Un mal, a veces, trae consigo un bien útil y provechoso, Diágoras. Estoy convencido de que Menecmo no hubiera sido descubierto de no haber cometido este último y horrendo crimen... Por otra parte, Eunío y su familia han recuperado toda la *areté*, e incluso han alcanzado más a los ojos de la gente, pues ahora sabemos que nuestro alumno no fue culpable sino sólo víctima.

Hizo una pausa e hinchó el pecho como si se dispusiera a gritar. Contemplando el despejado cielo dorado del ocaso, añadió:

—Sin embargo, está bien que escuches las quejas de tu alma, Diágoras, pues, al fin y al cabo, ocultaste verdades y mentiste. Ambas acciones se han revelado beneficiosas en sus consecuencias, pero no debemos olvidar que son malas en sí mismas, intrínsecamente.

—Lo sé, Platón. Por eso ya no me considero adecuado para seguir buscando la Virtud en este sagrado lugar.

—Al contrario: ahora puedes buscarla mejor que cualquiera de nosotros, pues conoces nuevos caminos para llegar a ella. El error es una forma de sabiduría,

Diágoras. Las decisiones incorrectas son graves maestros que enseñan a las que aún no hemos tomado. Advertir sobre lo que no se debe hacer es más importante que aconsejar parcamente lo correcto: ¿y quién puede aprender mejor lo que no se debe hacer sino aquel que, habiéndolo hecho, ha degustado ya los amargos frutos de las consecuencias?

Diágoras se detuvo y atesoró en sus pulmones el aire perfumado del jardín. Se sentía más tranquilo, menos culpable, pues las palabras del fundador de la Academia obraban a modo de ungüentos que aliviaban sus dolorosas heridas. La yegua, a dos pasos de él, pareció sonreírle con su prieta dentadura mientras destrozaba carniceramente los bocados.

Sin saber por qué, recordó de repente la estremecedora sonrisa que había curvado los labios de Menecmo al declararse culpable en el juicio.*

Y por pura curiosidad, y también por el deseo de cambiar de tema, preguntó:

—¿Qué puede impulsar a los hombres a actuar como Menecmo, Platón? ¿Qué es lo que nos rebaja al nivel de las bestias?

La yegua resopló mientras atacaba los últimos trozos sanguinolentos.

—Las pasiones nos aturden —dijo Platón tras meditar un instante—. La virtud es un esfuerzo que, a la larga, resulta placentero y útil, pero las pasiones son el

* ¿Sin saber por qué? ¡Me dan ganas de reír otra vez! Es evidente que las imágenes eidéticas se infiltran con frecuencia en la conciencia de Diágoras (curiosamente, nunca en la de Heracles, que no ve más de lo que ven sus ojos). La «sonrisa de la yegua» se ha convertido en el recuerdo de la sonrisa de Menecmo. *(N. del T.)*

deseo inmediato: nos ciegan, nos impiden razonar... Aquellos que, como Menecmo, se dejan arrastrar por los placeres instantáneos no comprenden que la virtud es un goce mucho más duradero y beneficioso. El mal es ignorancia: pura y simple ignorancia. Si todos conociéramos las ventajas de la virtud y supiéramos razonar a tiempo, nadie elegiría voluntariamente el mal.

La yegua volvió a resoplar, hisopando sangre por los dientes. Parecía carcajearse con sus rojizos belfos.

Diágoras comentó, pensativo:

—A veces pienso, Platón, que el mal se burla de nosotros. A veces pierdo la esperanza, y termino creyendo que la maldad nos derrotará, que se reirá de nuestros afanes, que nos aguardará al final y pronunciará la última palabra...

Huiii, huiii, dijo la yegua.

—¿Qué ha sido ese ruido? —preguntó Platón.

—Allí —señaló Diágoras—: Un mirlo.

Huiii, huiii, dijo el mirlo de nuevo, y remontó el vuelo.*

Aún intercambió Diágoras algunas palabras más con Platón. Después se despidieron como amigos. Platón se dirigió a su modesta vivienda cerca del gimnasio y Diágoras al edificio de la escuela. Se sentía satisfecho e inquieto, como siempre que hablaba con Platón. Ardía en deseos de poner en práctica todo lo que creía haber aprendido. Pensaba que, al día siguiente, la vida comenzaría de nuevo. Aquella expe-

* La metamorfosis de la yegua eidética en el mirlo real (esto es, en un mirlo que pertenece a la realidad de la ficción) acentúa el misterioso mensaje de esta escena: ¿se burla el mal de los filósofos? Hay que recordar que el color del mirlo es negro... *(N. del T.)*

riencia le enseñaría a no descuidar la educación de un discípulo, a no callar cuando fuera necesario hablar, a servir de confidente, sí, pero también de maestro y consejero... ¡Trámaco, Eunío y Antiso habían sido tres graves errores que él no volvería a cometer!

Al penetrar en la fresca oscuridad del vestíbulo, oyó un ruido procedente de la biblioteca. Frunció el ceño.

La biblioteca de la Academia era una sala de amplias ventanas a la que se accedía a través de un breve pasillo a la derecha de la entrada principal. En aquel momento la puerta se hallaba abierta, lo cual era extraño, pues se suponía que las clases habían sido suspendidas y los alumnos no tenían por costumbre dedicar los días de fiesta a consultar textos. Pero, quizás, algún mentor...

Con ánimo confiado, se acercó y asomó la cabeza por el umbral.

Por las ventanas sin postigos penetraban las sobras de luz del banquete del ocaso. Las primeras mesas se hallaban vacías, las siguientes también, y al fondo... Al fondo descubrió una mesa atiborrada de papiros, pero nadie ocupaba la silla. Y las estanterías donde se guardaban celosamente los textos filosóficos (entre ellos, más de una copia de los *Diálogos* de Platón), así como obras poéticas y dramáticas, no parecían haber sido alteradas. «Un momento, las de la esquina izquierda...»

Había un hombre de espaldas en aquella esquina. Estaba agachado buscando en la zona inferior, por eso Diágoras no lo había visto antes. El hombre se incorporó bruscamente con un papiro entre sus manos, y Diágoras no necesitó ver su rostro para reconocerlo.

—¡Heracles!

El Descifrador dio media vuelta con inusitada rapidez, como un caballo fustigado por el látigo.

—¡Ah, eres tú, Diágoras!... Cuando me invitaste a la Academia conocí a un par de esclavos que hoy me han facilitado la entrada a la biblioteca. No te enfades con ellos... ni conmigo, por supuesto...

El filósofo pensó al pronto que se hallaba enfermo, tal era la palidez extrema que desangraba su semblante.

—Pero ¿qué...?

—Por la sagrada égida de Zeus —lo interrumpió Heracles, trémulo—: Nos enfrentamos a un mal poderoso y extraño, Diágoras; a un mal que, como los abismos del Ponto, no parece tener fondo y se oscurece más conforme más nos hundimos en él. ¡Nos han engañado!

Hablaba muy rápido, sin parar de hacer cosas, como dicen que hablan los aurigas con sus caballos durante las carreras: desenrollaba papiros, los volvía a enrollar, los guardaba de nuevo en el anaquel... Sus gruesas manos y su voz temblaban al mismo tiempo. Prosiguió, en tono airado:

—Nos han usado, Diágoras, a ti y a mí, para representar una horrible farsa. ¡Una comedia lenea, pero con final trágico!

—¿De qué hablas?

—De Menecmo, y de la muerte de Trámaco, y de los lobos del Licabeto... ¡De eso hablo!

—¿Qué quieres decir? ¿Menecmo es inocente acaso?

—¿Oh no, no: es culpable, más culpable que un deseo pernicioso! Pero... pero...

Se detuvo, llevándose el puño a la boca. Añadió:

—Te lo explicaré todo a su debido tiempo. Esta noche debo ir a cierto sitio... Me gustaría que me acompañaras, pero te prevengo: ¡lo que veremos allí no resultará muy agradable!

—Iré —replicó Diágoras—, así se trate de cruzar el Estigia, si crees que con ello descubriremos el origen de ese engaño del que hablas. Dime tan sólo esto: se trata de Menecmo, ¿verdad?... Sonreía cuando confesó su culpa... ¡y eso significa, sin duda, que pretende escapar!

—No —repuso Heracles—. Menecmo sonreía cuando confesó su culpa porque *no* pretende escapar.

Y, ante la expresión de asombro de Diágoras, agregó:

—¡Es por eso que hemos sido engañados!*

* Llegó, embozado en otra máscara (esta vez, un rostro de hombre sonriente). Me levanté del escritorio.

—¿Ya has descubierto la clave final? —su voz sonaba amortiguada por la burla de las facciones.

—¿Quién eres?

—Soy la pregunta —respondió mi carcelero. Y repitió—: ¿Ya has descubierto la clave final?

—Déjame salir de aquí...

—Cuando la descubras. ¿Ya has descubierto la clave final?

—¡No! —exclamé, perdiendo los estribos, las riendas eidéticas de mi serenidad—. ¡La obra menciona en eidesis los Trabajos de Hércules... y una muchacha con un lirio, y un traductor... pero no sé qué puede significar todo esto! ¡Yo...!

Me interrumpió con burlona seriedad.

—Quizá las imágenes eidéticas sean sólo parte de la clave. ¿Cuál es el tema?

—La investigación de unos asesinatos... —tartamudeé—. El protagonista parecía haber hallado al culpable, pero ahora... ahora han surgido nuevos problemas... no sé cuáles todavía.

Mi secuestrador pareció emitir una risita. Digo «pareció» porque su careta era un espejismo de sus emociones. Entonces dijo:

—También es posible que no haya una clave final, ¿no es cierto?

—No lo creo —repliqué enseguida.

—¿Por qué?

—Porque si no hubiera una clave final, yo no estaría encerrado aquí.

—Oh, muy bien —parecía divertido—. ¡Por tanto, yo soy

para ti *una prueba* de la existencia de una clave final!... Mejor dicho: la prueba *más importante*.

Golpeé la mesa. Grité.

—¡Ya basta! ¡Tú conoces la obra! ¡Incluso la has modificado: has elaborado páginas falsas y las has mezclado con las originales! ¡Dominas bien el idioma y el estilo! ¿Para qué me necesitas a mí?

Aunque la máscara seguía riéndose, él pareció pensativo durante un instante. Entonces dijo:

—Yo no he modificado la obra en absoluto. No hay páginas falsas. Lo que ocurre es que has mordido un cebo eidético.

—¿Qué quieres decir?

—Cuando un texto posee una eidesis muy fuerte, como es el caso, las imágenes llegan a obsesionar de tal manera al lector que lo implican de algún modo en la obra. No podemos obsesionarnos con algo sin sentir, al mismo tiempo, que formamos parte de ese algo. En la mirada de tu amante crees atisbar su amor por ti, y en las palabras de un libro eidético crees descubrir tu presencia...

Rebusqué entre mis papeles, irritado.

—¿También aquí? —le señalé una hoja—. ¿También cuando Heracles Póntor habla con un supuesto traductor secuestrado, en el falso capítulo octavo? ¿Aquí también mordí un «cebo eidético»?

—Así es —contestó con calma—. A lo largo de la obra se menciona a un Traductor al que Crántor, a veces, se dirige en segunda persona, y con el que Heracles habla en ese «falso» capítulo... ¡Pero ello no significa que *seas tú*!...

No supe qué contestar: su lógica era aplastante. De repente escuché su risita a través de la máscara.

—¡Ah, la literatura!... —dijo— —. ¡Leer no es pensar a solas, amigo mío: leer es dialogar! Pero el diálogo de la lectura es un diálogo platónico: tu interlocutor es una idea. Sin embargo, no es una idea inmutable: al dialogar con ella, la modificas, la haces tuya, llegas a creer en su existencia independiente... Los libros eidéticos aprovechan esta característica para tender hábiles trampas... que pueden... enloquecerte —y añadió, tras un silencio—: Lo mismo le ocurrió a Montalo, tu predecesor...

—¿Montalo? —sentí frío en las entrañas—. ¿Montalo estuvo aquí?

Hubo una pausa. Entonces la máscara estalló en una risotada estrepitosa y dijo:

—Claro que estuvo... ¡Más tiempo del que crees! En realidad, yo conocí esta obra gracias a su edición, igual que tú. Pero yo *sabía* que *La caverna* ocultaba una clave, así que lo encerré y lo obligué a encontrarla. Fracasó.

Esto último lo había dicho como si «fracasar» fuera exactamente lo que esperaba de sus víctimas. Hizo una pausa y la sonrisa de su máscara pareció extenderse. Prosiguió:

—Me harté, y mis perros saciaron su apetito con él... Después arrojé su cadáver al bosque. Las autoridades pensaron que lo habían devorado los lobos.

Y, tras una nueva pausa, agregó:

—Pero no te inquietes: aún me falta mucho tiempo para hartarme de ti.

El miedo se me deshizo en rabia.

—¡Eres... eres un horrible y despiadado!... —hice una pausa, intentando hallar la palabra adecuada: ¿«Asesino»? ¿«Criminal»? ¿«Verdugo»? Al fin, desesperado, comprendiendo que mi aversión era intraducible, exclamé—: ¡... galimatías! —y proseguí, desafiándolo—: ¿Crees que me atemorizas?... ¡Eres tú quien tiene miedo, y por eso te cubres la cara!

—¿Quieres quitarme la máscara? —me interrumpió.

Hubo un hondo silencio. Dije:

—No.

—¿Por qué?

—Porque, si veo tu rostro, sé que nunca saldré vivo de aquí...

Escuché su odiosa risita de nuevo.

—¡De modo que tú necesitas de mi máscara para tu *seguridad*, y yo de tu presencia para la *mía*! ¡Eso significa que no podemos separarnos! —se dirigió hacia la puerta y la cerró antes de que yo pudiera alcanzarlo. Su voz me llegó a través de las hendiduras de la madera—: Sigue traduciendo. Y piensa esto: si hay una clave, y tú la descubres, saldrás de aquí. Pero si no la hay, no saldrás nunca. Así que tú eres el principal interesado en que haya una, ¿no? *(N del T.)*

X*

—¿Quieres quitarme la máscara?

—No, pues no saldría vivo de aquí.**

El lugar era una boca oscura excavada en la piedra. El friso y el suelo del umbral, tenuemente curvos, simulaban, en conjunto, unos descomunales labios de mujer. Sin embargo, un escultor anónimo había grabado sobre el primero un andrógino bigote de mármol adornado con siluetas de machos desnudos y beligerantes. Se trataba de un pequeño templo dedicado a Afrodita en la ladera norte de la colina de la Pnyx, pero cuando se penetraba en su interior, no podía evitarse la sensación de estar descendiendo a un profundo abismo, una caverna en el reino de Hefesto.

—Determinadas noches de cada luna —le había explicado Heracles a Diágoras antes de llegar— unas puertas disimuladas en su interior se abren hacia complicadas galerías que horadan este lado de la colina.

* «Un penetrante aroma de mujer. Y al tacto... ¡oh, tersa firmeza! Algo así como la suavidad de un seno de muchacha y la reciedumbre de un brazo de atleta.» Ésta es la absurda descripción que hace Montalo de la textura del papiro en el décimo capítulo. *(N. del T.)*

** Esta contraseña (inmediatamente sabremos que se trata de una contraseña) reproduce con extraña exactitud un momento de la conversación que he mantenido con mi secuestrador hace escasas horas. ¿Otro «cebo eidético»? *(N. del T.)*

Un vigilante se sitúa en la entrada; lleva máscara y manto oscuro, y puede ser hombre o mujer. Pero es importante responder bien a su pregunta, pues no nos dejará pasar si no lo hacemos. Por fortuna, conozco la contraseña de esta noche...

Las escalinatas eran amplias. El descenso se favorecía, además, con luces de antorchas dispuestas a intervalos regulares. Un fuerte olor a humo y especias arreciaba en cada peldaño. Se escuchaban, travestidas por los ecos, la meliflua pregunta de un oboe y la respuesta viril del címbalo, así como la voz de un rapsoda de sexo inefable. Al final de la escalera, tras un recodo, había una pequeña habitación con dos aparentes salidas: un angosto y tenebroso túnel a la izquierda y unas cortinas clavadas en la piedra a la derecha. El aire era casi irrespirable. Junto a las cortinas, un individuo de pie. Su máscara era una mueca de terror. Vestía un *jitón* insignificante, casi indecente, pero gran parte de su desnudez se teñía de sombras, y no podía saberse si era un joven especialmente delgado o una muchacha de pequeños pechos. Al ver a los recién llegados, se volvió, cogió algo de una repisa adosada a la pared y lo mostró como una ofrenda. Dijo, con voz de ambigua adolescencia:

—Vuestras máscaras. Sagrado Dioniso Bromion. Sagrado Dioniso Bromion.

Diágoras no tuvo mucho tiempo para contemplar la que le dieron. Era muy semejante a las de los coreutas de las tragedias: un mango en su parte inferior, elaborado con la misma arcilla que el resto, y una expresión que simulaba alegría o locura. No supo si el rostro era de hombre o de mujer. Su peso resultaba notorio. La sostuvo por el mango, la alzó y lo observó todo a través de los misteriosos orificios de los ojos. Al respirar, su aliento le empañó la mirada.

Aquello (la criatura que les había entregado las máscaras y cuyo género, para Diágoras, tremolaba indeciso con cada gesto y cada palabra en un inquietante vaivén sexual) apartó los cortinajes y les dejó paso.

—Cuidado. Otro escalón —dijo Heracles.

El antro era un sótano tan cerrado como el maternal primer aposento de la vida. Las paredes menstruaban perlas rojas y el punzante olor a humo y especias taponaba la nariz. Al fondo erguíase un escenario de madera, no muy grande, sobre el que se hallaban el rapsoda y los músicos. El público se aglomeraba en un miserable reducto: eran sombras indefinidas que balanceaban las cabezas y tocaban con la mano libre —la que no sostenía la máscara— el hombro del compañero. Una escudilla dorada sobre un trípode destacaba en el espacio central. Heracles y Diágoras ocuparon la última fila y aguardaron. El filósofo supuso que los trapos de las antorchas y la ceniza de los pebeteros que colgaban del techo contenían hierbas colorantes, pues producían insólitas lenguas en ardoroso tono rojo rubor.

—¿Qué es esto? —preguntó—. ¿Otro teatro clandestino?

—No. Son rituales —contestó Heracles a través de la máscara—. Pero no los Sagrados Misterios, sino otros. Atenas está llena de ellos.

Una mano apareció de repente en el espacio que abarcaban las aberturas de los ojos de Diágoras: le ofrecía una pequeña crátera llena de un líquido oscuro. Hizo girar su máscara hasta descubrir otra careta frente a él. La rojez del aire impedía definir su color, pero su aspecto era horrible, con una larguísima nariz de vieja hechicera; por sus bordes se derramaban espléndidos ejemplos de pelo. La figura —fuese hombre o mujer— vestía una túnica ligerísima, como las que usan las cortesanas en los banquetes licenciosos cuando desean excitar a los invitados, pero, de nuevo, su sexo se agazapaba en la anatomía con increíble pericia.

Diágoras sintió que Heracles le golpeaba el codo:

—Acepta lo que te ofrecen.

Diágoras cogió la crátera y la figura se esfumó por la entrada, no sin antes mostrar algo así como un relámpago de su exacta naturaleza, pues la túnica no se cerraba en los costados. Pero la sangrante cualidad de la luz no permitió contestar del todo a la pregunta: ¿qué era aquello que pendía? ¿Un vientre elevado? ¿Unos pechos bajos? El Descifrador había cogido otra crátera.

—Cuando llegue el momento —le explicó—, finge que bebes esto, pero ni se te ocurra hacerlo de verdad.

La música finalizó bruscamente y el público comenzó a dividirse en dos grupos, disponiéndose a lo largo de las paredes laterales y despejando un pasillo central. Se escucharon toses, roncas carcajadas y jirones de palabras en voz baja. En el escenario sólo quedaba la silueta enrojecida del rapsoda, pues los músicos se habían retirado. Al mismo tiempo, una vaharada fétida se alzó como un cadáver resucitado por nigromancia, y Diágoras hubo de reprimir su repentino deseo de huir de aquel sótano para tomar bocanadas de aire puro en el exterior: intuyó confusamente que el mal olor procedía de la escudilla, en concreto de la materia irregular que ésta contenía.

Sin duda, al apartarse la gente que la rodeaba, la podredumbre había empezado a esparcir su aroma sin trabas.

Entonces, por los cortinajes de la entrada penetró un tropel de figuras imposibles.

Se advertía primero la completa desnudez. Después, las pandas siluetas hacían pensar en mujeres. Andaban a gatas, y máscaras exóticas albergaban sus cabezas. Los pechos bailaban con más soltura en unas que en otras. Los cuerpos de unas cuadraban mejor con el canon de los efebos que los de otras. Las había diestras en el gateado, briosas y juncales, y las había obesas y torponas. Lomos y nalgas, que eran las porciones más palmarias, revelaban distintos matices de hermosura, edad y lozanía. Pero todas iban en cueros, a cuatro patas, soltando hozadores gruñidos de tarascas en celo. El público las animaba con recios gritos. ¿De dónde habían salido?, se preguntó Diágoras. Recordó entonces el túnel que se abría a la izquierda, en la pequeña habitación del vestíbulo.

La formación seguía un orden creciente: una en cabeza, dos detrás, y así hasta cuatro, que era el máximo de cuerpos en fila que el pasillo permitía, de modo que la insólita manada, en sus comienzos, parecía una punta de lanza viva. A la altura del trípode, el desnudo torrente se desbravó para rodearlo.

Las primeras abordaron el escenario, abalanzándose vertiginosas sobre el rapsoda. Como aún seguían penetrando desde la entrada, las últimas hubieron de detenerse. Mientras aguardaban, se tentaban unas a otras con las máscaras presionando los traseros y muslos de las que iban delante. Conforme alcanzaban la meta, se dejaban caer en absoluto desorden, entre jadeos hidrófobos, acumulándose en una blanda colección de cuerpos inquietos, una desbaratada anatomía de carnes púberes.

Diágoras, estupefacto, en el límite del asombro y el asco, volvió a sentir a Heracles en el codo:

—¡Finge beber!

Observó al público que lo rodeaba: las cabezas se echaban hacia atrás y fluidos oscuros manchaban las túnicas. Apartó su máscara y alzó la crátera. El olor del líquido no se parecía a nada que Diágoras hubiese percibido antes: una mezcla densa de tinta y especias.

El pasillo comenzaba a despejarse otra vez, pero el escenario crujía bajo el peso de los cuerpos. ¿Qué ocurría allí? ¿Qué hacían? La montaña sonora y cambiante de desnudeces impedía saberlo.

Entonces un objeto salió despedido del escenario y cayó cerca de la escudilla. Era el brazo derecho del rapsoda, fácilmente reconocible por el trozo de tela negra de su túnica aún adherido al hombro. Su aparición fue acogida con alegres exclamaciones. Lo mismo ocurrió con el brazo izquierdo, que rebotó en el suelo con un golpe de rama seca y fue a dar a los pies de Diágoras, la mano abierta como una flor de cinco pétalos blancos. El filósofo lanzó un grito que, por fortuna, nadie oyó. Como si aquella desmembración fuera la señal convenida, el público corrió hacia la escudilla central con el alborozo de muchachas retozando bajo el sol.*

* «Muchachas» y «pétalos blancos» me hacen pensar otra vez en la imagen de mi muchacha del lirio: la veo corriendo bajo el sol fuerte de Grecia, con un lirio en la mano, alegre, confiada... ¡Y todo, en este horrendo párrafo! ¡Oh, maldito libro eidético! *(N. del T.)*

—Es un muñeco —dijo Heracles ante el paralizado horror de su compañero.

Una pierna golpeó a un espectador antes de detenerse en el suelo; la otra —lanzada con demasiada fuerza— rebotó en la pared opuesta. Las mujeres pugnaban ahora por arrebatarle la cabeza al mutilado tronco del maniquí: unas tiraban de un lado, otras de otro, unas con la boca, otras con las manos. La vencedora se situó en el centro del escenario, y, con un aullido, enarboló el trofeo mientras separaba impúdicamente las piernas, haciendo resaltar sus músculos de atleta, impropios de doncella ateniense, y alzando ostentosamente los pechos. Las costillas se le herraban de rojo por las luces. Empezó a patear el suelo de madera con su pie descalzo, invocando fantasmas de polvo. Sus compañeras, jadeantes, más apaciguadas, la contemplaban con reverencia.

El Caos gobernaba al público. ¿Qué ocurría? Se aglomeraban alrededor de la escudilla. Diágoras se acercó, aturdido, golpeado por el desorden. Un viejo frente a él agitaba sus espesas canas, como sumido en el éxtasis de un baile privado, mientras sostenía algo con la boca: parecía como si le hubieran abofeteado hasta destrozarle los labios, pero aquellos pingajos de carne que resbalaban por sus comisuras no eran suyos.

—Debo salir —gimió Diágoras.

Las mujeres habían comenzado a corear, desgañitándose:

—*¡Ia, Ia, Bromion, evohé, evohé...!*

—Por los dioses de la amistad, Heracles, ¿qué era eso? ¡Desde luego, Atenas no!

Se hallaban en la pacífica frialdad de una calle solitaria, sentados en el suelo y apoyados en la pared de una casa, jadeantes, el estómago de Diágoras en mejores condiciones después de la violenta purga a la que lo había sometido su propietario. Heracles replicó, ceñudo:

—Me temo que esto es mucho más Atenas que tu Academia, Diágoras. Se trata de un ritual dionisiaco. Decenas de ellos se celebran cada luna en la Ciudad y en sus alrededores, todos diferentes en pequeños detalles pero semejantes en conjunto. Yo conocía la existencia de tales ritos, desde luego, pero, hasta ahora, no había presenciado ninguno. Y quería hacerlo.

—¿Por qué?

El Descifrador se rascó un instante la pequeña barba plateada.

—Según la leyenda, el cuerpo de Dioniso fue destrozado por los titanes, al igual que el de Orfeo lo fue por las mujeres tracias, y Zeus le devolvió la vida a partir del corazón. Arrancar el corazón y devorarlo es uno de los más importantes eventos del rito dionisiaco...

—La escudilla... —murmuró Diágoras.

Heracles asintió.

—Seguramente contenía trozos putrefactos de corazones arrancados de animales...

—Y esas mujeres...

—Mujeres y hombres, esclavos y libres, atenienses y metecos... Los rituales no establecen diferencias. La locura y el desenfreno hermanan a las gentes. Una de esas mujeres desnudas que viste caminando a cuatro patas podía ser la hija de un arconte, y, a su lado, quizá gateaba una esclava de Corinto o una hetaira de Argos. Es la locura, Diágoras: no podemos explicarla con razones.

Diágoras movió la cabeza, aturdido.

—Pero ¿cómo se relaciona todo esto con...? —de repente abrió mucho los ojos y exclamó—: ¡El corazón arrancado!... ¡Trámaco!

Heracles volvió a asentir.

—La secta de esta noche es relativamente legal, conocida y aceptada por los arcontes, pero existen otras que, debido a la naturaleza de sus ritos, se mueven en la clandestinidad... Tú planteaste adecuadamente el problema en mi casa, ¿recuerdas? No podíamos llegar a la Verdad con la razón. Yo no te creí entonces, pero ahora debo admitir que estabas en lo cierto: lo que sentí este mediodía en el ágora, al escuchar el relato de unos campesinos áticos que se lamentaban por la muerte de sus compañeros atacados por los lobos no fue la consecuencia lógica de un... digamos, discurso razonado... sino... algo que ni siquiera puedo definir... Quizás un relámpago de mi *demon* socrático, o la intuición que dicen que es propia de las mujeres. Sucedió cuando uno de ellos mencionó el corazón devorado de su amigo. Entonces, simplemente, pensé: «Era un ritual, y nosotros no lo sospechábamos». Sus víctimas son, sobre todo, campesinos, por ello han pasado desapercibidos hasta ahora. Pero estoy seguro de que actúan en el Ática desde hace años...

El Descifrador se puso en pie, fatigado, y Diágoras lo imitó mientras murmuraba, con el tono apremiante de la ansiedad:

—¡Espera un momento: Eunío y Antiso no murieron así! ¡Ellos... ellos conservaban sus corazones!

—¿No lo entiendes aún? Eunío y Antiso fueron asesinados para *engañarnos.* La muerte que les interesaba ocultar era la de Trámaco. Cuando supieron que habías contratado a un Descifrador de Enigmas para investigar sobre Trámaco, se asustaron tanto que elaboraron esta espantosa comedia...

Diágoras se pasó una mano por el rostro, como si pretendiera arrancarse la expresión de incredulidad que mostraba.

—No es posible... ¿Devoraron el corazón... de Trámaco?... ¿Cuándo?... ¿Antes o después de que los lobos...?

Se interrumpió al contemplar al Descifrador, que le devolvió la mirada con impasible firmeza.

—*Nunca los hubo,* Diágoras. Eso era lo que trataban de ocultarnos por todos los medios. Esos desgarros, los mordiscos... *No fueron* los lobos... Hay sectas que...

La sombra y el ruido sucedieron simultáneamente: la sombra fue tan sólo un polígono irregular, alargado, que se desprendió del recodo más próximo al lugar en que se hallaban y, proyectada por la luna, alejose velozmente de ellos. El ruido fue un jadeo al principio, y después unos pasos apresurados.

—¿Quién...? —preguntó Diágoras.

Heracles fue el primero en reaccionar.

—¡Alguien nos vigilaba! —gritó.

Desplazó su obeso cuerpo hacia delante, obligándose a echar a correr. Diágoras lo sobrepasó con rapidez. La silueta —hombre o mujer— pareció rodar calle abajo hasta perderse en la oscuridad. Bufando, resoplando, el Descifrador se detuvo.

—¡Bah, es inútil!

Volvieron a reunirse. Las mejillas de Diágoras ardían de rubor y sus labios de muchacha parecían pintados; con gesto delicado se arregló el pelo, alzó el prominente busto para tomar una bocanada de aire y dijo, con dulce voz de ninfa:*

—Se ha escapado. ¿Quién sería?

Heracles replicó gravemente:

—Si era uno de ellos, y eso es lo que creo, nuestras vidas no valdrán un óbolo a partir del amanecer. Los miembros de esta secta carecen del menor escrúpulo y son terriblemente astutos: ya te he dicho que no dudaron en servirse de Antiso y Eunío para distraer nuestro pensamiento... Con seguridad, ambos eran sectarios, igual que Trámaco. Ahora se entiende todo: el temor que advertí en Antiso no era debido a Menecmo sino a *nosotros.* Sin duda, sus superiores le aconsejaron que pidiera ser trasladado fuera de Atenas para que no lo interrogáramos. Pero como nuestra investigación prosiguió, la secta decidió sacrificarlo igualmente, con el fin de desviar nuestra atención hacia Menecmo... Aún recuerdo su mirada, desnudo en la despensa, la otra noche... ¡Cómo me engañó ese maldito muchacho!... En cuanto a Eumarco, no creo que fuera de ellos: quizá presenció

* Rogaría al lector que no tuviese en cuenta este repentino hermafroditismo de Diágoras, ya que es eidético. La ambigüedad sexual que preside la descripción de los personajes secundarios en este capítulo contamina ahora a uno de los protagonistas. Parece señalar la presencia del noveno Trabajo: el Cinturón de Hipólita, donde el héroe debe enfrentarse a las amazonas (las doncellas guerreras, o sea, las mujeres-hombres) para robar el cinturón de la reina Hipólita. No obstante, creo que el autor se permite cierta venenosa burla a costa de uno de los caracteres más «serios» de toda la obra (imaginar a Diágoras de tal guisa me ha hecho reír de nuevo). Este grotesco sentido del humor no se diferencia mucho, en mi opinión, del que gasta mi enmascarado carcelero... *(N. del T.)*

la muerte de Antiso y, al querer impedirlo, fue asesinado también.

—Pero entonces, Menecmo...

—Un sectario de cierta importancia: representó muy bien su ambiguo papel de culpable cuando lo visitamos... —Heracles hizo una mueca—. Y, probablemente, fue él quien reclutó a tus discípulos...

—¡Pero Menecmo ha sido condenado a muerte! ¡Va a ser arrojado por el precipicio del báratro!

Heracles asintió, lúgubre.

—Ya lo sé, y eso es lo que él *deseaba.* ¡Oh, no me pidas que lo entienda, Diágoras! Deberías leer los textos que he encontrado en tu biblioteca... Los miembros de ciertas sectas dionisíacas ansían morir despedazados o ser torturados; acuden presurosos al sacrificio como una doncella a los brazos de su esposo en la noche nupcial... ¿Recuerdas lo que te dije sobre Trámaco? ¡Tenía los brazos ilesos! ¡No se defendió! ¡Probablemente eso era lo que había en su mirada aquella tarde: tú creíste ver terror, pero era puro *placer*! ¡El terror sólo estaba en *tus ojos*, Diágoras!

—¡No! —gritó Diágoras, chilló casi—. ¡El placer no tiene ese aspecto!

—Es posible que *esta clase* de placer sí. ¿Tú qué sabes? ¿Lo has experimentado alguna vez?... ¡No pongas esa cara, yo tampoco puedo explicármelo! ¿Por qué los participantes en el ritual de esta noche comen pedazos de vísceras podridas? ¡No lo sé, Diágoras, y no me pidas que lo entienda! ¡Quizá toda la Ciudad haya enloquecido sin que nosotros lo sepamos!

Heracles casi se sobresaltó ante la repentina expresión del rostro de su compañero: era como un grotesco esfuerzo de los músculos por mezclar el horror con el enfado y la vergüenza. El Descifrador jamás lo había visto así. Cuando habló, la voz se ajustó muy bien a aquella máscara.

—¡Heracles Póntor: estás hablando de un discípulo de la Academia! ¡Estás hablando de *mis* discípulos! ¡Yo conocía el interior de sus almas...! ¡Yo...!

Heracles, que de ordinario lograba mantener la calma, sintió de improviso que la ira lo dominaba.

—¡Qué importa ahora tu maldita Academia! ¡Qué ha importado nunca!...

Suavizó el tono al observar la amarga mirada que le dirigía el filósofo. Prosiguió, con su serenidad habitual:

—Debemos reconocer, forzosamente, que la gente considera tu Academia un lugar muy aburrido, Diágoras. Acuden a ella, escuchan tus clases y después... después se dedican a devorarse unos a otros. Eso es todo.

«Terminará aceptándolo», pensó, conmovido por la mueca que advertía, a la luz de la luna, en el demacrado semblante del mentor. Tras un instante de incómodo silencio, Diágoras dijo:

—Tiene que haber una explicación. Una clave. Si es cierto lo que afirmas, debe existir una clave final que no hemos encontrado aún...

—Quizás exista una clave en este extraño texto —convino Heracles—, pero yo no soy el traductor adecuado... Es posible que haya que ver las cosas desde la distancia para entenderlas mejor.* En cualquier caso, obremos con prudencia. Si han estado vigilándonos, y sospecho que así ha sido, ya saben que los hemos descubierto. Y eso es lo que menos les agrada de todo. Debemos movernos con rapidez...

* ¿Desde qué distancia? ¿Desde aquí abajo? *(N. del T.)*

—¿De qué forma?

—Necesitamos una prueba. Todos los miembros conocidos de la secta han muerto o están a punto de morir: Trámaco, Eunío, Antiso, Menecmo... El plan fue muy hábil. Pero quizá tengamos alguna posibilidad... ¡Si lográsemos que Menecmo confesara!...

—Yo puedo intentar hablar con él —se ofreció Diágoras.

Heracles pensó un instante.

—Bien, tú hablarás mañana con Menecmo. Yo probaré suerte con otra persona...

—¿Quién?

—¡La que puede que constituya el único error que han cometido ellos! Te veré mañana, buen Diágoras. ¡Sé prudente!

La luna era un pecho de mujer; el dedo de una nube se acercaba a su pezón. La luna era una vulva; la nube, afilada, pretendía penetrarla.* Heracles Póntor, ajeno

* Llevo demasiado tiempo encerrado. Por un momento me ha parecido que estas dos frases podían traducirse de forma menos grosera; quizá: «La luna era un seno rozado por el dedo de una nube. La luna era una cavidad donde quería encerrarse la nube de afilados contornos», o algo así. En cualquier caso, algo mucho más poético que la versión por la que he optado. Pero es que... ¡Oh, Helena, cuánto te recuerdo y te necesito! Siempre he creído que los deseos físicos eran meros servidores de la noble actividad mental... y ahora... ¡Cuánto daría por un buen revolcón! (Lo digo así, sin ambages, porque, seamos sinceros: *¿quién va a leer todo esto?*) ¡Oh, traducir, traducir: un necio Trabajo de Hércules ordenado por un Euristeo absurdo! ¡Sea, pues! ¿No soy, en este reducto oscuro, dueño de lo que escribo? ¡Pues ésta es mi traducción, por chocante que resulte! *(N. del T.)*

por completo a tan celeste actividad, sin vigilarla, cruzó el jardín de su casa, que yacía bajo la vigilancia de Selene, y abrió la puerta de entrada. El hueco oscuro y silencioso del pasillo semejaba un ojo vigilante. Heracles vigiló la posibilidad de que su esclava Pónsica hubiera tomado la precaución de dejar una lámpara de vigilancia en la repisa más próxima al umbral, pero Pónsica, evidentemente, no había vigilado tal evento.* De modo que penetró en las tinieblas de la casa como un cuchillo en la carne, y cerró la puerta.

—¿Yasintra? —dijo. No obtuvo respuesta.

Acuchilló la oscuridad con los ojos, pero en vano. Se dirigió lentamente a las habitaciones interiores. Sus pies parecían moverse sobre puntas de cuchillos. El helor de la casa a oscuras traspasaba su manto como un cuchillo.

—¿Yasintra? —dijo de nuevo.

—Aquí —escuchó. La palabra había acuchillado el silencio.**

Se acercó al dormitorio. Ella se hallaba de espaldas, en la oscuridad. Se volvió hacia él.

—¿Qué haces aquí, sin luces? —preguntó Heracles.

—Aguardarte.

Yasintra se había apresurado a encender la lámpara de la mesa. Él observó su espalda mientras lo hacía. El resplandor nació, indeciso, frente a ella, y se exten-

* ¿Qué es esto? ¡Es obvio que se trata de una repentina floración eidética de la palabra «vigilar»! Pero... ¿qué significa? ¿Acaso alguien «vigila» a Heracles? *(N. del T.)*

** ¡Cuchillos! ¡La eidesis, de repente, crece como hiedra venenosa! ¿Cuál es la imagen? «Vigilancia»... «Cuchillo»... ¡Oh, Heracles, Heracles, cuidado: estás en *peligro*! *(N. del T.)*

dió por la espalda del techo. Yasintra demoró un instante en dar la vuelta y Heracles continuó observando las fuertes líneas de su espalda: vestía un largo y suave peplo hasta los pies atado con dos fíbulas en cada hombro. La prenda formaba pliegues en su espalda.

—¿Y mi esclava?

—No ha regresado todavía de Eleusis —dijo ella, aun de espaldas.*

Entonces se volvió. Estaba hermosamente maquillada: sus párpados alargados con tinturas, los pómulos níveos de albayalde y la mancha simétrica de los labios muy roja; los pechos temblaban en libertad bajo el peplo azulado; un cinturón de argollas de oro ajustaba la ya bastante angosta línea del vientre; las uñas de sus pies descalzos mostraban dobles colores, como las de las mujeres egipcias. Al volverse, distribuyó por el aire un levísimo rocío de perfume.

—¿Por qué te has vestido así? —preguntó Heracles.

—Pensé que te gustaría —dijo ella, con mirada vigilante. En cada lóbulo de sus pequeñas orejas, los pendientes mostraban una mujer desnuda de metal, afilada como un cuchillo, vuelta de espaldas.**

El Descifrador no dijo nada. Yasintra permanecía inmóvil, aureolada por la luz de la lámpara que se ha-

* ¡Y ahora, «espalda»! ¡Es una advertencia! Quizá: «*Vigila* tu *espalda*, porque... hay un *cuchillo*». ¡Oh, Heracles, Heracles! ¿Cómo puedo avisarte? ¿Cómo? ¡No te acerques a ella! *(N. del T.)*

** La repetición, en este párrafo, de las tres palabras eidéticas refuerza la imagen: ¡Vigila tu espalda, Heracles: ella tiene un cuchillo! *(N. del T.)*

llaba tras ella; las sombras le dibujaban una retorcida columna que se extendía desde su frente hasta la confluencia púbica de los pliegues del peplo, dividiendo su cuerpo en dos mitades perfectas. Dijo:

—Te he preparado comida.

—No quiero comer.

—¿Vas a acostarte?

—Sí —Heracles se frotó los ojos—. Estoy agotado.

Ella se dirigió hacia la puerta. Sus numerosos brazaletes repicaron con los movimientos. Heracles, que la observaba, dijo:

—Yasintra —ella se detuvo y se volvió—. Quiero hablar contigo —ella asintió en silencio y regresó sobre sus pasos hasta situarse frente a él, inmóvil—. Me dijiste que unos esclavos, que afirmaron haber sido enviados por Menecmo, te amenazaron de muerte —ella asintió otra vez, ahora más rápido—. ¿Los has vuelto a ver?

—No.

—¿Cómo eran?

Yasintra titubeó un instante.

—Muy altos. Con acento ateniense.

—¿Qué te dijeron exactamente?

—Lo que te conté.

—Recuérdamelo.

Yasintra parpadeó. Sus acuosos, casi transparentes ojos eludieron la mirada de Heracles. La rosada punta de la lengua refrescó con lentitud los rojos labios.

—Que no le hablara a nadie de mi relación con Trámaco, o lo lamentaría. Y juraron por el Estigia y por los dioses.

—Comprendo...

Heracles se atusaba la plateada barba. Empezó a

dar breves paseos frente a Yasintra: izquierda, derecha, izquierda, derecha...* Entonces murmuró, pensando en voz alta:

—No hay duda: serían también miembros de...

Giró de repente y le dio la espalda a la muchacha.** La sombra de Yasintra, proyectada en la pared frente a él, pareció crecer. Con una idea repentina, Heracles se volvió hacia la hetaira. Le pareció que ella se había acercado unos pasos, pero no le dio importancia.

—Un momento, ¿recuerdas si tenían algún signo reconocible? Quiero decir, tatuajes, brazaletes...

Yasintra frunció el ceño y volvió a apartar la mirada.

—No.

—Pero, desde luego, no eran adolescentes sino hombres adultos. De eso estás segura...

Ella asintió y dijo:

—¿Qué ocurre, Heracles? Me aseguraste que Menecmo ya no podría hacerme daño...

—Y así es —la tranquilizó él—. Pero me gustaría atrapar a esos dos hombres. ¿Los reconocerías si los volvieras a ver?

—Creo que sí.

—Bien —Heracles, de repente, se sintió fatigado. Contempló el tentador aspecto de su lecho y lanzó un suspiro—. Ahora voy a descansar. El día ha sido muy complicado. Si puedes, avísame en cuanto amanezca.

—Lo haré.

La despidió con un gesto indiferente y apoyó la voluminosa espalda en la cama. Poco a poco, su razón

* ¡No le des la *espalda*! *(N. del T.)*
** ¡¡NO, MALDITO SEAS!! *(N. del T.)*

vigilante cerró los ojos. El sueño se abrió paso como un cuchillo, hendiendo su conciencia.*

El corazón latía encerrado entre los dedos. Había sombras a su alrededor, y se oía una voz. Heracles desvió la vista hacia el soldado: estaba hablando en aquel momento. ¿Qué decía? ¡Era importante saberlo! El soldado movía la boca encerrado en una trémula laguna gris, pero los fuertes retumbos de la víscera impedían a Heracles escuchar sus palabras. Sin embargo, distinguía perfectamente su atuendo: coraza, faldellín, grebas y un yelmo con vistoso penacho. Reconoció su rango. Creyó comprender algo. De improviso, los latidos arreciaron: parecían pasos que se acercaran. Menecmo, naturalmente, sonreía al fondo del túnel, de donde emergían las mujeres desnudas gateando. Pero lo más importante era recordar lo que acababa de olvidar. Sólo entonces...

—¡No! —gimió.

—¿Era el mismo sueño? —preguntó la sombra inclinada sobre él.

El dormitorio seguía débilmente iluminado. Yasintra, maquillada y vestida, se hallaba recostada junto a Heracles, observándolo con expresión tensa.

—Sí —dijo Heracles. Se pasó una mano por la húmeda frente—. ¿Qué haces aquí?

—Te escuché, igual que la otra vez: hablabas en voz alta, gemías... No pude soportarlo y acudí a despertarte. Es un sueño que te envían los dioses, estoy segura.

* ¡No ha pasado el peligro: las tres palabras persisten como signos eidéticos de aviso! *(N. del T.)*

—No lo sé... —Heracles se pasó la lengua por los labios resecos—. Creo que es un mensaje.

—Una profecía.

—No: un mensaje del pasado. Algo que debo recordar.

Ella replicó, suavizando repentinamente su voz hombruna:

—No has alcanzado la paz. Te esfuerzas mucho con tus pensamientos. No te abandonas a las sensaciones. Mi madre, cuando me enseñó a bailar, me dijo: «Yasintra, no pienses. No uses tu cuerpo: que él te use a ti. Tu cuerpo no es tuyo, es de los dioses. Ellos se manifiestan en tus movimientos. Deja que tu cuerpo te ordene: su voz es el deseo y su lengua es el gesto. No traduzcas su idioma. Escúchalo. No traduzcas. No traduzcas. No traduzcas...».*

—Puede que tu madre tuviera razón —admitió Heracles—. Pero yo me siento incapaz de dejar de pensar —y añadió, con orgullo—: Soy un Descifrador en estado puro.

—Quizá yo pueda ayudarte.

Y, sin más, apartó las sábanas, inclinó la cabeza con mansedumbre y depositó la boca sobre la región de la túnica que albergaba el fláccido miembro de Heracles.

La sorpresa lo enmudeció. Se incorporó bruscamente. Despegando apenas sus gruesos labios, Yasintra dijo:

—Déjame.

Besó y amasó la blanda, alargada protuberancia en la que Heracles apenas había reparado desde la muerte de

* Los ojos se me cierran ante estas palabras hipnóticas. *(N. del T.)*

Hagesíkora, la dúctil y dócil cosa bajo su túnica. Entonces, durante el minucioso rastreo, sorprendió con la boca un diminuto ámbito. Él lo sintió como un grito, una percepción estridente y repentina de la carne. Gimió de placer, dejándose caer en el lecho, y cerró los ojos.

La sensación se propaló hasta formar un fragmentario espacio de piel bajo su vientre. Adquirió anchura, volumen, fortaleza. Ya no era un lugar: era una rebelión. Heracles ni siquiera lograba localizarlo en el complaciente misterio de su miembro. Ahora, la rebelión era una desobediencia tácita a sí mismo que se aislaba y cobraba forma y voluntad. ¡Y ella había usado sólo su boca! Volvió a gemir.

De improviso, la sensación desapareció bruscamente. En su cuerpo quedó un escozor vacío semejante al que provoca una bofetada. Comprendió que la muchacha había interrumpido las caricias. Abrió los ojos y la vio alzarse el extremo inferior del peplo y colocarse a horcajadas sobre sus piernas. Su firme vientre de bailarina se apoyó sobre la rígida escultura que había contribuido a cincelar y que ahora se erguía apremiante. Él la interrogó con gemidos. Ella había empezado a contonearse... No, no exactamente eso sino un baile, una danza limitada sólo a su tronco: los muslos aferraban con firmeza las gruesas piernas de Heracles y las manos se apoyaban en la cama, pero el tronco se movía, especioso, al ritmo de una música epidérmica.

Un hombro se insinuó, y, con calculada lentitud, la tela que sujetaba el peplo por aquel lado comenzó a deslizarse sobre el torneado borde y descendió por el brazo. Yasintra giró la cabeza en dirección al otro hombro y ejecutó un ejercicio similar. La banda de tela de esa zona resistió un poco más en el punto álgido, pero Heracles creyó, incluso, que la dificultad era voluntaria. Después, con un movimiento sorprendente, la hetaira replegó los brazos y, sin asomo de torpeza, los liberó de las ataduras de tela. La prenda resbaló hasta quedar pendiente de los senos erguidos.

Era difícil desnudarse sin ayuda de las manos, pensó Heracles, y en aquella lenta dificultad residía uno de los placeres que ella le regalaba; el otro, el menos obediente, el más moroso, consistía en la continua y creciente presión de su pubis contra la vara enrojecida que él le mostraba.

Con un preciso balanceo del torso, Yasintra logró que la tela resbalara como el aceite por la convexa superficie de uno de los pechos y, salvado el estorbo esconzado del pezón, flotara en un descenso de pluma hacia su vientre. Heracles observó el seno recién desnudo: era un objeto de carne morena, redonda, al alcance de su mano. Sintió deseos de presionar el adorno oscuro y endurecido que temblaba sobre aquel hemisferio, pero se contuvo. El peplo comenzó a derramarse por el otro pecho.

El delgado cuerpo de Heracles se tensó; su frente, con las profundas entradas del cabello en las sienes, estaba húmeda de sudor; sus ojos negros parpadeaban; su boca, orlada por la pulcra barba negra, emitió un gemido; todo su rostro había enrojecido; incluso la pequeña cicatriz de su angulosa mejilla izquierda (el recuerdo de un golpe infantil) aparecía más oscura.*

Atrapado en la cintura por las hebillas de metal, el peplo renunciaba a prolongar el éxtasis. Yasintra usó

* Soy yo. No es la descripción del cuerpo de Heracles sino del mío. ¡Yo soy quien yace con Yasintra! *(N. del T.)*

por primera vez sus dedos, y el cinturón cedió con un suave chasquido. Su cuerpo se abrió paso hacia la desnudez. Al fin expedita, su carne resultaba, a los ojos de Heracles, bellamente muscular; cada tramo de piel mostraba el recuerdo de un movimiento; su anatomía estaba repleta de propósitos. Gruñendo, Heracles se incorporó con dificultad. Ella aceptó su iniciativa, y se dejó empujar hasta caer de lado. Él no deseaba mirar su rostro y, girando, se volcó sobre ella. Sintiose capaz de hacer daño: le separó las piernas y se hundió en su interior con suave aspereza. Quiso creer que la había hecho gemir. Tanteó su rostro con la mano izquierda, y Yasintra se quejó al recibir la mordedura del anillo que él llevaba en el dedo medio. Los gestos de ambos se convirtieron en preguntas y respuestas, en órdenes y obediencias, en un ritual innato.*

Yasintra acarició su voluminosa espalda con uñas afiladas como cuchillos, y él cerró los vigilantes ojos.** Siguió besándola en las suaves curvas del cuello y el hombro, mordiéndola con suavidad, depositando aquí y allí sus modestos gritos, hasta que sintió la llegada de un placer extraño, avasallador.*** Gritó

* Es terrible verme ahí, descrito en mi propia sexualidad. Quizá todo lector se imagina a sí mismo en una escena así: él cree ser él, y ella, ella. Aunque intento evitarlo, estoy excitado: leo y escribo al mismo tiempo que percibo la llegada de un placer extraño, avasallador... *(N. del T.)*

** ¡Las tres palabras eidéticas de advertencia: «Espalda», «cuchillo», «vigilar»! ¡Es una TRAMPA! ¡Tengo que..., quiero decir, Heracles tiene que...! *(N. del T.)*

*** ¡Mis propias palabras! ¡Las que acabo de escribir en una nota previa! (Las he subrayado en el texto y en la nota para por última vez, percibiendo que la voz resonaba dentro de ella, densa y torrencial.

Al mismo tiempo, la hetaira apartó la mano derecha con una lentitud que desmentía su aparente éxtasis, alzó el objeto que había cogido previamente —él la vio, pero no pudo moverse, no en *aquel* instante— y lo clavó en la espalda de Heracles.*

Él sintió una picadura en su espina dorsal.

Un instante después, se apartó de un salto, alzó la mano y la descargó como el pomo de una espada en la mandíbula de ella. La vio girar, pero advirtió que el peso de su cuerpo le impedía caer del lecho. Entonces se incorporó más y la empujó: la muchacha rodó como una res desollada y golpeó el suelo produciendo un ruido peculiar, misteriosamente suave. Sin embargo, el largo y afilado cuchillo que sostenía rebotó con un pequeño estrépito metálico, absurdo entre tantos sonidos tersos. Fatigado y torpe, Heracles salió de la cama, levantó a Yasintra por el pelo y la llevó hasta la pared más próxima, golpeándole la cabeza contra ella.

Fue entonces cuando logró pensar, y lo primero que pensó fue: «No me ha hecho daño. Pudo haberme clavado el puñal, pero no lo hizo». No obstante, su furia

---

que el lector lo compruebe.) Por supuesto, yo las escribí *antes* de traducir esta frase. ¿No es casi una *fusión*? ¿No es un acto de amor? ¿Qué otra cosa es hacer el amor sino unir fantasía y realidad? ¡Oh, maravilloso placer textual: acariciar el texto, gozar el texto, frotar mi pluma sobre el texto! No me importa que mi hallazgo sea casual: ya no hay duda, yo *soy él;* yo estoy *ahí, con ella... (N. del T.)*

* Heracles no ha podido reaccionar. Yo tampoco. Él ha seguido. Yo he seguido. Así, hasta el final. Ambos hemos optado por continuar. *(N. del T.)*

no menguó. Volvió a manipular su cabeza tirando del rizado cabello; el impacto resonó en el muro de adobe.

—¿Qué otra cosa debías hacer, además de matarme? —preguntó con voz ronca.

Cuando ella habló, dos adornos rojos descendieron por su nariz y esquivaron sus gruesos labios.

—No me ordenaron que te matara. Hubiera podido hacerlo, de haber querido. Me dijeron tan sólo que, cuando acudiera tu placer, en ese momento y no antes ni después, apoyara la punta del puñal en tu carne, sin dañarte.

Heracles la sujetaba del pelo. Ambos respiraban jadeantes, los desnudos pechos de ella aplastándose contra la túnica de él. Temblando de rabia, el Descifrador cambió de mano y la cogió del cabello con la izquierda mientras alzaba la derecha y abofeteaba su rostro dos veces, con extrema dureza. Cuando terminó, la muchacha, simplemente, se pasó la lengua por los labios partidos y lo miró sin dar muestras de dolor o cobardía. Heracles dijo:

—Nunca existieron los «hombres altos con acento ateniense», ¿no es cierto?

Yasintra replicó:

—Sí. Eran ellos. Pero llevaban máscaras. Me amenazaron por primera vez tras la muerte de Trámaco. Y después de que vosotros hablarais conmigo, regresaron. Sus amenazas eran espantosas. Me dijeron todo lo que tenía que hacer: debía decirte que había sido Menecmo quien me había amenazado. Y debía ir a tu casa y pedirte cobijo. Y provocarte, y gozar contigo —Heracles volvió a levantar la mano derecha. Ella dijo—: Mátame a golpes si quieres. No le tengo miedo a la muerte, Descifrador.

—Pero a ellos sí —murmuró Heracles sin golpearla.

—Son muy poderosos —Yasintra sonrió con sus labios agrietados—. No puedes imaginarte lo que me dijeron que me harían si no obedecía. Hay muertes que son alivios, pero ellos no prometen la muerte sino un dolor infinito. Convencen pronto a quien quieren. Ni tú ni tu amigo tenéis la más mínima posibilidad frente a ellos.

—¿Esto me lo dices porque te lo han ordenado también?

—No; esto lo sé.

—¿Cómo te comunicas con ellos? ¿Dónde puedo encontrarlos?

—Ellos te encuentran a ti.

—¿Han venido aquí?

—Sí —dijo ella, y Heracles observó que titubeaba. La obligó a apoyar más la espalda contra la pared, clavándole el codo izquierdo en el hombro como un cuchillo mientras vigilaba cualquier movimiento que ella pudiese hacer.*

Yasintra añadió:

—En realidad, *están* aquí.

—¿Aquí? ¿Qué quieres decir?**

Yasintra hizo una pausa: sus ojos se movieron de un lado a otro, como abarcando toda la habitación. Dijo, con extraña lentitud:

—Me ordenaron también que..., después de hacerte gozar, procurara hablarte... y te distrajera...

* ¿Por qué surgen de nuevo las tres palabras eidéticas (las he subrayado) cuando el peligro, para Heracles, parece haber cesado? ¿Qué ocurre? *(N. del T.)*

** ¡Ya comprendo! ¡¡Heracles, cuidado: a tu ESPALDA!! *(N. del T.)*

Heracles observó el rápido movimiento de los ojos de la muchacha.*

De repente creyó escuchar algo parecido a una voz interior que le gritaba: «¡Vuélvete!». Lo hizo justo a tiempo.

La figura, enmascarada y vestida con un pesado manto negro, acababa de completar el silencioso y mortífero arco con su brazo derecho, pero el imprevisto obstáculo del antebrazo de Heracles desvió la trayectoria del golpe y la hoja se clavó sin daño en el aire. El Descifrador logró girar antes de que su agresor descargara otra puñalada y, extendiendo la mano, atrapó su muñeca derecha. Forcejearon. Heracles contempló el rostro enmascarado y fue entonces cuando sintió que sus fuerzas flaqueaban, pues reconoció de inmediato aquella máscara sin rasgos, las facciones artesanas y falsas y la oscura inquietud filtrada por las dos aberturas simétricas de los ojos, que ahora emitían destellos de odio. Pónsica aprovechó su momentánea confusión para aproximar más la punta de la daga a la blanda carne de su cuello. Heracles trastabilló, retrocediendo y golpeándose contra la pared. Se obligó a pensar (un pensamiento de refilón, como una mirada de reojo) que Yasintra, al menos, no parecía atacarle, aunque él no sabía qué otra cosa podía estar haciendo ella. Así pues, se enfrentaba a un solo enemigo, una mujer (aunque muy fuerte, como acababa de comprobar en aquel mismo instante). Decidió que podía permitirse el riesgo de que la afiladísima hoja se acercara un poco más a su objetivo a costa de reunir potencia en su mano derecha: alzó el puño y lo descargó contra la máscara. Es-

* ¡¡VUÉLVETE!! *(N. del T.)*

cuchó un gemido tan profundo como el que hubiera podido percibir desde el brocal de un pozo. Volvió a golpear. Otro gemido, pero nada más. Peor aún: la concentración en su brazo derecho le había hecho olvidar la daga, que acortaba cada vez más la nimia distancia hacia su palpitante cuello, hacia las débiles ramas de las venas y la trémula y dócil musculatura. Entonces dejó de golpear e hizo algo que, sin duda, sorprendió a su frenética oponente: sus dedos se extendieron y empezaron a acariciar cariñosamente los contornos de la máscara, el promontorio de la nariz, el reborde de los pómulos..., como un ciego que deseara reconocer al tacto el rostro de un viejo amigo.

Pónsica comprendió sus intenciones demasiado tarde.

Dos gruesos arietes, dos enormes émbolos penetraron sin previo aviso por las aberturas de los ojos y se hundieron sin encontrar resistencia en una curiosa viscosidad protegida por delgadas láminas de piel. De inmediato, la hoja del puñal se apartó del cuello de Heracles y algo gimió y vociferó bajo la indiferente expresión de la careta. El Descifrador extrajo los dos dedos, húmedos hasta la segunda falange, y se alejó de ella. Pónsica lanzó un aullido. La máscara seguía paciente y neutra. Retrocedió. Perdió el equilibrio.

Cuando cayó al suelo, Heracles se abalanzó sobre ella.

A duras penas logró refrenar el casi irresistible impulso de utilizar su propio puñal. En vez de ello, después de desarmarla, se sirvió de los pies descalzos para golpearla en varias zonas débiles que su ceguera dejaba indefensas. Usó el talón: le pareció que aplastaba un enorme insecto.

Cuando todo terminó, jadeante, confuso, observó que Yasintra continuaba desnuda e inmóvil contra la pared, como él la había dejado; tan sólo parecía haberse limpiado un poco la sangre del rostro. A Heracles casi le disgustó que ella no lo atacara también: hubiese querido reunir una furia con otra, una lucha encadenada a otra lucha, la perpetuación de un golpe constante. Ahora sólo disponía del aire y de los objetos a su alrededor para destruir, arrancar, aniquilar. Cuando recuperó la voz, dijo:

—¿En qué momento la reclutaron?

—No lo sé. Cuando ellos me enviaron aquí, me dijeron que acatara sus instrucciones. Ella no habla, pero sus gestos resultan fáciles de entender. Y yo ya conocía las órdenes.

—¡Los Sagrados Misterios! —murmuró Heracles, con desprecio. Yasintra lo miró sin comprender—. Pónsica me dijo que era devota de los Sagrados Misterios, como Menecmo. Ambos mentían.

—Quizá no —sonrió la bailarina—, porque no te dijeron *qué clase* de Sagrados Misterios adoraban.

Heracles alzó una ceja y la contempló. Le dijo:

—Vete. Lárgate de aquí.

Ella recogió su peplo y su cinturón del suelo y, dócilmente, cruzó la habitación. En la puerta, se volvió hacia él.

—Tu esclava era la encargada de matarte, no yo. Ellos hacen las cosas a su manera, Descifrador: ni tú ni nadie puede comprenderlos. Por eso son tan peligrosos.

—Vete —repitió él, jadeante, casi sin resuello.

Ella le dijo aún:

—Huye de la Ciudad, Heracles. No vivirás más allá del amanecer.

Cuando Yasintra se marchó, Heracles pudo mostrar por fin todo el cansancio que sentía: se recostó en la pared y se frotó los ojos. Necesitaba recobrar la paz de sus pensamientos, limpiar las herramientas mentales de su trabajo y volver a empezar, con calma...

Un ruido lo sobresaltó. Pónsica intentaba incorporarse en el suelo. Al girar hacia un lado, la máscara surtió dos espesas líneas de sangre por las aberturas de la mirada. El aspecto de aquel rostro blanco y falso dividido por una doble columna rojiza era espantoso. «Es imposible», pensó Heracles. «Le rompí varias costillas. Debe de estar agonizando. No puede moverse.» Recordó la fábula de los autómatas inexorables diseñados por el sabio Dédalo; los movimientos de Pónsica le hicieron pensar en un mecanismo maltrecho: se apoyaba en una mano, se erguía, volvía a caer, volvía a apoyarse, con ademanes de pantomima truncada. Por fin, comprendiendo quizá que su intención era vana, cogió el puñal y se arrastró hacia Heracles con denodado empeño. Sus ojos vomitaban dos regueros paralelos de humores.

—¿Por qué me odias tanto, Pónsica? —preguntó Heracles.

La vio detenerse a sus pies, la respiración hirviéndole en el pecho, y alzar la daga, trémula, amenazándole con un gesto derrotado. Pero las fuerzas la traicionaron y el cuchillo cayó al suelo, estrepitoso. Exhaló, entonces, un profundo suspiro que en su extremo final pareció convertirse en un gruñido de rabia, y quedó inmóvil, pero aun su misma respiración semejaba una muestra de furia, como si se negara a capitular antes de cumplir su objetivo. Heracles la contemplaba maravillado. Por fin, se acercó con la cautela del cazador que desconfía de la agonía de la presa recién cobrada. Quería entender su conducta antes de sacrificarla. Se inclinó y la despojó de la máscara. Contempló aquel rostro enhebrado de cicatrices y la flamante destrucción de los ojos. La vio boquear como un pez.

—¿Cuándo, Pónsica? ¿Cuándo comenzaste a odiarme?

Era tanto como preguntar cuándo había decidido convertirse en un ser humano, en una mujer libre, porque de repente le pareció que el odio la había manumitido de algún modo, como la voluntad de un rey poderoso. Recordó el día en que la vio en el mercado, solitaria y poco requerida por los clientes; y los años de eficaz servicio, el silencio de sus gestos, la docilidad de su conducta, su sumisión cuando él le pidió (¿le ordenó?) que usara una máscara... No pudo encontrar ningún resquicio en todo aquel tiempo, ningún instante de sospecha, de explicación.

—Pónsica —susurró en su oído—, dime por qué. Aún puedes mover las manos...

Ella respiraba con esfuerzo. Su devastado rostro de perfil, con los ojos como crías de pájaro o de serpiente aplastadas en sus propios cascarones, ofrecía un aspecto atroz. Pero a Heracles le importaba más su respuesta que su belleza. Le preocupaba que ella muriese sin contestarle. Observó su mano izquierda, que arañaba el suelo. No percibió palabras. Dirigió la mirada hacia la derecha, que había dejado de sostener el puñal. No percibió palabras.

Pensó, ante aquel horrible silencio: «¿Cuándo fue? ¿Cuándo te brindaron la libertad o cuándo la encontraste tú? Quizás acudías realmente a Eleusis, como tantos otros, y los hallaste a ellos...». Se inclinó un poco más y advirtió su olor: era el mismo que había sentido en el aliento de los cadáveres de Eumarco y Antiso. Con Eunío no lo había percibido. «Pero, claro», se dijo, «Eunío apestaba a vino.»

Y de repente escuchó los latidos de un corazón. ¿El suyo? ¿El de ella? Quizás el de ella, porque desfallecía. «Está sufriendo terribles dolores, pero no parece importarle.» Se alejó de aquellos latidos. Y el recuerdo de su obsesionante pesadilla volvió a invadirlo, pero esta vez se aferró a su agobiada conciencia como si el estado de vigilia fuera la luz que aquella densa tiniebla precisaba para extinguirse. Vio el corazón recién arrancado, la mano que lo aferraba; distinguió al soldado y escuchó, por fin, sus diáfanas palabras.

Y recordó entonces lo que había olvidado, aquel pequeño detalle que el sueño le había estado gritando con feroz algarabía desde el principio.

A pesar de que la agonía de Pónsica se prolongó durante largo rato, Heracles permaneció inmóvil, de pie junto a su cuerpo, mirando hacia ninguna parte. Cuando ella murió, el día ya había nacido en el exterior y los rayos de sol cruzaban el dormitorio pobremente iluminado.

Pero Heracles continuaba inmóvil.*

* ¡Te he salvado la vida, viejo amigo, Heracles Póntor! ¡Es increíble, pero creo que te he salvado la vida! Lloro al pensar que pueda ser cierto. Mientras traducía, anoté mi propio grito, y tú lo escuchaste. Desde luego, cabe imaginar que leyera previamente el texto y después, al elaborar mi traducción, escribiera la palabra una línea antes de que apareciese, pero juro que no fue así; al menos, no de forma consciente... Y ahora, ¿qué

has recordado? ¿Por qué yo no lo recuerdo? ¡Debería haberme dado cuenta, igual que tú, pero...!

Han ocurrido cosas importantes. Mi carcelero acaba de marcharse ahora mismo. Entró, como siempre, de forma brusca e imprevista, mientras escribía el párrafo anterior, con la misma máscara de hombre sonriente y el manto negro. Cruzó mi pequeña celda y regresó sobre sus pasos antes de preguntarme:

—¿Cómo va?

—He terminado la traducción del capítulo décimo. Es la eidesis del Cinturón de Hipólita, las mujeres guerreras, las amazonas. Pero —añadí— también estoy yo.

—¿De veras?

—Tú lo sabes mejor que nadie —dije.

Su máscara me contemplaba con una sonrisa perenne.

—Yo no he añadido ningún texto a la obra, ya te lo he dicho —replicó.

Respiré hondo y revisé mis notas.

—Cuando Heracles goza con la bailarina Yasintra, se describe su cuerpo como «delgado». Y Heracles es muy gordo: eso ya lo sabe el lector.

—¿Y?

— *Yo* soy delgado.

Su carcajada sonó forzada a través del obstáculo de la máscara. Cuando dejó de reír, comentó:

—*Leptós* en griego es «delgado» pero también «sutil», ya sabes. Y todos los lectores, en este punto, comprenderían que se está hablando más bien de la sutil inteligencia de Heracles Póntor, que no de su complexión... Recuerdo la frase. Dice, literalmente: «El sutil Heracles tensó su cuerpo». Se le denomina «sutil Heracles» de la misma forma que Homero califica a Ulises de «astuto»... —volvió a reír—. ¡Por supuesto, *a ti* te interesaba traducir *leptós* como «delgado», y ya me imagino por qué! Pero no eres el único, no te preocupes: cada cual lee lo que desea leer. Las palabras sólo son un conjunto de símbolos que siempre se acomodan a nuestro gusto.

Se burló igualmente del resto de las supuestas pruebas: Heracles también podía tener «profundas entradas» en las sienes, y la mención de la barba «negra» —como la mía— en lugar de «plateada», obedecería a un error del copista. La cicatriz en el pómulo izquierdo, recuerdo de un «golpe infantil» —tan similar a la que me produjo un compañero de escuela— era, sin duda, una «coincidencia», y lo mismo cabía decir del anillo en el dedo medio de la mano izquierda.

—Millares de personas tienen cicatrices y llevan anillos —dijo—, lo que ocurre es que admiras al protagonista y quieres parecerte a él a toda costa... particularmente en los momentos más interesantes. ¡Es la presunción de todos los lectores: creéis que el texto está escrito pensando en vosotros, y al leerlo os imagináis la escena a vuestra manera! —su voz sonó de repente muy similar a la mueca de su máscara—. ¿Acaso... acaso has *disfrutado* mientras leías esos párrafos, eh? ¡No me mires así, ocurre muchas veces!

Aprovechando mi incómodo silencio, se acercó y leyó la nota que estaba redactando antes de ser interrumpido.

—¿Qué? ¿Le has «salvado la vida» al protagonista? —le oí decir, a mi espalda, en tono incrédulo—. ¡Oh, pero qué fuerza poseen los libros eidéticos!... Es curioso, una obra escrita hace tanto tiempo..., ¡y aún provoca estas reacciones!

Pero su nueva carcajada cesó bruscamente cuando repliqué:

—Quizá no haya sido escrita hace *tanto tiempo.*

¡Me gustó devolverle el golpe! Sus impenetrables ojos me contemplaron un instante a través de las aberturas de la máscara. Entonces espetó:

—¿Qué quieres decir?

—Montalo afirma que el papiro en este capítulo huele a mujer, y que posee textura de «seno» y de «brazo de atleta». A su modo, esta ridícula nota es eidética: representa a la «mujer-hombre» o «mujer guerrera» del Cinturón de Hipólita. Rastreando hacia atrás, pueden encontrarse ejemplos parecidos en la descripción del papiro en cada capítulo...

—¿Y qué deduces de eso?

—Que la intervención de Montalo es *parte del texto* —sonreí ante su silencio—. Sus escasas notas marginales son eidéticas, no lingüísticas, y refuerzan las imágenes del libro. Siempre me sorprendió que el erudito Montalo no hubiese advertido que *La caverna* era eidética. Pero ahora sé que él *lo sabía*, y jugaba con la eidesis de la *misma forma* que el autor lo hace en la obra...

—Veo que has estado pensando —admitió—. ¿Y qué más?

—Que *La caverna de las ideas,* tal como la conocemos, es una obra *falsa.* Ya comprendo por qué nadie ha oído hablar de ella... Sólo poseemos la edición de Montalo, ni siquiera el original. Ahora bien, la obra está escrita pensando en un posible traductor, y se halla repleta de artificios y trampas que sólo otro colega de similar o superior categoría podría elaborar... La única explicación que se me ocurre es... ¡que fue Montalo quien la *escribió*!

La máscara no dijo nada. Proseguí, implacable:

—El original de La *caverna* no ha desaparecido: ¡la edición de Montalo es el original!

—¿Y por qué Montalo iba a escribir algo así? —preguntó mi carcelero en tono neutro.

—Porque enloqueció —repliqué—. Montalo estaba obsesionado con los libros eidéticos: creía que podían probar la teoría platónica de las Ideas, y demostrar, de este modo, que el mundo, la vida, el universo, son razonables y justos. Pero no lo logró. Entonces, enloquecido, escribió él mismo una obra eidética, aprovechando sus enormes conocimientos de griego y de eidesis. La obra estaría destinada a sus propios colegas. Sería una forma de decirles: «¡Mirad! ¡Las Ideas existen! ¡Aquí están! ¡Vamos! ¡Descubrid la clave final!»...

—Pero Montalo desconocía cuál era la clave final —repuso mi carcelero—. Yo lo encerré...

Contemplé fijamente las aberturas negras de su máscara y dije:

—Ya basta de patrañas, Montalo...

¡Ni Heracles Póntor lo hubiera dicho mejor!

—A pesar de todo —añadí, aprovechando su silencio—, tu juego ha sido inteligente: probablemente te las arreglaste con cualquier vagabundo... Prefiero pensar que lo encontraste muerto y después le pusiste tus ropas destrozadas, simulando el engaño que habías imaginado para el asesinato de Eunío... Entonces, oficialmente «fallecido», empezaste a actuar en la sombra... Escribiste esta obra pensando en un posible traductor. Después, cuando averiguaste que yo era el encargado de traducirla, me vigilaste. Añadiste páginas falsas para confundirme, para obligarme a que me obsesionara con el texto, pues, como tú mismo afirmas, «no podemos obsesionarnos con algo sin pensar que formamos parte de ese algo». Por último, me secuestraste y me encerraste aquí... Quizás esto sea el sótano de tu casa... o el escondite en el que has vivido desde que fingiste tu muerte... ¿Y qué quieres de mí? Lo mismo que has querido siempre: ¡probar la existencia de las Ideas! Si yo logro descubrir en *tu* libro las imágenes que *tú* has ocultado, eso significa que las ideas existen con independencia de quien las piense, ¿no es cierto?

Tras un larguísimo silencio durante el que mi rostro, como el suyo, fue también una máscara sonriente, le oí decir, marcando cada palabra:

—Traductor: *limítate* a permanecer en la *caverna* de tus notas a pie de página. No pretendas salir de ese encierro y *ascender* hasta llegar al *texto.* No eres un Descifrador de Enigmas, por mucho que lo desees... Eres un simple traductor. ¡De modo que *sigue traduciendo*!

—¿Por qué voy a limitarme a ser un simple traductor si tú no te limitas a ser un simple *lector*? —repliqué, desafiándolo—. ¡Ya que eres el autor de esta obra, déjame a mí imitar a sus personajes!

—¡Yo no soy el autor de *La caverna de las ideas*! —dijo, gimió casi, la máscara.

Y salió dando un portazo.

Me siento mejor. Creo haber ganado este combate. *(N. del T.)*

XI*

El hombre descendió por los empinados peldaños de piedra hasta el lugar donde la muerte aguardaba. Era una cámara subterránea iluminada por lámparas de aceite que constaba de un pequeño vestíbulo y un pasillo central horadado de celdas. Pero el olor que trasminaba no era el de la muerte, sino el del instante previo: la agonía. La diferencia entre ambos efluvios quizá fuera muy sutil, pensó el hombre, pero cualquier perro podría percibirla. Además, le parecía lógico que hediera así, ya que se trataba de la cárcel donde los condenados a la pena capital esperaban el cumplimiento de la sentencia.

* Me han despertado furibundos ladridos de perros. Aún los oigo: no parecen hallarse demasiado lejos de mi celda. Me pregunto si mi carcelero pretende atemorizarme con ellos o se trata, por el contrario, de un simple azar (al menos, una cosa es cierta: no mintió al decirme que tiene perros, pues en verdad los *tiene*). Pero queda una tercera posibilidad, bastante extraña: faltan dos capítulos por traducir, y sendos Trabajos para cada uno de ellos; si el orden es correcto, éste —el undécimo— debería estar dedicado al Can Cerbero, y el último a las Manzanas de las Hespérides. En el Trabajo del Can Cerbero, Hércules desciende a los infiernos para capturar al peligroso *perro* multicéfalo que custodia ferozmente sus puertas. Así pues, ¿acaso mi enmascarado guardián pretende hacer una eidesis con la *realidad*? Por otra parte, Montalo afirma del papiro: «Destrozado, sucio, con olor a perro muerto». *(N. del T.)*

Permanecía intocable desde los tiempos de Solón, como si las sucesivas autoridades hubieran temido acercarse a ella para remozarla de alguna forma. En el vestíbulo, los porteros solían jugarse a los dados las guardias nocturnas y soltaban juramentos con las tiradas más importantes —«¡El perro, Eumolpo! ¡Debes pagar, por Zeus!»—.* Más allá, breves escaleras conducían a la densa tiniebla de las celdas, donde los reos languidecían contando el tiempo que les quedaba antes de la llegada de las tinieblas definitivas. Aunque estos habitáculos carecían, como es lógico suponer, de las más elementales comodidades, se habían hecho notables excepciones en algunos casos: Sócrates, por ejemplo, que estuvo encerrado en el penúltimo de la derecha —algunos porteros afirman que en el último de la izquierda—, poseía un camastro, una lámpara, una pequeña mesa y varias sillas que siempre estaban ocupadas por las numerosas visitas que recibía. «Pero ello fue debido», explican los porteros, «a que pasó mucho tiempo antes de que la sentencia se cumpliera, pues el final de su juicio coincidió con los Días Sagrados, cuando el barco de peregrinos viaja a Delos y las ejecuciones se prohíben, ya se sabe... Pero él no se quejaba por la demora, qué va... ¡Tenía una paciencia, el pobre...!» Sea como fuere, tales casos no eran frecuentes. Y, desde luego, no se había hecho ninguna excepción con el único condenado que acechaba en aquel momento la hora fatídica: iba a ser ejecutado ese mismo día.

El portero de turno era un joven esclavo melio lla-

* La «tirada del perro» era la más baja: tres unos. No obstante, el autor la utiliza para acentuar la eidesis. Por cierto, los perros siguen ladrando afuera. *(N. del T.)*

mado Anfio. El hombre pensó, no por primera vez, que Anfio hubiera podido ser apuesto, pues su cuerpo era esbelto y sus maneras mucho más educadas que las de otros de su condición, pero que algún travieso dios, o quizá diosa, al tirar de las traíllas de su ojo izquierdo al nacer, había convertido su rostro —donde la barba nacía por islotes debido a una curiosa tiña— en un enigma inquietante. ¿Con qué ojo miraba Anfio en realidad? ¿Con el derecho? ¿Con el izquierdo? Al hombre le molestaba preguntárselo a sí mismo cada vez que lo contemplaba.

Se saludaron. El hombre dijo: «¿Cómo está?». Anfio respondió: «No se queja; creo que charla con los dioses, porque a veces lo oigo hablar a solas». El hombre —que era un servidor de los Once llamado Tríptemes— anunció: «Voy a verlo». Anfio dijo: «¿Qué es eso que llevas ahí, Tríptemes?». El hombre mostró la pequeña crátera sellada. «Cuando lo encerramos, nos pidió que le consiguiéramos un poco de vino de Lesbos.» «Espera, Tríptemes», dijo Anfio, «ya sabes que está prohibido que los condenados reciban nada del exterior». El hombre, suspirando, repuso: «Vamos, Anfio, dedícate a tu trabajo y deja que yo me dedique al mío. ¿Qué temes? ¿Que se emborrache el día de su muerte?». Rieron. El hombre prosiguió: «Y si se emborracha, mejor. Caerá dando tumbos al precipicio del báratro, y pensará que regresa de un *symposio* en casa de algún amigo y que ha tropezado al caminar por la calle... *¡Oh, por Atenea ojizarca, qué calles más malas tiene la Ciudad!*». Rieron aún más fuerte. Anfio se sonrojó, como avergonzado de haberse mostrado tan suspicaz. «Pasa, Tríptemes, y entrégale el vino, pero que no lo sepan los amos.» «No lo sabrán.»

«Mira con el ojo derecho, ahora estoy seguro», pensó mientras cogía una de las antorchas y se disponía a descender hacia la oscuridad de las celdas.*

Descendemos del cielo junto al belísono séquito de los rayos y, en las plumas de un golpe de viento, nos apartamos de la geometría de los templos en dirección al elegante barrio del Escambónidai. Bajo nuestros pies divisamos una quebrada línea gris que atraviesa el suburbio de un lado a otro: es la calle principal. Sí, la mancha que ahora se desplaza por ella a prudente velocidad hacia uno de los jardines particulares es un hombre, tan ínfimo se ve desde esta altura. Un esclavo, a juzgar por el manto. Joven, a juzgar por su agilidad. Otro hombre lo aguarda bajo los árboles. A pesar del cobijo de las ramas, su manto muestra el lustre de las ropas empapadas. La lluvia arrecia. Nuestra mirada también. Nos abatimos sobre el rostro del hombre que aguarda: grande, grasiento, con pulcra barbita plateada y ojos grises donde las pupilas destacan como fíbulas de ébano. Su impaciencia es evidente: mira hacia un lado, hacia otro; por fin, advierte al esclavo y su expresión se torna más ansiosa. ¿Cuáles son sus pensamientos en este instante?... ¡Ah, pero dentro de su cabeza no podemos descender!... Percutimos en la enredadera de sus cabellos grises, y ahí se acaba todo para nosotros, pobres gotas de agua.**

* Las curiosas indecisiones entre «derecha» e «izquierda» en estos párrafos —la celda de Sócrates, el ojo del esclavo portero— quizás intentan reflejar eidéticamente el laberíntico viaje de Hércules al reino de los muertos. *(N. del T.)*

** El movimiento de «descenso» que ha comenzado al principio del capítulo evoca, junto al de «derecha e izquierda», el

—¡Amo! ¡Amo! —gritó el joven esclavo—. ¡He ido a casa de Diágoras, como me ordenaste, pero no he hallado a nadie!

—¿Estás seguro?

—¡Seguro, amo! ¡He llamado varias veces a su puerta!

—Bien, pues te diré lo que debes hacer ahora: entra en mi casa y aguárdame hasta el mediodía. Si no regreso para entonces, avisa a los servidores de los Once. Diles que mi esclava pretendió asesinarme esta noche, y que hube de defenderme: si saben que hay un cadáver por medio actuarán con más rapidez. Entrégales también este papiro, rogándoles que sus jerarcas lo lean, y jura por el honor de tu amo que un peligro de considerable importancia se cierne sobre la paz de la Ciudad; no es del todo cierto, según creo, pero si logras infundirles algún temor obedecerán tus instrucciones al punto. ¿Lo has entendido?

El esclavo asintió, sobresaltado.

—¡Sí, amo, y así lo haré! Pero ¿adónde vas? ¡Me da escalofríos oírte!

—Haz lo que te he dicho —alzó la voz Heracles, pues la lluvia era cada vez más fuerte—. Regresaré al mediodía, si todo va bien.

—¡Oh amo, cuídate! ¡Esta tormenta parece llena de funestos presagios!

—Si cumples puntualmente mis órdenes, nada habrás de temer.

---

viaje de Hércules al reino de los muertos. En este último párrafo se refuerza la imagen introduciendo al lector en una gota de lluvia que recorre un largo camino hasta caer en la cabeza de Heracles Póntor. *(N. del T.)*

Heracles se alejó, descendiendo por la calle en pendiente hacia el abismo mortecino de la Ciudad.*

Los dedos muertos de la lluvia habían despertado a Diágoras muy temprano: palparon las paredes del dormitorio, arañaron los ventanucos, llamaron infatigables a su puerta. Se levantó del lecho y se vistió con rapidez. Usó el manto a modo de capucha y salió.

El Kolytos, su barrio, estaba muerto; algunos comercios, incluso, habían cerrado, como si fuera día de fiesta. Por las vías más transitadas apenas deambulaban uno o dos individuos, pero en las oscuras callejuelas la lluvia gobernaba a solas. Diágoras pensó que debía apresurarse si quería ver a Menecmo aquella mañana. En realidad, tenía la impresión de que la premura sería imprescindible si quería ver a *alguien*, quienquiera que fuese, en algún lugar, pues toda Atenas parecía haberse convertido, a sus ojos, en un pluvioso cementerio.

Descendió por la irregular pendiente de una calle hasta llegar a una pequeña plaza de la que partía otra calle cuesta abajo. Advirtió entonces la sombra de un anciano al amparo de una cornisa, aguardando sin duda a que el temporal amainase, pero le sorprendió su rostro demacrado en violento contraste con la penumbra que orlaba sus párpados. Luego, las mejillas de un esclavo que cargaba con dos ánforas se le antojaron demasiado pálidas. Y una hetaira le sonrió como un perro famélico desde una esquina, pero el albayalde derretido de su cara le recordó la erosión de las

* Prosigue el movimiento narrativo de «caída» desde el cielo hasta las inquietudes de Heracles Póntor. *(N. del T.)*

mortajas. «¡Por el dios de la bondad, sólo hago ver rostros de cadáveres desde que he salido!», pensó. «Quizás es que la lluvia es una forma de presentimiento; o quizá se deba a que el color de la vida en nuestras mejillas se diluye con el agua.»*

Sumido en tales cavilaciones, observó que dos siluetas encapuchadas se acercaban desde una calle lateral. «He aquí, por Zeus, otro par de espíritus.»

Las siluetas se detuvieron frente a él, y una de ellas le dijo, con voz amable:

—Oh Diágoras de Medonte, acompáñanos de inmediato, pues va a suceder algo terrible.

Le bloqueaban el paso. A través de la tiniebla de sus capuchas, Diágoras podía entrever la blancura de sendos rostros misteriosamente parecidos.

—¿Cómo es que me conocéis? —preguntó—. ¿Quiénes sois?

Los encapuchados se miraron entre sí.

—Somos... eso tan *terrible* que va a suceder si no nos acompañas —dijo el otro.

Diágoras comprendió de repente que sus ojos lo habían engañado esta vez: la blancura de aquellos rostros era falsa.

Llevaban máscaras.

«Quizá su poder se extienda hasta el arconte rey», pensaba Heracles, alarmado. «A fin de cuentas, *cual-*

* Ni una cosa ni otra, claro: sucede que Diágoras, como siempre, «olfatea» la eidesis desde la distancia. Atenas, en efecto, se ha convertido, en este capítulo, en el reino de los muertos. *(N. del T.)*

quiera puede pertenecer a ellos...» Pero, un instante después, con más calma, razonaba: «Por pura lógica, si han llegado hasta esa altura, deberían sentirse más seguros, pero, en cambio, les aterroriza ser descubiertos». Y concluía: «Quizá sean poderosos como dioses, pero les arredra la justicia de los hombres». Volvió a golpear la puerta con insistencia. El niño esclavo apareció en la oscuridad del umbral.

—Otra vez tú —sonrió—. Buena cosa es que nos visites tanto. Tus visitas significan recompensas.

Heracles ya tenía preparados los dos óbolos.

—Esta casa es tenebrosa, y sin un guía como yo podrías perderte —comentó el niño, conduciendo a Heracles por los oscuros corredores—. ¿Sabes lo que dice Ifímaco, el viejo esclavo amigo mío?

—¿Qué dice?

El pequeño guía se detuvo y bajó la voz.

—Que aquí se perdió alguien hace mucho tiempo y murió sin hallar la salida. Y a veces, de noche, te lo encuentras caminando por los pasillos, más blanco y frío que el mármol de Calcidia, y te pregunta con mucha cortesía por dónde se sale.

—¿Tú lo has visto alguna vez?

—No, pero Ifímaco dice que sí lo ha visto.

Reanudaron la marcha mientras Heracles replicaba:

—Pues no te lo creas hasta que no lo veas por ti mismo. Todo lo que no se ve, es cuestión de opiniones.

—La verdad es que finjo asustarme cuando me lo cuenta —observó el niño alegremente—, porque a Ifímaco le agrada que me asuste. Pero en realidad no me da miedo. Y si un día me encontrara con el muerto, le diría: «¡La salida, por la segunda a la derecha!».

Heracles rió de buena gana.

—Haces bien en no tener miedo. Ya eres casi un efebo.

—Sí, ya lo soy —admitió el niño con orgullo.

Se cruzaron con el hombre erizado de gusanos que venía en dirección contraria. El hombre no los miró al pasar, porque sus cuencas se hallaban desahuciadas. Siguió caminando en silencio, llevando consigo la fetidez de mil días de cementerio.* Cuando llegaron al cenáculo, el niño dijo:

—Bueno, aguarda aquí. Avisaré al ama.

—Te lo agradezco.

Se separaron con un gesto de divertida complicidad, y Heracles pensó de repente que, con el mismo gesto, se estaba despidiendo para siempre, no sólo del niño sino de aquella lóbrega casa y de todos sus habitantes, aun de sus propios recuerdos. Era como si el mundo hubiese muerto y él fuera el único que lo supiera. Sin embargo, por alguna extraña razón, nada le entristecía más que abandonar al niño: ni siquiera sus recuerdos, tenues o duraderos, valiosos o fútiles, le parecían más importantes que aquella hermosa e inteligente criatura, aquel diminuto hombrecito del que —váyase a saber por qué misterioso azar o graciosa y perpetua coincidencia— seguía sin conocer el nombre.

La presencia de Etis se hizo notar, como siempre, por su voz.

—Demasiadas visitas en poco tiempo, Heracles Póntor, para tratarse de simple cortesía.

* No creo necesario advertir que este cadáver es una presencia eidética, no espectral: el niño y Heracles no pueden verlo, de igual forma que no pueden ver los signos de puntuación del texto de la obra, por ejemplo. *(N. del T.)*

Heracles, que no la había visto llegar, se inclinó ante ella a modo de saludo, y repuso:

—No es cortesía. Te prometí que regresaría para contarte lo que averiguara sobre lo ocurrido con tu hijo.

Tras una brevísima pausa, Etis hizo un gesto hacia las esclavas, que abandonaron el cenáculo en silencio, y, con la misma dignidad con que acostumbraba a expresarlo todo, le indicó a Heracles uno de los divanes y se reclinó en el otro. Estaba... ¿Elegante? ¿Hermosa? Heracles no supo adjetivarla. Le pareció que gran parte de aquella madura belleza consistía en el suave toque de albayalde en las mejillas, la tintura de los ojos, el destello de los broches y brazaletes y la armonía del oscuro peplo. Pero, desprovistos de ayuda, su semblante adusto y sus formas sinuosas seguirían conservando todo su poder... o quizás obtendrían uno nuevo.

—¿Ni siquiera te han ofrecido mis esclavos un manto seco? —dijo ella—. Haré que los azoten.

—No importa. Quería verte cuanto antes.

—Gran interés tienes en contarme lo que sabes.

—Así es.

Desvió la vista de la oscura mirada de Etis. La oyó decir:

—Habla, pues.

Contemplando sus propias manos regordetas entrelazadas sobre el diván, Heracles dijo:

—La última vez que estuve aquí, mencioné que Trámaco tenía un problema. No me equivocaba: lo tenía. Naturalmente, a su edad cualquier cosa puede convertirse en un problema. Las almas de los jóvenes son de arcilla, y nosotros las moldeamos a nuestro antojo. Pero nunca se hallan a salvo de contradicciones, de dudas... Necesitan una educación vigorosa...

—Trámaco la tuvo.

—No me cabe la menor duda, pero era demasiado joven.

—Era un hombre.

—No, Etis: hubiera podido llegar a *serlo*, pero la Parca no le concedió tal oportunidad. Aún era un niño cuando murió.

Hubo un silencio. Heracles se atusó lentamente la plateada barba. Después dijo:

—Y quizás ése fue su problema: que nadie le dejó llegar a ser hombre.

—Comprendo —Etis lanzó un breve suspiro—. Hablas de ese escultor... Menecmo. Sé todo lo que sucedió entre ellos, aunque, por fortuna, no me obligaron a asistir al juicio. Bien. Trámaco pudo elegir, y lo eligió a él. Es una cuestión de responsabilidad, ¿no?

—Puede ser —admitió Heracles.

—Además, estoy segura de que nunca tuvo miedo.

—¿Tú crees? —Heracles alzó las cejas—. No sé. Quizá disimulaba su terror frente a ti, para que tú no sufrieras por su causa...

—¿Qué quieres decir?

Él no contestó. Siguió hablando sin mirar a Etis, como si divagara a solas.

—Aunque... ¿quién sabe? Puede que su terror no te resultara tan desconocido. Cuando Meragro murió, tuviste que soportar mucha soledad, ¿no es cierto? La onerosa carga de dos hijos sin educar, viviendo en una ciudad que os había cerrado las puertas, en esta oscura casa... Porque tu casa es muy oscura, Etis. Los esclavos dicen que en ella habitan los espectros... Me pregunto cuántos espectros habéis visto tus hijos y tú durante todos estos años... ¿Cuánta soledad es necesaria?

¿Cuánta oscuridad se precisa para que los seres se transformen?... En el pasado, todo era distinto...

Con inesperada suavidad, Etis lo interrumpió:

—Tú no recuerdas el pasado, Heracles.

—No de forma voluntaria, lo admito, pero te equivocas si crees que el pasado no ha significado nada para mí...

Bajó el tono de voz y prosiguió, con idéntica frialdad, como si razonara consigo mismo:

—El pasado tenía tus formas. Ahora lo sé, y puedo decírtelo. El pasado me sonreía con tu rostro de adolescente. Durante mucho tiempo, mi pasado fue tu sonrisa... Tampoco de forma voluntaria, es cierto, pero las cosas son como son, y quizás haya llegado el momento de admitirlas, de reconocerlas..., quiero decir, de reconocérmelas a mí mismo, aunque ni tú ni yo podamos hacer nada al respecto...

Hablaba en rápidos murmullos, con los ojos bajos, sin concederle una tregua al silencio.

—Pero ahora... ahora te contemplo y no logro saber qué queda de ese pasado en tu semblante... Y no creas que me importa. Ya te lo he dicho: las cosas son como los dioses quieren, de nada sirve lamentarse. Además, yo soy un hombre poco dado a emocionarme, ya lo sabes... Pero de repente he descubierto que no estoy a salvo de las emociones, aunque sean breves e infrecuentes... Y eso es todo.

Hizo una pausa y tragó saliva. Un levísimo fantasma de rubor teñía sus carnosas mejillas. «Se estará preguntando a qué ha venido esta declaración», pensó. Entonces, elevando un poco más la voz, continuó, en tono intrascendente:

—No obstante, me gustaría saber algo antes de

marcharme... Es muy importante para mí, Etis. No se trata de nada relacionado con mi trabajo como Descifrador, te lo aseguro; es una cuestión puramente personal...

—¿Qué es lo que quieres saber?

Heracles se llevó una mano a los labios como si de repente hubiese notado un fuerte dolor en la boca. Tras una pausa, aún sin mirar a Etis, dijo:

—Antes debo explicarte algo. Desde que comencé a investigar la muerte de Trámaco, un sueño espantoso ha estado inquietando mis noches: veía una mano aferrando un corazón recién arrancado y un soldado a lo lejos diciendo algo que no podía escuchar. Nunca le he dado mucha importancia a los sueños, pues siempre me han parecido absurdos, irracionales, opuestos a las leyes de la lógica, pero éste en concreto me ha hecho pensar que... En fin, debo reconocer que la Verdad, a veces, escoge extrañas formas de manifestarse. Porque este sueño me advertía de un *pormenor* que yo había olvidado, una nimiedad que, sin duda, mi mente se había negado a recordar durante todo este tiempo...

Se pasó la lengua por los resecos labios y prosiguió:

—La noche en que trajeron el cadáver de Trámaco, el capitán de la guardia fronteriza aseguró que sólo te había dicho que tu hijo había muerto, sin ofrecerte detalles... Ésas eran las palabras que pronunciaba, una y otra vez, el soldado de mi sueño: «*Sólo* le hemos dicho que su hijo ha muerto». Después, cuando te visité para darte el pésame, dijiste algo parecido a: «Los dioses sonrieron cuando *arrancaron y devoraron el corazón de mi hijo*». Ahora bien: a Trámaco, en efecto, le habían arrancado el corazón, Aschilos acababa de comprobarlo en el cadáver... Pero tú, Etis, ¿cómo lo sabías?

Por primera vez, Heracles alzó la vista hacia el inexpresivo rostro de la mujer. Prosiguió, sin ninguna clase de emoción, como si estuviese a punto de morir:

—Una simple frase, sin más... Sólo palabras. Razonablemente, no hay ningún motivo para pensar que signifiquen otra cosa que un lamento, una metáfora, una exageración del lenguaje... Pero no es mi razón: es el sueño. El sueño es lo que me dice que esa frase fue un error, ¿verdad?... Deseabas engañarme con tus falsos gritos de dolor, con tus imprecaciones contra los dioses, y cometiste un error. Y tu simple frase quedó guardada dentro de mí como una semilla, y germinó después en un sueño horrible... El sueño me decía la verdad, pero yo no lograba averiguar a quién pertenecía la mano que aferraba el corazón, esa mano que me hacía temblar y gemir todas las noches, esa mano tan delgada, Etis...

Por un instante su voz se quebró. Hizo una pausa. Volvió a bajar los ojos y dijo, con calma:

—Lo demás ha sido sencillo: tú afirmabas ser devota de los Sagrados Misterios, igual que tu hijo, y que Antiso, Eunío y Menecmo.... igual que la esclava que intentó asesinarme esta noche... Pero esos Sagrados Misterios no son los de Eleusis, ¿no es cierto? —alzó rápidamente la mano, como si temiera una respuesta—. ¡Oh, me da igual, te lo juro! No deseo inmiscuirme en tus creencias religiosas... Ya te he dicho que sólo he venido a saber una cosa, y después me marcharé...

Contempló fijamente el rostro de la mujer. Con suavidad, casi con ternura, añadió:

—Dime, Etis, pues mi alma se angustia con esta

duda... Si es cierto, tal como creo, que eres de *ellos*, dime... ¿Te limitaste a *mirar*, o acaso...? —volvió a alzar la mano con rapidez, como para indicarle que no debía contestar aún, pese a que ella no había hecho un solo gesto, no había movido los labios, ni parpadeado, ni dado a entender de ninguna otra forma que fuera a hablar. En tono de súplica añadió—: Por los dioses, Etis, respóndeme que no le hiciste daño a tu propio hijo... Si es preciso, miénteme, por favor. Dime: «No, Heracles, no participé». Tan sólo eso. No es dificil mentir con palabras. Necesito otra frase tuya para aliviar la angustia que me provocaste con la primera. Te juro por Zeus que no me importará saber cuál de las dos es la Verdad. Respóndeme que no participaste, y tienes mi palabra de que saldré por esa puerta y no volveré a molestarte...

Hubo un breve silencio.

—No participé, Heracles, te lo aseguro... —afirmó Etis, conmovida—. Hubiera sido incapaz de hacerle daño a mi propio hijo.

Heracles fue a replicar algo, pero le pareció extraño que las palabras, bien formadas en su mente, no afloraran a sus labios. Parpadeó, confuso y sorprendido por aquella inesperada...*

* Lo siento, Heracles, amigo mío. ¿Qué puedo hacer para aliviarte? Necesitabas una frase, y yo, como traductor omnipotente, era capaz de ofrecértela... ¡Pero no debo hacerlo! El texto es sagrado, Heracles. Mi trabajo es sagrado. Tú me suplicas, me animas a prolongar la mentira... «Es muy fácil mentir con palabras», dices. Tienes razón, pero no puedo ayudarte... No soy escritor sino traductor... Es mi deber advertirle al paciente lector que la respuesta de Etis *ha sido invención mía,* y pido disculpas por ello. Retrocederé unas líneas y escribiré, ahora sí, la respuesta original del personaje. Lo siento, Heracles. Lo siento, lector. *(N. del T.)*

—Necesito otra frase tuya para aliviar la angustia que me provocaste con la primera. Te juro por Zeus que no me importará saber cuál de las dos es la Verdad. Respóndeme que no participaste, y tienes mi palabra de que saldré por esa puerta y no volveré a molestarte...

Hubo un breve silencio.

—Yo fui la primera que clavó las uñas en su pecho —dijo Etis con voz átona.

Heracles fue a replicar algo, pero le pareció extraño que las palabras, bien formadas en su mente, no afloraran a sus labios. Parpadeó, confuso y sorprendido por aquella inesperada afonía. La voz de ella le llegó tenue y terrible como un recuerdo doloroso.

—No me importa que no seas capaz de entenderlo. ¿Qué puedes entender tú, Heracles Póntor? Has obedecido las leyes desde que naciste. ¿Qué sabes de la libertad, de los instintos, de la... rabia? ¿Cómo dijiste? ¿«Tuviste que soportar mucha soledad»? ¿Qué sabes tú de mi soledad?... Para ti, «soledad» es una palabra más. Para mí ha sido una opresión en el pecho, la huida del sueño y el descanso... ¿Qué sabes tú?

«No tiene derecho, además, a maltratarme», pensó Heracles.

—Tú y yo nos amábamos —prosiguió Etis—, pero te humillaste cuando tu padre te ordenó, o te aconsejó, si prefieres, casarte con Hagesíkora. Ella era más... ¿cómo decirlo? ¿Apropiada? Procedía de una noble familia de aristócratas. Y si ésa era la voluntad de tu padre, ¿acaso ibas a desobedecer? No hubiera sido virtuoso ni legal... Las Leyes, la Virtud... ¡He aquí los nombres de las cabezas del perro que custodia este reino de los muertos que es Atenas: Ley, Virtud, Razón, Justicia...! ¿Te sorprende saber que algunos no aceptemos seguir agonizando en esta hermosa tumba?... —su oscura mirada pareció perderse en algún punto de la habitación mientras proseguía—: Mi esposo, tu amigo de juventud, quería transformar políticamente nuestra absurda forma de vida. Opinaba que los espartanos, al menos, no eran hipócritas: hacían la guerra y no les molestaba reconocerlo, incluso presumían de ella. Colaboró con la tiranía de los Treinta, en efecto, pero ése no fue su gran error. Su error consistió en confiar más en los demás que en sí mismo... hasta que la mayoría de «los demás» lo condenó a muerte en la Asamblea... —apretó los labios en una rígida mueca—. Aunque quizá cometiera otro error más grave: creer que todo esto, este reino de difuntos inteligentes, de cadáveres que piensan y dialogan, podía transformarse con un simple cambio político —su risa sonó hueca, vacía—. ¡Lo mismo cree el ingenuo de Platón!... ¡Pero muchos hemos aprendido que no se puede cambiar nada si primero no cambiamos nosotros!... ¡Sí, Heracles Póntor: me siento orgullosa de la fe que profeso! Para mentes como la tuya, una religión que rinde homenaje a los dioses más antiguos mediante el despedazamiento ritual de los adeptos es absurda, ya lo sé, y no voy a pretender convencerte de lo contrario... Pero ¿hay alguna religión que no sea absurda?... ¡Sócrates, el gran racionalista, las denostaba todas, y por eso lo condenasteis!... ¡Tiempos vendrán, sin embargo, en que devorar a alguien a quien amas sea considerado un acto piadoso!... ¡Pues qué!... ¡Ni tú ni yo lo veremos, pero nuestros sacerdotes aseguran que, en el futuro, se fundarán religiones que adorarán a dioses torturados y destrozados!... ¿Quién sabe?... ¡Quizá, incluso, el acto más sagrado de adoración consista en *devorar* a los dioses!...*

Heracles pensó que aquella nueva actitud de ella lo ayudaba: su inexpresividad anterior, su aparente indiferencia, eran como plomo fundido para su ánimo; pero aquel despertar de su furia le permitía enfrentar el problema desde cierta distancia. Dijo, con calma:

—Quieres decir, Etis, devorar a los dioses *de la misma forma* que tú devoraste el corazón de tu hijo, ¿no? ¿Eso es lo que has querido decir, Etis?...

Ella no contestó.

De repente, de forma totalmente inesperada, el Descifrador sintió la abrupta llegada de un vómito a su boca. Y de manera igualmente brusca supo, un instante después, que no eran sino palabras. Pero las expulsó como un vómito, perdiendo por un instante su rígida compostura:

—¿¿Todo eso que me has dicho te hizo hurgar en su corazón mientras él te miraba, agonizante??... ¿¿Qué sentías cuando *mutilabas* a tu hijo, Etis??...

—Placer —dijo ella.

Por alguna razón, aquella simple respuesta no incomodó a Heracles Póntor. «Lo ha reconocido», pensó, más tranquilo. «Ah, bien... ¡Ha sido capaz de reconocerlo!» Incluso se permitió recobrar la calma, aunque su creciente inquietud lo obligó a levantarse del diván. Etis también lo hizo, pero con delicadeza, como si deseara indicarle que la visita había terminado. En la habitación se encontraban ahora —cuándo habían entrado, Heracles no podía decirlo— Elea y

* El error de la profecía de Etis es obvio: las creencias religiosas, afortunadamente, han tomado otros derroteros. *(N. del T.)*

varias esclavas. Todo aquello parecía una especie de cónclave familiar. Elea se acercó a su madre y la abrazó cariñosamente, como si quisiera demostrar con aquel gesto que la apoyaba hasta el final. Dirigiéndose siempre a Heracles, Etis dijo:

—Lo que hemos hecho es difícil de comprender, ya lo sé. Pero quizá pueda explicártelo de esta forma: Elea y yo amábamos a Trámaco más que a nuestra propia vida, pues él era el único hombre que nos quedaba. Y precisamente por *ese* motivo, debido al amor que le profesábamos, nos alegramos tanto cuando resultó elegido para el sacrificio ritual, pues constituía el mayor *deseo* de Trámaco... y ¿qué otra alegría podía esperar una pobre viuda como yo, sino complacer el mayor deseo de su único hijo varón? —hizo una pausa y sus ojos destellaron de júbilo. Cuando prosiguió, lo hizo en voz muy baja, tierna, casi musical, como si pretendiera acunar a un recién nacido—: Al llegar el momento, lo amamos más que nunca... Te juro, Heracles, que jamás me he sentido más madre que entonces, cuando... cuando hundí mis dedos en él... Fue, para mí, un misterio tan hermoso como dar a luz —y añadió, como si acabara de contar un secreto muy íntimo y decidiera continuar con la conversación normal—: Sé que no eres capaz de entenderlo, porque no es algo que la razón pueda comprender... Debes sentirlo, Heracles. Sentirlo como lo sentimos nosotras... Tienes que hacer un esfuerzo por sentirlo... —de repente, su tono se hizo implorante—: ¡Deja de pensar por un momento y entrégate a la *sensación*!

—¿A cuál? —replicó Heracles—. ¿A la que os procura el bebedizo que tomáis?

Etis sonrió.

—Sí, el *kyon.* Veo que lo sabes todo. En realidad, nunca dudé de tus facultades: estaba segura de que terminarías por descubrirnos. Bebemos *kyon,* en efecto, pero el *kyon* no es magia: simplemente nos convierte en lo que somos. Dejamos de razonar y nos transformamos en cuerpos que gozan y sienten. Cuerpos a los que no les importa morir o ser mutilados, que se entregan al sacrificio con la alegría con la que un niño recibe un juguete...

Caía. Era consciente a medias de que caía.

El descenso no podía ser más accidentado, ya que su cuerpo mantenía una caprichosa obsesión por la línea vertical, pero las piedras desparramadas por la ladera del báratro —el precipicio cercano a la Acrópolis donde se arrojaba a los condenados a muerte— formaban un terreno oblicuo cuyo aspecto semejaba el interior de una crátera. Dentro de muy poco, su cuerpo y aquellas piedras habrían de encontrarse: eso sucedería *ya,* mientras lo pensaba. Se golpearía y rodaría, sin duda, para volver a golpearse. Sus manos no iban a poder ayudarle: las tenía atadas a la espalda. Quizá se golpeara muchas veces antes de llegar al fondo, repleto de piedras pálidas como cadáveres. Pero ¿qué importaba todo eso si experimentaba la *sensación del sacrificio*? Un buen amigo, Tríptemes, servidor de los Once y sectario como él, le había llevado a la prisión un poco de *kyon,* tal como se había acordado tiempo atrás, y la bebida sagrada lo confortaba en aquel momento. Él era el *sacrificio* y moriría por sus hermanos. Se había convertido en la víctima del holocausto, el buey de la hecatombe. Podía verlo: su vida derramándose por la tierra, y, en apropiada simetría, su hermandad, la secreta cofradía de hombres y mujeres libres a la que pertenecía, extendiéndose por la Hélade y acogiendo nuevos adeptos... ¡Aquella felicidad lo hacía sonreír!

El primer golpe quebró su brazo derecho como el tallo de un lirio y destrozó la mitad de su rostro. Siguió cayendo. Al llegar al fondo, sus pequeños pechos se aplastaron contras las piedras, la bella sonrisa comenzó a entumirse en su rostro de muchacha, el lindo peinado rubio se disipó como un tesoro y toda su preciosa figurita adoptó aires de muñeca rota.*

—¿Por qué no te unes a nosotros, Heracles? —en la voz de Etis flotaba un ansia apenas contenida—. ¡No conoces la inmensa felicidad que otorga la liberación de tus instintos! Dejas de tener miedo, de preocuparte, de sufrir... Te conviertes en un dios.

Hizo una pausa y suavizó el tono de voz para añadir:

—Podríamos... ¿quién sabe?... comenzar de nuevo... tú y yo...

Heracles no dijo nada. Los observó. No sólo a Etis: a todos, uno por uno. Eran seis personas: dos viejos esclavos (quizás uno de ellos fuera Ifímaco), dos jóvenes esclavas, Etis y Elea. Le tranquilizó comprobar que el niño no se encontraba entre ellos. Se detuvo en el pálido rostro de la hija de Etis y le dijo:

* Es grotesco: el cuerpo del repugnante Menecmo se convierte en la muchacha del lirio al morir. Este juego cruel con las imágenes eidéticas me trastorna. *(N. del T.)*

—Sufriste, ¿verdad, Elea? Aquellos gritos que dabas no eran fingidos, como el dolor de tu madre...

La joven no dijo nada. Miraba a Heracles con semblante inexpresivo, como Etis. En aquel momento, él se percató del enorme parecido físico que existía entre ambas. Prosiguió, imperturbable:

—No, no fingiste. Tu dolor era *real.* Cuando la droga dejó de hacerte efecto, recordaste, ¿no es cierto?... Y no pudiste soportarlo.

La muchacha pareció ir a responder algo, pero Etis intervino con rapidez.

—Elea es muy joven y le cuesta entender ciertas cosas. Ahora es feliz.

Las contempló a las dos, madre e hija: sus rostros eran como muros blancos, parecían desprovistos de emoción e inteligencia. Miró a su alrededor: lo mismo ocurría con los esclavos. Razonó que sería inútil intentar abrir una brecha en aquel impávido adobe de miradas que no parpadeaban. «Ésta es la fe religiosa», se dijo: «Borra del rostro la inquietud de las dudas, como les ocurre a los necios». Se aclaró la garganta y preguntó:

—¿Y por qué tuvo que ser Trámaco?

—Le llegó su turno —dijo Etis—. Lo mismo ocurrirá conmigo, y con Elea...

—Y con los campesinos del Ática —replicó Heracles.

La expresión de Etis, por un instante, semejó la de una madre que reuniera paciencia para explicarle algo muy fácil a su hijo pequeño.

—Nuestras víctimas siempre son voluntarias, Heracles. A los campesinos les damos la oportunidad de beber *kyon,* y ellos pueden aceptar o no. Pero la mayoría acepta —y añadió, con débil sonrisa—: Nadie vive feliz gobernado sólo por sus pensamientos...

Heracles replicó:

—No te olvides, Etis, de que yo iba a ser una víctima involuntaria...

—Tú nos habías descubierto, y eso no podíamos permitirlo. La hermandad debe seguir siendo secreta. ¿No hicisteis vosotros lo mismo con mi esposo cuando pensasteis que la estabilidad de vuestra maravillosa democracia peligraba con individuos como él?... Pero queremos darte esta última oportunidad. Únete a nuestro grupo, Heracles... —y de repente añadió, como suplicándole—: ¡Sé feliz por una vez en tu vida!

El Descifrador respiró hondo. Supuso que ya estaba todo dicho, y que ellos, ahora, aguardaban alguna clase de respuesta por su parte. De modo que, con firme y sosegada voz, comenzó:

—No quiero ser descuartizado. Ésa no es mi forma de ser feliz. Pero te diré, Etis, lo que pienso hacer, y podéis comunicárselo a vuestro líder, sea quien fuere. Voy a llevaros ante el arconte. A todos. Voy a hacer justicia. Sois una secta ilegal. Habéis asesinado a varios ciudadanos atenienses y a muchos campesinos áticos que nada tienen que ver con vuestras absurdas creencias... Vais a ser condenados y torturados hasta morir. Ésta es mi forma de ser feliz.

Volvió a recorrer, una a una, las pétreas miradas que lo contemplaban. Se detuvo en los oscuros ojos de Etis y añadió:

—A fin de cuentas, como tú dijiste, es una cuestión de responsabilidad, ¿no?

Tras un silencio, ella dijo:

—¿Crees que la muerte o la tortura nos asustan?

No has entendido nada, Heracles. Hemos descubierto una felicidad que va más allá de la razón... ¿Qué nos importan tus amenazas? Si es preciso, moriremos sonriendo... y tú no comprenderás nunca por qué.

Heracles se hallaba de espaldas a la salida del cenáculo. De improviso, una nueva voz, densa y poderosa pero con un punto de burla, como si no se tomara en serio a sí misma, se dejó oír en toda la habitación procedente de aquella salida:

—¡Hemos sido descubiertos! A manos del arconte ha llegado un papiro donde se habla de nosotros y se menciona tu nombre, Etis. Nuestro buen amigo tomó sus precauciones antes de venir a verte...

Heracles se volvió para contemplar el rostro de un perro deforme. El perro iba en los brazos de un hombre inmenso.

—Preguntabas hace un momento por nuestro líder, ¿no, Heracles? —dijo Etis.

Y en ese momento, Heracles sintió el fuerte golpe en la cabeza.*

* Escribo esta nota frente a él. La verdad, no me importa, pues casi me he acostumbrado a su presencia.

Entró, coincidente como siempre, cuando yo acababa de traducir el final de este penúltimo capítulo y me disponía a descansar un poco. Al escuchar un ruido en la puerta, me pregunté qué máscara traería esta vez. Pero no traía ninguna. Por supuesto que lo reconocí de inmediato, pues su imagen es célebre en el gremio: el pelo blanco cayéndole hasta los hombros, la frente despejada, las líneas de la vejez bien marcadas sobre el rostro, una difusa barba...

—Como ves, pretendo ser sincero —me dijo Montalo—. Tú tenías razón hasta cierto punto, así que no voy a ocultarme por más tiempo. En efecto, fingí mi muerte y me retiré a este pequeño escondite, pero seguí el rastro de mi edición, pues deseaba saber quién la traduciría. Cuando te localicé, estuve vigilándote hasta que, por fin, logré traerte aquí. También es verdad que he jugado a amenazarte para que no perdieras el interés por la obra... como cuando imité las palabras y gestos de Yasintra... Todo eso es cierto. Pero te equivocas si piensas que yo soy el autor de *La caverna de las ideas.*

—¿Y a esto lo llamas ser *sincero*? —repliqué.

Respiró profundamente.

—Te juro que no miento —dijo—. ¿Por qué iba a querer secuestrarte para que trabajaras en mi propia obra?

—Porque necesitabas un lector —respondí tranquilamente—. ¿Qué hace un autor sin un lector?

Montalo pareció divertido con mi teoría. Dijo:

—¿Tan malo soy, que debo secuestrar a alguien para que lea lo que escribo?

—No, pero ¿qué es leer? —repliqué—. Una tarea invisible. Mi padre era escritor, y lo sabía: cuando escribes, creas unas imágenes que, después, iluminadas por ojos ajenos, se muestran bajo otras formas, impensables para el creador. ¡Tú, sin embargo, necesitabas conocer la opinión del lector *día a día,* porque pretendes probar con tu obra la existencia de las Ideas!

Montalo sonrió con cierta nerviosa afabilidad.

—Es verdad que durante muchos años quise probar que Platón tenía razón cuando afirmaba que las Ideas existen —reconoció—, y que, por ello, el mundo es bueno, razonable y justo. Y creía que los libros eidéticos podían suministrarme esa prueba. Nunca tuve éxito, pero tampoco recibí grandes decepciones... hasta que encontré el manuscrito de *La caverna,* oculto y olvidado en los anaqueles de una vieja biblioteca... —hizo una pausa, y su mirada se perdió en la oscuridad de la celda—. Al principio, la obra me entusiasmó... Percibí, como tú, las sutiles imágenes que albergaba: el hábil hilo conductor de los Trabajos de Hércules, la muchacha del lirio... ¡Estaba cada vez más seguro de que había hallado, por fin, el libro que había estado buscando durante toda mi vida!...

Volvió sus ojos hacia mí, y advertí su profunda desesperación.

—Pero entonces... empecé a percibir algo extraño... La imagen del «traductor» me confundía... Quise creer que, como un novato cualquiera, había mordido un «cebo» y estaba dejándome arrastrar por el texto... Sin embargo, conforme avanzaba en la lectura, mi mente rebosaba de misteriosas sospechas... No, no era un simple «cebo», había algo más... Y cuando llegué al último capítulo.., lo *supe*.

Hizo una pausa. Su palidez era espantosa, como si hubiera muerto el día anterior. Prosiguió:

—Descubrí la clave de repente... Y comprendí que *La caverna de las ideas* no sólo no constituía una prueba de la existencia de ese mundo platónico bondadoso, razonable y justo, sino que, por el contrario, era una prueba de lo *opuesto* —y de repente, estalló—: ¡Sí, aunque no me creas: esta obra demuestra que nuestro universo, este espacio ordenado y luminoso repleto de causas y efectos y gobernado por leyes justas y piadosas, *no existe*!...

Y mientras lo veía jadear, su rostro convertido en una nueva máscara de labios trémulos y mirada extraviada, pensé (y no me importa escribirlo, aunque Montalo lo lea): «Está completamente loco». Entonces pareció recobrar la compostura y añadió, gravemente:

—Tal fue mi horror ante este hallazgo que quise *morir*. Me encerré en casa... Dejé de trabajar y me negué a recibir visitas... Se empezó a comentar que me había vuelto loco... ¡Y quizá fuera cierto, porque a veces la verdad es enloquecedora!... Incluso valoré la posibilidad de destruir la obra, pero ¿qué ganaría con ello, si yo ya la *conocía*?... De modo que opté por una solución intermedia: tal como sospechabas, la idea del cuerpo destrozado por los lobos me sirvió para fingir mi muerte con el cadáver de un pobre viejo, al que vestí con mis ropas y desfiguré... Después elaboré una versión de *La caverna* respetando el texto original y reforzando la eidesis, pero sin mencionarla explícitamente...

—¿Por qué? —lo interrumpí.

Por un instante me miró como si fuera a golpearme.

—¡Porque quería comprobar si su futuro lector hacía el mismo descubrimiento que yo, pero sin *mi ayuda*! ¡Porque aún cabe la posibilidad, por pequeña que sea, de que yo esté *equivocado*! —sus ojos se humedecieron al añadir—: Y si es así, y ruego por que lo sea, el mundo... nuestro mundo... se habrá *salvado*.

Intenté sonreír, pues recordé que a los locos se les debe tratar con mucha amabilidad:

—Por favor, Montalo, basta ya —dije—. Esta obra es un poco extraña, lo reconozco, pero no tiene nada que ver con la existencia del mundo... ni con el universo... ni siquiera con nosotros. Es un libro, nada más. Por muy eidético que sea, y por mucho que nos obsesione a ambos, no podemos llevar las cosas demasiado lejos... Yo lo he leído casi todo y...

—Aún no has leído el último capítulo —dijo.

—No, pero lo he leído casi todo y no...

—Aún no has leído el último capítulo —repitió.

Tragué saliva y contemplé el texto abierto sobre el escritorio. Volví a observar a Montalo.

—Bien —propuse—, haremos lo siguiente: terminaré mi traducción y te demostraré que... que se trata de una simple fantasía, más o menos bien escrita, pero...

—Traduce —pidió.

No he querido enfadarle. Por eso he obedecido. Él sigue aquí, y observa lo que escribo. Comienzo la traducción del último capítulo. *(N. del T.)*

XII

La caverna, al principio, fue un reflejo dorado que colgaba en algún lugar de la oscuridad. Después se convirtió en puro dolor. Volvió a transformarse en el reflejo dorado y colgante. El vaivén no cesaba. Entonces hubo formas: un hornillo sobre las brasas, pero, cosa curiosa, maleable como el agua, donde los hierros parecían cuerpos de serpientes asustadas. Y una mancha amarilla, un hombre cuya silueta se estiraba en un punto y cedía en otro, como colgada de cuerdas invisibles. Ruidos, sí, también: un ligero eco de metales y, de vez en cuando, el tormento puntiagudo de un ladrido. Olores escogidos entre la variada gama de la humedad. Y, de nuevo, todo se cerraba como un rollo de papiro y regresaba el dolor. Fin de la historia.

No supo cuántas historias similares transcurrieron hasta que su mente empezó a comprender. De igual forma que un objeto colgado de un extremo al recibir un golpe repentino se balancea de un lado a otro, primero con gran violencia y desajuste, después isócrono, por último con moribunda lentitud, acomodándose cada vez más a la calma natural de su estado previo, así el furioso torbellino del desmayo extinguió su vaivén, y la conciencia, planeando sobre un punto de reposo, buscó —y encontró al fin— permanecer lineal e inmóvil, en armonía con la realidad del entorno. Fue entonces cuando pudo diferenciar aquello que le pertenecía —el dolor— de aquello que le era ajeno —las imágenes, los ruidos, los olores—, y desechando esto último atendió a lo primero, y preguntose qué le dolía —la cabeza, los brazos— y por qué. Y como el porqué no era posible saberlo sin el auxilio del recuerdo, hizo uso de su memoria. «Ah, me hallaba en casa de Etis cuando ella dijo: "Placer"... Pero, no; después...»

Al mismo tiempo, su boca decidió gemir y sus manos se retorcieron.

—Oh, temía que te hubiéramos hecho demasiado daño.

—¿Dónde estoy? —preguntó Heracles, queriendo preguntar: «¿Quién eres?». Pero el hombre, al responder a su pregunta formulada, respondió a ambas.

—Éste es, digamos, nuestro lugar de reunión.

Y acompañó la frase de un gesto amplio de su musculoso brazo derecho, mostrando una muñeca roturada de cicatrices.

La helada comprensión de lo ocurrido cayó sobre Heracles de igual manera que, por juego, los niños suelen agitar el fino tronco de los árboles empapados por la lluvia reciente, y su densa carga de gotas colgadas de las hojas se desparrama de golpe sobre sus cabezas.

El lugar era, en efecto, una caverna de considerables dimensiones. El reflejo dorado correspondía a una antorcha colgada de un gancho que sobresalía de la roca. A la luz de sus llamas se advertía un sinuoso pasillo central flanqueado por dos paredes: una, en la que se hallaba la propia antorcha; otra, la que sostenía los clavos dorados a los que Heracles estaba atado mediante gruesas y serpentinas cuerdas, de modo que sus brazos permanecían alzados por encima de la cabeza.

El pasillo formaba un recodo a la izquierda que parecía resplandecer con luz individual, aunque mucho más humilde que el oro de la antorcha, debido a lo cual el Descifrador dedujo que allí se encontraría la salida de la cueva, y que, probablemente, gran parte del día había transcurrido ya. A su derecha, sin embargo, el corredor se perdía entre rocas escarpadas y una tiniebla densísima. En el centro erguíase un hornillo colocado sobre un trípode; un atizador colgaba entre la refulgente sangre de sus ascuas. Sobre el hornillo, una escudilla repicaba con los burbujeos de un líquido dorado. Cerbero menudeaba alrededor, repartiendo los ladridos por igual entre aquel artilugio y el cuerpo inmóvil de Heracles. Su amo, envuelto en un astroso manto gris, se servía de una rama para revolver el líquido de la escudilla. Su expresión mostraba la simpática ufanía con que una cocinera contempla la puja de un dorado pastel de manzanas.* Otros objetos que hubieran podido ser dignos de interés yacían más allá del hornillo, junto a la pared de la antorcha, y Heracles no los distinguía muy bien.

Tarareando una cancioncilla, Crántor dejó por un instante de revolver y cogió un cazo dorado que col-

* —«Manzanas» —protesté—. ¡Qué vulgaridad mencionarlas!

—Cierto —reconoció Montalo—. Es de mal gusto citar el objeto de la eidesis en la metáfora. Aquí debería bastar con las dos palabras más repetidas desde el comienzo del capítulo: «colgar» y «dorado»...

—Haciendo referencia a las Manzanas de las Hespérides, que eran de oro y colgaban de los árboles —asentí—, ya lo sé. Por eso digo que es una metáfora vulgar. Además, no estoy muy seguro de que los pasteles de manzana pujen...

—Calla y sigue traduciendo. *(N. del T.)*

gaba del trípode, lo introdujo en el líquido y se lo llevó hasta la nariz. La sinuosa columna de humo que le empañó el rostro pareció brotar de su propia boca.

—Hmm. Un poco caliente, pero... Toma. Te sentará bien.

Acercó el cazo a los labios de Heracles, desatando con ello la ira de Cerbero, que parecía considerar como un oprobio que su amo le ofreciera algo a aquel individuo gordo antes que a él. Heracles, que pensaba que no tenía mucha elección y que además se hallaba sediento, probó un poco. Sabía a cereal dulzón con un punto de picante. Crántor inclinó el cazo y gran parte del contenido se derramó por la barba y la túnica de Heracles.

—Bebe, vamos.

Heracles bebió.*

—Es *kyon*, ¿verdad? —dijo después, jadeando.

Crántor asintió, regresando al hornillo.

—Hará efecto dentro de poco tiempo. Tú mismo podrás comprobarlo...

—Tengo los brazos fríos como serpientes —protestó Heracles—. ¿Por qué no me desatas?

—Cuando el *kyon* haga efecto, tú mismo podrás liberarte. Es increíble la fuerza oculta que poseemos y que el raciocinio no nos permite utilizar...

—¿Qué me ha ocurrido?

* —¿Puedo beber? —acabo de decirle a Montalo.

—Aguarda. Traeré agua. Yo también estoy sediento. Tardaré el tiempo que tardes tú en escribir una nota narrando esta interrupción, así que ni por asomo se te ocurra que vas a poder escapar.

La verdad, no se me había ocurrido. Ha cumplido su palabra: regresa ahora mismo con una jarra y dos copas. *(N. del T.)*

—Me temo que te golpeamos y te trajimos aquí en una carreta. Por cierto: a algunos de los nuestros les ha resultado sumamente difícil salir de la Ciudad, pues los soldados ya habían sido alertados por el arconte... —levantó la negra mirada de la escudilla y la dirigió hacia Heracles—. Nos has hecho bastante daño.

—El daño os gusta —replicó el Descifrador con desprecio. Y preguntó—: ¿Debo entender que habéis huido?

—Oh sí, todos. Yo me he quedado en la retaguardia para convidarte a un *symposio* de *kyon* y charlar un poco... Los demás han buscado nuevos aires.

—¿Siempre has sido el máximo líder?

—No soy el máximo líder de nada —Crántor golpeó suavemente la escudilla con la punta de la rama, como si fuera ella la que hubiera preguntado—. Soy un miembro muy importante, eso es todo. Me presenté cuando supimos que la muerte de Trámaco estaba siendo investigada, lo cual nos sorprendió, porque no esperábamos que levantara sospechas de ningún tipo. El hecho de que tú fueras el principal investigador no hizo más fácil mi trabajo, aunque sí más agradable. De hecho, acepté ocuparme del asunto precisamente porque *te conocía.* Mi labor consistió en intentar engañarte... lo cual, dicho sea en tu honor, resultó bastante difícil...

Se acercó a Heracles con la rama colgando de sus dedos como un maestro balancea la vara de castigo frente a sus pupilos para inspirar respeto. Prosiguió:

—Mi problema era: ¿cómo engañar a alguien a quien nada se le pasa *desapercibido*? ¿Cómo burlar la mirada de un Descifrador de Enigmas como tú, para quien la complejidad de las cosas no ofrece ningún secreto? Pero llegué a la conclusión de que tu mayor ventaja es, al mismo tiempo, tu principal *defecto*... *Todo* lo razonas, amigo mío, y a mí se me ocurrió usar esa peculiaridad de tu carácter para distraer tu atención. Me dije: «Si la mente de Heracles resuelve hasta el problema más complejo, ¿por qué no *cebarla* con problemas complejos?»... Y disculpa la vulgaridad de la expresión.

Crántor parecía divertido con sus propias palabras. Regresó a la escudilla y continuó revolviendo el líquido. A veces se inclinaba y chasqueaba la lengua en dirección a Cerbero, sobre todo cuando éste molestaba más de lo usual con sus chirriantes ladridos. El resplandor proveniente del recodo se hacía cada vez más tenue.

—Así pues, me propuse, sencillamente, impedir que *dejaras de razonar*. Es muy sencillo engañar a la razón alimentándola con razones: vosotros lo hacéis todos los días en los tribunales, la Asamblea, la Academia... Lo cierto es, Heracles, que me diste ocasión para disfrutar...

—Y disfrutaste mutilando a Eunío y Antiso.

Los ecos de la estrepitosa risotada de Crántor parecieron colgar de las paredes de la cueva y refulgir, dorados, en las esquinas.

—Pero ¿todavía no lo has entendido? ¡Fabriqué problemas *falsos* para ti! Ni Eunío ni Antiso fueron asesinados: tan sólo accedieron a sacrificarse antes de tiempo. Al fin y al cabo, su turno les llegaría, tarde o temprano. Tu investigación sólo logró apresurar la decisión de ambos...

—¿Cuándo reclutasteis a esos pobres adolescentes?

Crántor negó con la cabeza, sonriendo.

—¡Nosotros nunca «reclutamos», Heracles! La gente oye hablar en secreto de nuestra religión y quiere conocerla... En este caso particular, Etis, la madre de Trámaco, supo de nuestra existencia en Eleusis poco después de que su marido fuera ejecutado... Asistió a las reuniones clandestinas en la caverna y en los bosques y participó en los primeros rituales que mis compañeros realizaron en el Ática. Luego, cuando sus hijos crecieron, los hizo adeptos de nuestra fe. Pero, como mujer inteligente que siempre ha sido, no quería que Trámaco le reprochara no haberle dado la oportunidad de elegir por sí mismo, de modo que no descuidó su educación: le aconsejó que ingresara en la escuela filosófica de Platón y aprendiera todo lo que la razón puede enseñarnos, para que, al alcanzar la mayoría de edad, supiera elegir entre un camino y otro... Y Trámaco nos escogió a nosotros. No sólo eso: consiguió que Antiso y Eunío, sus amigos de la Academia, participaran también en los ritos. Ambos procedían de rancias familias atenienses, y no necesitaron muchas palabras para dejarse convencer... Además, Antiso conocía a Menecmo, que, por feliz casualidad, también era miembro de nuestra hermandad. La «escuela» de Menecmo fue, para ellos, mucho más productiva que la de Platón: aprendieron el goce de los cuerpos, el misterio del arte, el placer del éxtasis, el entusiasmo de los dioses...

Crántor había estado hablando sin mirar a Heracles, sus ojos fijos en un punto inconcreto de la creciente oscuridad. En aquel momento, se volvió repentinamente hacia el Descifrador y añadió, siempre risueño:

—¡No existían los celos entre ellos! Ésa fue una idea *tuya* que a nosotros nos agradó utilizar para desviar tu atención hacia Menecmo, que deseaba ser sacrificado con prontitud, al igual que Antiso y Eunío, con el fin de poder engañarte. No fue difícil improvisar un plan con los tres... Durante un hermoso ritual, Eunío se acuchilló en el taller de Menecmo. Después lo disfrazamos de mujer con un peplo *erróneamente* destrozado para que tú pensaras justo lo que pensaste: que alguien lo había matado. Antiso hizo lo propio cuando le llegó su turno. Yo intentaba por todos los medios que siguieras creyendo que *eran asesinatos,* ¿comprendes? Y, para ello, nada mejor que simular *falsos* suicidios. Tú te encargarías, más tarde, de *inventarte* el crimen y descubrir al criminal —y, abriendo los brazos, Crántor elevó la voz para añadir—: ¡He aquí la fragilidad de tu omnipotente Razón, Heracles Póntor: tan fácilmente imagina los problemas que ella misma cree solucionar!...

—¿Y Eumarco? ¿También bebió *kyon*?

—Naturalmente. Ese pobre esclavo pedagogo tenía muchos deseos de liberar sus viejos impulsos... Se destrozó con sus propias manos. A propósito, tú ya sospechabas que usábamos una droga... ¿Por qué?

—Lo percibí en el aliento de Antiso y Eumarco, y después en el de Pónsica... Y por cierto, Crántor, aclárame esta duda: ¿mi esclava ya era de vosotros antes de que todo esto comenzara?

A pesar de la penumbra de la gruta, la expresión del rostro de Heracles debió de hacerse bien patente, porque Crántor, de improviso, enarcó las cejas y replicó, mirándole a los ojos:

—¡No me digas que te sorprende!... ¡Oh, por Zeus

y Afrodita, Heracles! ¿Crees que hubiera sido necesario insistirle mucho?

Su tono de voz reflejaba cierta compasión. Se acercó a su desfallecido prisionero y añadió:

—¡Oh, amigo mío, intenta, por una sola vez, ver las cosas tal como son, y no como tu razón te las muestra!... Esa pobre muchacha, mutilada cuando era niña y obligada, bajo tu mandato, a soportar la humillación de una máscara perenne... ¿necesitaba que alguien la convenciera de que liberase su *rabia*? ¡Heracles, Heracles!... ¿Desde cuándo te rodeas de *máscaras* para no contemplar la desnudez de los seres humanos?...

Hizo una pausa y encogió sus enormes hombros.

—Lo cierto es que Pónsica nos conoció poco después de que la compraras —y frunciendo el ceño con expresión de disgusto, concluyó—: Debió matarte cuando se lo ordené, y así nos hubiéramos ahorrado muchas molestias...

—Supongo que lo de Yasintra también fue idea tuya.

—Así es. Se me ocurrió cuando nos enteramos de que habías hablado con ella. Yasintra no pertenece a nuestra religión, pero la manteníamos vigilada y amenazada desde que supimos que Trámaco, que deseaba convertirla a nuestra fe, le había revelado parte de nuestros secretos... Introducirla en tu casa me fue doblemente útil: por un lado ayudó a distraerte y confundirte; por otro... Digamos que cumplió una misión didáctica: mostrarte con un ejemplo práctico que el placer del cuerpo, ante el que tan indiferente te crees, es muy superior al deseo de vivir...

—Gran lección la tuya, por Atenea —ironizó Heracles—. Pero dime, Crántor, al menos para hacerme reír: ¿en esto has empleado el tiempo que estuviste fuera de Atenas? ¿En inventar trucos para proteger a esta secta de locos?

—Durante varios años estuve viajando, como te dije —replicó Crántor con tranquilidad—. Pero regresé a Grecia mucho antes de lo que supones y viajé por Tracia y Macedonia. Fue entonces cuando entré en contacto con la secta... Se la denomina de varias maneras, pero su nombre más común es Lykaion. Me sorprendió tanto encontrar en tierra de griegos unas ideas tan salvajes, que, de inmediato, me hice un buen adepto... Cerbero... Cerbero, basta, deja ya de ladrar... Y te aseguro que no somos una secta de locos, Heracles. No hacemos daño a nadie, salvo cuando está en peligro nuestra propia seguridad: realizamos rituales en los bosques y bebemos *kyon.* Nos entregamos por completo a una fuerza inmemorial que ahora se llama Dioniso, pero que no es un dios ni puede ser representado en imágenes ni expresado con palabras... ¿Qué es?... ¡Nosotros mismos lo ignoramos!... Sólo sabemos que yace en lo más profundo del hombre y provoca la rabia, el deseo, el dolor y el goce. Tal es el poder que honramos, Heracles, y a él nos sacrificamos. ¿Te sorprende?... Las guerras también exigen muchos sacrificios, y nadie se sorprende por ello. ¡La diferencia estriba en que nosotros elegimos cuándo, cómo y por qué nos sacrificamos!

Revolvió furiosamente el líquido de la escudilla y prosiguió:

—El origen de nuestra hermandad es tracio, aunque ahora impera sobre todo en Macedonia... ¿Sabías que Eurípides, el célebre poeta, perteneció a ella en sus últimos años?

Enarcó las cejas en dirección a Heracles, esperando, sin duda, que aquella revelación lo sorprendiera de algún modo, pero el Descifrador lo miraba impasible.

—¡Sí, el mismo Eurípides!... Conoció nuestra religión y se acogió a ella. Bebió *kyon* y fue destrozado por sus hermanos sectarios... Ya sabes que la leyenda afirma que murió despedazado por unos perros... pero ésa es la manera simbólica de describir el sacrificio en Lykaion... ¡Y Heráclito, el filósofo de Efeso que opinaba que la violencia y la discordia no sólo son necesarias sino deseables para los hombres, y del que igualmente se dice que fue devorado por una jauría de perros, también perteneció a nuestro grupo!

—Menecmo los mencionó a ambos —asintió Heracles.

—De hecho, fueron grandes hermanos de Lykaion.

Y, como si se le hubiera ocurrido una idea repentina o algún tema colateral de conversación, Crántor añadió:

—El caso de Eurípides fue curioso... Toda su vida se había mantenido apartado, artística e intelectualmente, de la naturaleza instintiva del hombre con su teatro racionalista e insípido, y en su vejez, durante su voluntario exilio en la corte del rey Arquelao de Macedonia, desengañado por la hipocresía de su patria ateniense, entró en contacto con Lykaion... Por aquella época, nuestra hermandad no había llegado aún al Ática, pero se hallaba floreciente en las regiones del norte. En la corte de Arquelao, Eurípides contempló los principales ritos de Lykaion y quedó transformado. Escribió, entonces, una obra distinta a todas las previas, la tragedia con la que quiso saldar sus deudas con el primitivo arte teatral, que pertenece a Dioniso: *Bacantes*, una exaltación de la furia, la danza y el placer orgiástico... Los poetas todavía se preguntan cómo es posible que el viejo maestro creara algo así al final de sus días... ¡Y desconocen que fue la obra más sincera que hizo!*

—La droga os enloquece —dijo Heracles con voz fatigada—. Nadie en su sano juicio desearía ser mutilado por otros...

—Oh, ¿de veras crees que es el *kyon* tan sólo? —Crántor contempló el humeante líquido dorado que se agitaba en la escudilla, de cuyo borde colgaban minúsculas gotas—. Yo creo que es algo que hay dentro de nosotros, y me refiero a todos los hombres. El *kyon* nos permite sentirlo, sí, pero... —se golpeó suavemente el pecho—. Está aquí, Heracles. Y en ti también. No se puede traducir en palabras. No se puede filosofar sobre ello. Es *algo* absurdo, si quieres, irracional, enloquecedor... pero *real.* ¡Éste es el secreto que vamos a enseñar a los hombres!

Se acercó a Heracles y la inmensa sombra de su rostro se partió en una amplia sonrisa.

—En cualquier caso, ya sabes que no me gusta discutir... Si es el *kyon* o no lo es, pronto lo comprobaremos..., ¿no?

Heracles tensó las cuerdas que colgaban de los clavos de oro. Se sentía débil y entumecido, pero no creía

* Montalo acaba de comentarme:

—Es posible que *Bacantes* sea una obra eidética, ¿no te parece? Habla de sangre, de muerte, de furia, de locura... Quizás Eurípides describió un ritual de Lykaion en eidesis...

—¡No creo que el maestro Eurípides enloqueciera hasta ese punto! —he replicado. *(N. del T.)*

que la droga le hubiese hecho ningún efecto. Alzó los ojos hacia el rocoso semblante de Crántor y dijo:

—Estás equivocado, Crántor. Éste no es el secreto que la Humanidad querrá conocer. No creo en las profecías ni en los oráculos, pero si hubiera de profetizar algo, te diría que Atenas será la cuna de un nuevo hombre... Un hombre que luchará con sus ojos e inteligencia, no con sus manos, y, al traducir los textos de sus antepasados, aprenderá de ellos...

Crántor lo escuchaba con los ojos muy abiertos, como si estuviera a punto de lanzar una carcajada.

—La única violencia que profetizo es la imaginaria —prosiguió Heracles—: Hombres y mujeres podrán leer y escribir, y se formarán gremios de sabios traductores que editarán y descifrarán las obras de los que ahora son nuestros contemporáneos. Y, al traducir lo que otros dejaron por escrito, sabrán cómo fue el mundo cuando la razón no gobernaba... Ni tú ni yo lo veremos, Crántor, pero el hombre avanza hacia la Razón, no hacia el Instinto...*

—No —dijo Crántor sonriendo—. Tú eres quien está equivocado...

Su mirada, muy extraña, no parecía dirigirse a Heracles sino a alguien que se hallara detrás, incrustado en la roca de la caverna, o quizá bajo sus pies, en alguna invisible profundidad, aunque de esto Heracles no pudiera estar seguro debido a la creciente penumbra.

* —¡Heracles acertó en sus pronósticos! ¡Quizás aquí se encuentre la clave de la obra!

Montalo me mira en silencio.

—Sigue traduciendo —dice. *(N. del T.)*

Crántor, en realidad, te miraba a ti.*

Y dijo:

—Esos traductores que has profetizado no descubrirán nada, porque no existirán, Heracles. Las filosofías nunca lograrán triunfar sobre los instintos —elevando la voz, prosiguió—: ¡Hércules aparenta derrotar a los monstruos, pero entre líneas, en los textos, en los bellos discursos, en los razonamientos lógicos, en los pensamientos de los hombres, *alza su múltiple cabeza la Hidra, ruge el horrendo león y hacen resonar sus cascos de bronce las yeguas antropófagas.* Nuestra naturaleza no es**

—Nuestra naturaleza no es un texto en el que un traductor pueda encontrar una clave final, Heracles, ni siquiera un conjunto de ideas invisibles. De nada sirve, pues, derrotar a los monstruos, porque acechan

* —Es curioso —apunto—. Otra vez el paso a segunda...

—¡Sigue! ¡Traduce! —me interrumpe mi secuestrador con ansiedad, como si nos halláramos en un momento importantísimo del texto. *(N. del T.)*

** —¿Qué te ocurre? —dice Montalo.

—Estas palabras de Crántor... —temblé.

—¿Qué pasa con ellas?

—Recuerdo que... mi padre...

—¡Sí! —me anima Montalo—. ¡Sí!... Tu padre ¿qué?

—Escribió un poema hace tiempo...

Montalo vuelve a animarme. Intento recordar.

He aquí la primera estrofa del poema de mi padre, tal como yo la recuerdo:

Alza su múltiple cabeza la Hidra,
Ruge el horrendo león, y hacen resonar
Sus cascos de bronce las yeguas antropófagas.

—¡Es el comienzo de un poema de mi padre! —afirmo, en el colmo del asombro.

dentro de ti. El *kyon* los despertará pronto. ¿No los sientes ya removerse en tus entrañas?

Heracles iba a responder cualquier ironía cuando, de improviso, escuchó un gemido en la oscuridad, más allá del trípode del brasero, proveniente de los bultos que se hallaban junto a la pared de la antorcha. Aunque no lograba distinguirlo, reconoció la voz del hombre que gemía.

Montalo parece muy triste por un instante. Asiente con la cabeza y murmura:

—Conozco el resto.

A veces, las ideas y teorías de los hombres
Hazañas de Hércules me parecen,
En combate perenne contra las criaturas
Que se oponen a la nobleza de su razón.

Pero, como un traductor encerrado por un loco
Y obligado a descifrar un texto absurdo,
Así imagino en ocasiones a mi pobre alma
Incapaz de hallar el sentido de las cosas.

Y tú, Verdad final, Idea platónica
—Tan semejante en belleza y fragilidad
A un lirio en las manos de una muchacha—,
¡Cómo gritas pidiendo ayuda al comprender
Que el peligro de tu inexistencia te sepulta!

¡Oh Hércules, vanas son todas tus proezas,
Pues conozco hombres que aman a los monstruos,
Y se entregan con deleite al sacrificio,
Haciendo de las dentelladas su religión!

Brama el toro entre la sangre,
El Can ladra y vomita fuego,
Aun las doradas manzanas del jardín
Vigiladas están por la afanosa serpiente.

—¡Diágoras!... —dijo—. ¿Qué le habéis hecho?

—Nada que no se haya hecho él a sí mismo —replicó Crántor—. Bebió *kyon*... ¡y te aseguro que a todos nos sorprendió la rapidez con que le hizo efecto!

Y, elevando la voz, añadió, en tono burlón:

—¡Oh, el noble filósofo platónico! ¡Oh, el gran idealista! ¡Qué furia albergaba contra sí mismo, por Zeus!...

Cerbero —una mancha pálida que zigzagueaba por el suelo— coreó, iracundo, las exclamaciones de su amo. Los ladridos formaban trenzas de ecos. Crántor se agachó y lo acarició con ademanes cariñosos.

—No, no... Calma, Cerbero... No es nada...

Aprovechando la oportunidad, Heracles propinó un fuerte tirón a la cuerda que colgaba del dorado clavo derecho. Éste cedió un poco. Animado, volvió a tirar, y el clavo salió por completo, sin ruido. Crántor continuaba distraído con el perro. Ahora era cuestión

---

He copiado el poema entero. Lo releo. Lo recuerdo.

—¡Es un poema de mi padre!

Montalo baja los ojos. ¿Qué irá a decir? Dice:

—Es un poema de Filotexto de Quersoneso. ¿Recuerdas a Filotexto?

—¿El escritor que aparece en el capítulo séptimo cenando con los mentores en la Academia?

—Eso es. Filotexto usó su propio poema para inspirarse en las imágenes eidéticas que contiene *La caverna:* los Trabajos de Hércules, la muchacha del lirio, el traductor...

—Pero entonces...

Montalo asiente. Su expresión es inescrutable.

—Sí: *La caverna de las ideas* fue escrita por Filotexto de Quersoneso —dice—. No me preguntes cómo lo sé, porque el hecho es que lo sé. Pero sigue traduciendo, por favor. Falta un poco para llegar al final. *(N. del T.)*

de ser rápido. Pero cuando quiso mover la mano libre para desatar la otra, comprobó que sus dedos no le obedecían: se hallaban gélidos, recorridos de un extremo a otro por un ejército de diminutas serpientes que habían procreado bajo su piel. Entonces tiró con todas sus fuerzas del clavo izquierdo.

En el instante en que este último cedía, Crántor se volvió hacia él.

Heracles Póntor era un hombre grueso, de baja estatura. En aquel momento, además, sus doloridos brazos colgaban inermes a ambos lados del cuerpo como herramientas rotas. De inmediato supo que su única posibilidad consistía en poder utilizar algún objeto a guisa de arma. Sus ojos ya habían elegido el mango del atizador que sobresalía de las brasas, pero se hallaba demasiado lejos, y Crántor —que se aproximaba impetuoso— le bloquearía el paso. De modo que, en ese latido o parpadeo en que el tiempo no transcurre y el pensamiento no gobierna, el Descifrador intuyó —sin llegar siquiera a verlo— que de los extremos de las cuerdas que aún ataban sus muñecas seguían colgando los clavos de oro. Cuando la sombra de Crántor se hizo tan grande que todo su cuerpo desapareció bajo ella, Heracles levantó el brazo derecho con rapidez y describió en el aire un rápido y violento semicírculo.

Quizá Crántor esperaba que el golpe viniera de su puño, pues cuando vio que éste pasaba frente a él sin atinarle no hizo ademán de retroceder, y recibió en todo el rostro el impacto del clavo. Heracles no sabía en qué lugar exacto había golpeado, pero escuchó el dolor. Se lanzó hacia delante, con el mango del atizador como único objetivo de su mirada, pero una fuerte patada en el pecho lo dejó sin aire y lo hizo desplomarse de lado y rodar como una fruta madura que hubiese caído del árbol.

Durante el furioso tormento que siguió, quiso evocar que en su juventud había luchado en el pancracio. Incluso recordó los nombres de algunos de sus adversarios. A su memoria acudieron escenas, imágenes de triunfos y derrotas... Pero sus pensamientos se interrumpían... Las frases perdían coherencia... Eran palabras sueltas...

Soportó el castigo encogido sobre sí mismo, protegiéndose la cabeza. Cuando las rocas que eran los pies de Crántor se cansaron de golpearle, tomó aliento y olfateó sangre. Las patadas lo habían barrido como a una fofa basura hacia una de las paredes. Crántor decía algo, pero él no lograba escucharle. Por si fuera poco, algún niño salvaje y espantoso le chillaba palabras extranjeras al oído y derramaba sobre su rostro una saliva amarga y enfermiza. Reconoció los ladridos y la proximidad de Cerbero. Giró la cabeza y abrió a medias los ojos. El perro, a un palmo de su cara, era una máscara arrugada y vociferante de cuencas vacías. Parecía el espectro de sí mismo. Más allá, en la infinita distancia del dolor, Crántor le daba la espalda. ¿Qué hacía? Hablaba, quizá. Heracles no podía estar seguro, pues la montaña estrepitosa de Cerbero se alzaba entre los demás sonidos y él. ¿Por qué Crántor no continuaba golpeándole? ¿Por qué no remataba su tarea?...

Se le ocurrió algo. No era un buen plan, probablemente, pero a esas alturas ya nada era bueno. Cogió con sus dos manos el ínfimo cuerpo del perro. Éste, poco acostumbrado a las caricias de los extraños, se debatió como un bebé cuya anatomía fuera, en sus tres cuartas partes, una doble hilera de agudos dientes, pero Heracles lo mantuvo alejado de sí mientras levantaba los brazos cargando con su frenética presa. Crántor, sin duda, había percibido el cambio en el tono de los ladridos, porque se había vuelto hacia Heracles y le gritaba algo.

Heracles se permitió recordar por un momento que, en las competiciones, no había sido malo con el discóbolo.

Como una piedra blanda arrojada juguetonamente por un niño, Cerbero golpeó de lleno en el trípode e hizo caer la escudilla y el brasero. Cuando las brasas, desparramadas como el jugo lento de un volcán, entraron en contacto con su pelaje, los ladridos volvieron a variar de tono. Enfangado en fuego, siguió rodando por el suelo. La energía del lanzamiento no había sido tanta, pero el animal contribuía con sus propios músculos: era puro torbellino y ascuas. Sus aullidos, arropados por el eco de la caverna, se clavaron como doradas agujas en los oídos de Heracles, pero, tal como éste había supuesto, Crántor sólo dudó un instante entre el perro y él, y de inmediato se decidió por socorrer al primero.

Escudilla. Trípode. Brasero. Atizador. Cuatro objetos bien delimitados, cada uno en un lugar distinto del suelo, allí donde el azar los había distribuido. Heracles dejó caer su dolorida obesidad en dirección al último. Las imprevistas diosas de la suerte no lo habían alejado demasiado.

—¡Cerbero!... —gritaba Crántor, agachado junto al perro. Daba palmadas sobre el pequeño cuerpo, limpiándolo de cenizas—. ¡Cerbero, calma, hijo, déjame que...!

Heracles pensó que un solo golpe, sosteniendo el mango con ambas manos, sería suficiente, pero sin duda había subestimado la resistencia de Crántor. Éste se llevó una mano a la cabeza e intentó girar sobre sí mismo. Heracles volvió a golpearlo. Esta vez, Crántor cayó boca arriba. Pero Heracles también se desplomó sobre él, extenuado.

—... gordo, Heracles —escuchó que jadeaba Crántor—. Deberías hacer... ejercicio.

Con dolorosa lentitud, Heracles volvió a incorporarse. Sentía sus brazos como pesados escudos de bronce. Se apoyó en el atizador.

—Gordo y débil —sonrió Crántor desde el suelo.

El Descifrador logró sentarse a horcajadas sobre Crántor. Ambos jadeaban como si acabaran de disputarse una carrera olímpica. Una húmeda serpiente negra había empezado a crecer en la cabeza de Crántor, y mientras se transformaba sucesivamente en cría, víbora y pitón, no dejaba de reptar por el suelo. Crántor volvió a sonreír.

—¿Ya notas... el *kyon*? —dijo.

—No —dijo Heracles.

«Por eso no quiso matarme», pensó: «Estaba aguardando a que la droga me produjera algún efecto.»

—Golpéame —murmuró Crántor.

—No —repitió Heracles, y se esforzó por levantarse.

La serpiente ya era más grande que la cabeza que la había engendrado. Pero había perdido su primitiva forma: ahora parecía la silueta de un árbol.*

* «Serpiente» y «árbol». La sangre que mana de la cabeza de Crántor forma una doble y bella imagen eidética sobre el

—Te contaré... un secreto —dijo Crántor—. Nadie... lo sabe... Sólo algunos... hermanos... El *kyon* es... únicamente... agua, miel y... —hizo una pausa. Se pasó la lengua por los labios—. ... Un chorro de vino aromatizado.

Amplió su sonrisa. La herida del clavo en su mejilla izquierda sangró un poco. Añadió:

—¿Qué te parece, Heracles?... El *kyon* no es... *nada...*

Heracles se apoyó en la pared cercana. No habló, aunque siguió escuchando los jadeantes susurros de Crántor.

—Todos creen que es droga... y, al beberlo, se transforman... se vuelven furiosos... enloquecen... y hacen... lo que esperamos que hagan... como si de verdad... hubieran bebido droga... Todos, menos tú... ¿Por qué?

«Porque yo sólo creo en lo que veo», pensó Heracles. Pero como no se sentía con fuerzas para hablar, no dijo nada.

—Mátame —pidió Crántor.

—No.

—Entonces, a Cerbero... Por favor... No quiero que sufra.

—No —volvió a decir Heracles.

Se arrastró hasta la pared opuesta, donde yacía Diágoras. El rostro del filósofo se hallaba cubierto de magulladuras, y una brecha en su frente presentaba

---

monstruo que custodia las Manzanas Doradas y los árboles de las que éstas penden... ¡La posibilidad de que mi padre plagiara un poema de Filotexto sigue preocupándome!... Montalo me ordena: «Traduce». *(N. del T.)*

mal aspecto, pero seguía vivo. Y tenía los ojos abiertos y la expresión alerta.

—Vamos —dijo Heracles.

Diágoras no pareció reconocerlo, pero se dejó conducir por él. Cuando salieron trastabillando de la cueva hacia la noche reciente, los ladridos de dolor del perro de Crántor quedaron, por fin, sepultados.

La luna se alzaba redonda y dorada, colgando del cielo negro, cuando la patrulla los encontró. Un poco antes, Diágoras, que caminaba apoyado en Heracles, había empezado a hablar.

—Me obligaron a beber su pócima... No recuerdo mucho más a partir de entonces, pero creo que me ocurrió lo que ellos pronosticaron. Fue... ¿Cómo describirlo?... Perdí el dominio de mí mismo, Heracles... Sentí removerse en mi interior un monstruo, una sierpe enorme y rabiosa... —jadeando, con los ojos enrojecidos al recordar su locura, prosiguió—: Comencé a gritar y a reír... Insulté a los dioses... ¡Incluso creo que ofendí al maestro Platón!...

—¿Qué le dijiste?

Tras una pausa, Diágoras, con evidente esfuerzo, contestó:

—«Déjame en paz, sátiro» —se volvió hacia Heracles con expresión de profunda tristeza—. ¿Por qué lo llamé «sátiro»?... ¡Qué horror!...

El Descifrador, en tono de consuelo, le dijo que todo había que achacarlo a la droga. Diágoras se mostró de acuerdo, y añadió:

—Luego empecé a darme cabezazos contra la pared hasta perder la conciencia.

Heracles pensaba en lo que le había contado Crántor sobre el *kyon*. ¿Había mentido? No era improbable que así fuese. Pero, en tal caso, ¿por qué la supuesta pócima no le había hecho ningún efecto a él? Por otra parte, si era cierto que el *kyon* no era más que agua, miel y un poco de vino, ¿por qué provocaba aquellos sorprendentes ataques de locura? ¿Por qué hizo que Eumarco se destrozara a sí mismo? ¿Por qué había afectado a Diágoras? Y otra pregunta lo atormentaba: ¿debía saber este último lo que Crántor le había revelado?

Decidió guardar silencio.

La patrulla de soldados se tropezó con ellos en la Vía Sagrada. Heracles distinguió las antorchas y alzó la voz para explicarles quiénes eran. El capitán, que se hallaba al tanto de la situación debido al papiro que Heracles había dirigido al arconte, se interesó por el paradero de la secta, pues el único lugar conocido —la casa de la viuda Etis— había sido abandonado por sus moradores con sospechosa precipitación. Heracles ahorró palabras —que en aquel momento en que su fatiga le colgaba del cuerpo como una armadura hoplita le parecían de oro— y pidió que algunos soldados condujeran a Diágoras a la Ciudad para que fuera visto por un médico, ofreciéndose después a guiar al capitán y al resto de sus hombres a la caverna. Diágoras protestó con débiles palabras, pero terminó accediendo, pues se hallaba confuso y extenuado. El Descifrador no tardó en encontrar la senda de regreso, ayudado por las antorchas.

En los alrededores de la cueva, que se hallaba en una zona boscosa no muy lejos del Licabeto, uno de los soldados descubrió un grupo de caballos atados a los árboles y una gran carreta con mantos y víveres. Se sospechó, por tanto, que los sectarios no debían de estar muy lejos, y el capitán ordenó que se desenvainaran las espadas e hizo avanzar a sus hombres con cuidadosa prudencia hasta el reducto de la entrada. Heracles les había explicado lo que había sucedido y lo que podían esperar encontrar, así que a nadie sorprendió que el cuerpo de Crántor, mudo e inmóvil sobre un charco de sangre, permaneciera todavía tendido en la misma posición en que el Descifrador lo recordaba. Cerbero era una criatura arrugada y pacífica que gimoteaba a los pies de su amo.

Heracles no quiso saber si Crántor seguía vivo o no, así que no se acercó cuando los demás lo hicieron. El perro los amenazó con roncos gruñidos, pero los soldados se echaron a reír, e incluso agradecieron el inesperado recibimiento, ya que los rumores que habían oído sobre la secta mezclados con sus propias fantasías habían terminado por amedrentarlos, y la ridícula presencia de aquella deforme criatura contribuyó no poco a aliviar la tensión. Jugaron un rato con el can, burlándolo con amagos de golpes, hasta que una seca orden del capitán los hizo detenerse. Entonces lo degollaron sin mediar más palabras, al igual que ya habían hecho con Crántor, con quien, por cierto, había sucedido otra anécdota graciosa que después sería muy comentada en el regimiento: mientras sus compañeros se ocupaban del perro, uno de los soldados se había aproximado a Crántor y apoyado el filo de la espada en su robusto cuello; otro le preguntó:

—¿Está vivo?

Y, al tiempo que lo degollaba, el soldado respondió:

—No.

Los demás, siguiendo a su capitán, se internaron en las profundidades de la caverna. Heracles iba con ellos. Más allá, el pasillo se ensanchaba hasta formar un recinto de notables dimensiones. El Descifrador hubo de reconocer que el lugar era ideal para celebrar cultos prohibidos, teniendo en cuenta la relativa angostura de la entrada exterior. Y era obvio que había sido utilizado recientemente: máscaras de arcilla y mantos negros se hallaban esparcidos por doquier; también armas y una considerable provisión de antorchas. Cosa curiosa, no se encontraron ni estatuas de dioses ni túmulos de piedra ni representación religiosa alguna. Sin embargo, este hecho no llamó la atención en aquel momento, pues otro mucho más evidente y asombroso atrajo las miradas de todos. El primero en descubrirlo —uno de los soldados de vanguardia— avisó al capitán con un grito, y los demás se detuvieron.

Parecían carnes colgadas en un comercio del ágora y destinadas al banquete de algún insaciable Creso. Se hallaban bañadas en oro puro debido al resplandor de las antorchas. Eran por lo menos una docena, hombres y mujeres desnudos y atados cabeza abajo por los tobillos a ganchos incrustados en las paredes de piedra. Invariablemente, todos mostraban los vientres abiertos y las entrañas colgando como burlonas lenguas o nudos de serpientes muertas. Bajo cada cuerpo distinguíase un grumoso cúmulo de ropas y sangre y una afilada espada corta.*

—¡Les han sacado las vísceras! —exclamó un joven soldado, y la voz grave del eco repitió sus palabras con horror creciente.

—Han sido ellos mismos —dijo alguien a su espalda en tono mesurado—. Las heridas son de lado a lado

* El macabro hallazgo de los cuerpos de los sectarios reproduce, en eidesis, el árbol de las «Manzanas de las Hespérides», colgadas y «bañadas en oro», como imagen final. *(N. del T.)*

y no de arriba abajo, lo cual indica que se abrieron el vientre mientras se hallaban colgados...

El soldado, que no estaba muy seguro de quién era el que había hablado, se volvió para contemplar, a la luz inestable de su antorcha, la figura obesa y fatigada del hombre que los había guiado hasta allí (cuya exacta identidad no conocía bien: ¿un filósofo quizá?), y que ahora, después de haber dicho aquello, como sin darle importancia a su propio razonamiento, se alejaba en dirección a los cuerpos mutilados.

—Pero ¿cómo han podido...? —murmuraba otro.

—Un grupo de locos —zanjó la cuestión el capitán.

Escucharon de nuevo la voz del hombre obeso (¿un filósofo?). Aunque su tono era débil, todos entendieron bien las palabras:

—¿Por qué?

Se hallaba de pie bajo uno de los cadáveres: una mujer madura pero aún hermosa, de largo pelo negro, cuyos intestinos se derramaban sobre su pecho como los bordes plegados de un peplo. El hombre, que se hallaba a la misma altura que su cabeza (hubiera podido besarla en los labios, si tan aberrante idea hubiese cruzado por su mente), parecía muy afectado, y nadie quiso molestarlo. De modo que, mientras se dedicaban a la desagradable tarea de descolgar los cuerpos, varios soldados aún lo oyeron murmurar durante un tiempo, siempre junto a aquel cadáver y en un tono cada vez más perentorio:

—¿Por qué?... ¿Por qué?... ¿Por qué?...

Entonces, el Traductor dijo:*

* —¡El texto está incompleto!

—¿Por qué lo dices? —pregunta Montalo.

—Porque termina con esta frase: «Entonces, el Traductor dijo»...

—No —replica Montalo. Me mira de forma extraña—. El texto no está incompleto.

—¿Quieres decir que hay más páginas ocultas en otra parte?

—Sí.

—¿Dónde?

—Aquí —responde, encogiéndose de hombros.

Mi desconcierto parece divertirle. Entonces pregunta bruscamente:

—¿Ya has hallado la clave de la obra?

Pienso durante un instante y murmuro, titubeando:

—¿Quizás es el poema?...

—¿Y qué significa el poema?

Tras una pausa, respondo:

—Que la verdad no puede ser razonada... O que es difícil encontrar la verdad...

Montalo parece decepcionado.

—Ya sabemos que es difícil encontrar la Verdad —comenta—. Esta conclusión *no puede* ser la Verdad... porque, en tal caso, la Verdad no sería *nada*. Y tiene que haber *algo*, ¿no? Dime: ¿cuál es la idea final, la clave del texto?

—¡No lo sé! —grito.

Le veo sonreír, pero su sonrisa es amarga.

—Quizá la clave sea tu propio enfado, ¿no? —dice—, esta ira que ahora sientes contra mí... o el placer que experimentaste cuando imaginabas retozar con la hetaira... o el hambre que padecías cuando yo me retrasaba con la comida... o la lentitud de tus intestinos... Puede que sean ésas las únicas claves. ¿Para qué buscarlas en el texto? ¡Están en nuestros propios cuerpos!

—¡Deja de jugar conmigo! —replico—. ¡Quiero saber qué relación existe entre esta obra y el poema de mi padre!

Montalo adopta una expresión seria y recita, como si leyera, en tono fatigado:

—Ya te dije que el poema es de Filotexto de Quersoneso, escritor tracio que vivió en Atenas durante sus años de madurez y frecuentó la Academia de Platón. Basándose en su propio poema, Filotexto compuso las imágenes eidéticas de *La caverna de las ideas.* Ambas obras se inspiraron en sucesos reales ocurridos en Atenas durante aquella época, particularmente el suicidio colectivo de los miembros de una secta muy similar a la que se describe aquí. Este último acontecimiento influyó mucho en Filotexto, que veía en tales ejemplos una prueba de que Platón se equivocaba: los hombres no escogemos lo más malo por ignorancia sino por impulso, por algo desconocido que yace en cada uno de nosotros y que no puede ser razonado ni explicado con palabras...

—¡Pero la historia le ha dado la razón a Platón! —exclamo con energía—. Los hombres de nuestra época son idealistas y se dedican a pensar y a leer y descifrar textos... Muchos somos filósofos o traductores... Creemos firmemente en la existencia de Ideas que no percibimos con los sentidos... Los mejores de nosotros gobiernan las ciudades... Mujeres y hombres trabajan por igual en las mismas cosas y tienen los mismos derechos. El mundo se halla en paz. La violencia se ha extinguido por completo y...

La expresión de Montalo me pone nervioso. Interrumpo mi emocionada declaración y le pregunto:

—¿Qué ocurre?

Lanzando un profundo suspiro, con los ojos enrojecidos y húmedos, replica:

—Ésa es una de las cosas que se propuso demostrar Filotexto con su obra, hijo: el mundo que estás describiendo... el mundo en que vivimos... nuestro mundo... *no existe.* Y, probablemente, no existirá jamás —y, en tono sombrío, añade—: El único mundo que existe es el de la obra que has traducido: la Atenas de posguerra, esa ciudad repleta de locuras, éxtasis y monstruos irracionales. Ése es el mundo *real,* no el nuestro. Por tal motivo te advertí que *La caverna de las ideas* afectaba a la existencia del universo...

Le observo. Parece estar hablando en serio, pero sonríe.

—¡Ahora sí que creo que estás completamente loco! —le digo.

—No, hijo. Haz memoria.

Y de repente su sonrisa se vuelve bondadosa, como si ambos compartiéramos la misma desgracia. Dice:

—¿Recuerdas, en el capítulo séptimo, la apuesta entre Filotexto y Platón?

—Sí. Platón afirmaba que no podría escribirse jamás un libro que contuviera los cinco elementos de sabiduría. Pero Filotexto no estaba tan convencido...

—Eso es. Pues bien. *La caverna de las ideas* es el resultado de la apuesta entre Filotexto y Platón. A Filotexto la empresa le parecía muy difícil: ¿cómo crear una obra que incluyera los cinco elementos platónicos de sabiduría?... Los dos primeros eran sencillos, si recuerdas: el nombre es el nombre de las cosas, simplemente, y la definición, las frases que decimos acerca de ellas. Ambos elementos figuran en un texto normal. Pero el tercero, las imágenes, ya representaba un problema: ¿cómo crear imágenes que no fueran simples definiciones, formas de seres y cosas más allá de las palabras escritas? Entonces, Filotexto inventó la eidesis...

—¿Qué? —lo interrumpo, incrédulo—. ¿«Inventó»?

Montalo asiente con gravedad.

—La eidesis es una invención de Filotexto: gracias a ella, las imágenes alcanzaban soltura, independencia... no se vinculaban a lo que estaba escrito sino a la fantasía del lector... ¡Un capítulo, por ejemplo, podía contener la figura de un león, o de una muchacha con un lirio!...

Sonrío ante la ridiculez que estoy oyendo.

—Sabes tan bien como yo —replico— que la eidesis es una técnica literaria empleada por algunos escritores griegos...

—¡No! —me interrumpe Montalo, impaciente—. ¡Es una simple invención exclusiva de esta obra! ¡Déjame seguir y lo entenderás todo!... El tercer elemento, pues, quedaba resuelto... Pero aún faltaban los más difíciles... ¿Cómo lograr el cuarto, que era la discusión intelectual? Evidentemente, se necesitaba una voz *fuera* del texto, una voz que discutiese lo que el lector iba leyendo... un personaje que contemplara desde la distancia los sucesos de la trama... Este personaje no podía estar solo, ya que el elemento exigía cierto grado de diálogo... De modo que se hacía imprescindible la existencia de, al menos, dos caracteres *fuera* de la obra... Pero ¿quiénes serían éstos, y con qué excusa se presentarían al lector?...

Montalo hace una pausa y enarca las cejas con expresión divertida. Prosigue:

—La solución se la dio a Filotexto su propio poema, la estrofa del traductor «encerrado por un loco»: añadir varios traductores ficticios sería el medio más adecuado para conseguir el cuarto elemento... Uno de ellos «traduciría» la obra, comentándola con notas marginales, y los demás se relacionarían con él de una u otra forma... Con este truco, nuestro escritor logró introducir el cuarto elemento. ¡Pero quedaba el quinto, el más difícil: la Idea en sí!...

Montalo hace una breve pausa y emite una risita. Añade:

—La Idea en sí es la clave que hemos estado buscando en vano desde el principio. Filotexto *no cree* en su existencia, y por eso no la hemos encontrado... Pero, a fin de cuentas, también está incluida: en nuestra búsqueda, en nuestro deseo de hallarla... —y tras ampliar su sonrisa, concluye—: Filotexto, pues, ha ganado la apuesta.

Cuando Montalo termina de hablar, murmuro, incrédulo:

—Estás completamente loco...

El inexpresivo rostro de Montalo palidece cada vez más.

—En efecto: lo estoy —admite—. Pero ahora sé por qué jugué contigo y después te secuestré y te encerré aquí. En realidad, lo supe cuando me dijiste que el poema en que se basa esta obra era de tu padre... Porque yo también estoy seguro de que ese poema *lo escribió mi padre...*, que era escritor, como el tuyo.

Me quedo sin saber qué decir. Montalo prosigue, cada vez más angustiado:

—Formamos parte de las imágenes de la obra, ¿no lo ves? Yo soy el *loco* que te ha encerrado, como dice el poema, y tú el *traductor.* Y el padre de ambos, el hombre que nos ha engendrado a ti y a mí, y a todos los personajes de *La caverna,* se llama Filotexto de Quersoneso.

Un escalofrío recorre mi cuerpo. Contemplo la oscuridad de la celda, la mesa con los papiros, la lámpara, el pálido semblante de Montalo. Murmuro:

—Es mentira... Yo... yo tengo *mi propia* vida... ¡Tengo amigos!... Conozco a una muchacha llamada Helena... Yo no soy un personaje... ¡Yo estoy vivo!...

Y de repente su rostro se contrae en una absurda mueca de rabia.

—¡Necio! ¿Aún no comprendes?... ¡Helena... Elio... tú... yo...! *¡¡Todos hemos sido el CUARTO ELEMENTO!!*

Aturdido, furioso, me abalanzo sobre Montalo. Intento golpearlo para poder escapar, pero lo único que consigo es arrancarle el rostro. Su rostro es otra máscara. Detrás, sin embargo, no hay nada: oscuridad. Sus ropas, fláccidas, caen al suelo. La mesa en la que he estado trabajando desaparece, así como la cama y la silla. Después se esfuman las paredes de la celda. Quedo sumido en las tinieblas.

—¿Por qué?... ¿Por qué?... ¿Por qué?... —pregunto.

El espacio destinado a mis palabras se acorta. Me vuelvo tan marginal como mis notas.

El autor decide finalizarme aquí.

Epílogo

Levanto, trémulo, la pluma del papiro, tras haber escrito las últimas palabras de mi obra. No puedo imaginarme qué opinará Platón —quien, con ansia similar a la mía, tanto ha esperado a que la concluyera— sobre ella. Quizá su luminoso semblante se distienda en una fina sonrisa durante algunos momentos de la lectura. En otros, bien lo sé, fruncirá el ceño. Es posible que me diga (me parece escuchar su mesurada voz): «Extraña creación, Filotexto; sobre todo, el doble tema que desarrollas: por una parte, la investigación de Heracles y Diágoras; por otra, este curioso personaje, el Traductor (no le otorgas ningún nombre), que, situado en un inexistente futuro, anota al margen sus hallazgos, dialoga con otros personajes y, por fin, es secuestrado por el loco Montalo... ¡Triste suerte la suya, pues ignoraba ser una criatura tan ficticia como las de la obra que traducía!». «Pero tú has imaginado muchas palabras en boca de tu maestro Sócrates», le diré yo. Y agregaré: «¿Qué destino es peor? ¿El de mi Traductor, que no ha existido nunca salvo en mi obra, o el de tu Sócrates, que, a pesar de su existencia, se ha convertido en una criatura tan literaria como la mía? Creo que es preferible condenar a un ser imaginario a la realidad que a uno real a lo ficticio».

Conociéndolo como lo conozco, sospecho que habrá más fruncimientos de ceño que sonrisas.

Sin embargo, no temo por él: no es hombre que se deje impresionar. Sigue mirando, extasiado, hacia ese mundo intangible, lleno de belleza y de paz, de armonía y de palabras escritas, que constituye la tierra de las Ideas, y ofreciéndoselo a sus discípulos. En la Academia ya no se vive en la realidad sino en la cabeza de Platón. Maestros y alumnos son «traductores» encerrados en sus respectivas «cavernas» y dedicados a encontrar la Idea en sí. Yo he querido bromear con ellos un poco (perdonadme, no era mala mi intención), conmoverles, pero también alzar mi voz (de poeta, no de filósofo) para exclamar: «¡Dejad de buscar ideas ocultas, claves finales o sentidos últimos! ¡Dejad de leer y *vivid*! ¡Salid del texto! ¿Qué veis? ¿Sólo tinieblas? ¡No busquéis más!». No creo que me hagan caso: seguirán, afanosos y diminutos como letras del alfabeto, obsesionados por encontrar la Verdad a través de la palabra y el diálogo. ¡Zeus sabe cuántos textos, cuántas imaginarias teorías redactadas con pluma y tinta gobernarán la vida de los hombres en el futuro y cambiarán tontamente el curso de los tiempos!... Pero me atendré a las palabras finales de Jenofonte en su reciente estudio histórico: «Por mi parte, hasta aquí mi labor. De lo que venga ahora, en cualquier caso, que se ocupe otro».

Fin de *La caverna de las ideas,*
obra compuesta por Filotexto de Quersoneso
en el año en que era arconte Argínides,
sibila Demetriata y éforo Argelao.

Diseño: Winfried Bährle
Ilustración: *Encuentro de Orestes e Ifgenia* (detalle),
crátera s. IV a. C., Museo Arqueológico Nacional de Nápoles
Foto de solapa: © Ana Löscher

Círculo de Lectores, S. A. (Sociedad Unipersonal)
Travessera de Gràcia, 47-49, 08021 Barcelona
www.circulo.es
3 5 7 9 2 0 1 0 8 6 4 2

Depósito legal: B. 32685-2002
Fotocomposición: Anglofort, S. A., Barcelona
Impresión y encuadernación: Printer industria gráfica, s. a.
N. II, Cuatro caminos s/n, 08620 Sant Vicenç dels Horts
Barcelona, 2002. Impreso en España
ISBN 84-226-9688-6
N.º 33316

